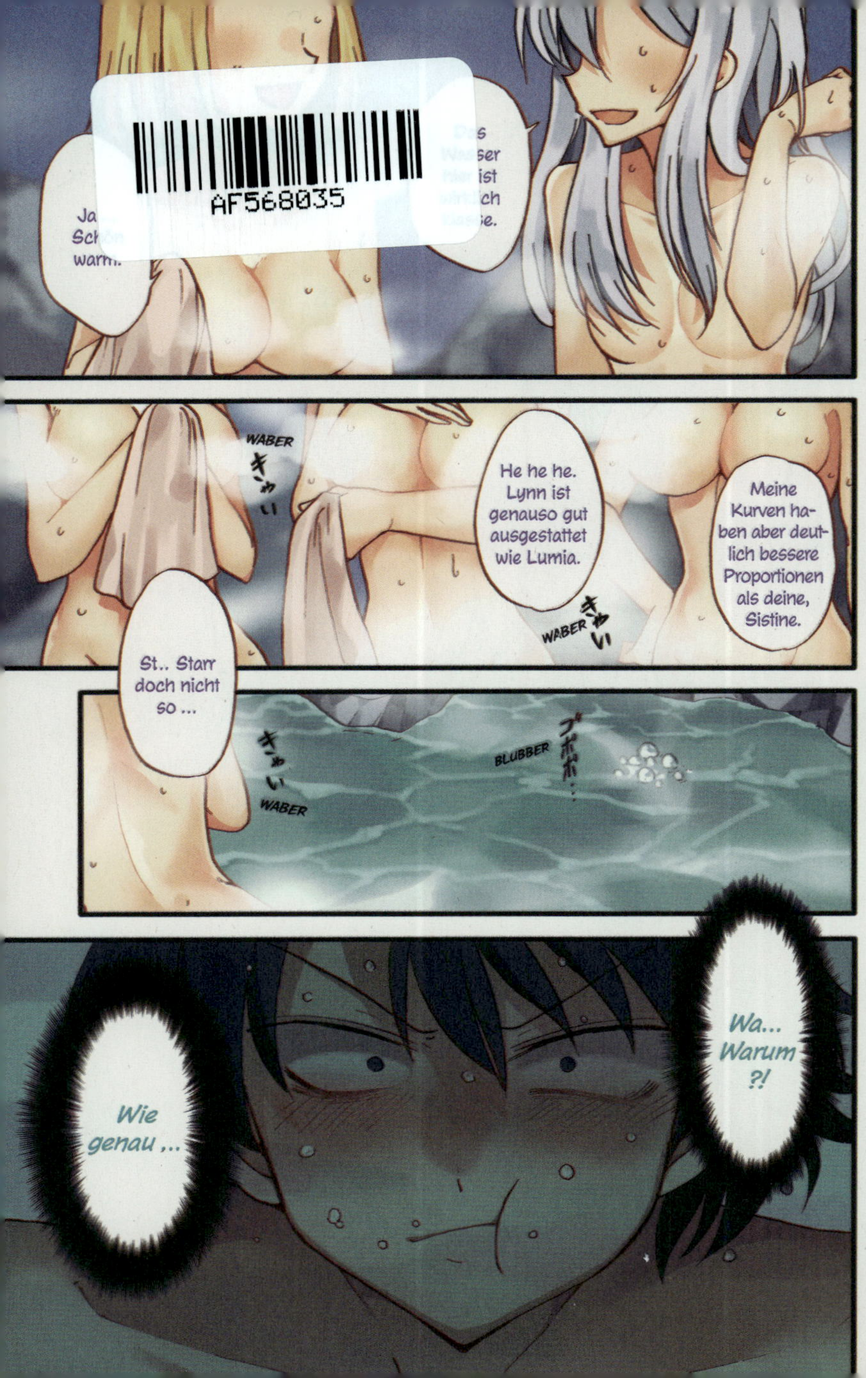

Das Wasser hier ist wirklich klasse.
Ja Schön warm.
WABER
Meine Kurven haben aber deutlich bessere Proportionen als deine, Sistine.
He he he. Lynn ist genauso gut ausgestattet wie Lumia.
WABER
St.. Starr doch nicht so ...
BLUBBER
WABER
Wa... Warum ?!
Wie genau ,..

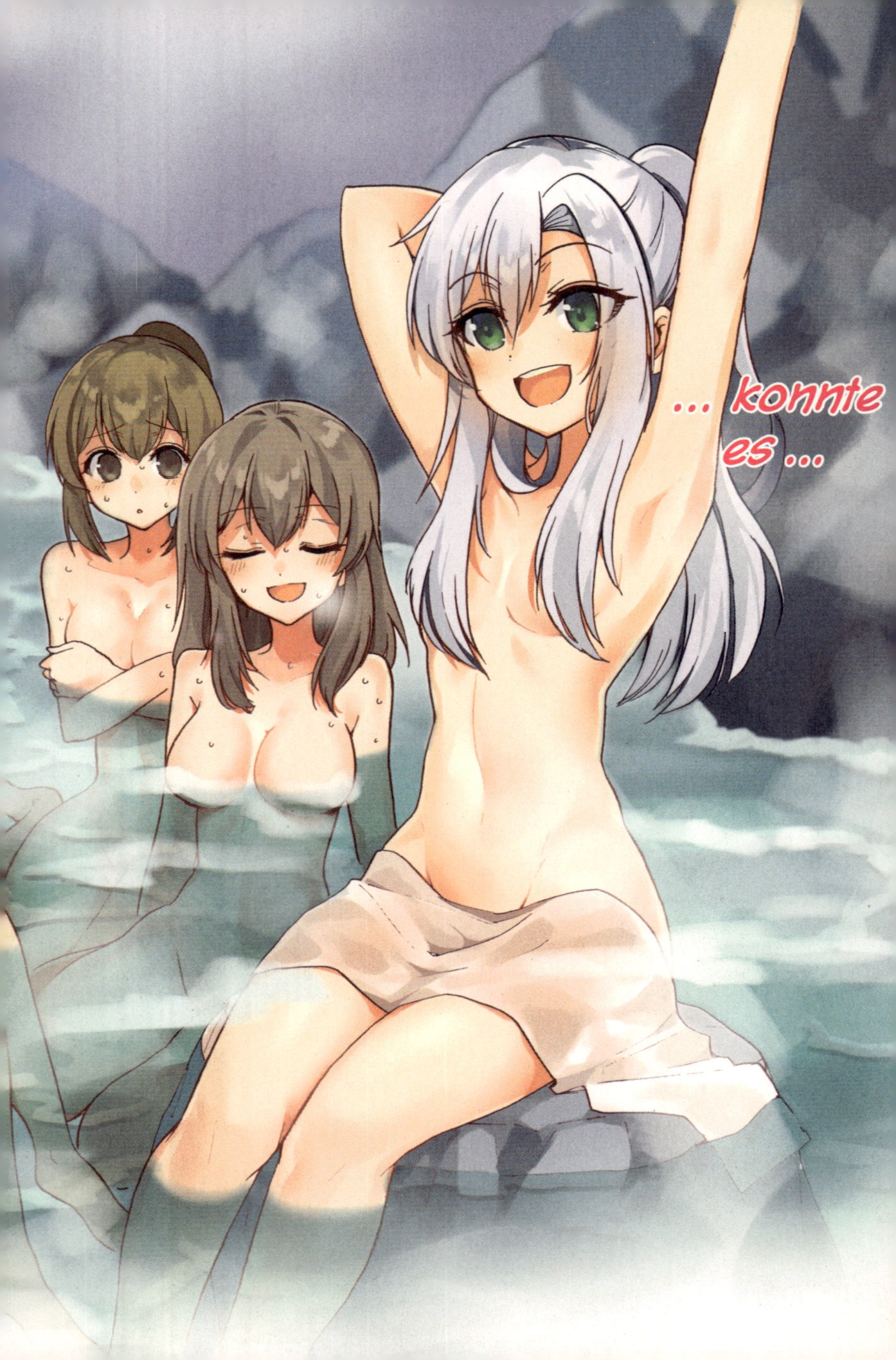
... konnte
es ...

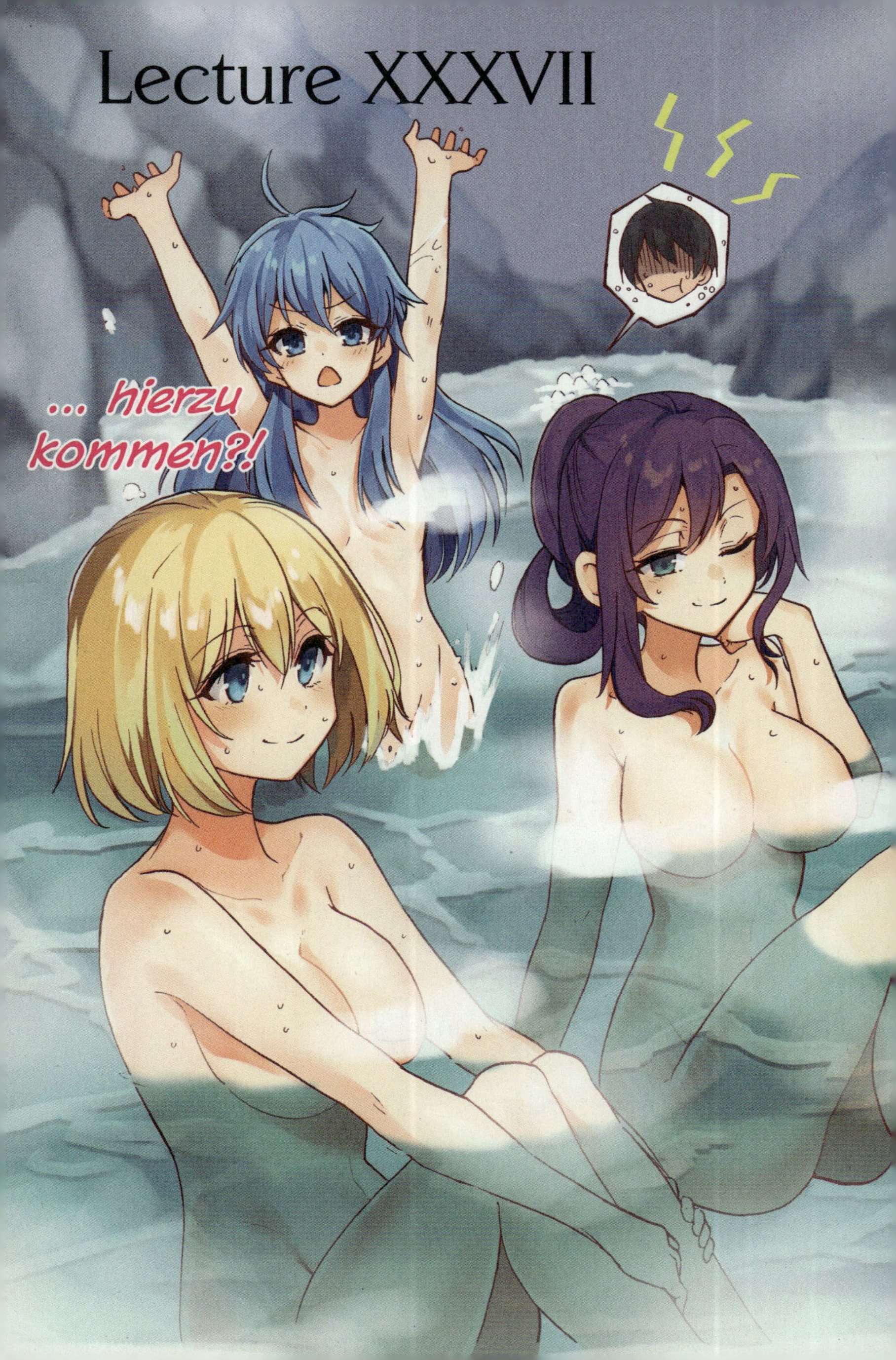
Lecture XXXVII
... hierzu kommen?!

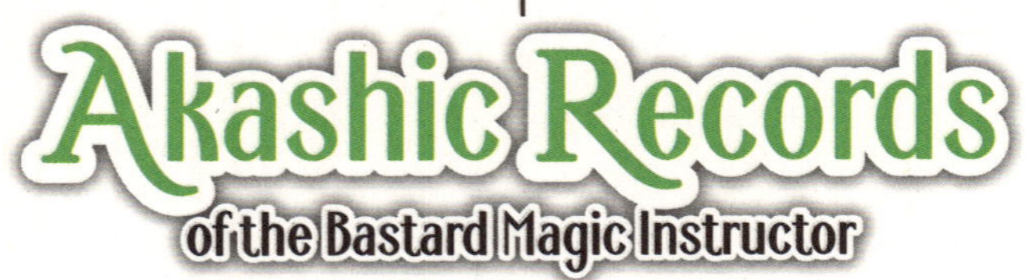

INHALT

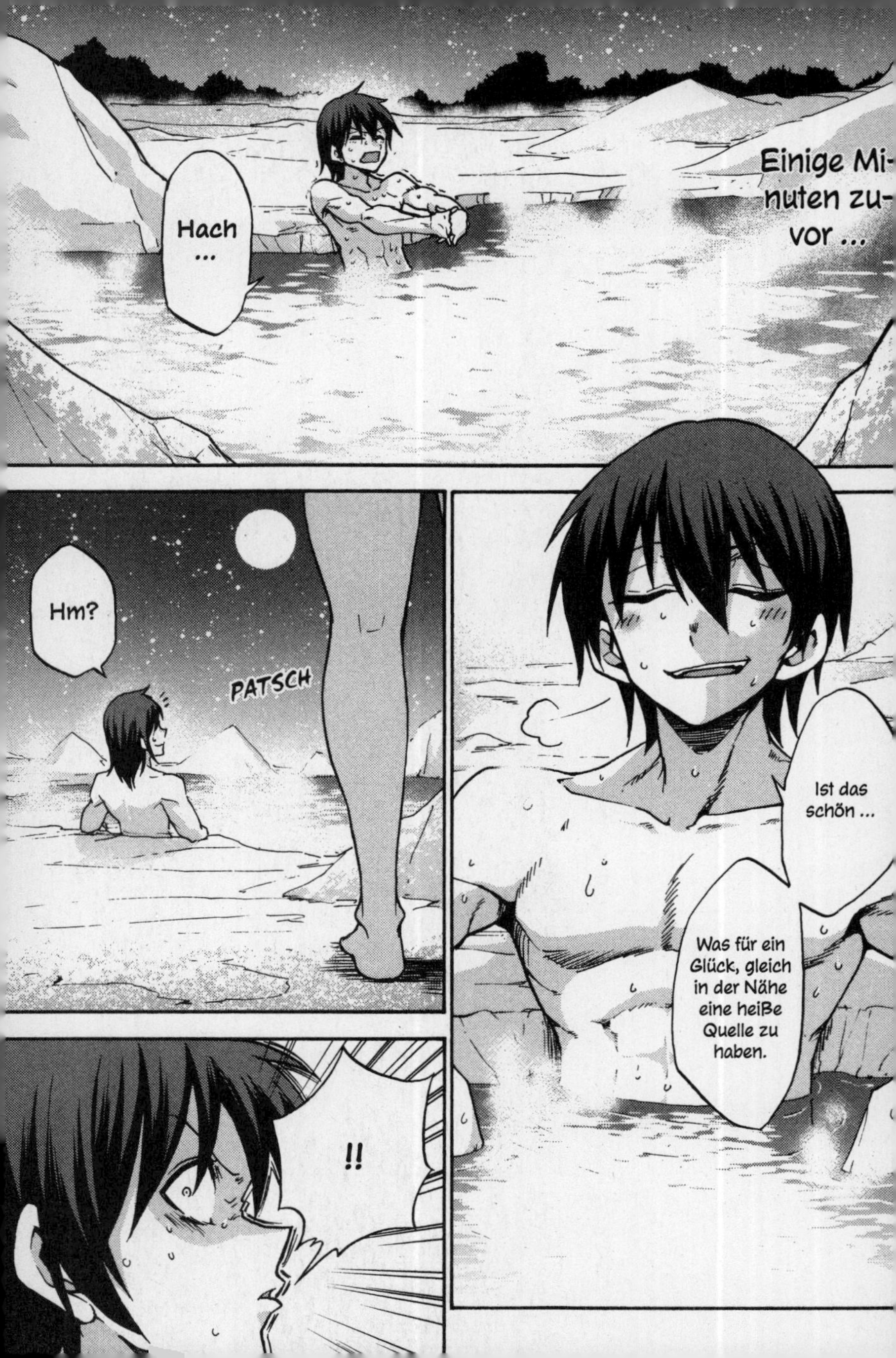
Einige Minuten zuvor ...
Hach ...
Ist das schön ...
Was für ein Glück, gleich in der Nähe eine heiße Quelle zu haben.
Hm?
PATSCH
!!

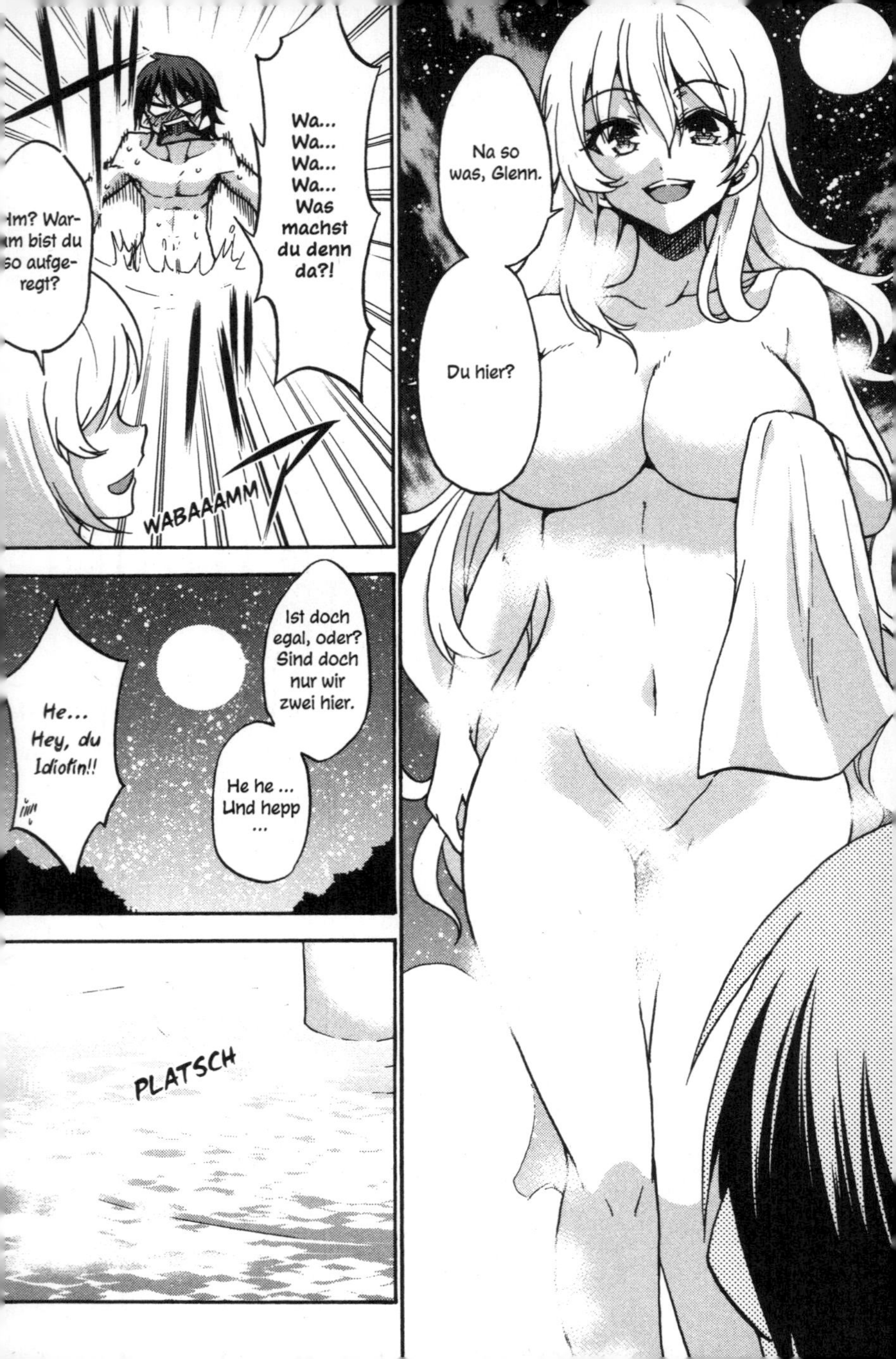
Na so was, Glenn.
Du hier?
Wa... Wa... Wa... Wa... Was machst du denn da?!
Hm? Warum bist du so aufgeregt?
WABAAAMM
Ist doch egal, oder? Sind doch nur wir zwei hier.
He… Hey, du Idiotin!!
He he ... Und hepp ...
PLATSCH

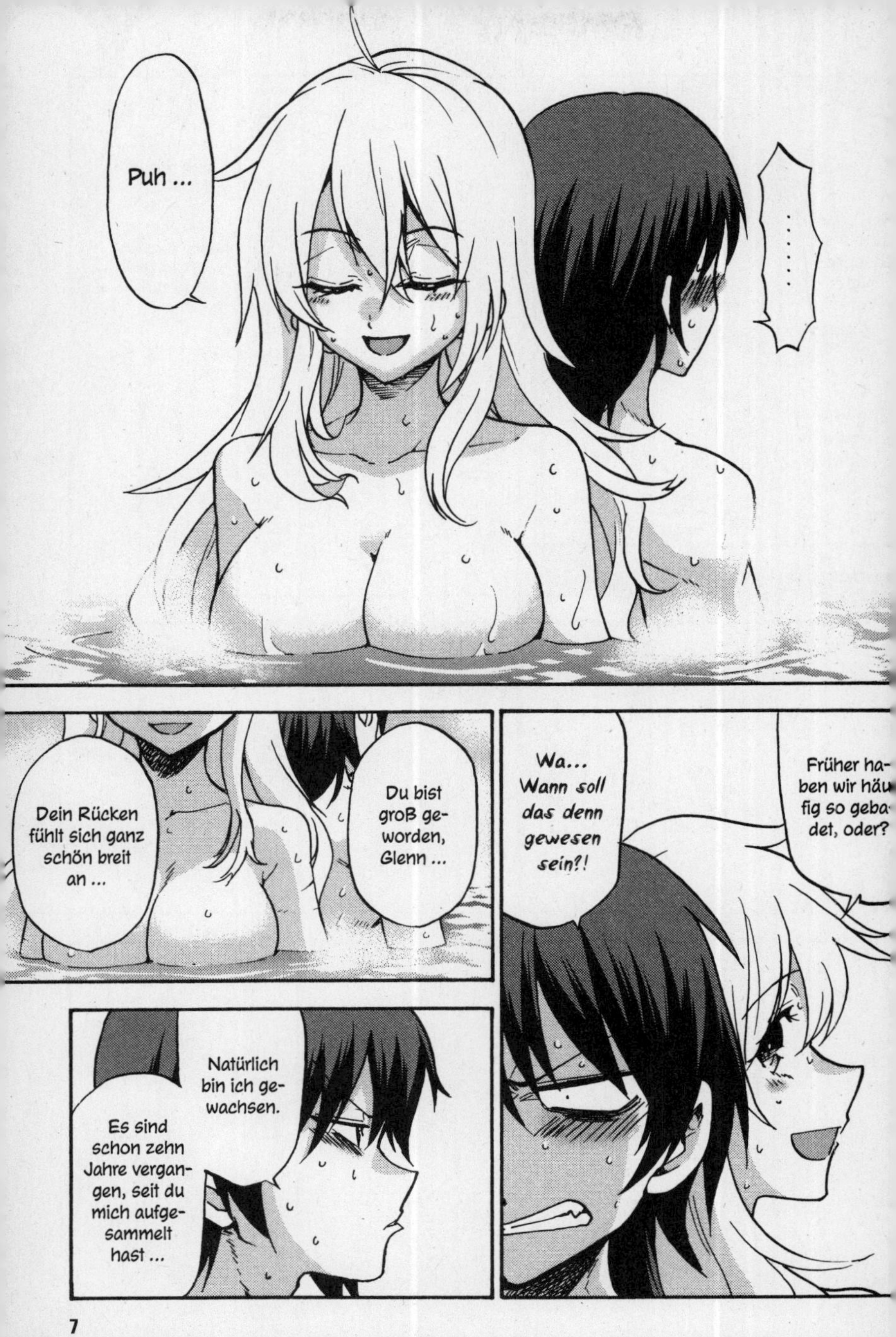

Puh ...

......!

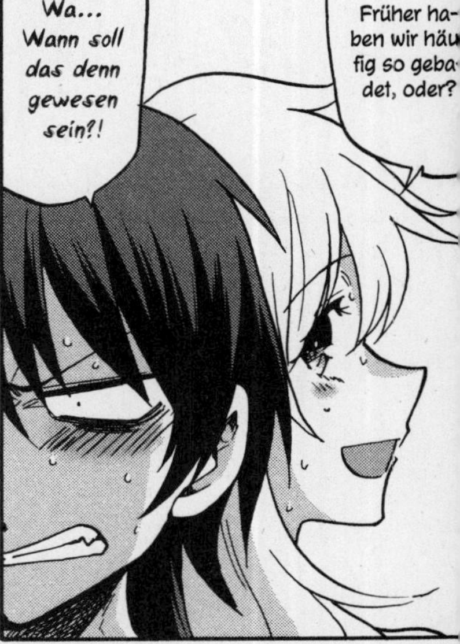
Früher haben wir häufig so gebadet, oder?
Wa... Wann soll das denn gewesen sein?!

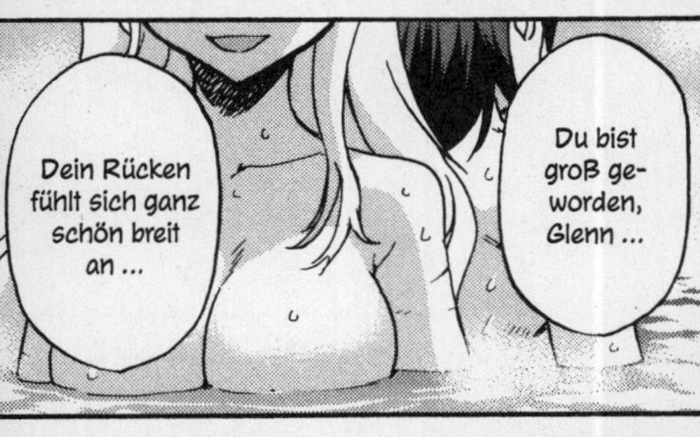
Du bist groß geworden, Glenn ...
Dein Rücken fühlt sich ganz schön breit an ...

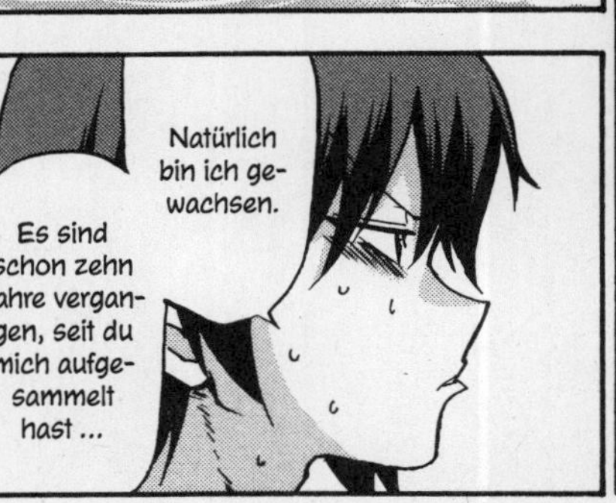
Natürlich bin ich gewachsen.
Es sind schon zehn Jahre vergangen, seit du mich aufgesammelt hast ...

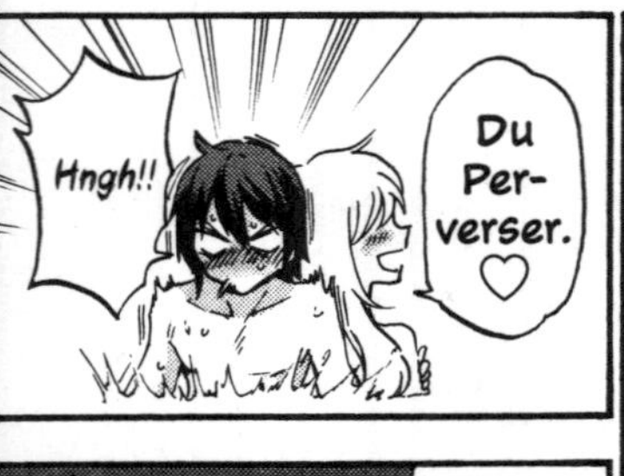
Du Per-verser. ♡
Hngh!!

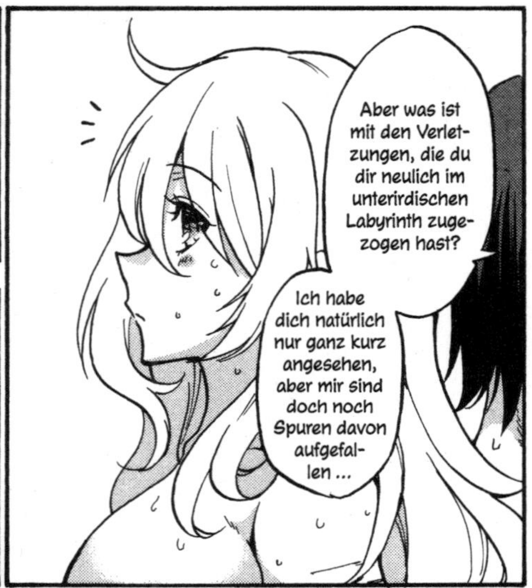
Aber was ist mit den Verletzungen, die du dir neulich im unterirdischen Labyrinth zugezogen hast?
Ich habe dich natürlich nur ganz kurz angesehen, aber mir sind doch noch Spuren davon aufgefallen ...

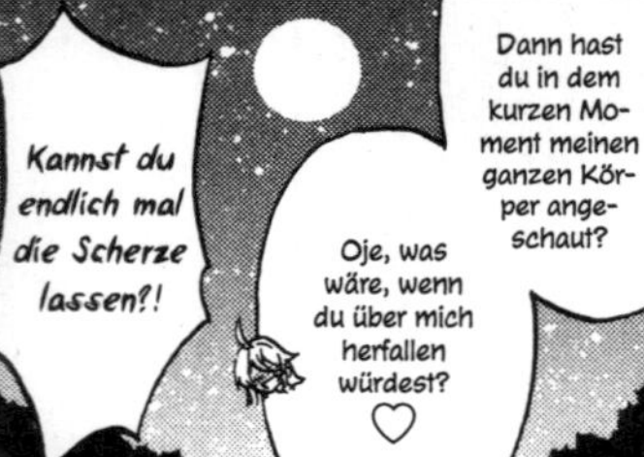
Dann hast du in dem kurzen Moment meinen ganzen Körper angeschaut?
Oje, was wäre, wenn du über mich herfallen würdest? ♡
Kannst du endlich mal die Scherze lassen?!

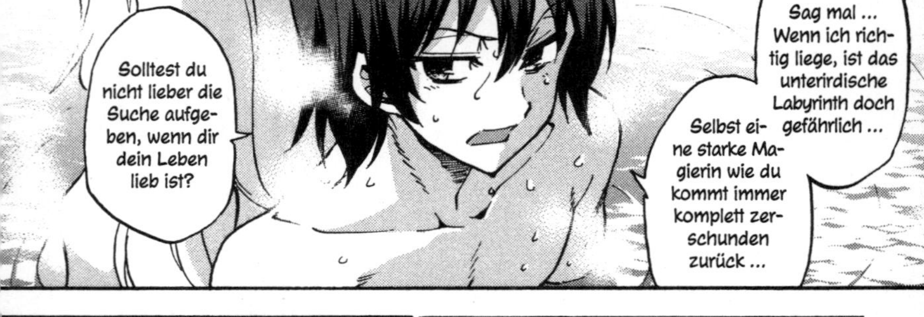
Sag mal ... Wenn ich richtig liege, ist das unterirdische Labyrinth doch gefährlich ...
Selbst eine starke Magierin wie du kommt immer komplett zerschunden zurück ...
Solltest du nicht lieber die Suche aufgeben, wenn dir dein Leben lieb ist?

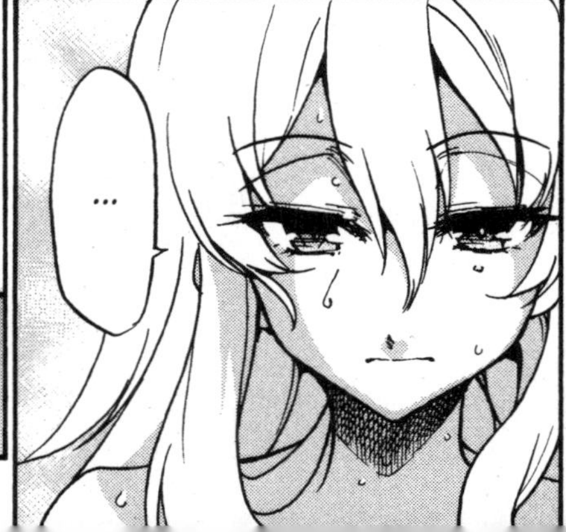
...

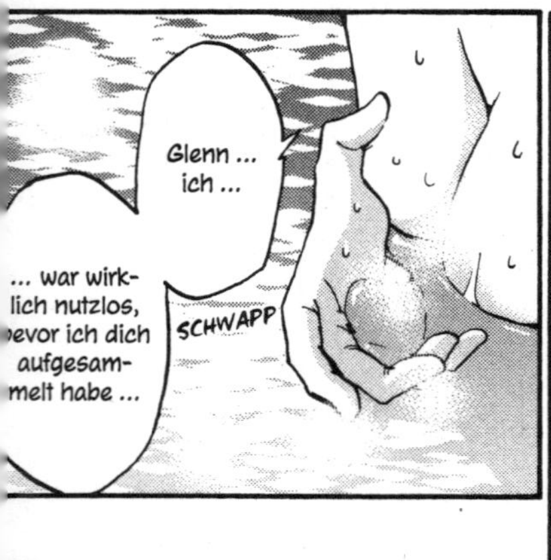
Glenn ... ich ...
SCHWAPP
... war wirklich nutzlos, bevor ich dich aufgesammelt habe ...

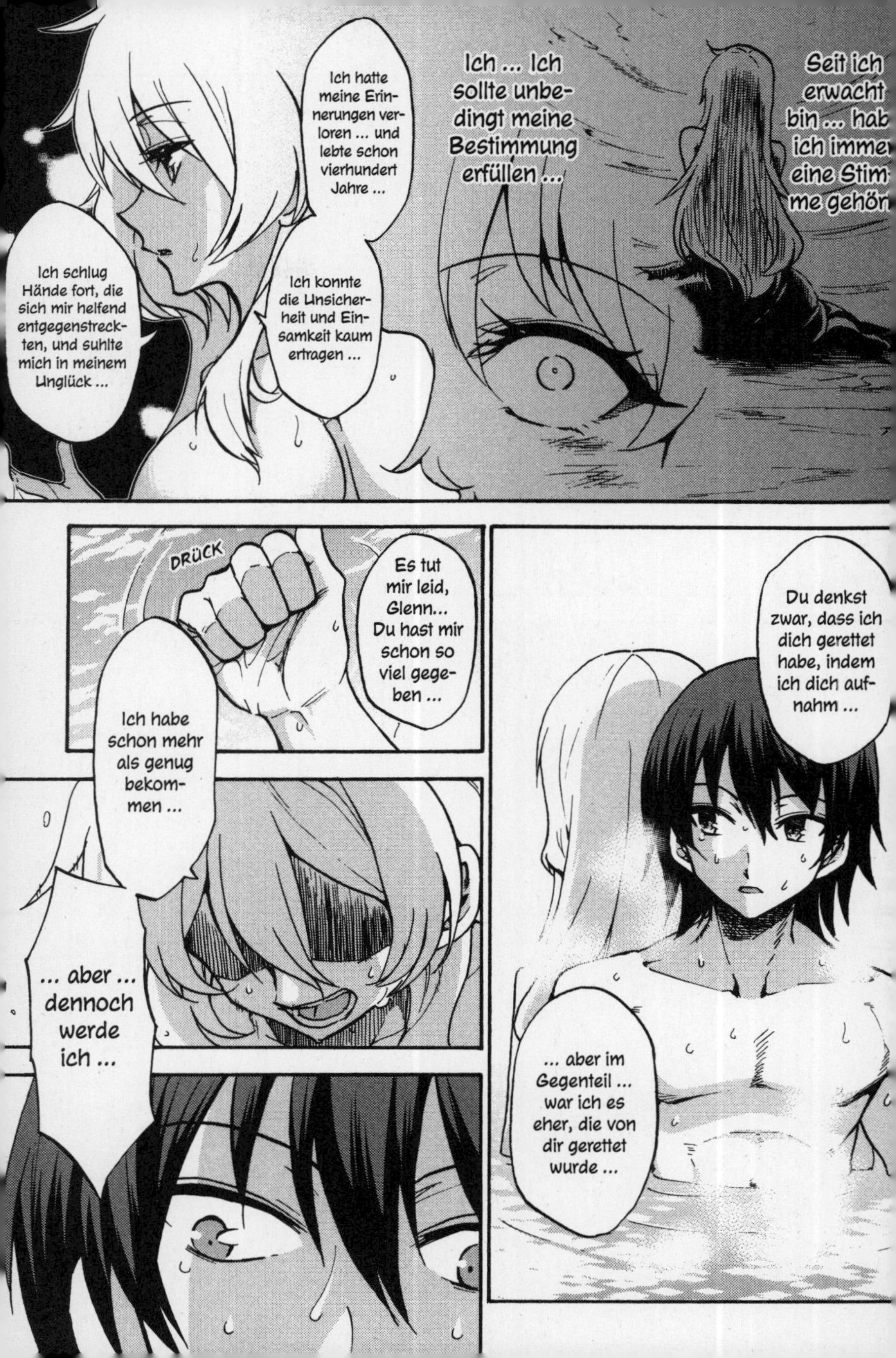

Seit ich erwacht bin ... hab ich immer eine Stimme gehör

Ich ... Ich sollte unbedingt meine Bestimmung erfüllen ...

Ich hatte meine Erinnerungen verloren ... und lebte schon vierhundert Jahre ...

Ich konnte die Unsicherheit und Einsamkeit kaum ertragen ...

Ich schlug Hände fort, die sich mir helfend entgegenstreckten, und suhlte mich in meinem Unglück ...

Du denkst zwar, dass ich dich gerettet habe, indem ich dich aufnahm ...

... aber im Gegenteil ... war ich es eher, die von dir gerettet wurde ...

DRÜCK

Es tut mir leid, Glenn... Du hast mir schon so viel gegeben ...

Ich habe schon mehr als genug bekommen ...

... aber ... dennoch werde ich ...

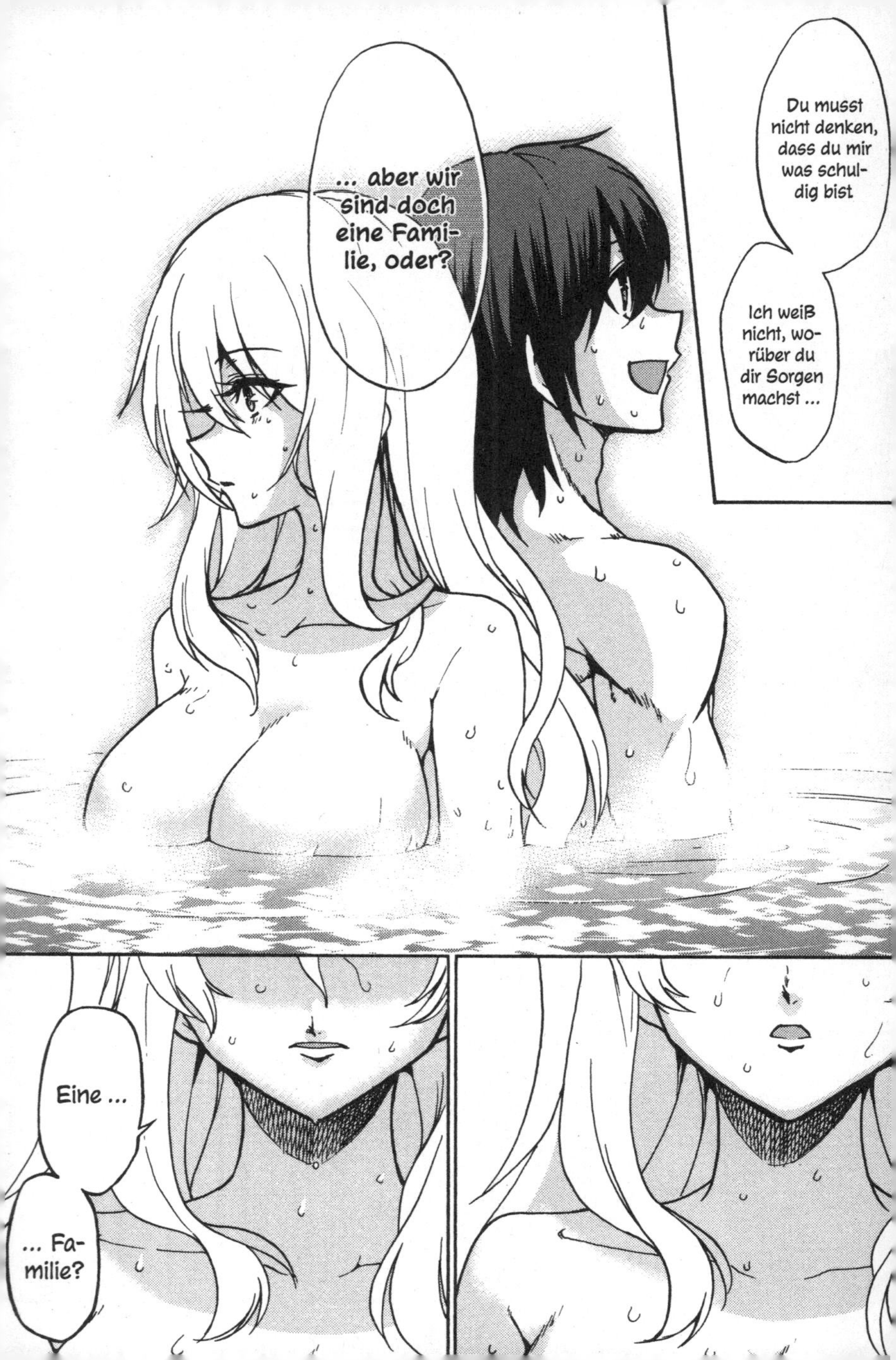
Du musst nicht denken, dass du mir was schuldig bist
Ich weiß nicht, worüber du dir Sorgen machst ...
... aber wir sind doch eine Familie, oder?
Eine ...
... Familie?

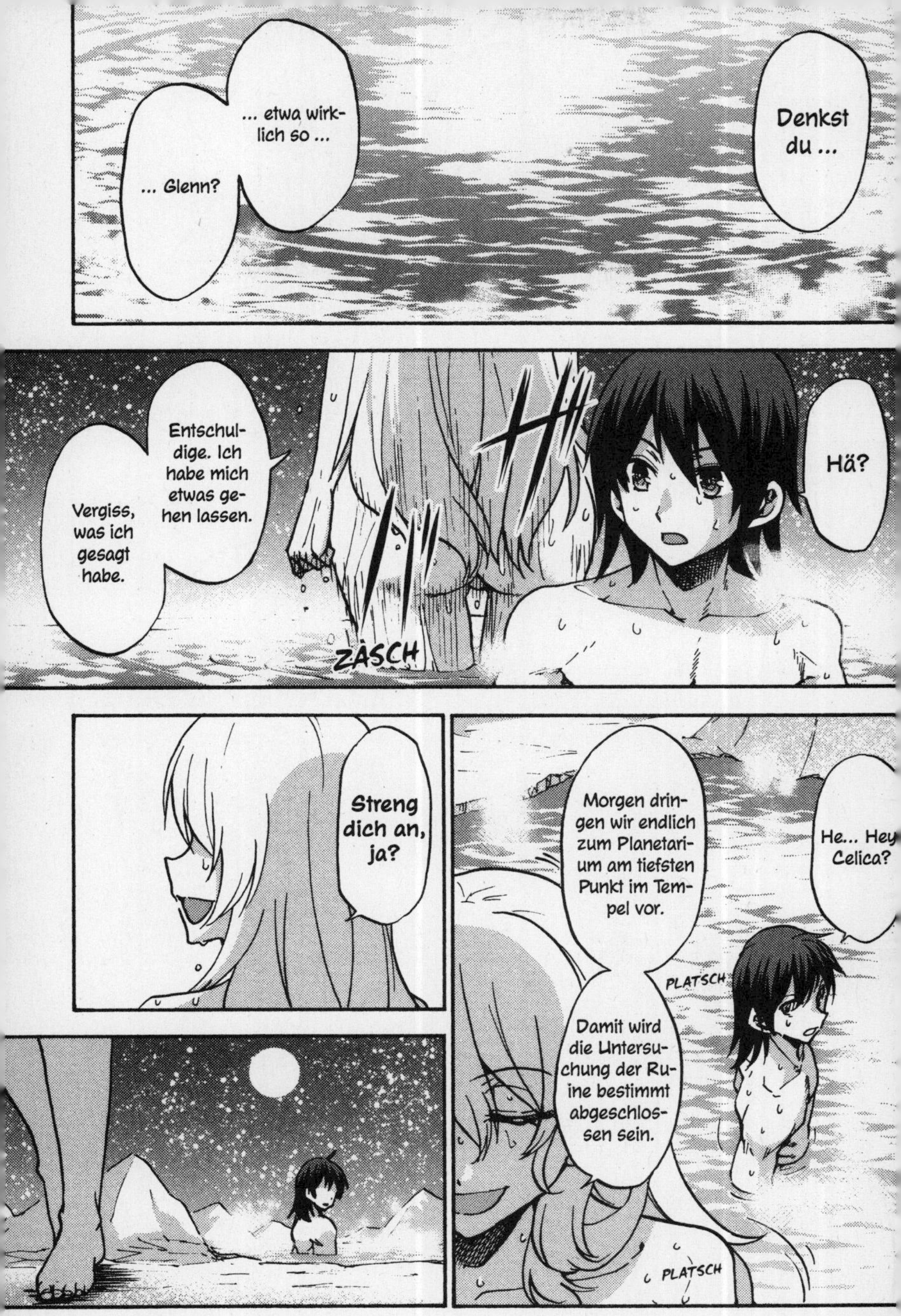

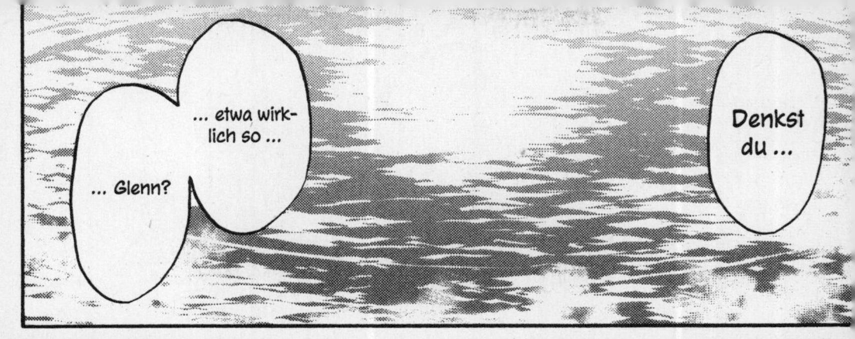

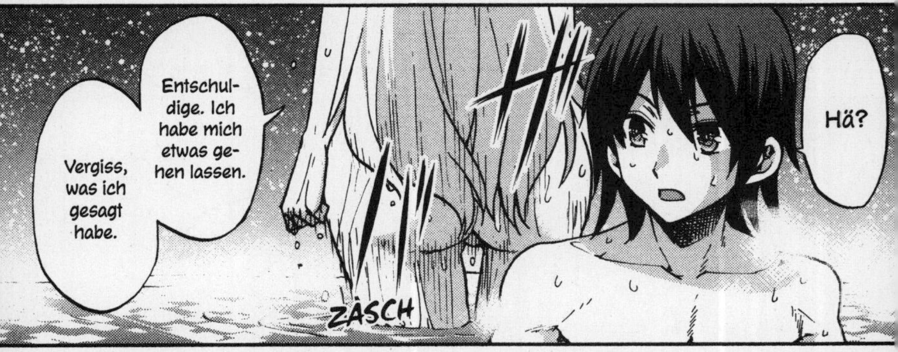

He... Hey Celica?

Morgen dringen wir endlich zum Planetarium am tiefsten Punkt im Tempel vor.

PLATSCH

Damit wird die Untersuchung der Ruine bestimmt abgeschlossen sein.

PLATSCH

Streng dich an, ja?

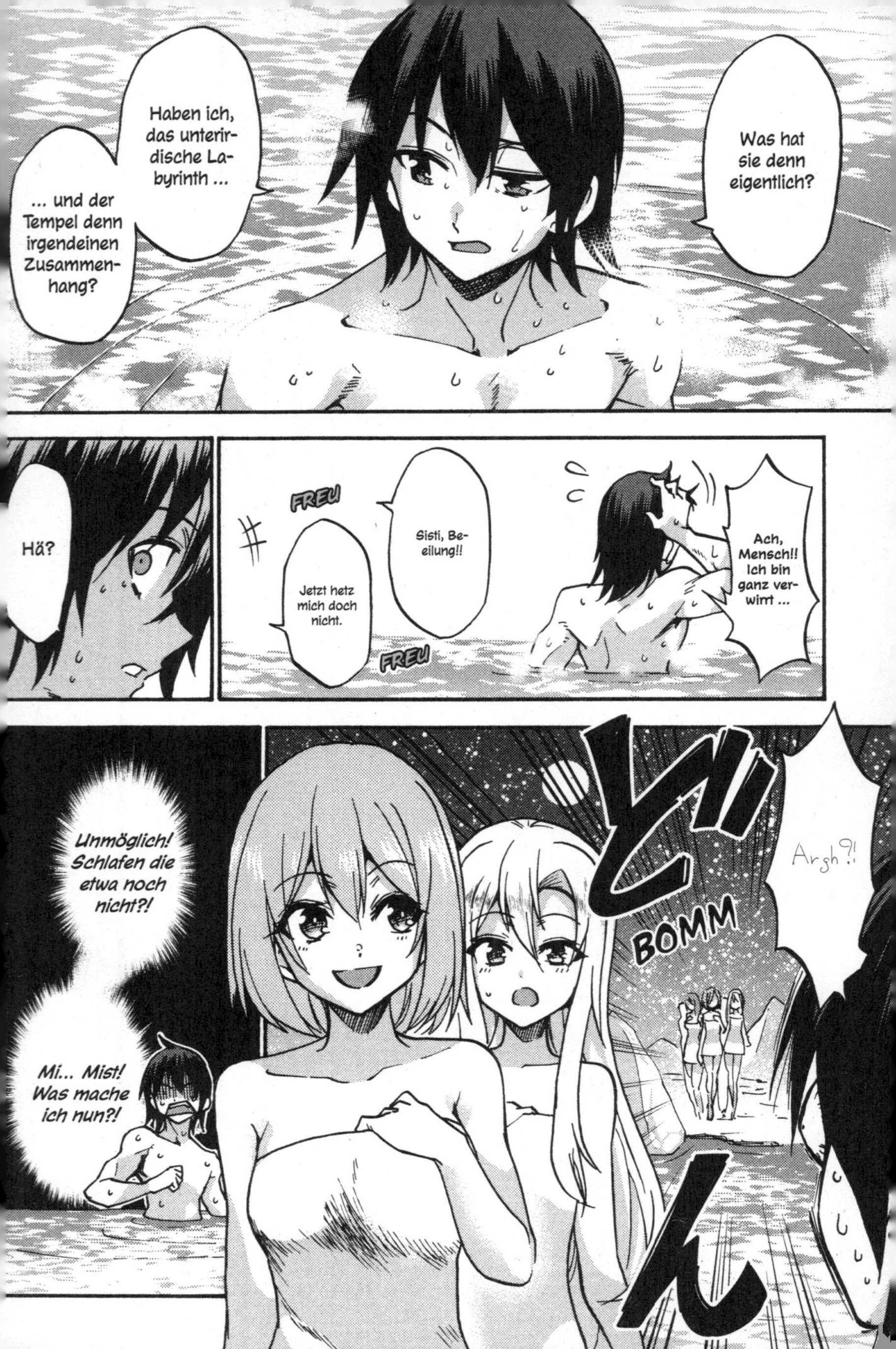
Was hat sie denn eigentlich?
Haben ich, das unterirdische Labyrinth ...
... und der Tempel denn irgendeinen Zusammenhang?
Ach, Mensch!! Ich bin ganz verwirrt ...
Sisti, Beeilung!!
FREU
Jetzt hetz mich doch nicht.
FREU
Hä?
Argh?!
BOMM
Unmöglich! Schlafen die etwa noch nicht?!
Mi... Mist! Was mache ich nun?!

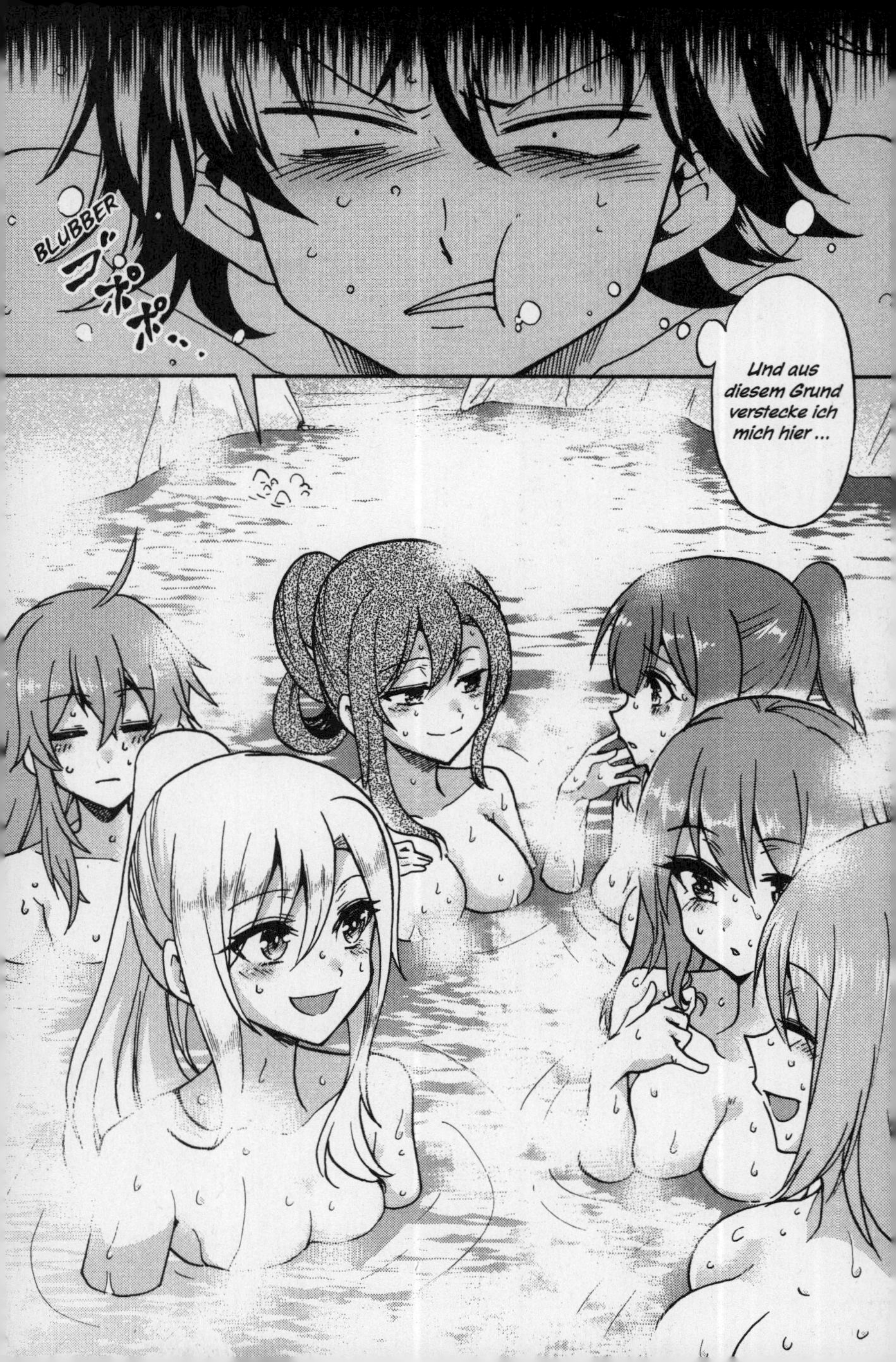
BLUBBER
ゴポポ…
Und aus diesem Grund verstecke ich mich hier …

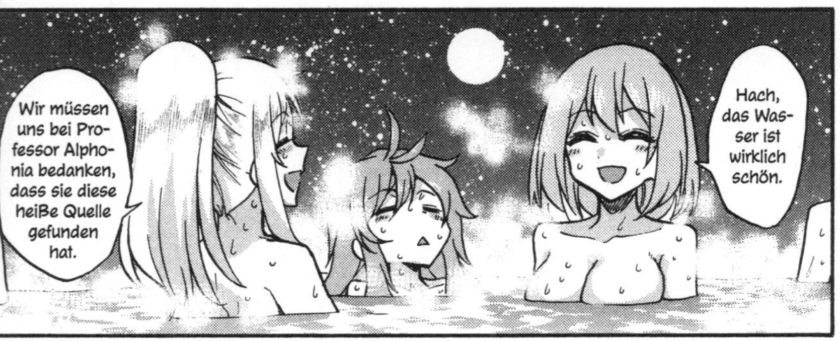
Hach, das Wasser ist wirklich schön.
Wir müssen uns bei Professor Alphonia bedanken, dass sie diese heiße Quelle gefunden hat.

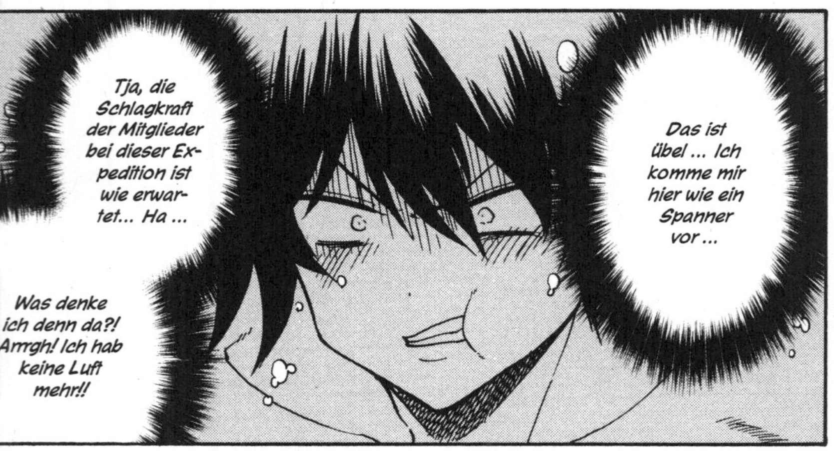
Das ist übel … Ich komme mir hier wie ein Spanner vor …
Tja, die Schlagkraft der Mitglieder bei dieser Expedition ist wie erwartet… Ha …
Was denke ich denn da?! Arrrgh! Ich hab keine Luft mehr!!

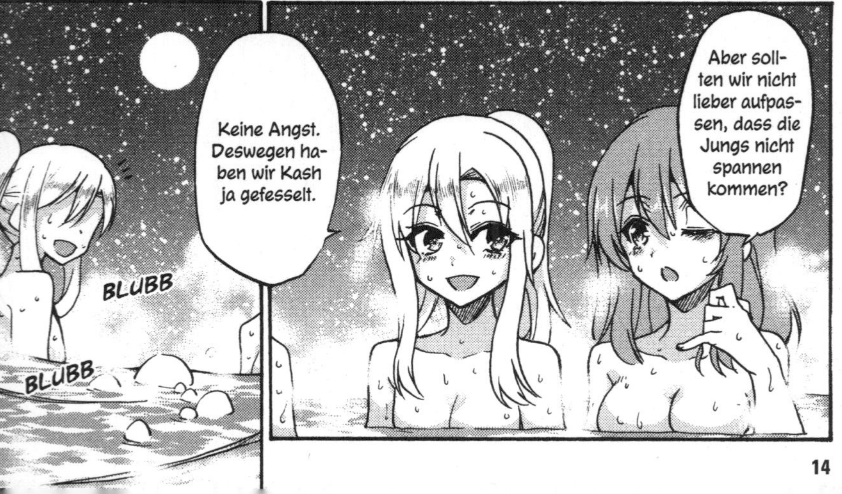
Aber sollten wir nicht lieber aufpassen, dass die Jungs nicht spannen kommen?
Keine Angst. Deswegen haben wir Kash ja gefesselt.
BLUBB
BLUBB

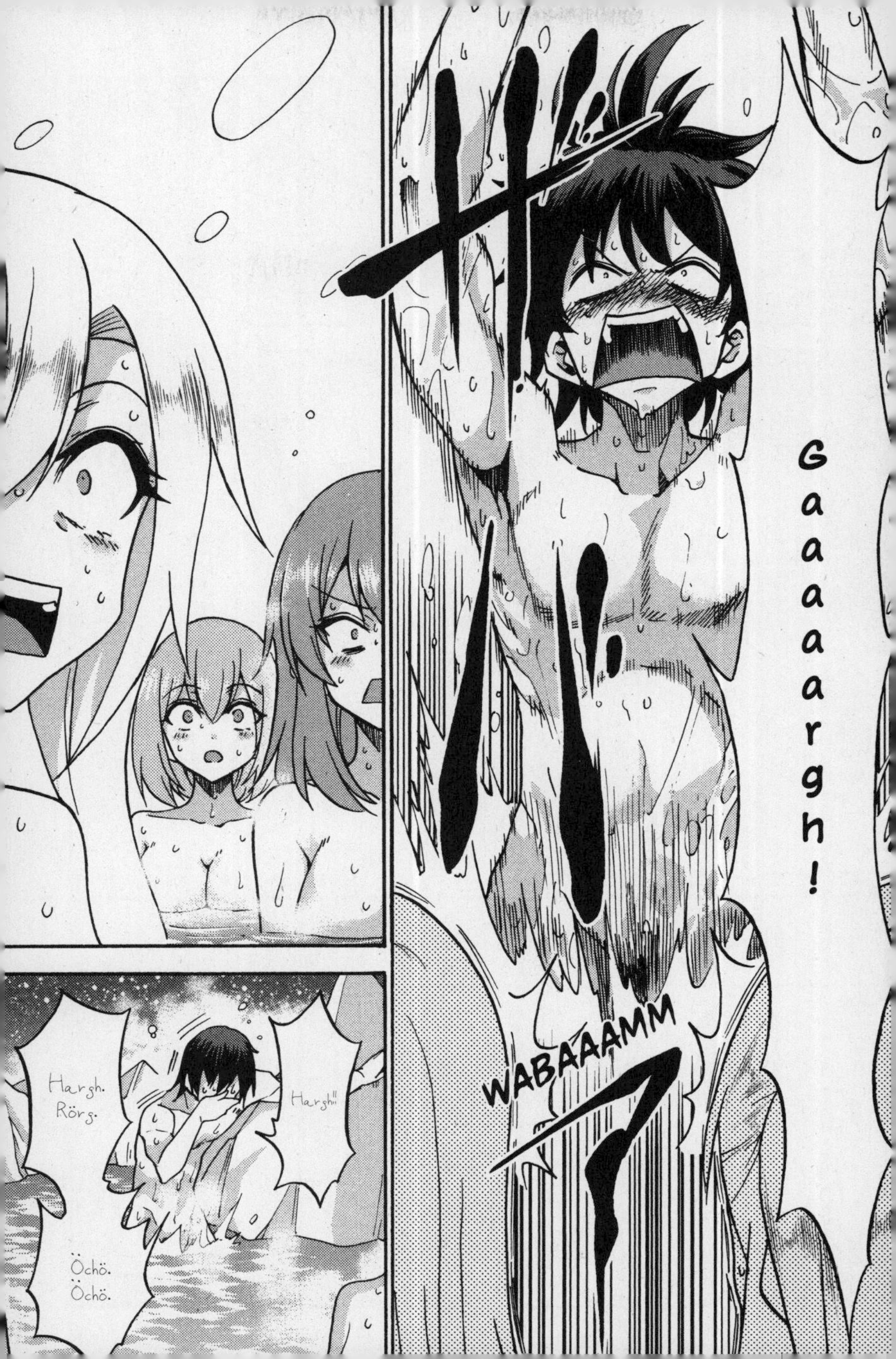
Gaaaaaargh!
WABAAAMM
Harsh!!
Harsh. Rörg.
Öchö. Öchö.

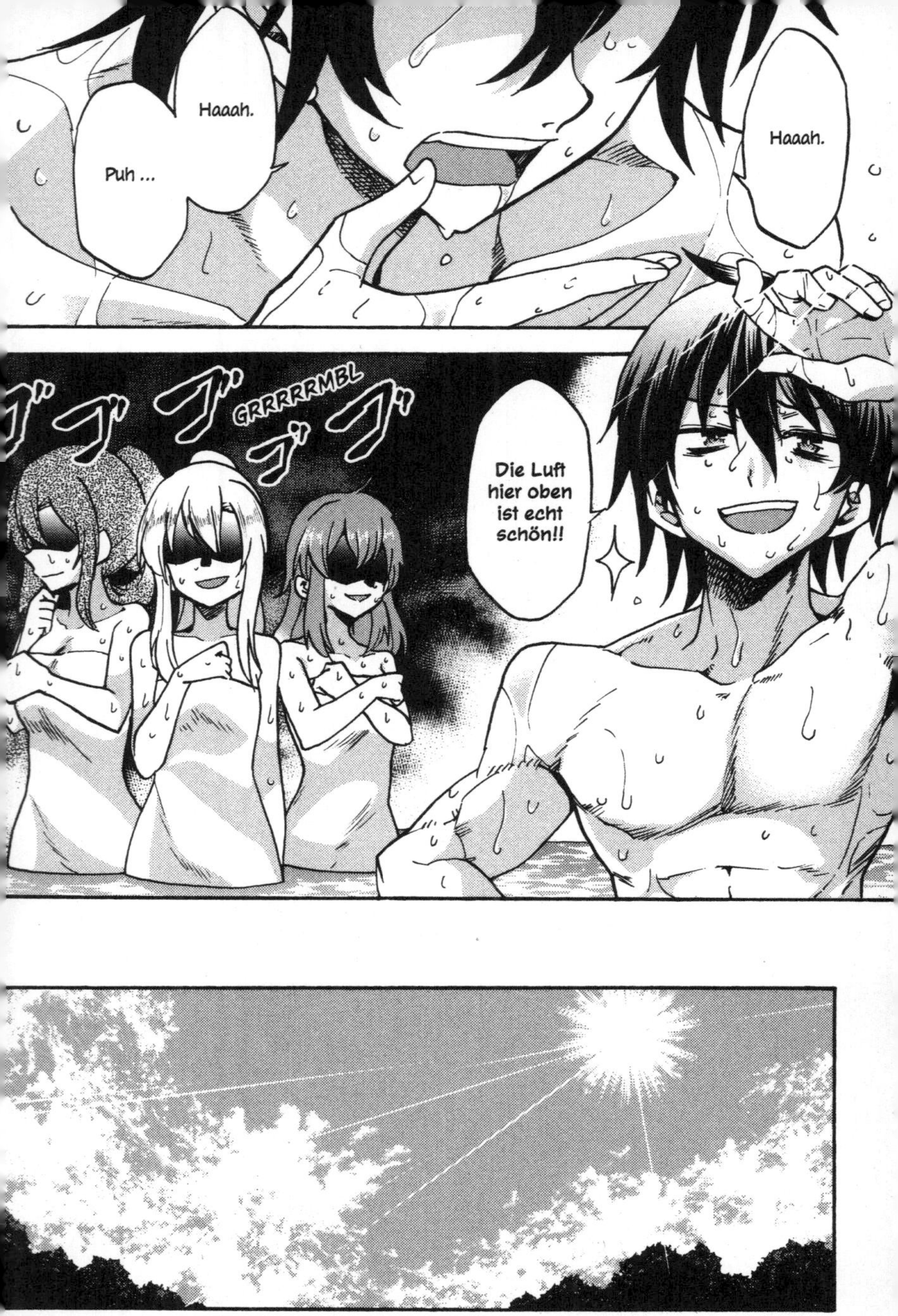

Haaah.

Haaah.

Puh ...

Die Luft hier oben ist echt schön!!

GRRRRRMBL

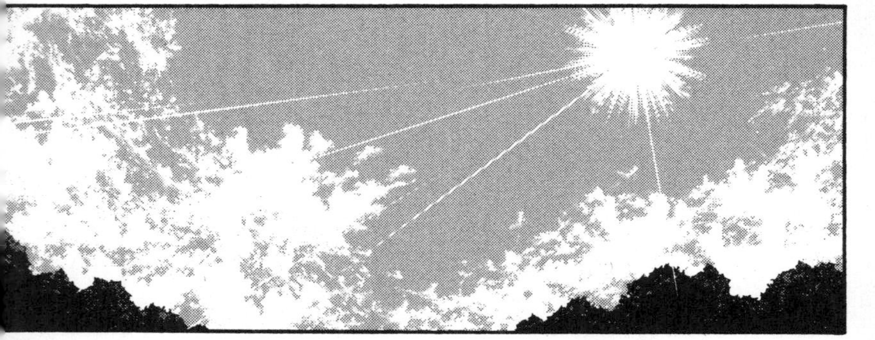

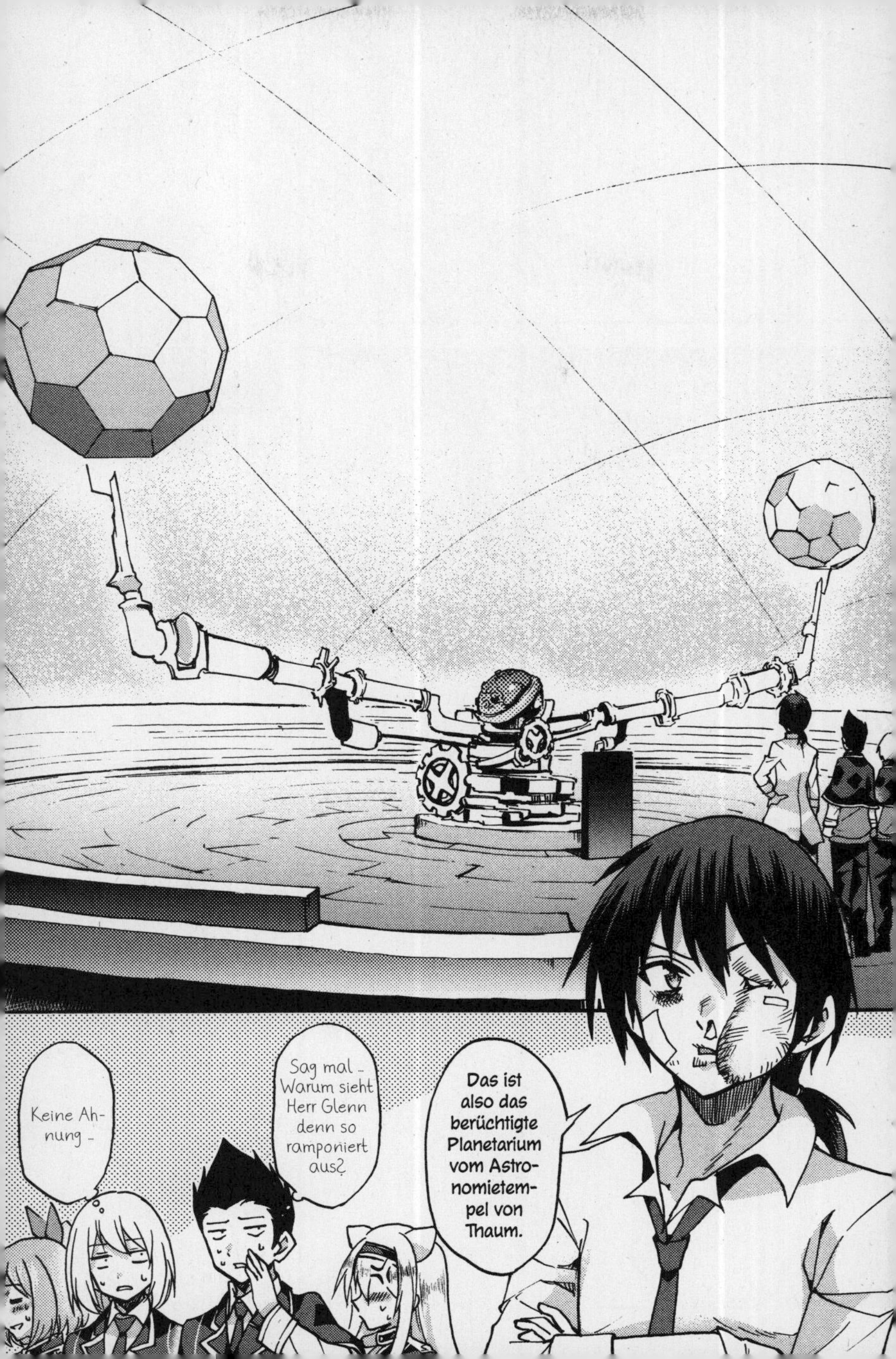
Das ist also das berüchtigte Planetarium vom Astronomietempel von Thaum.
Sag mal .. Warum sieht Herr Glenn denn so ramponiert aus?
Keine Ahnung ..

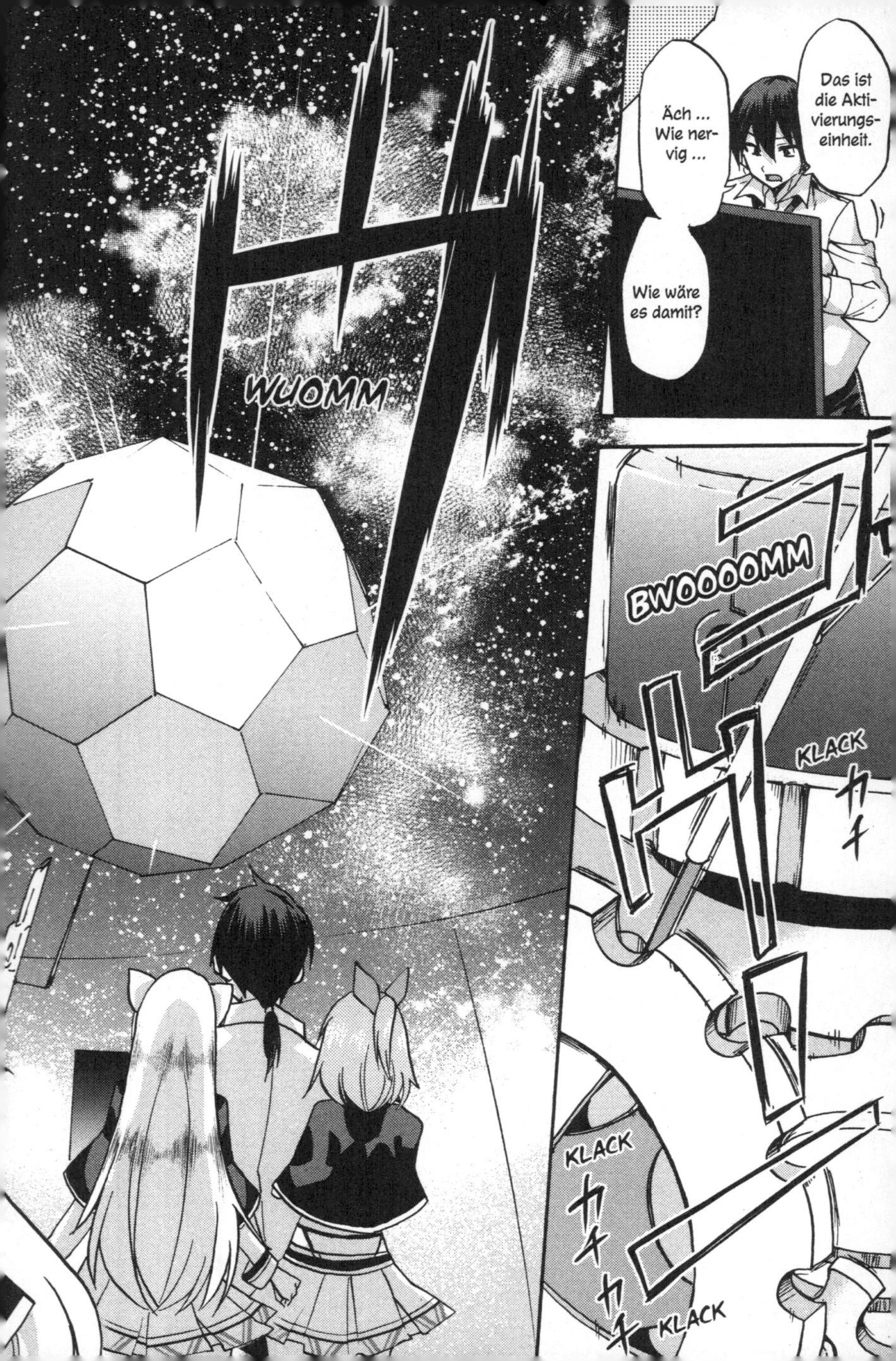
Das ist die Akti-vierungs-einheit.
Äch ... Wie ner-vig ...
Wie wäre es damit?
BWOOOOMM
KLACK
カチ
KLACK
カチカチ
KLACK
WUOMM

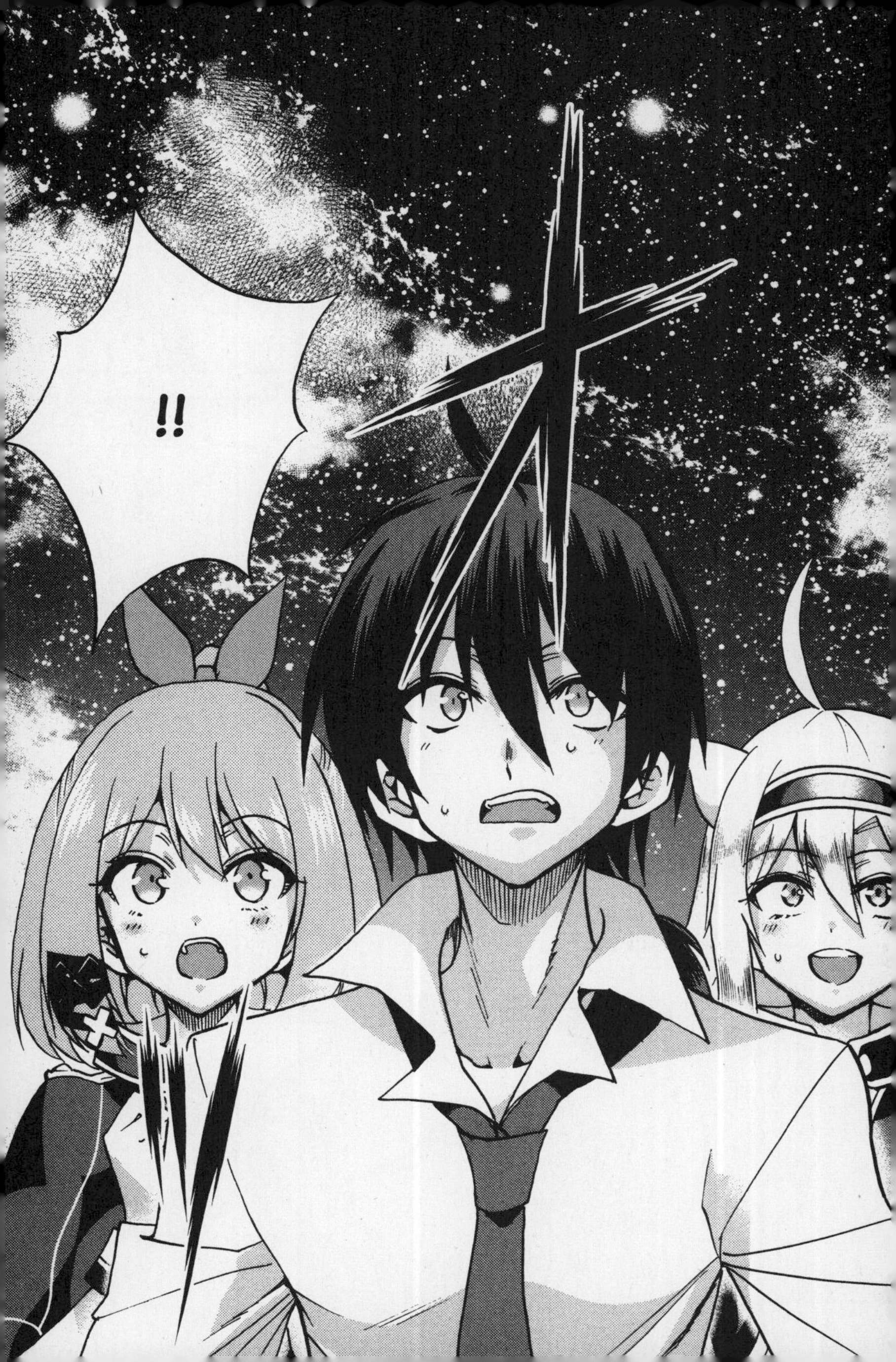

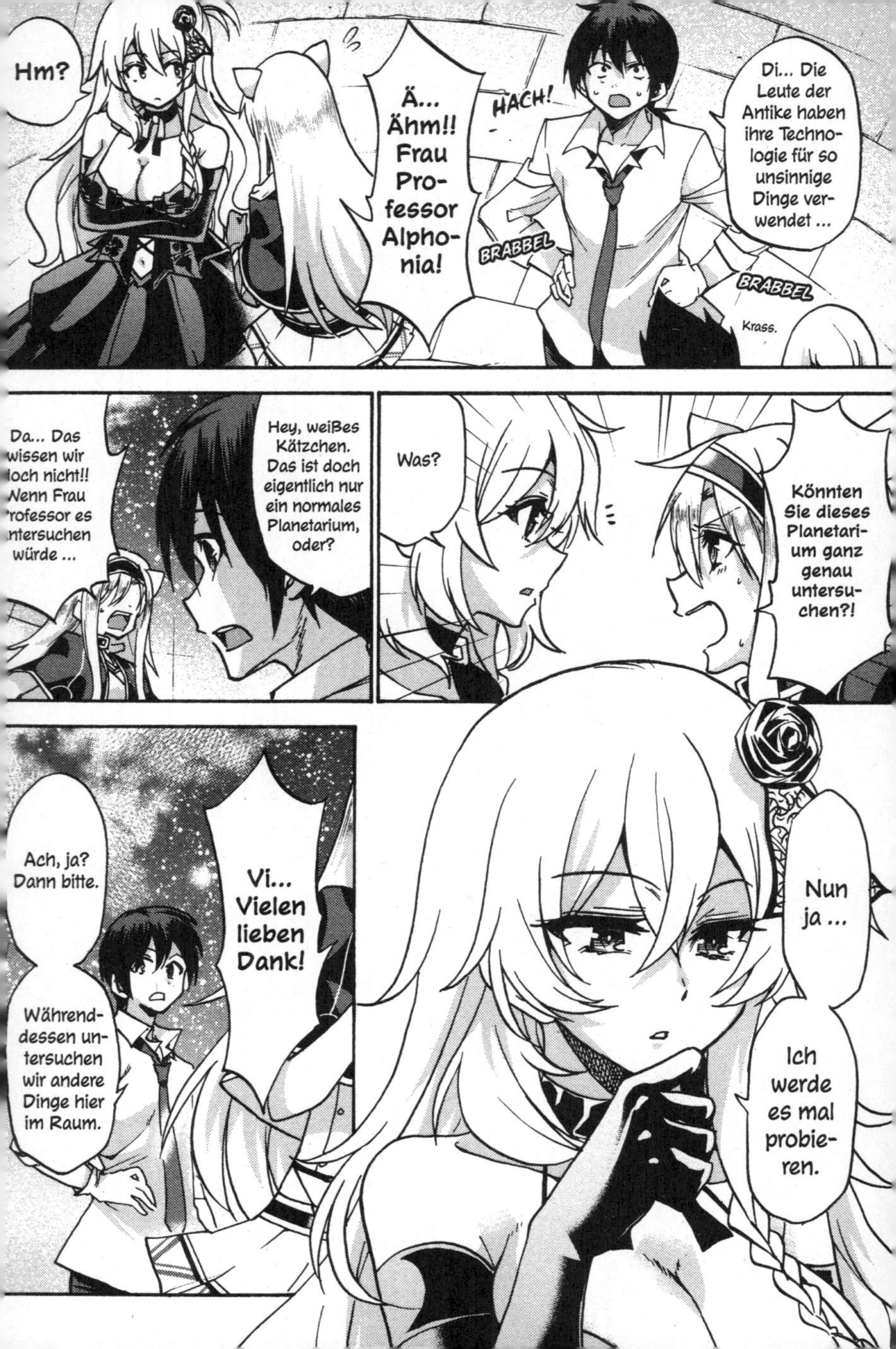
Di... Die Leute der Antike haben ihre Technologie für so unsinnige Dinge verwendet ...
HACH!
BRABBEL
BRABBEL
Krass.
Ä... Ähm!! Frau Professor Alphonia!
Hm?
Könnten Sie dieses Planetarium ganz genau untersuchen?!
Was?
Hey, weißes Kätzchen. Das ist doch eigentlich nur ein normales Planetarium, oder?
Da... Das wissen wir doch nicht!! Wenn Frau Professor es untersuchen würde ...
Nun ja ...
Ich werde es mal probieren.
Vi... Vielen lieben Dank!
Ach, ja? Dann bitte.
Währenddessen untersuchen wir andere Dinge hier im Raum.

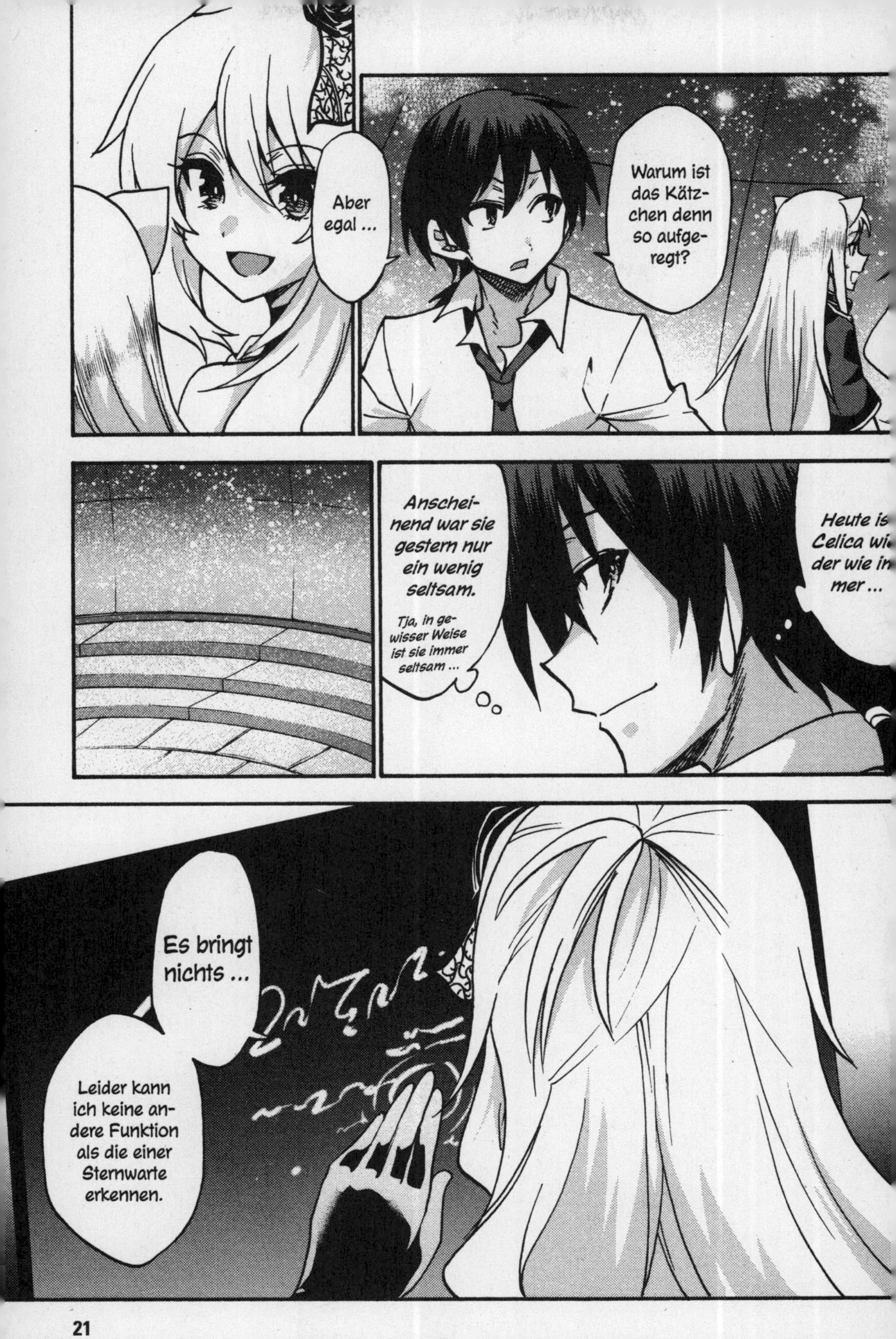

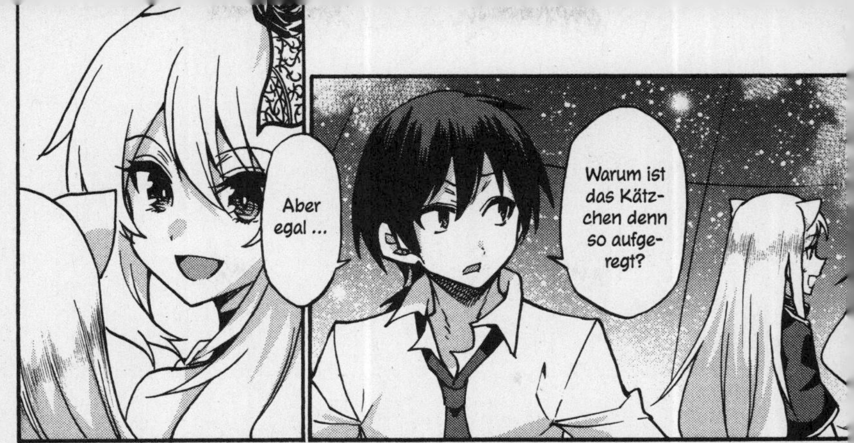

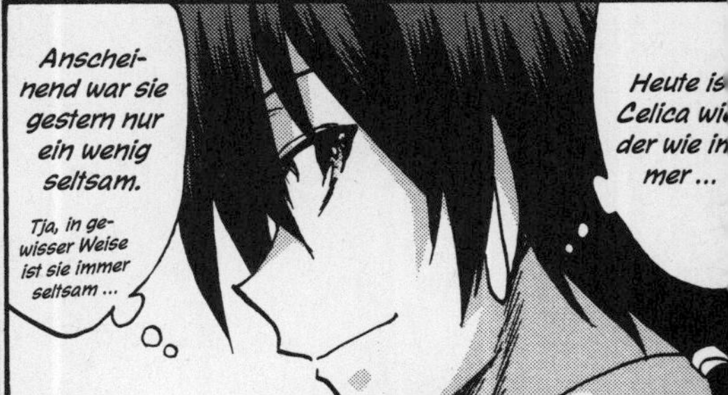

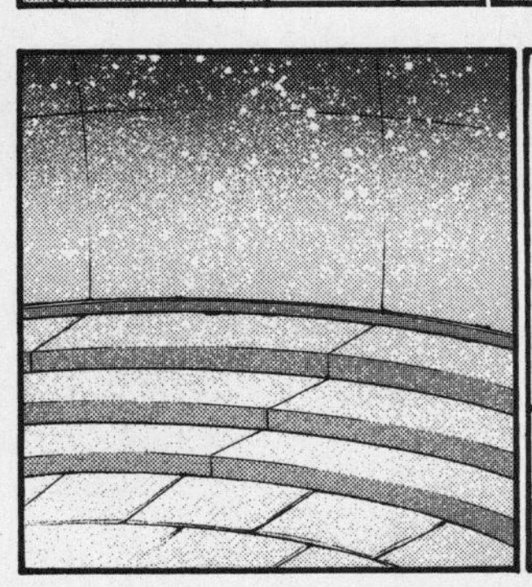

Es bringt nichts ...

Leider kann ich keine andere Funktion als die einer Sternwarte erkennen.

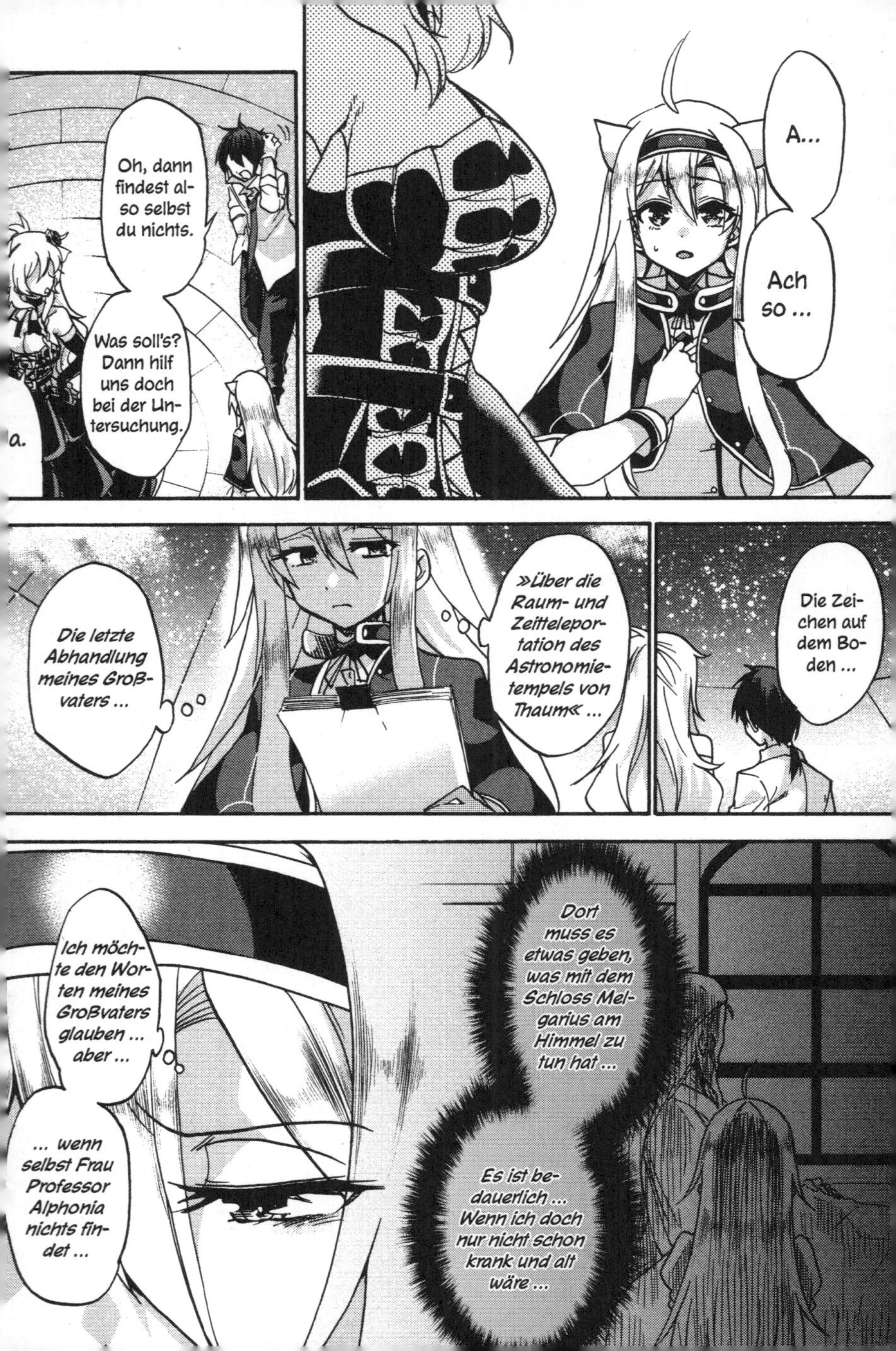

A...
Ach so ...
Oh, dann findest also selbst du nichts.
Was soll's? Dann hilf uns doch bei der Untersuchung.
a.
Die Zeichen auf dem Boden ...
»Über die Raum- und Zeitteleportation des Astronomietempels von Thaum« ...
Die letzte Abhandlung meines Großvaters ...
Dort muss es etwas geben, was mit dem Schloss Melgarius am Himmel zu tun hat ...
Es ist bedauerlich ... Wenn ich doch nur nicht schon krank und alt wäre ...
Ich möchte den Worten meines Großvaters glauben ... aber ...
... wenn selbst Frau Professor Alphonia nichts findet ...

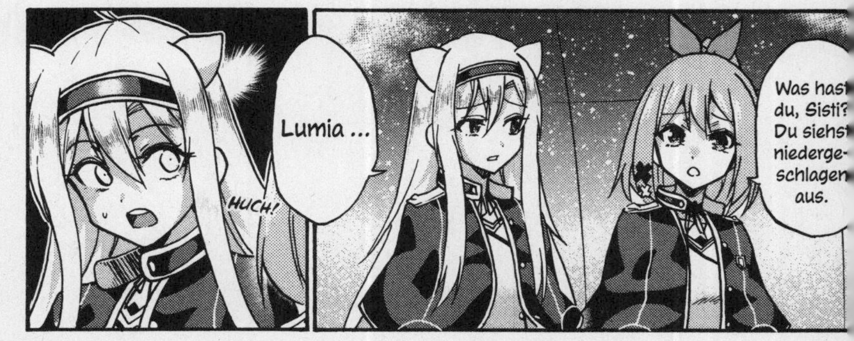
Was has
du, Sisti?
Du siehs
niederge-
schlagen
aus.
Lumia ...
HUCH!

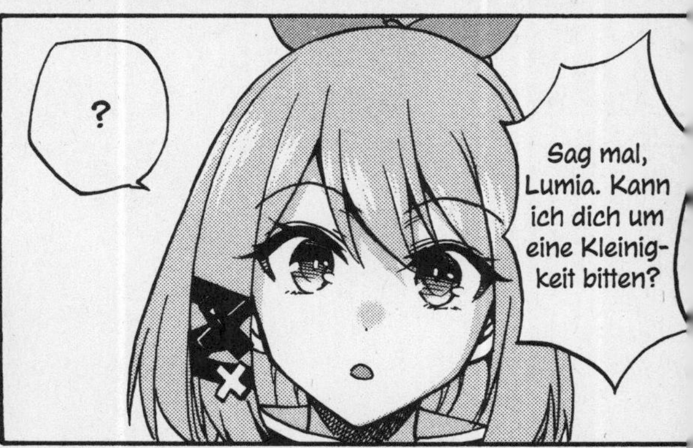
Sag mal, Lumia. Kann ich dich um eine Kleinig-keit bitten?
?

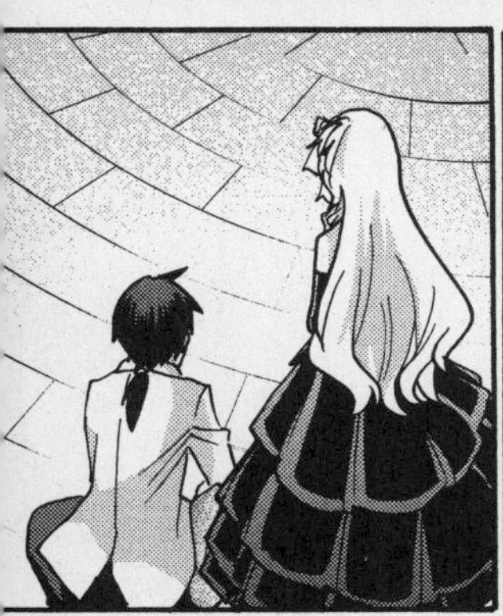

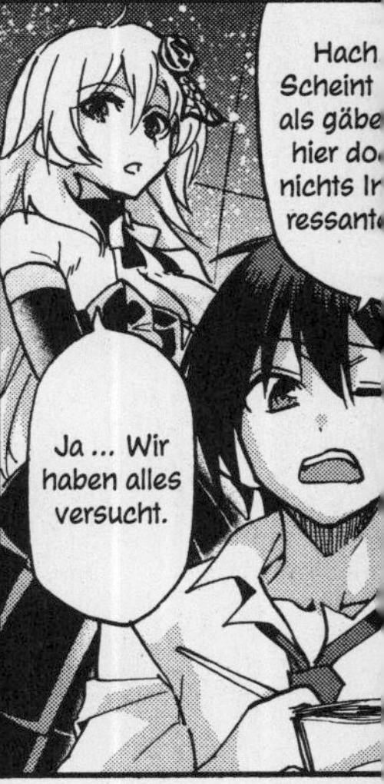
Hach
Scheint
als gäbe
hier do
nichts Ir
ressant
Ja ... Wir haben alles versucht.

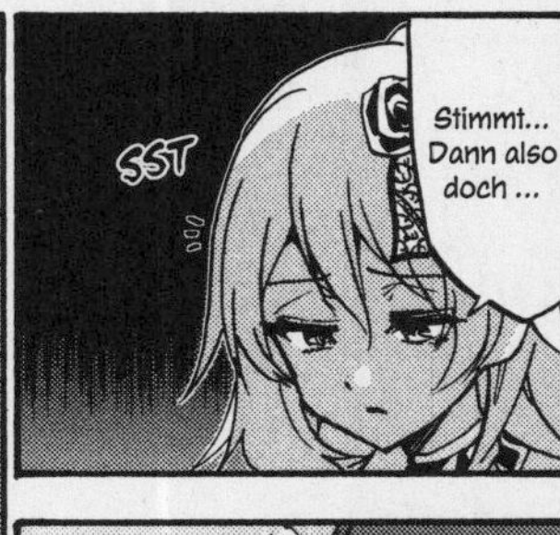
Stimmt... Dann also doch ...
SST

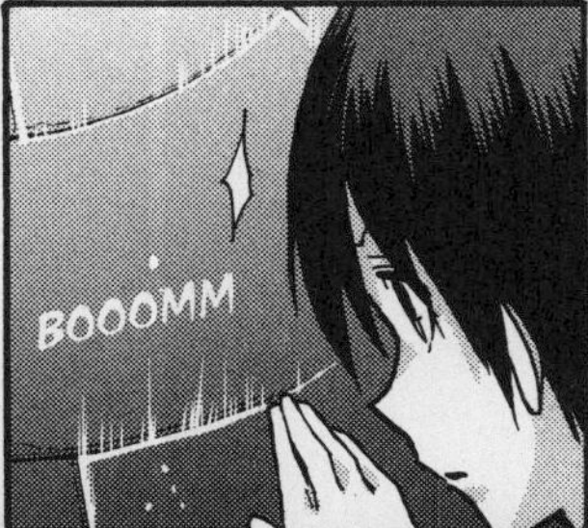
BOOOMM

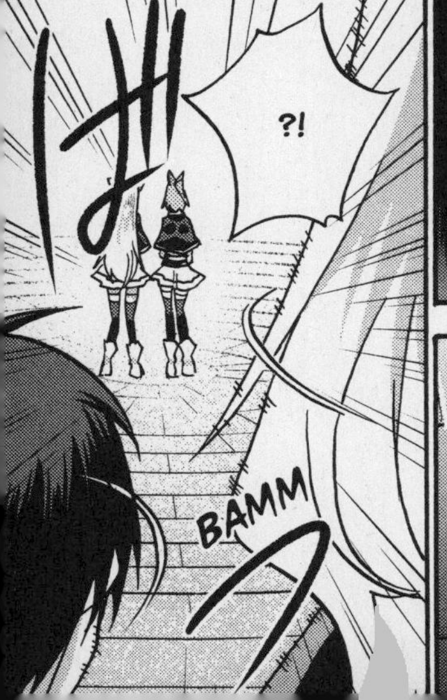
?!
BAMM

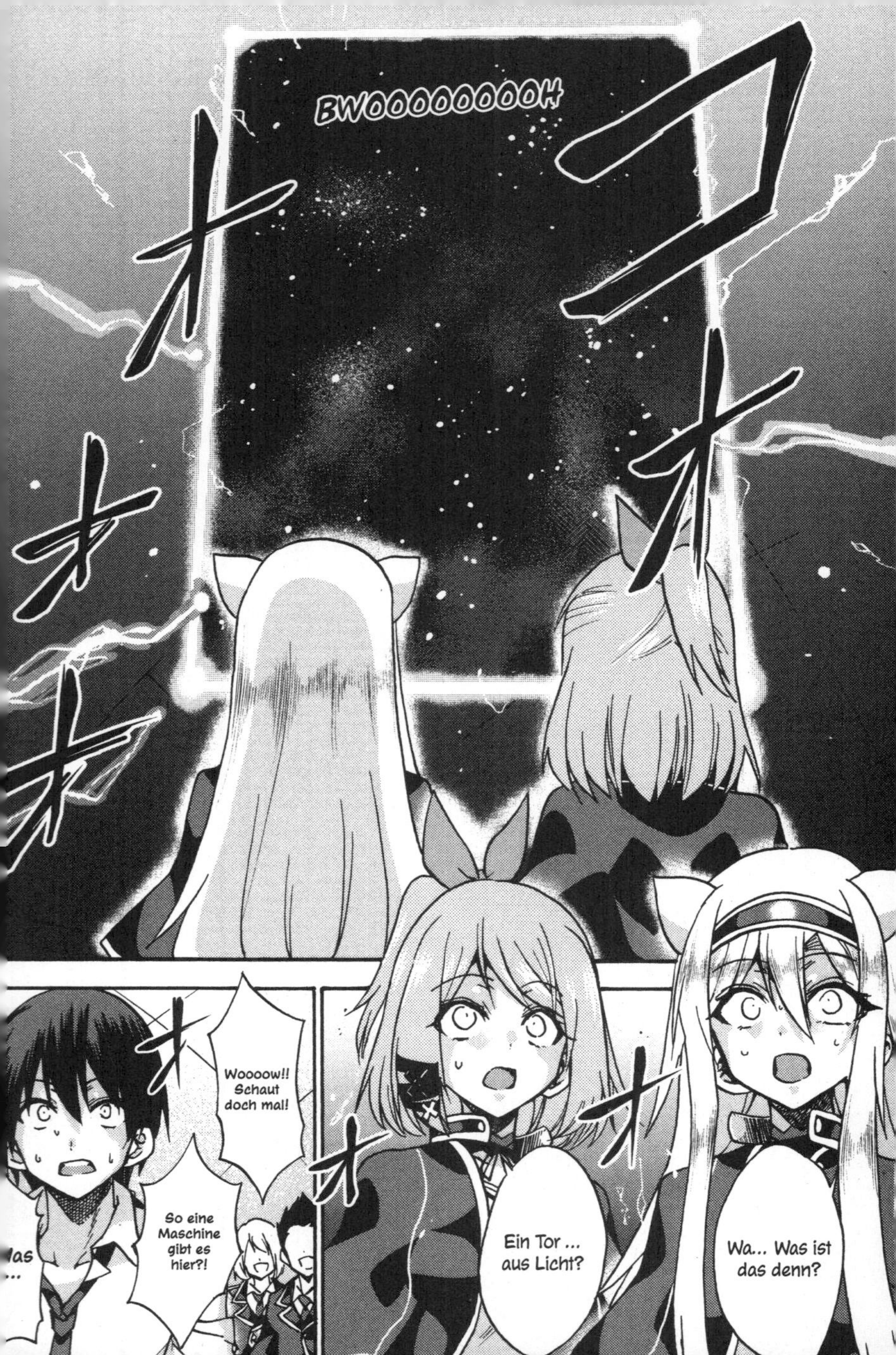
BWOOOOOOOOH
Wa... Was ist das denn?
Ein Tor ... aus Licht?
Wooooow!! Schaut doch mal!
So eine Maschine gibt es hier?!

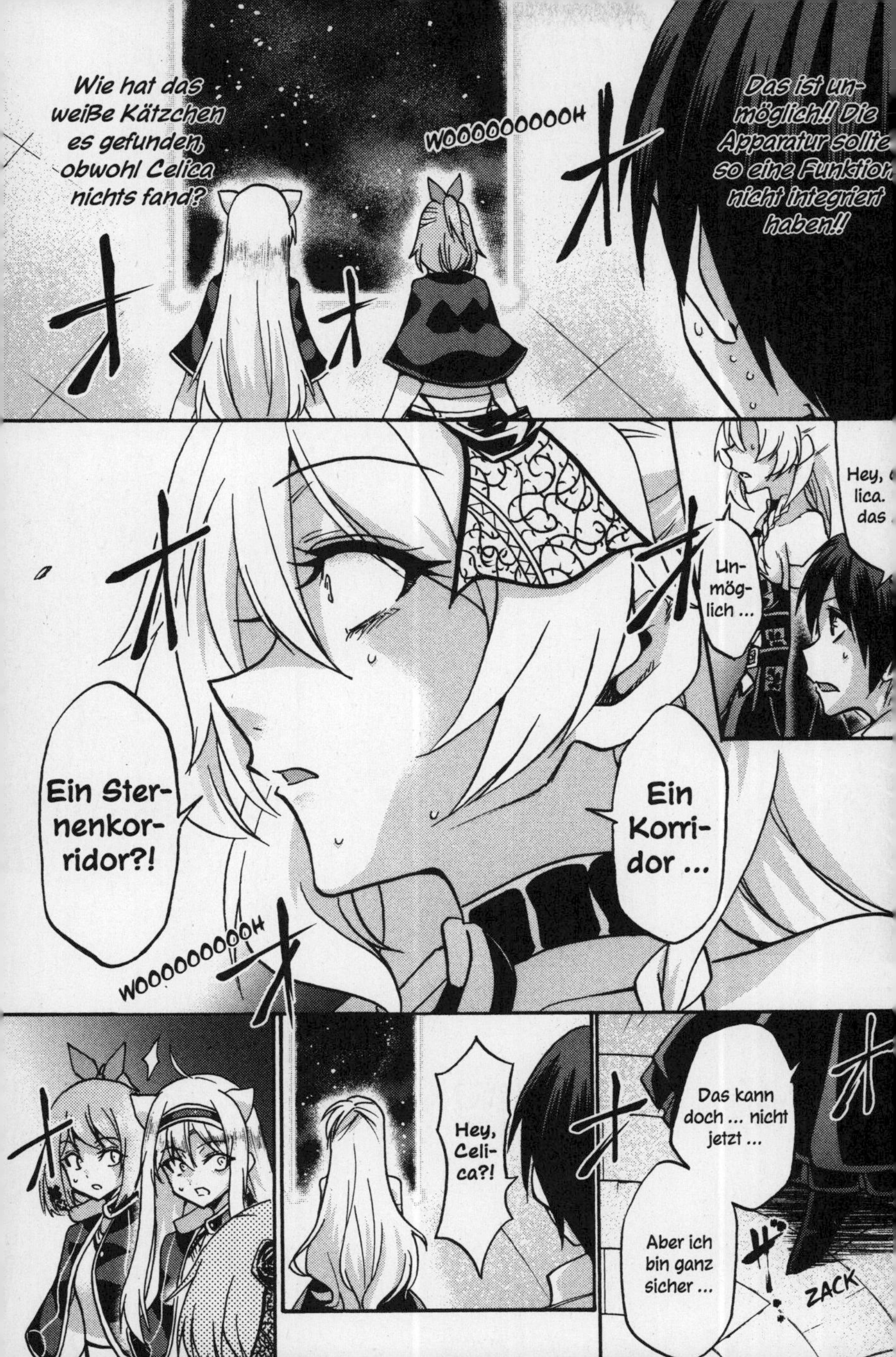
Das ist unmöglich!! Die Apparatur sollte so eine Funktion nicht integriert haben!!
WOOOOOOOOOH
Wie hat das weiße Kätzchen es gefunden, obwohl Celica nichts fand?
Unmöglich ...
Ein Korridor ...
Ein Sternenkorridor?!
WOOOOOOOOOH
Das kann doch ... nicht jetzt ...
Aber ich bin ganz sicher ...
ZACK
Hey, Celica?!

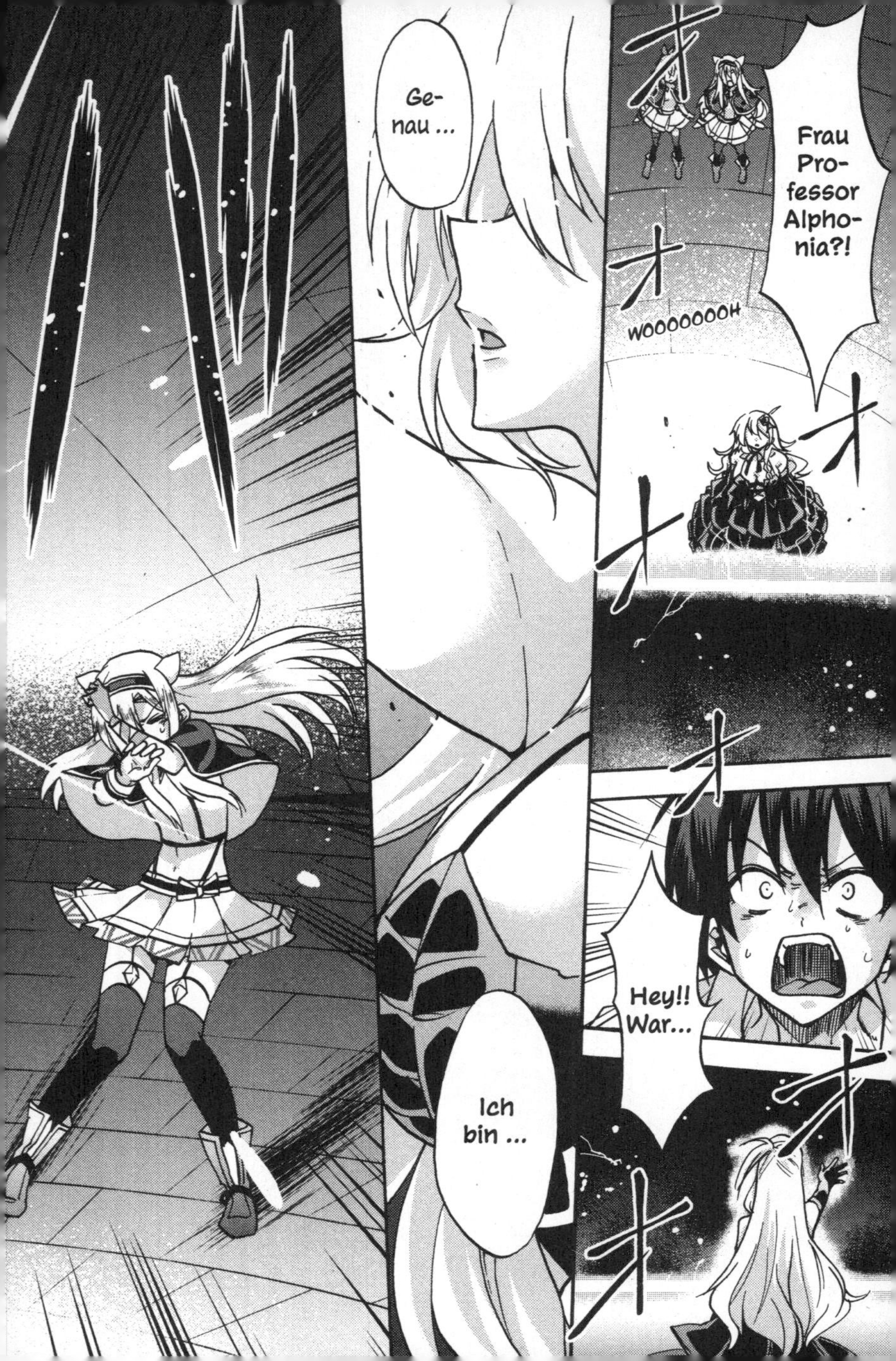
Frau Professor Alphonia?!
WOOOOOOOH
Hey!! War...
Genau ...
Ich bin ...

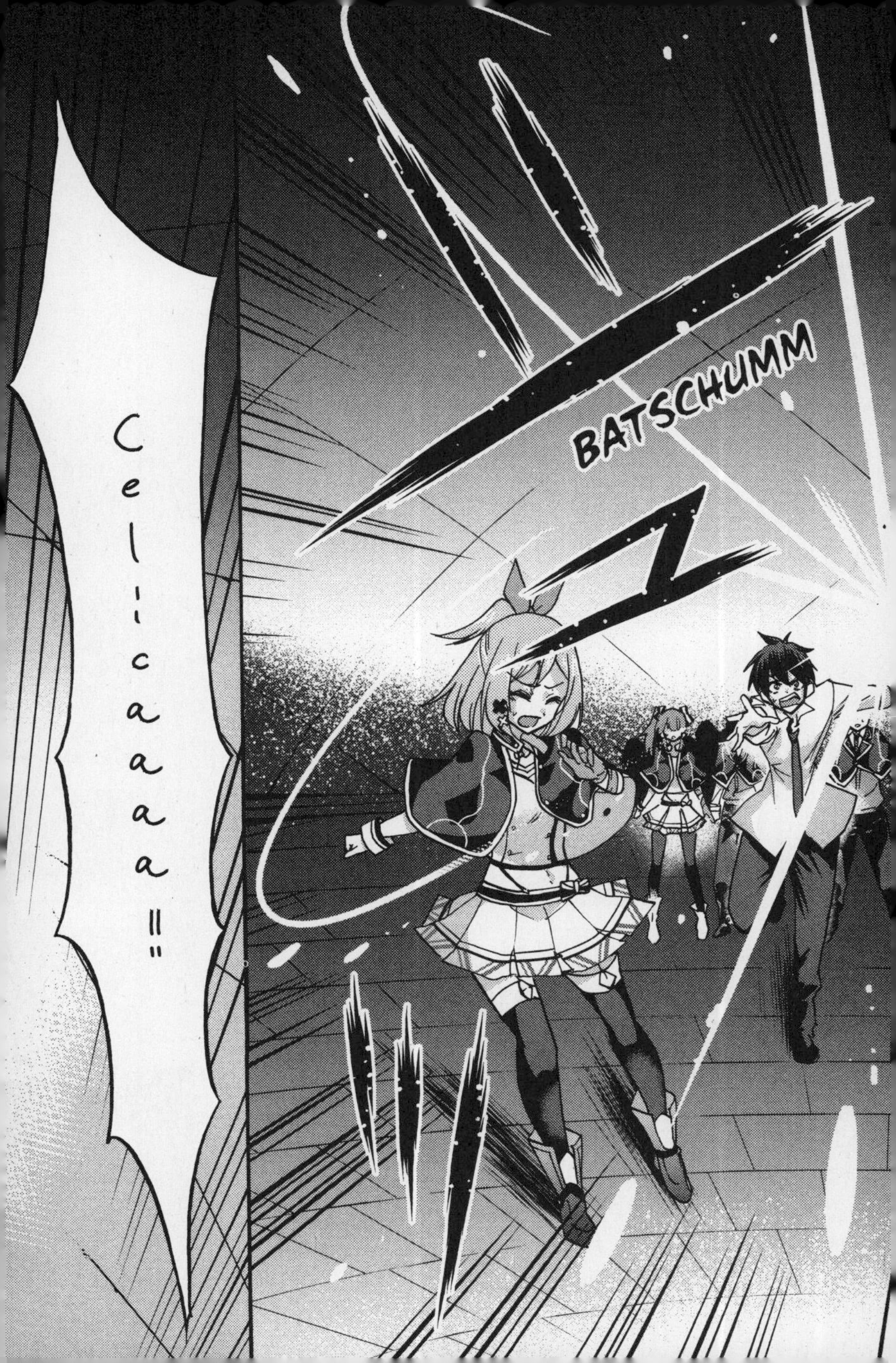
Celicaaaaa!!
BATSCHUMM

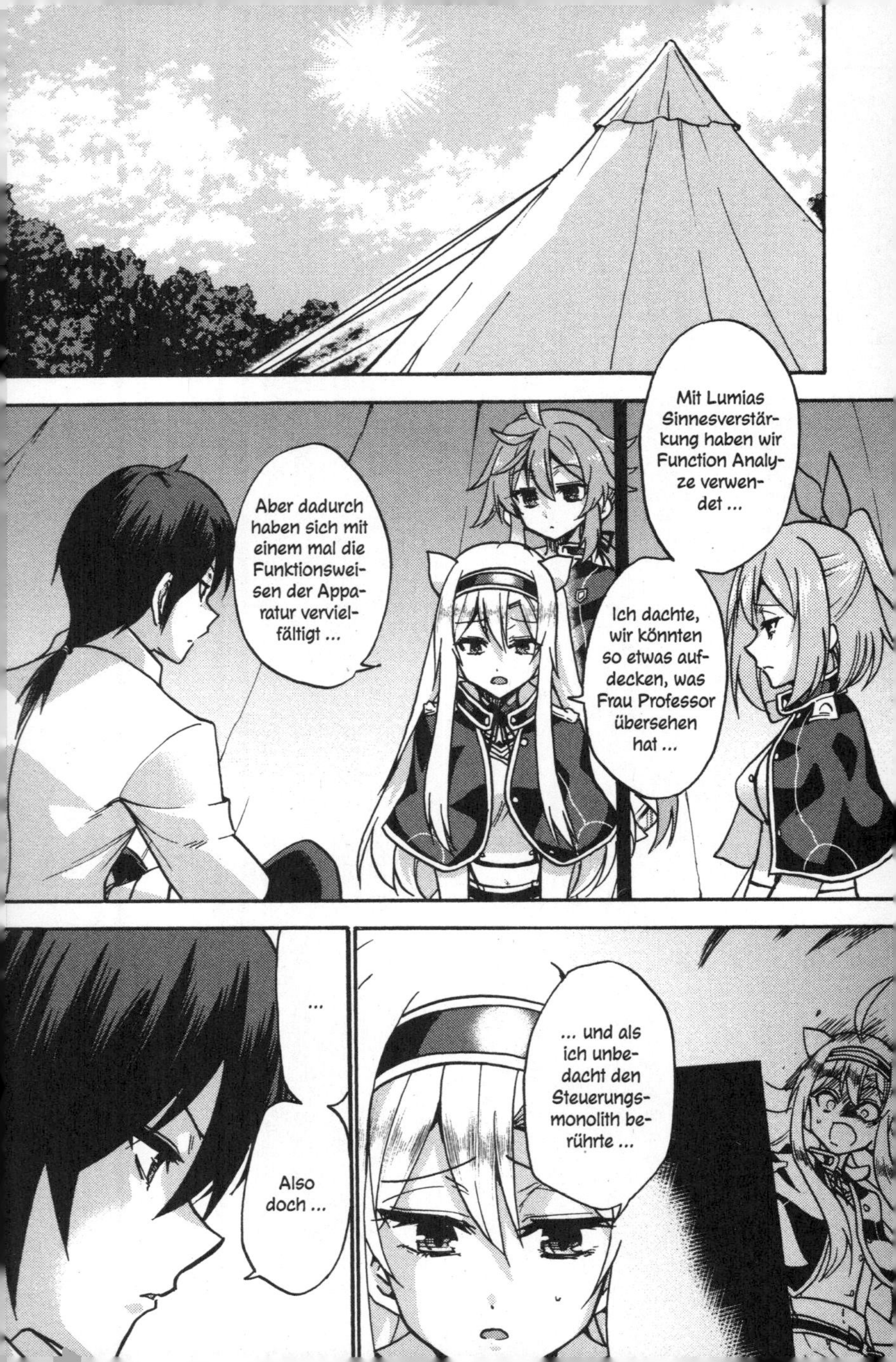
Mit Lumias Sinnesverstärkung haben wir Function Analyze verwendet ...
Ich dachte, wir könnten so etwas aufdecken, was Frau Professor übersehen hat ...
Aber dadurch haben sich mit einem mal die Funktionsweisen der Apparatur vervielfältigt ...
... und als ich unbedacht den Steuerungsmonolith berührte ...
...
Also doch ...

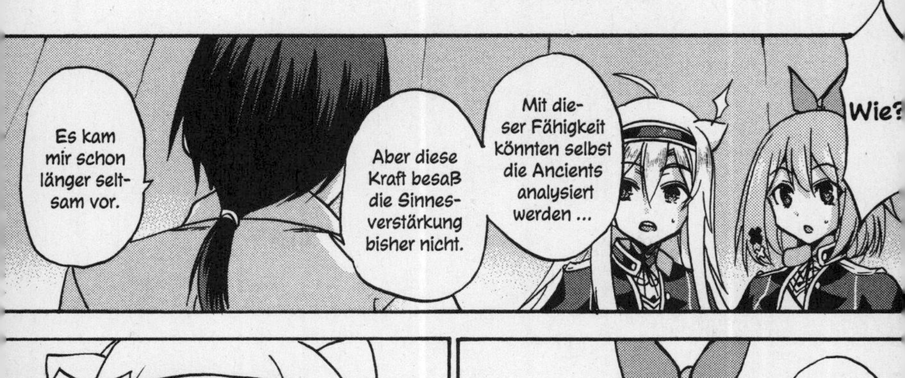
Wie?
Mit dieser Fähigkeit könnten selbst die Ancients analysiert werden ...
Aber diese Kraft besaß die Sinnesverstärkung bisher nicht.
Es kam mir schon länger seltsam vor.

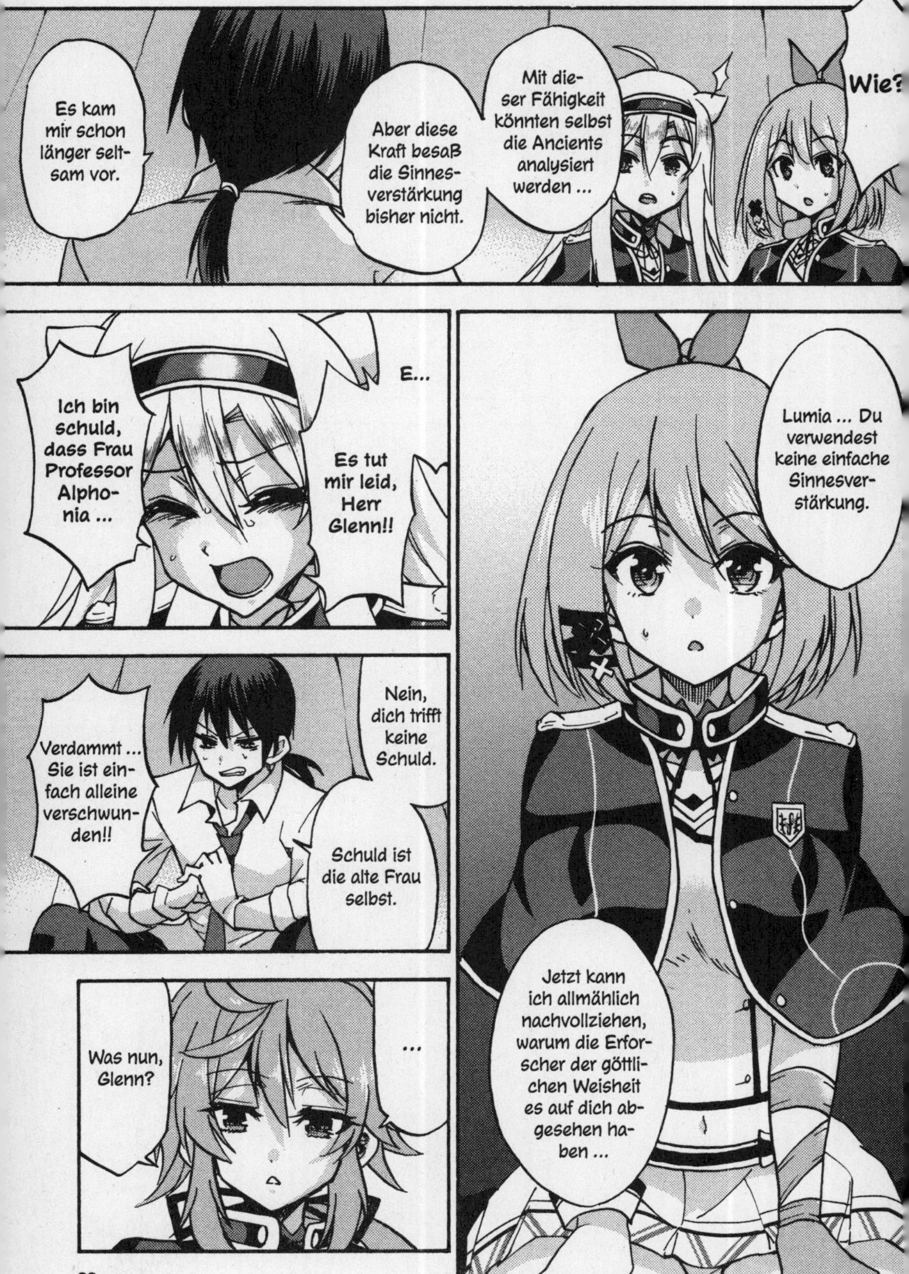

Lumia ... Du verwendest keine einfache Sinnesverstärkung.
Jetzt kann ich allmählich nachvollziehen, warum die Erforscher der göttlichen Weisheit es auf dich abgesehen haben ...

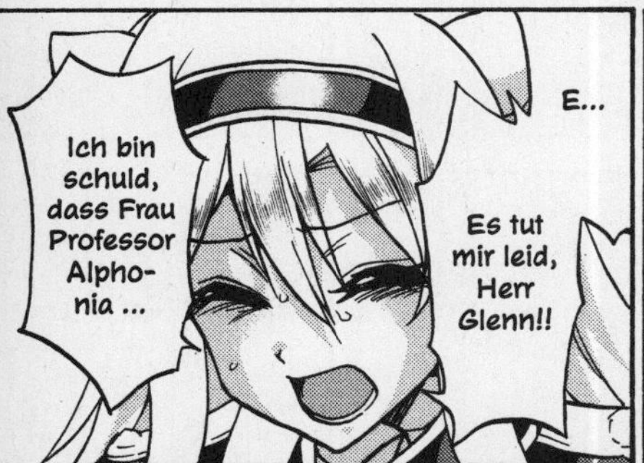
E...
Es tut mir leid, Herr Glenn!!
Ich bin schuld, dass Frau Professor Alphonia ...

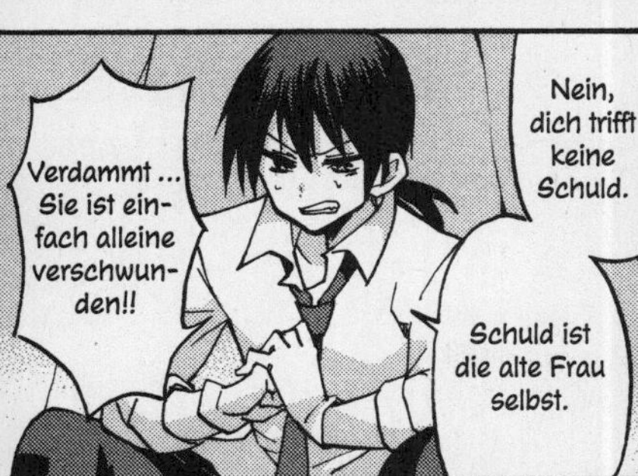
Nein, dich trifft keine Schuld.
Schuld ist die alte Frau selbst.
Verdammt ... Sie ist einfach alleine verschwunden!!

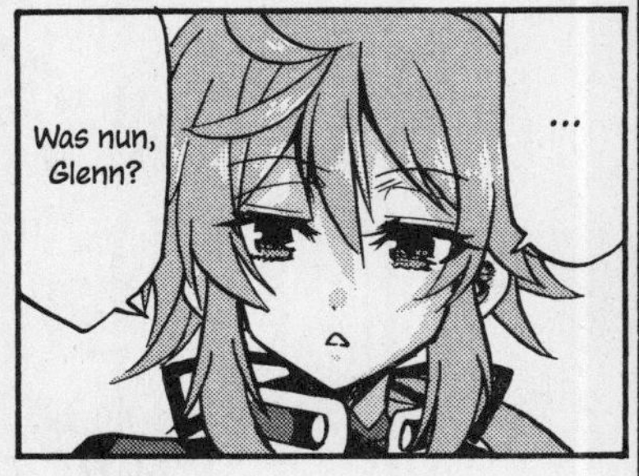
...
Was nun, Glenn?

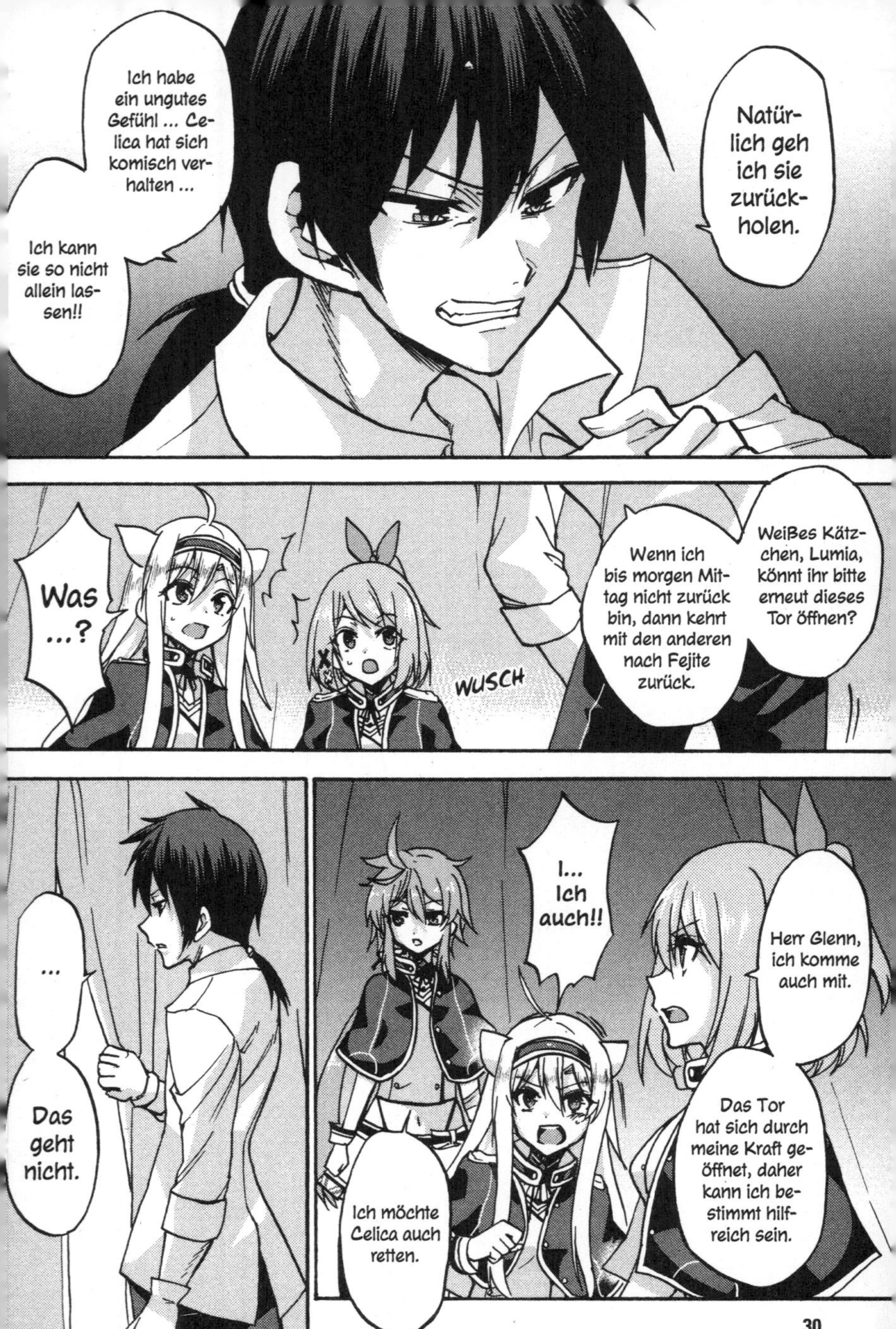

Natürlich geh ich sie zurückholen.

Ich habe ein ungutes Gefühl ... Celica hat sich komisch verhalten ...

Ich kann sie so nicht allein lassen!!

Weißes Kätzchen, Lumia, könnt ihr bitte erneut dieses Tor öffnen?

Wenn ich bis morgen Mittag nicht zurück bin, dann kehrt mit den anderen nach Fejite zurück.

WUSCH

Was ...?

Herr Glenn, ich komme auch mit.

Das Tor hat sich durch meine Kraft geöffnet, daher kann ich bestimmt hilfreich sein.

I... Ich auch!!

Ich möchte Celica auch retten.

...

Das geht nicht.

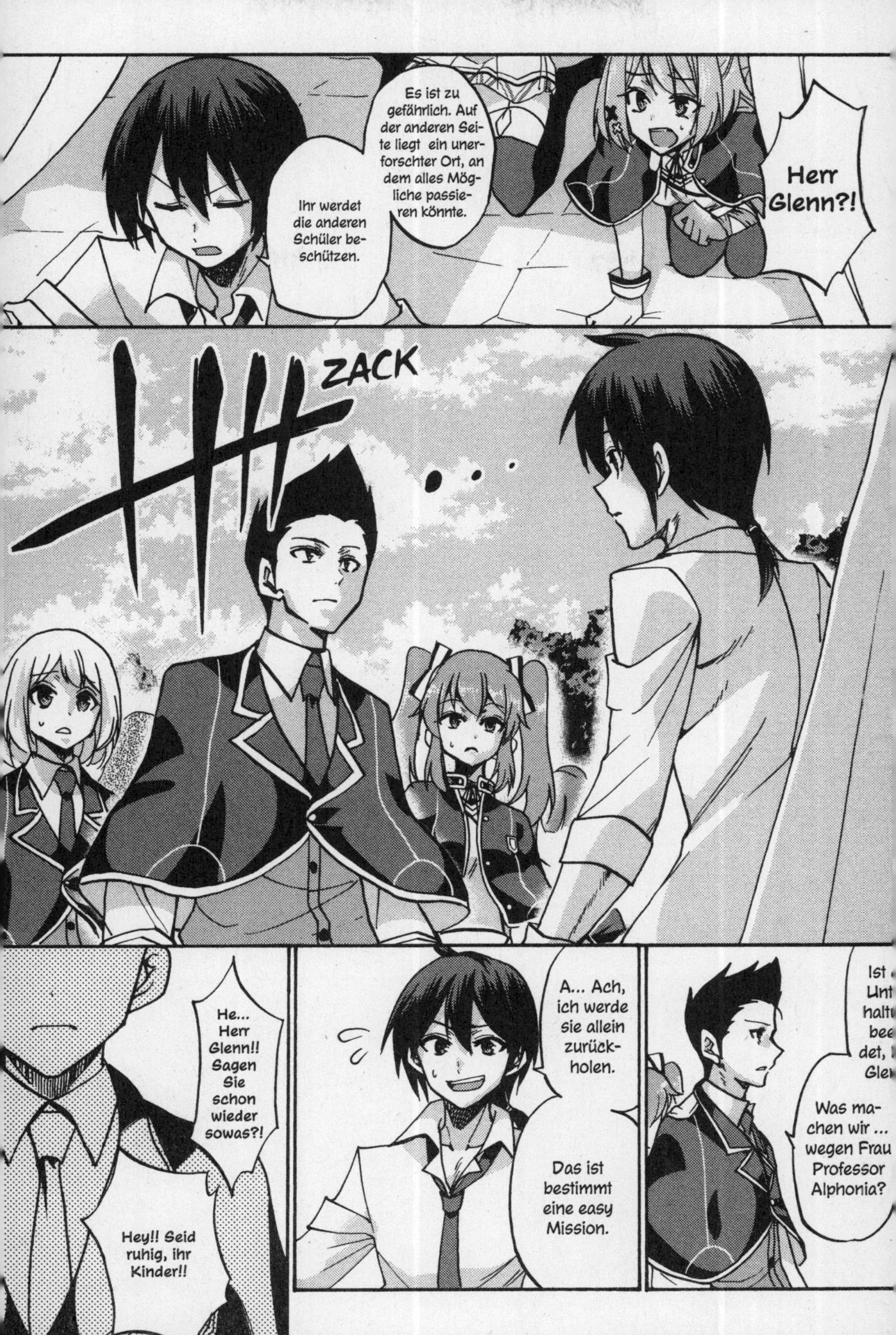
Herr Glenn?!
Es ist zu gefährlich. Auf der anderen Seite liegt ein unerforschter Ort, an dem alles Mögliche passieren könnte.
Ihr werdet die anderen Schüler beschützen.
ZACK
...
Was machen wir ... wegen Frau Professor Alphonia?
A... Ach, ich werde sie allein zurückholen.
Das ist bestimmt eine easy Mission.
He... Herr Glenn!! Sagen Sie schon wieder sowas?!
Hey!! Seid ruhig, ihr Kinder!!

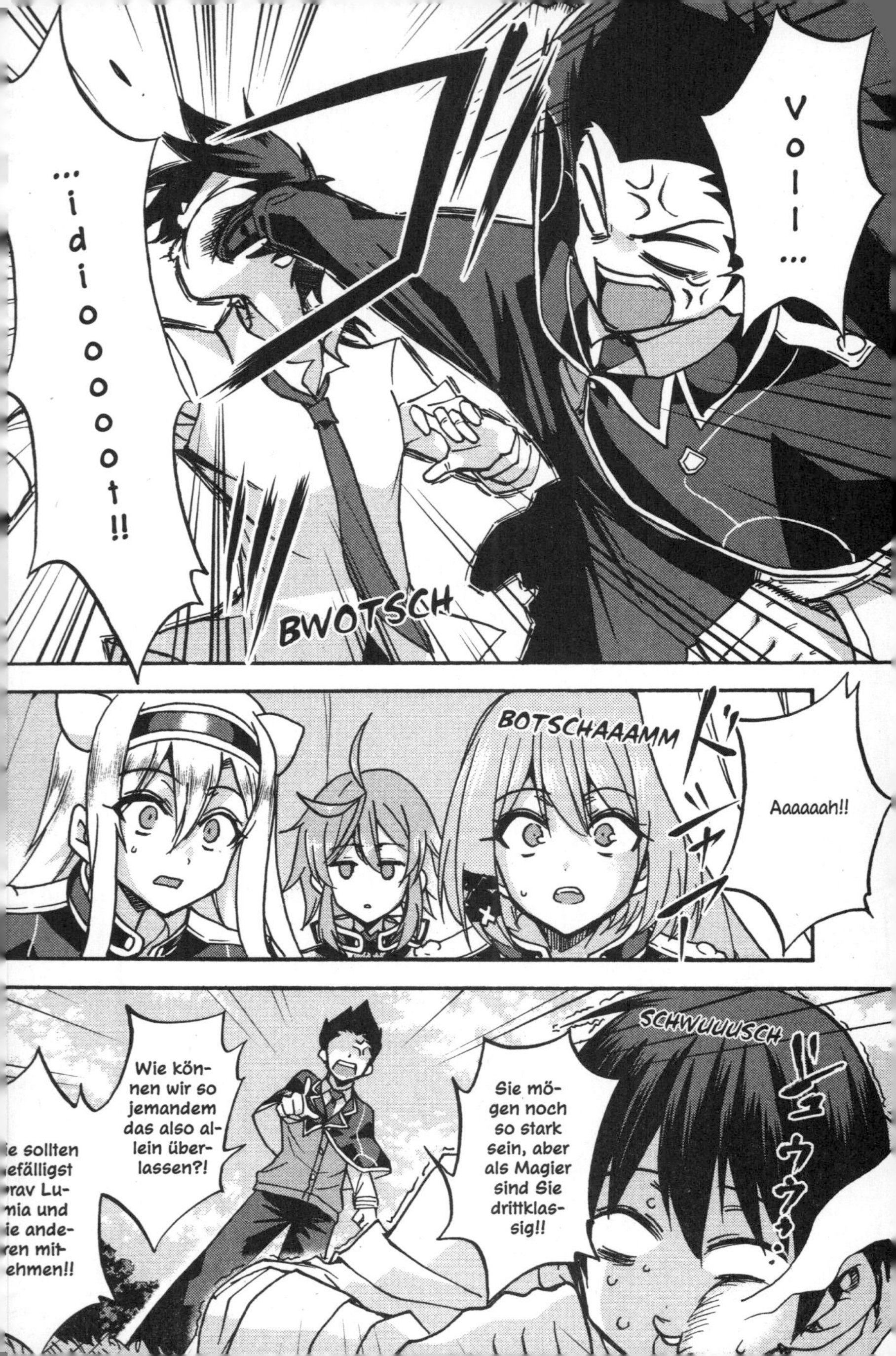

Voll...
...idiooooooot!!
BWOTSCH
BOTSCHAAAMM
Aaaaaah!!
SCHWUUUSCH
Sie mögen noch so stark sein, aber als Magier sind Sie drittklassig!!
Wie können wir so jemandem das also allein überlassen?!
ie sollten efälligst rav Lumia und ie anderen mitehmen!!

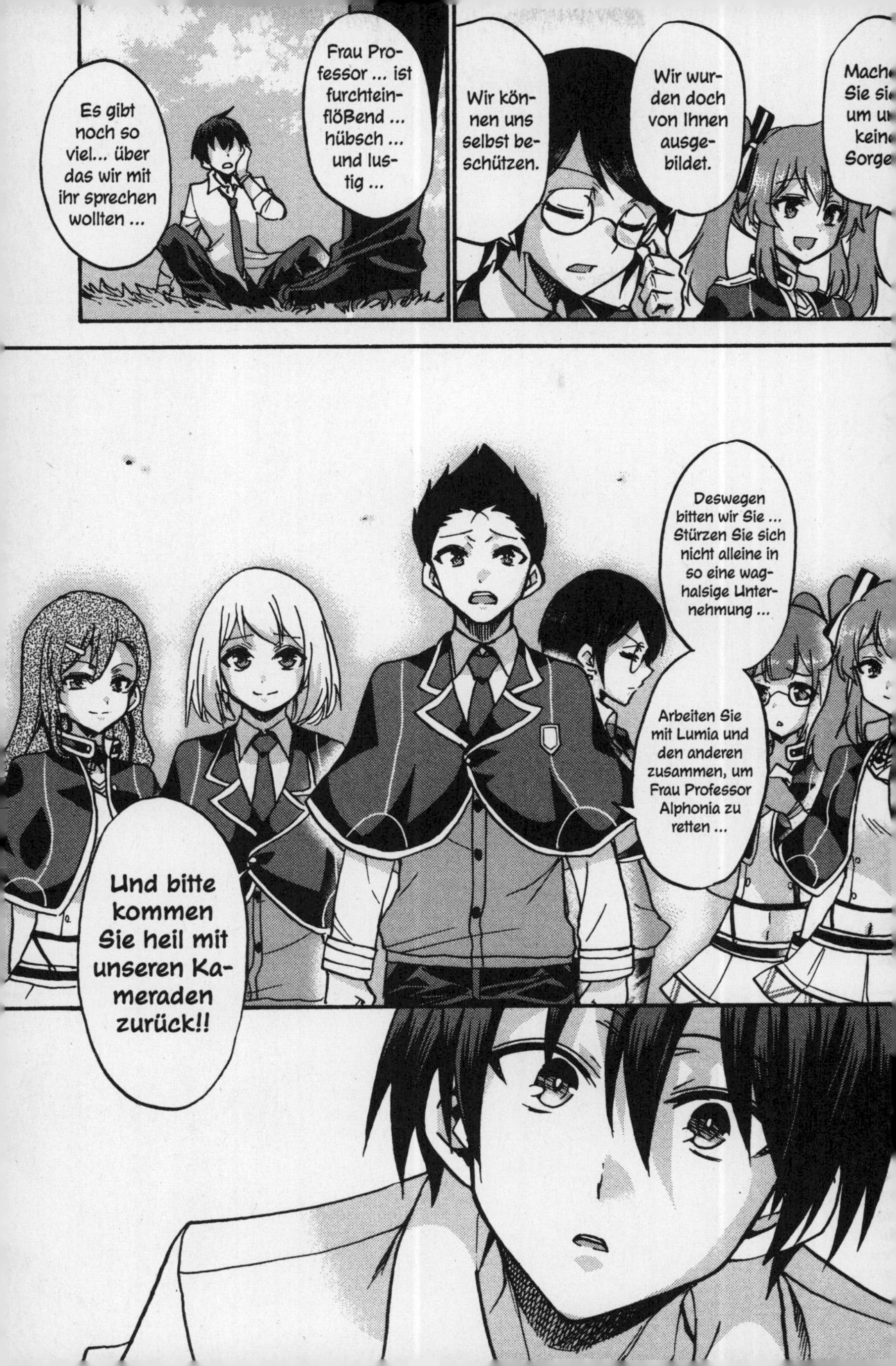

Mache Sie si um u keine Sorge

Wir wurden doch von Ihnen ausgebildet.

Wir können uns selbst beschützen.

Frau Professor ... ist furchteinflößend ... hübsch ... und lustig ...

Es gibt noch so viel... über das wir mit ihr sprechen wollten ...

Deswegen bitten wir Sie ... Stürzen Sie sich nicht alleine in so eine waghalsige Unternehmung ...

Arbeiten Sie mit Lumia und den anderen zusammen, um Frau Professor Alphonia zu retten ...

Und bitte kommen Sie heil mit unseren Kameraden zurück!!

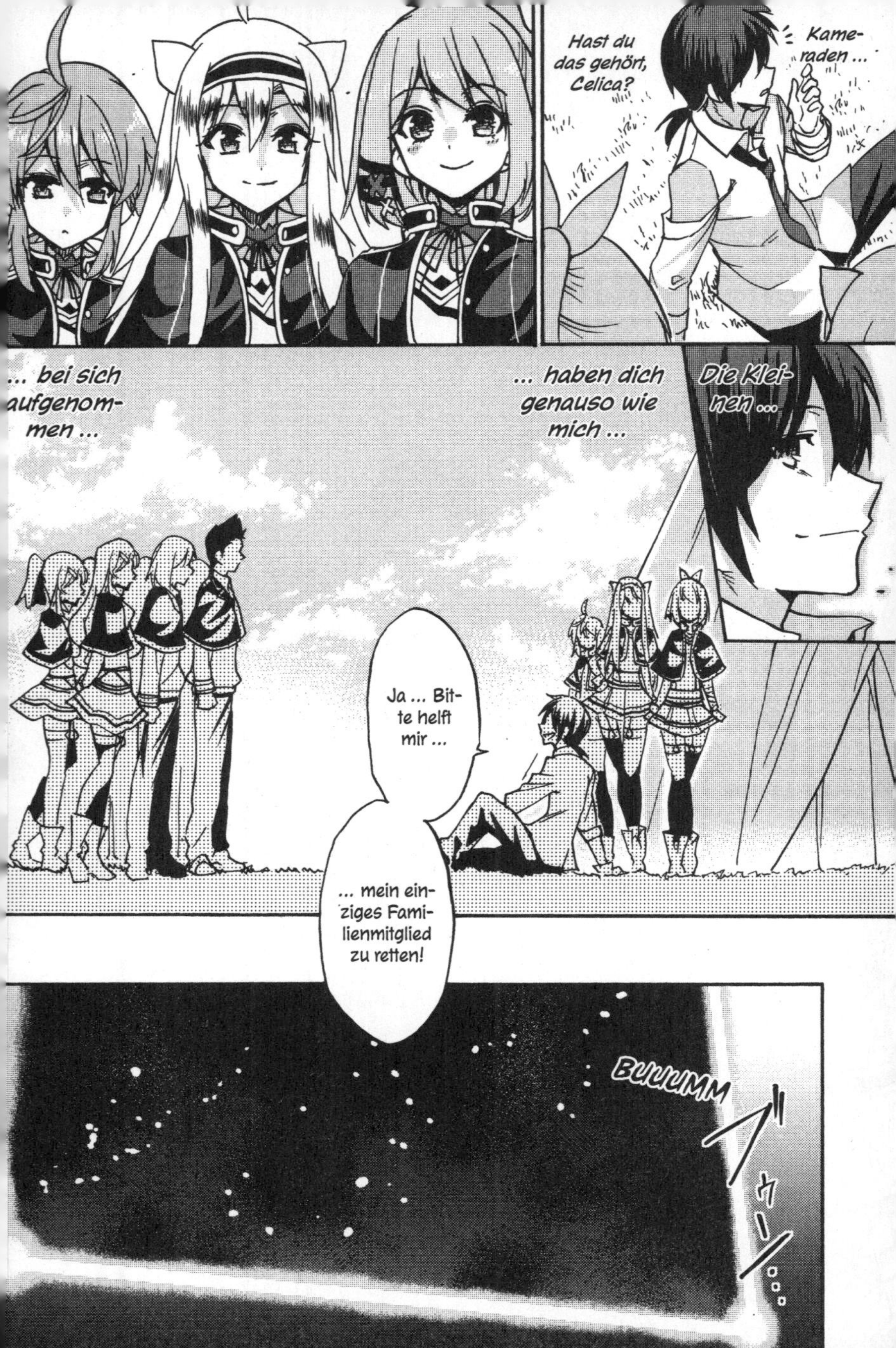
Kameraden ...
Hast du das gehört, Celica?
Die Kleinen ...
... haben dich genauso wie mich ...
... bei sich aufgenommen ...
Ja ... Bitte helft mir ...
... mein einziges Familienmitglied zu retten!
BUUUMM
ブゥーン…

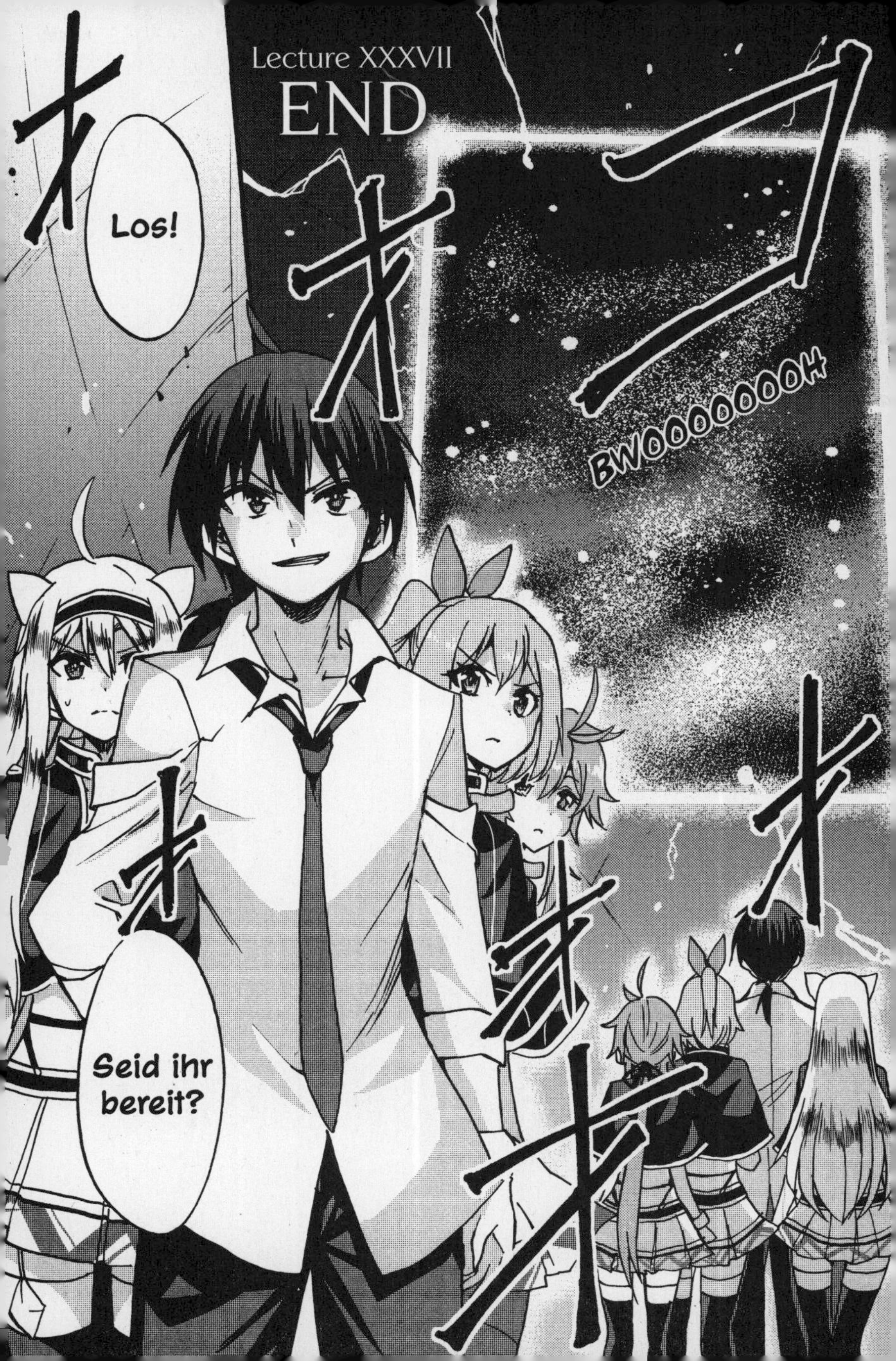
Lecture XXXVII
END
Los!
BWOOOOOOOOH
Seid ihr bereit?

Akashic Records
of the Bastard Magic Instructor

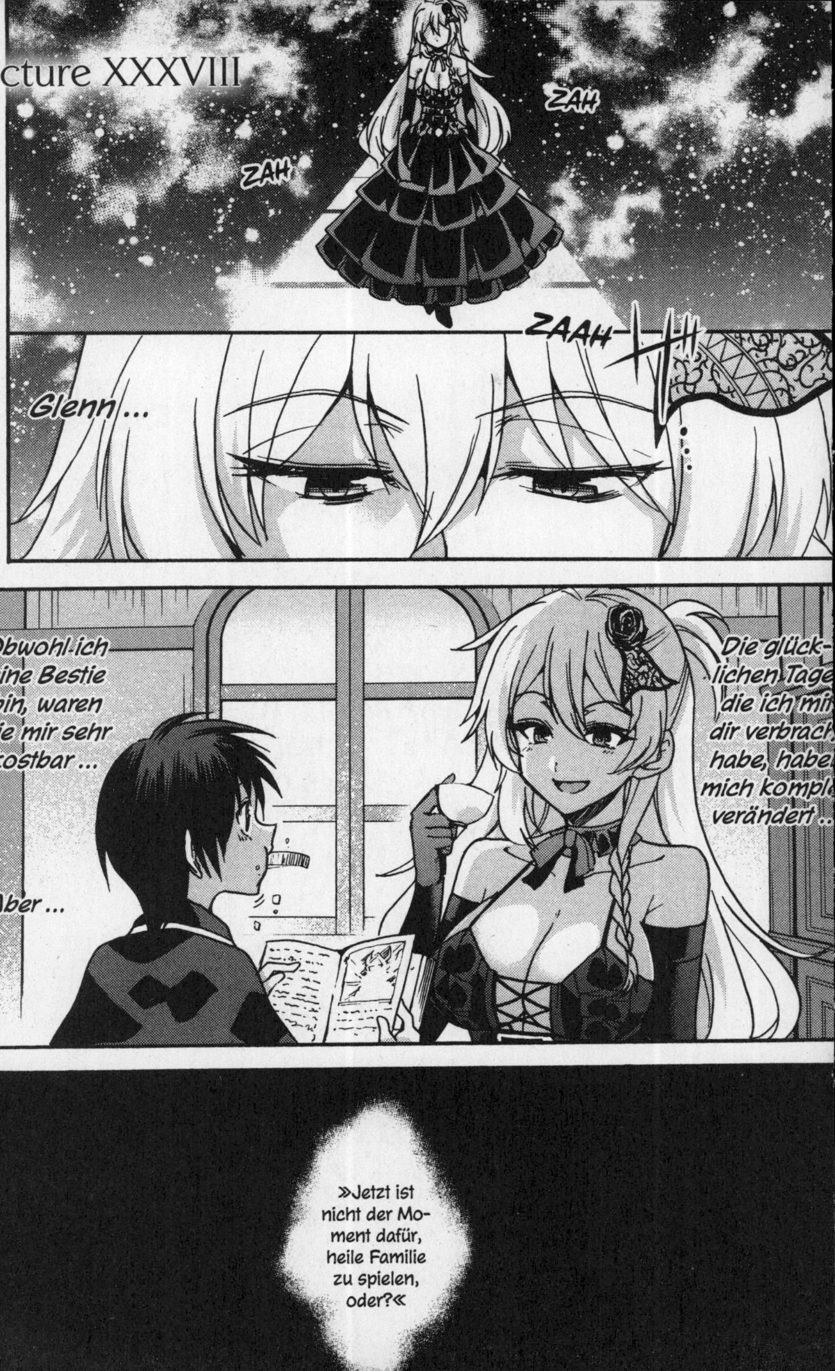

Lecture XXXVIII

ZAH

ZAH

ZAAH

Glenn ...

Die glück-
lichen Tage
die ich mi
dir verbrach
habe, habe
mich kompl
verändert ...

Obwohl ich
eine Bestie
bin, waren
sie mir sehr
kostbar ...

Aber ...

»Jetzt ist
nicht der Mo-
ment dafür,
heile Familie
zu spielen,
oder?«

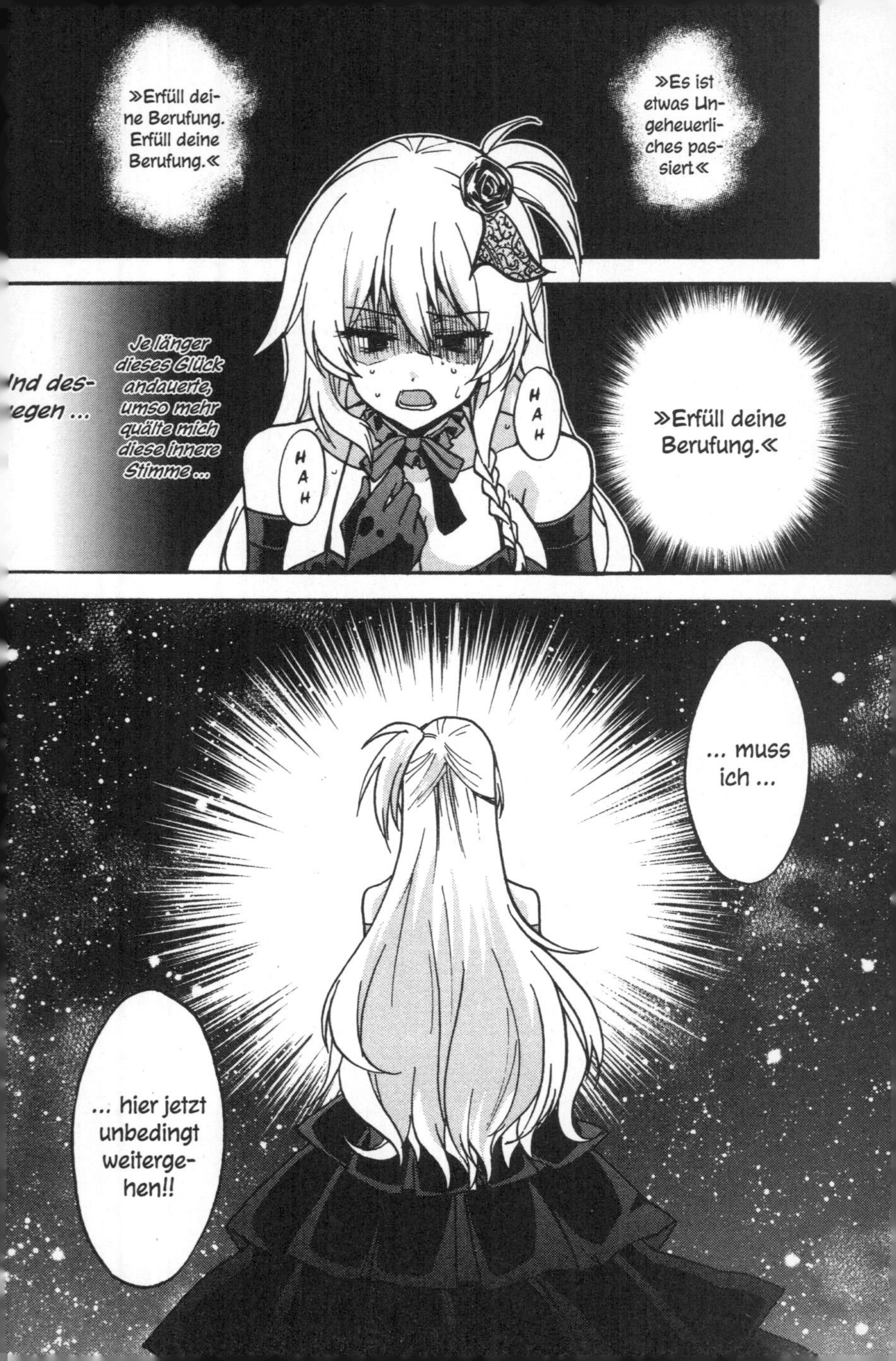

»Es ist etwas Ungeheuerliches passiert«

»Erfüll deine Berufung. Erfüll deine Berufung.«

»Erfüll deine Berufung.«

HAH

HAH

Je länger dieses Glück andauerte, umso mehr quälte mich diese innere Stimme ...

Ind des-
egen ...

... muss ich ...

... hier jetzt unbedingt weitergehen!!

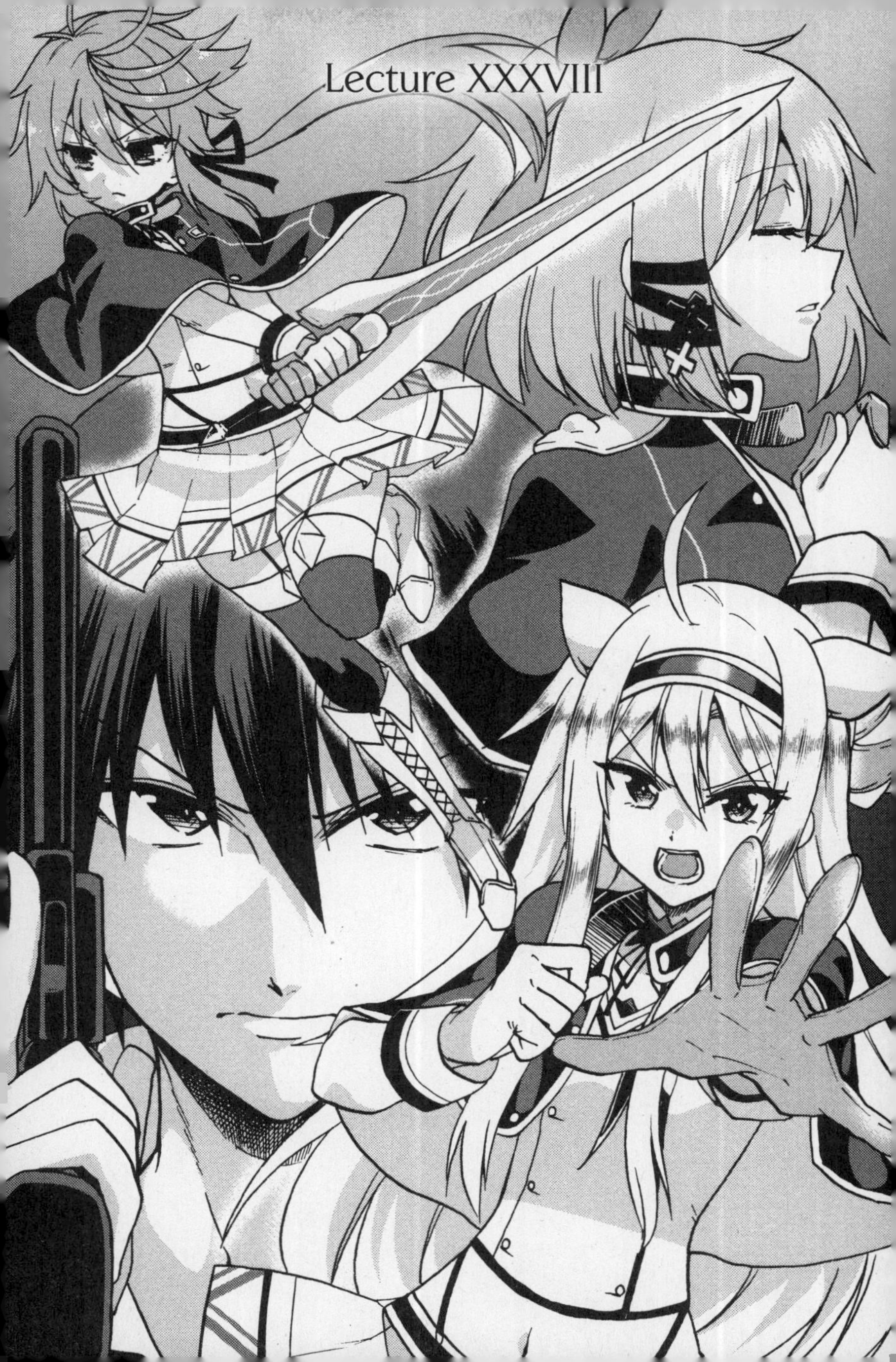
Lecture XXXVIII

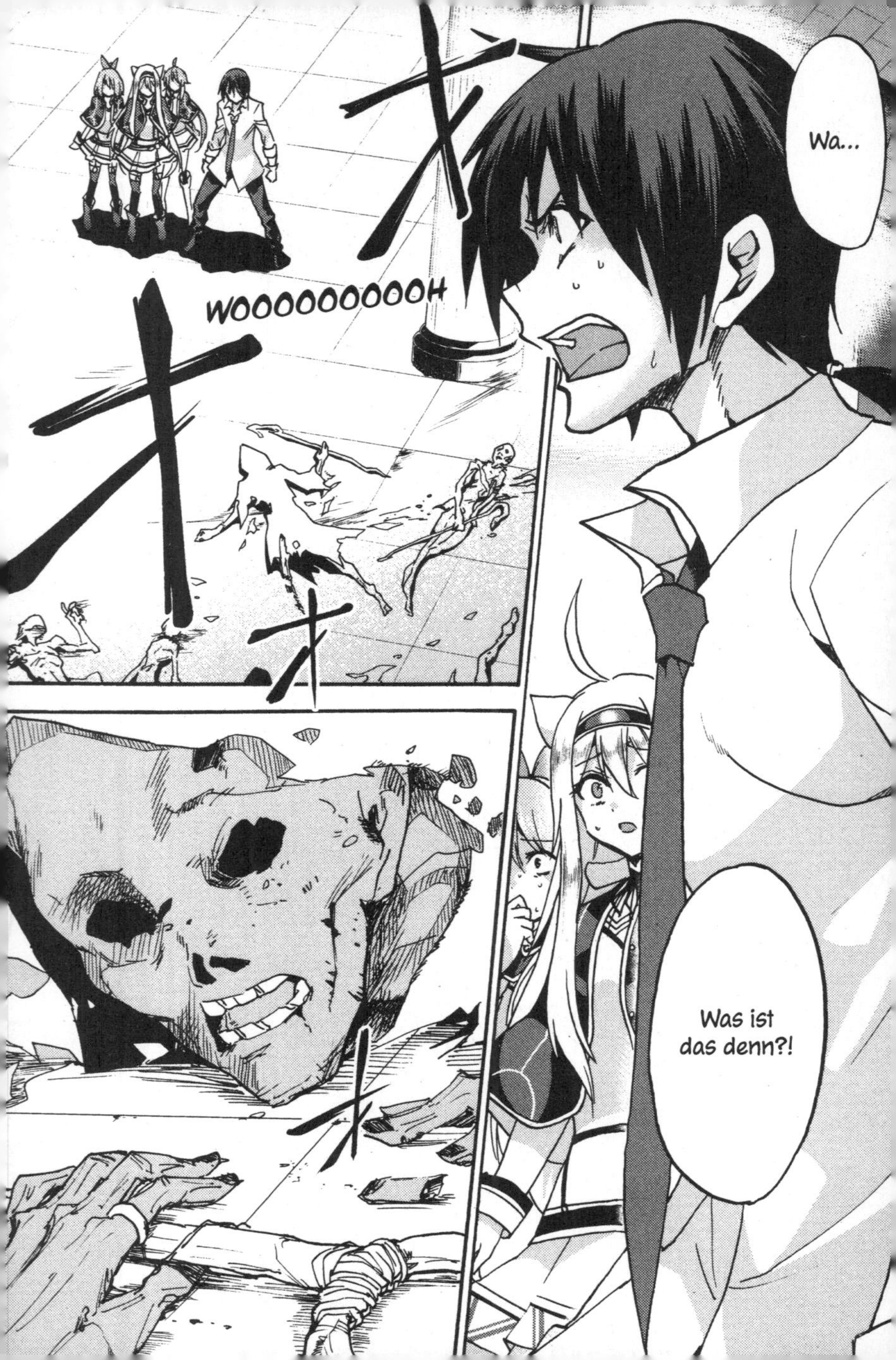
Wa...
WOOOOOOOOOH
Was ist das denn?!

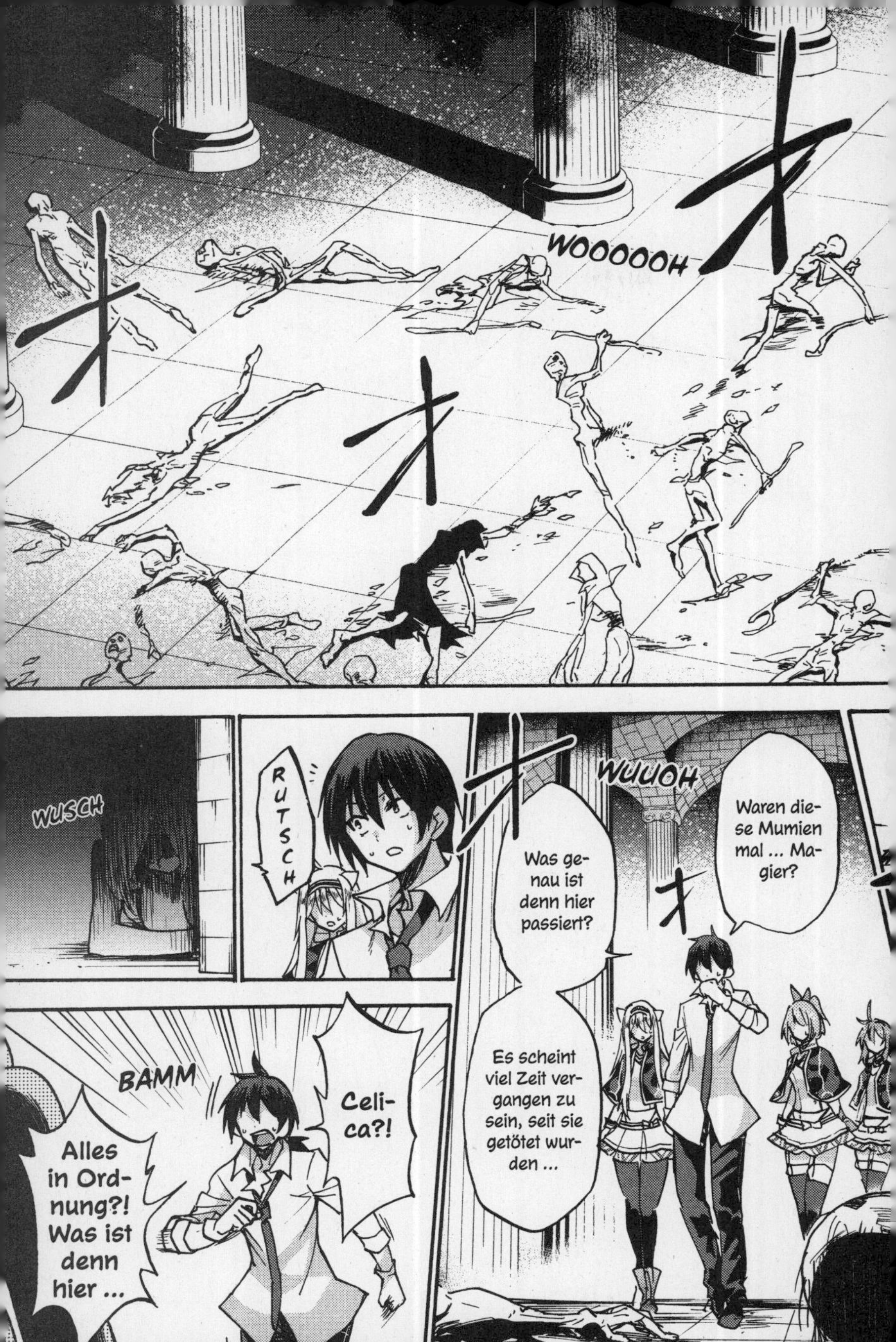
WOOOOOH
WUUOH
Waren diese Mumien mal ... Magier?
Was genau ist denn hier passiert?
RUTSCH
WUSCH
Es scheint viel Zeit vergangen zu sein, seit sie getötet wurden ...
Celica?!
BAMM
Alles in Ordnung?! Was ist denn hier ...

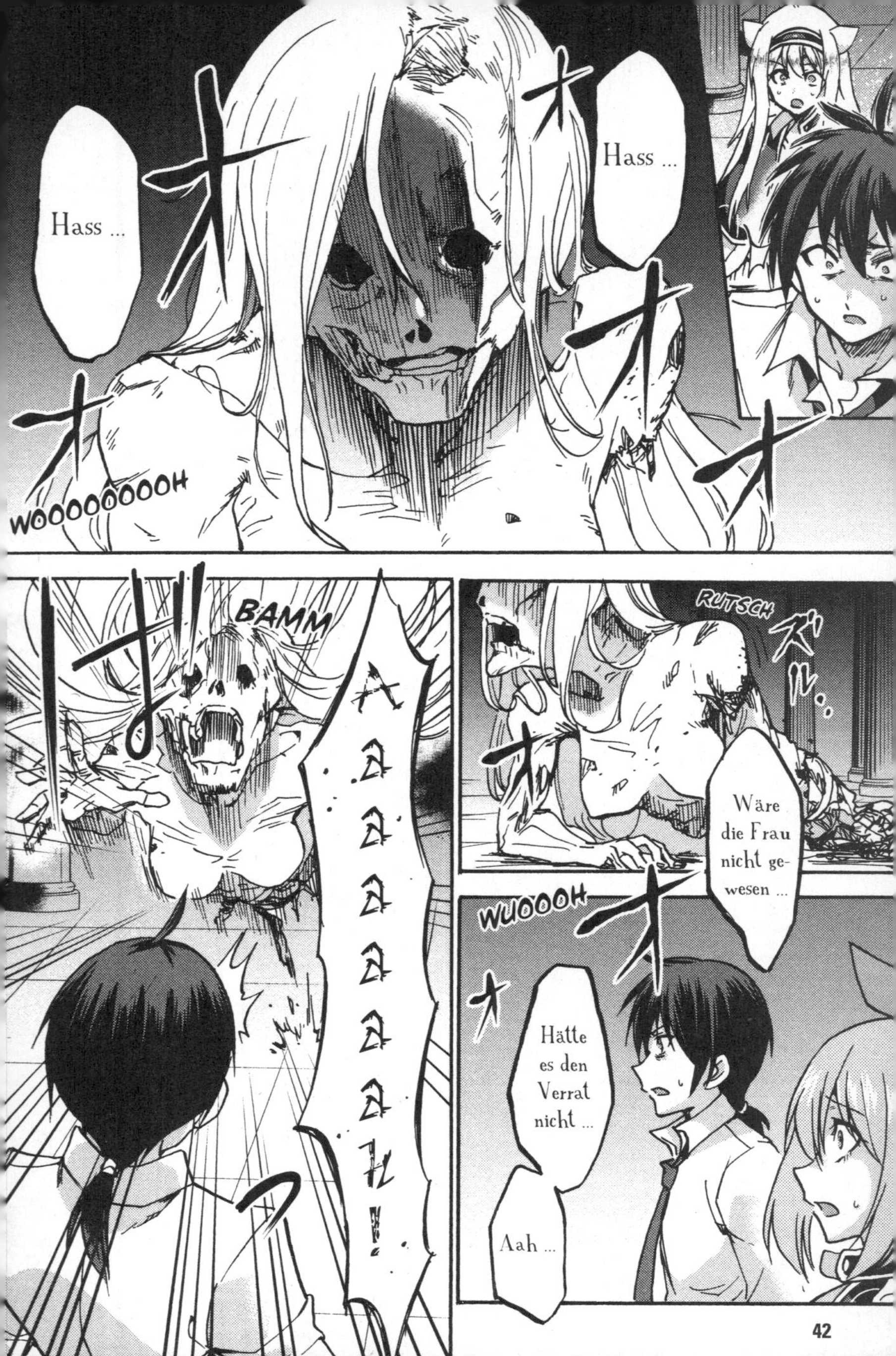
Hass ...
Hass ...
WOOOOOOOOH
BAMM
Aaaaaaaaaah!!
RUTSCH
Wäre die Frau nicht gewesen ...
WUOOOH
Hätte es den Verrat nicht ...
Aah ...

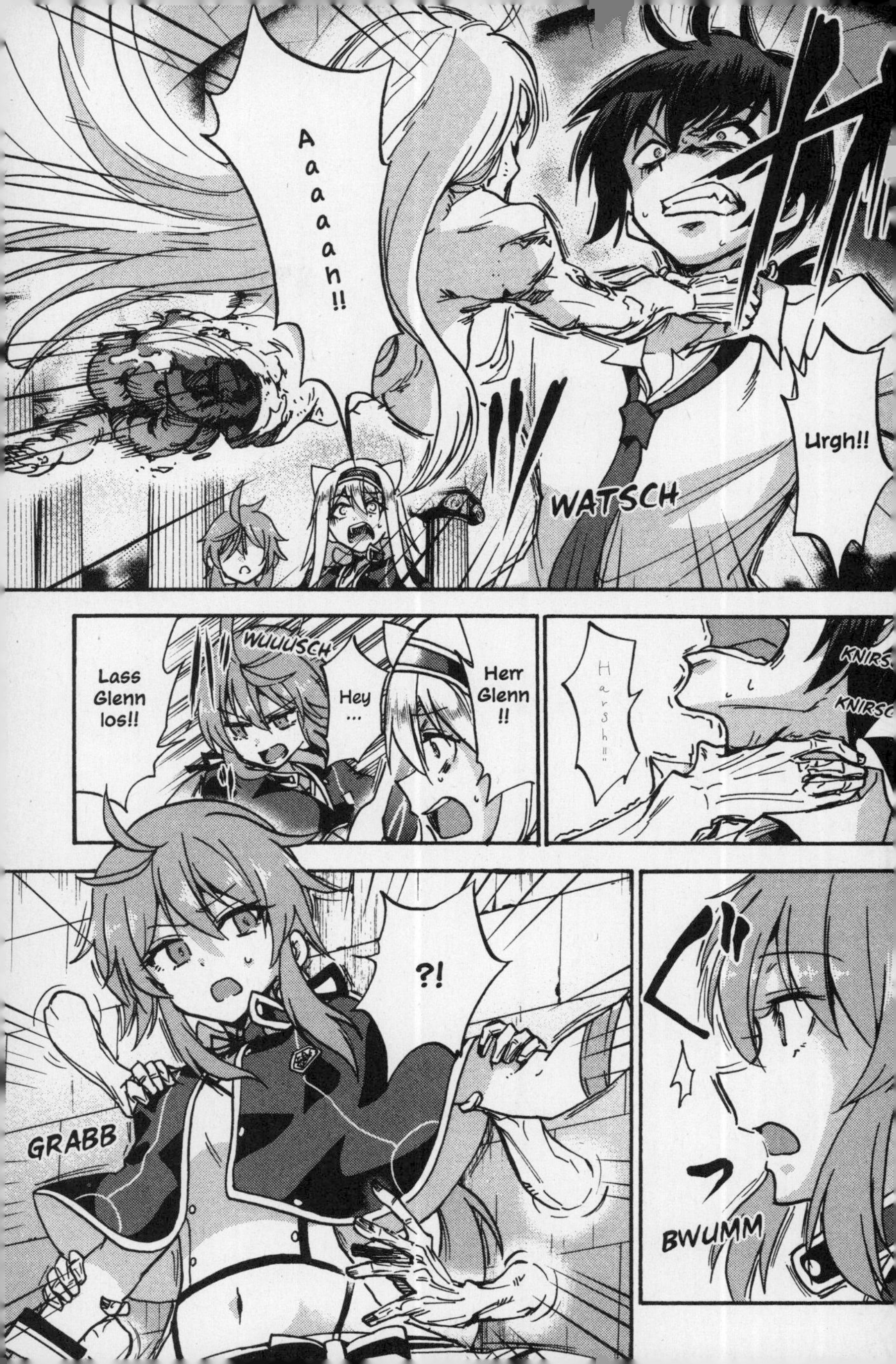
Aaaaaah!!
Urgh!!
WATSCH
KNIRSC
KNIRSC
Harsh!!
Herr Glenn!!
Hey ...
WUUUSCH
Lass Glenn los!!
BWUMM
?!
GRABB

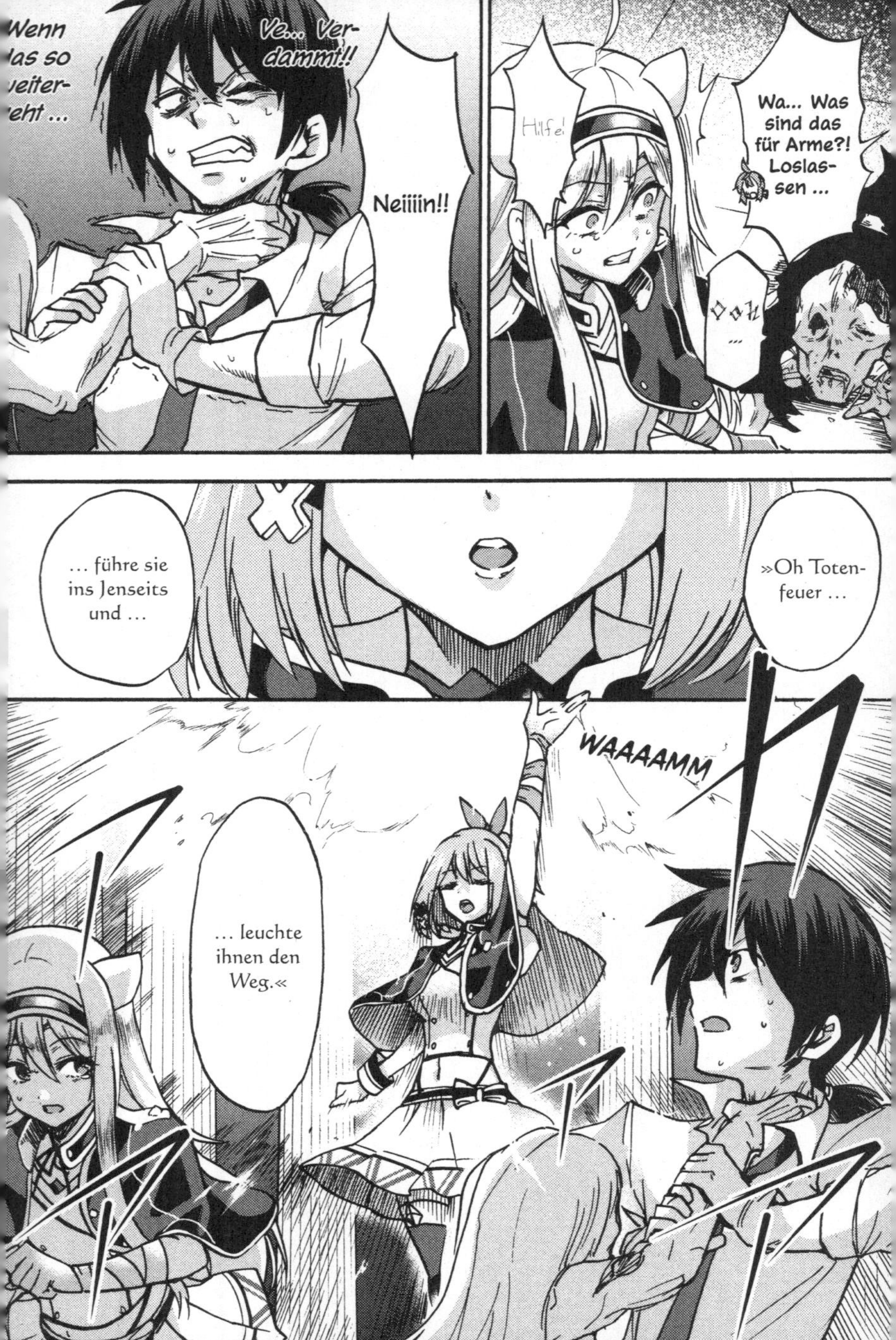
Wa... Was sind das für Arme?! Loslassen ...
Hilfe!
Neiiiin!!
Ve... Verdammt!!
Wenn das so weitergeht ...
»Oh Totenfeuer ...
... führe sie ins Jenseits und ...
WAAAAMM
... leuchte ihnen den Weg.«

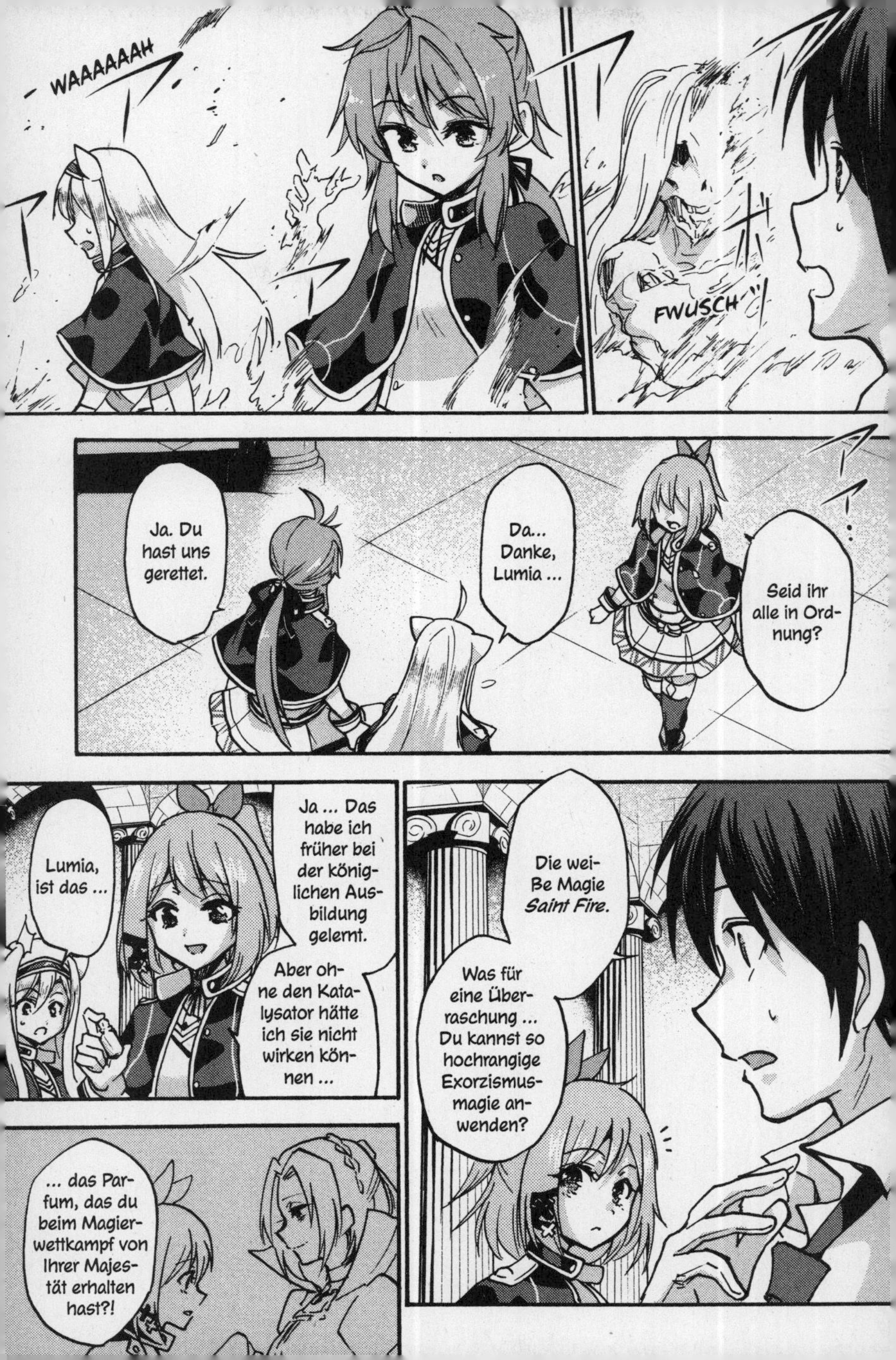

FWUSCH

WAAAAAAH

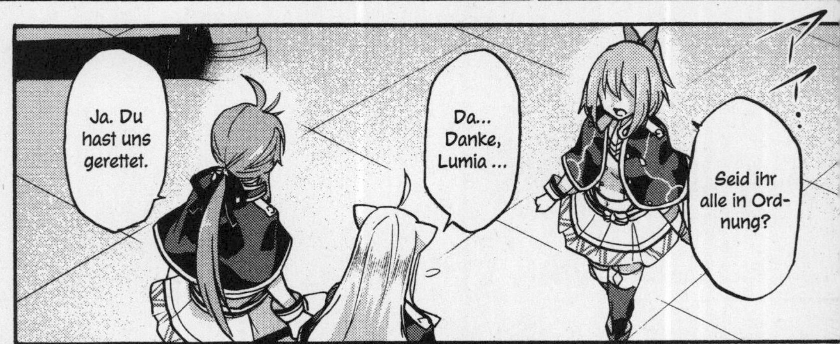

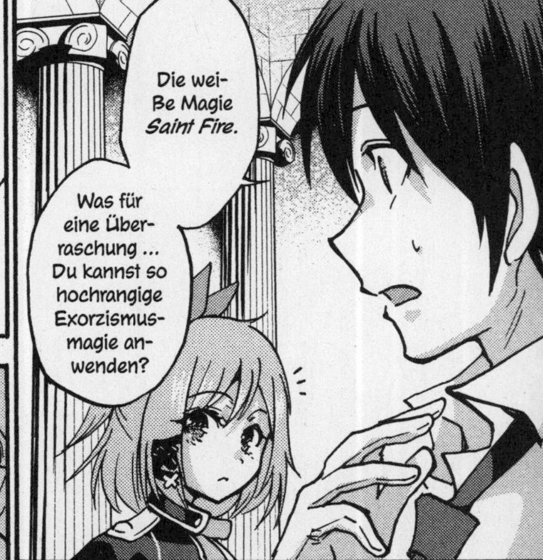

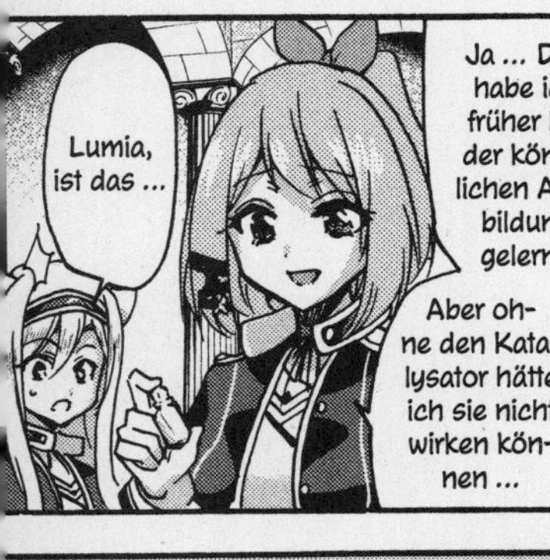

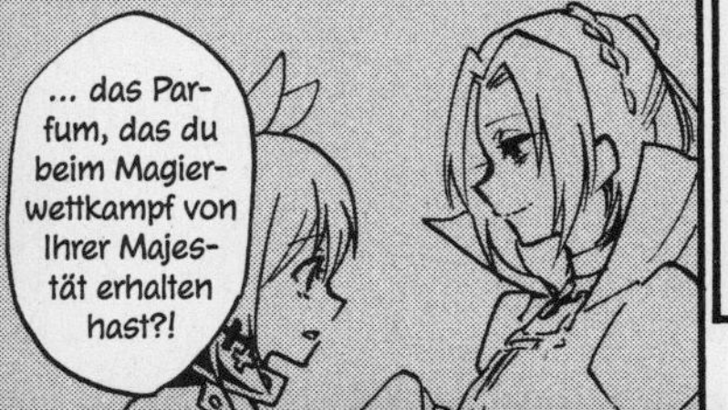

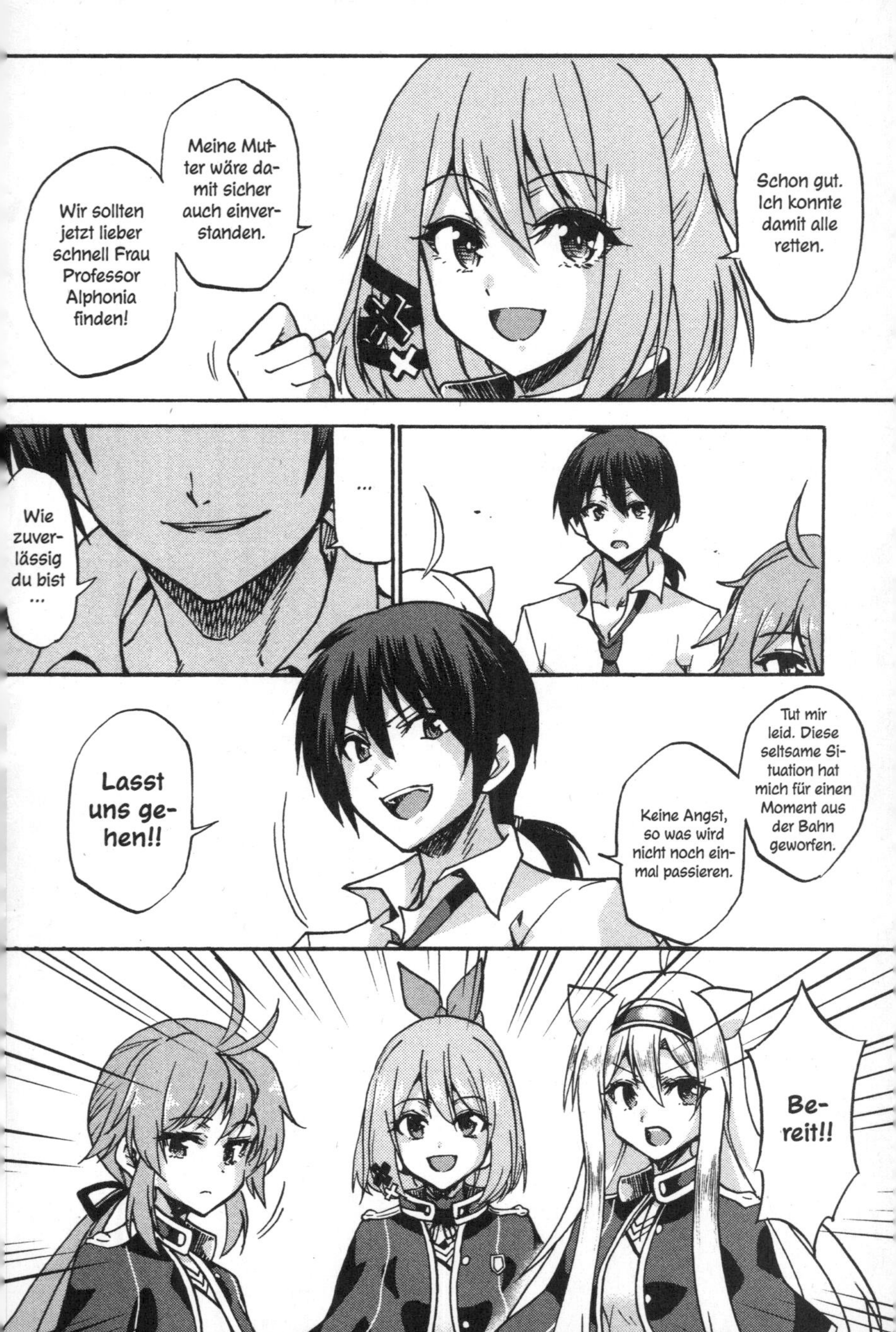
Schon gut. Ich konnte damit alle retten.
Meine Mutter wäre damit sicher auch einverstanden.
Wir sollten jetzt lieber schnell Frau Professor Alphonia finden!
…
Wie zuverlässig du bist …
Tut mir leid. Diese seltsame Situation hat mich für einen Moment aus der Bahn geworfen.
Keine Angst, so was wird nicht noch einmal passieren.
Lasst uns gehen!!
Bereit!!

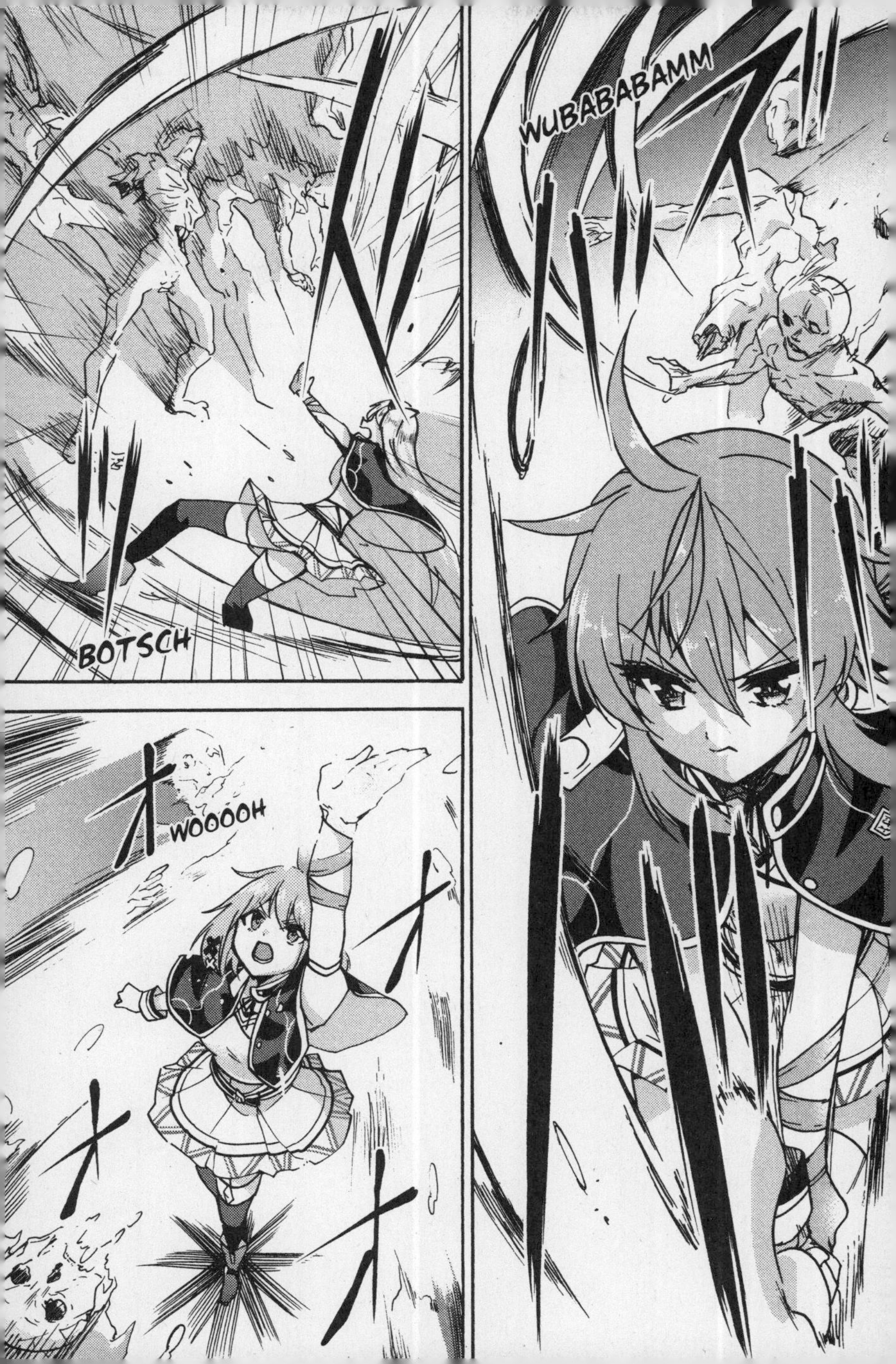
WUBABABAMM
BOTSCH
WOOOOH

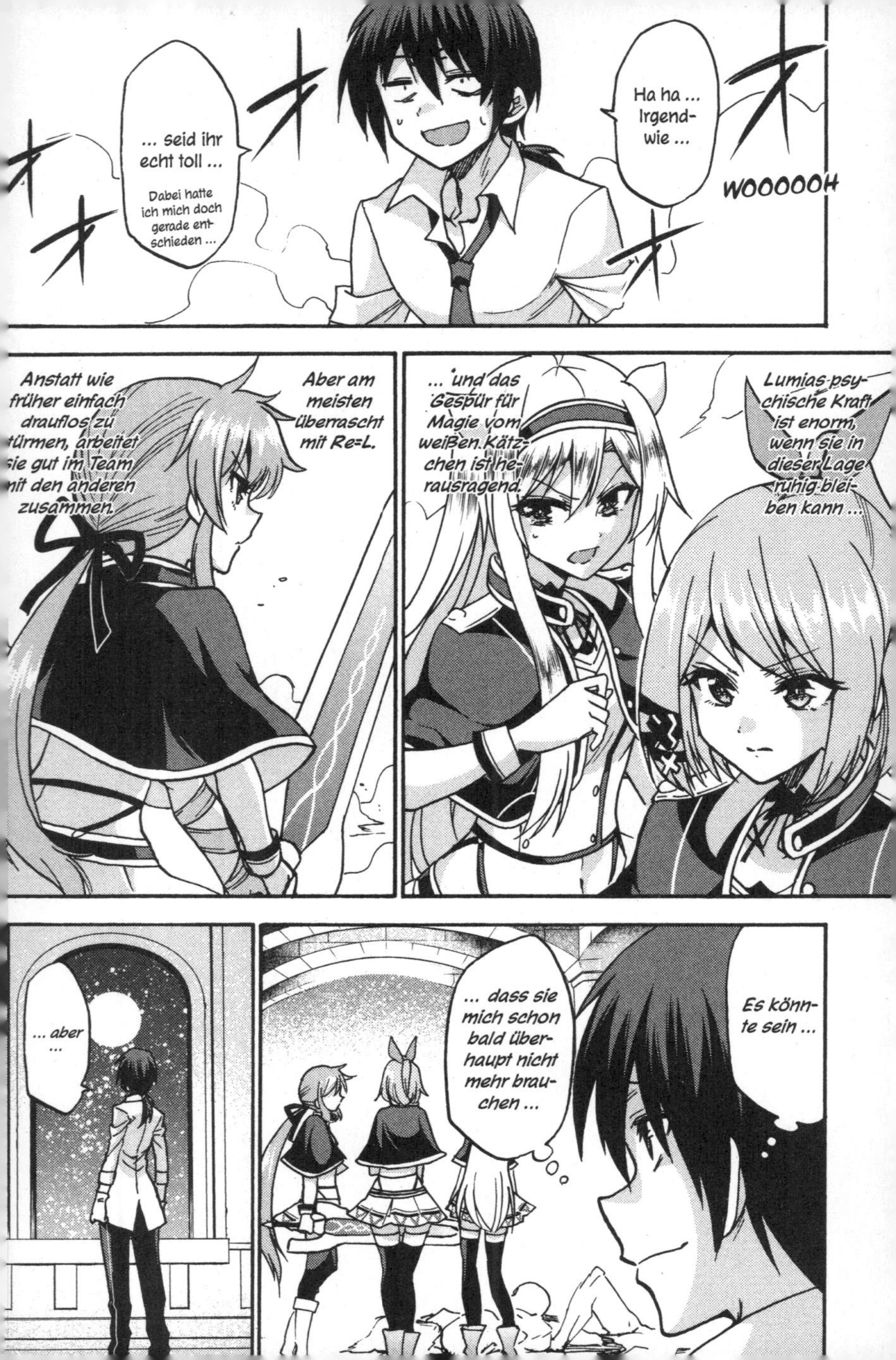

Ha ha ...
Irgend-
wie ...
WOOOOOH
... seid ihr
echt toll ...
Dabei hatte
ich mich doch
gerade ent-
schieden ...
Lumias psy-
chische Kraft
ist enorm,
wenn sie in
dieser Lage
ruhig blei-
ben kann ...
... und das
Gespür für
Magie vom
weißen Kätz-
chen ist he-
rausragend.
Aber am
meisten
überrascht
mit Re=L.
Anstatt wie
früher einfach
drauflos zu
türmen, arbeitet
sie gut im Team
mit den anderen
zusammen.
Es könn-
te sein ...
... dass sie
mich schon
bald über-
haupt nicht
mehr brau-
chen ...
... aber
...

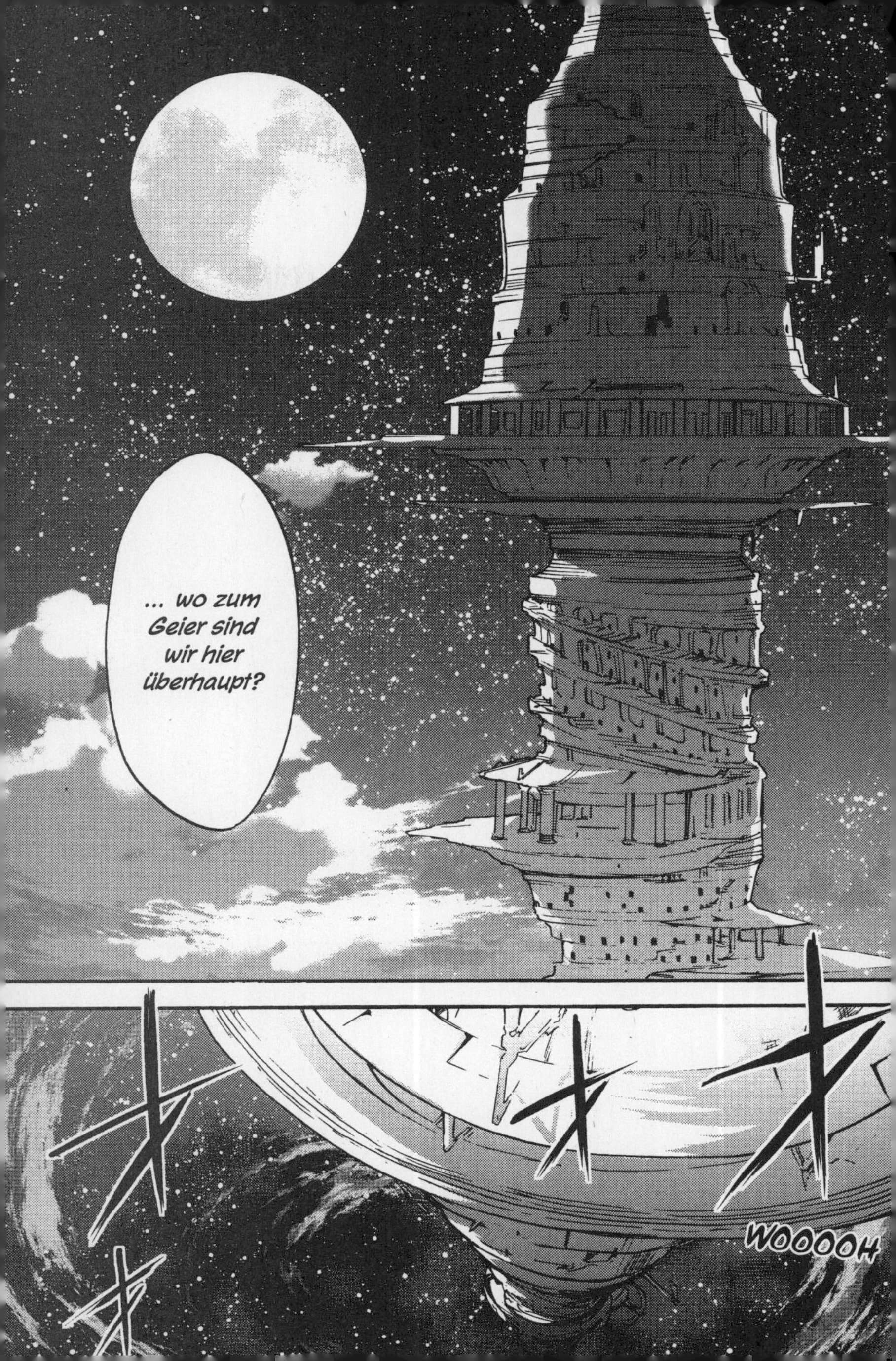
... wo zum Geier sind wir hier überhaupt?
WOOOOH

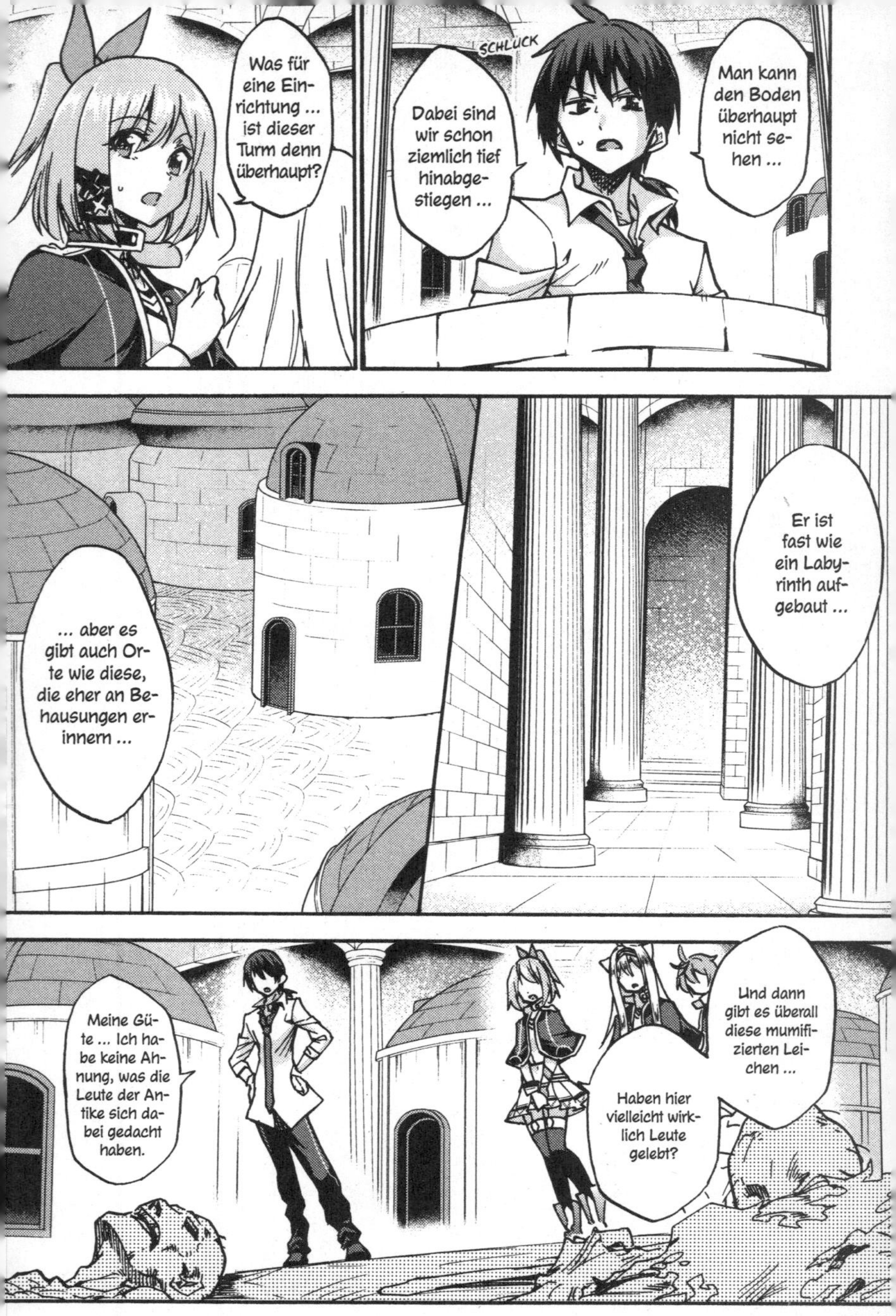

SCHLUCK

Man kann den Boden überhaupt nicht sehen ...

Dabei sind wir schon ziemlich tief hinabgestiegen ...

Was für eine Einrichtung ... ist dieser Turm denn überhaupt?

Er ist fast wie ein Labyrinth aufgebaut ...

... aber es gibt auch Orte wie diese, die eher an Behausungen erinnern ...

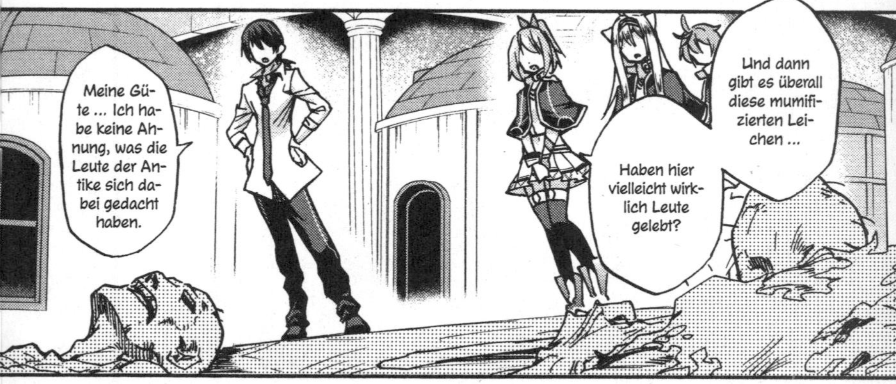

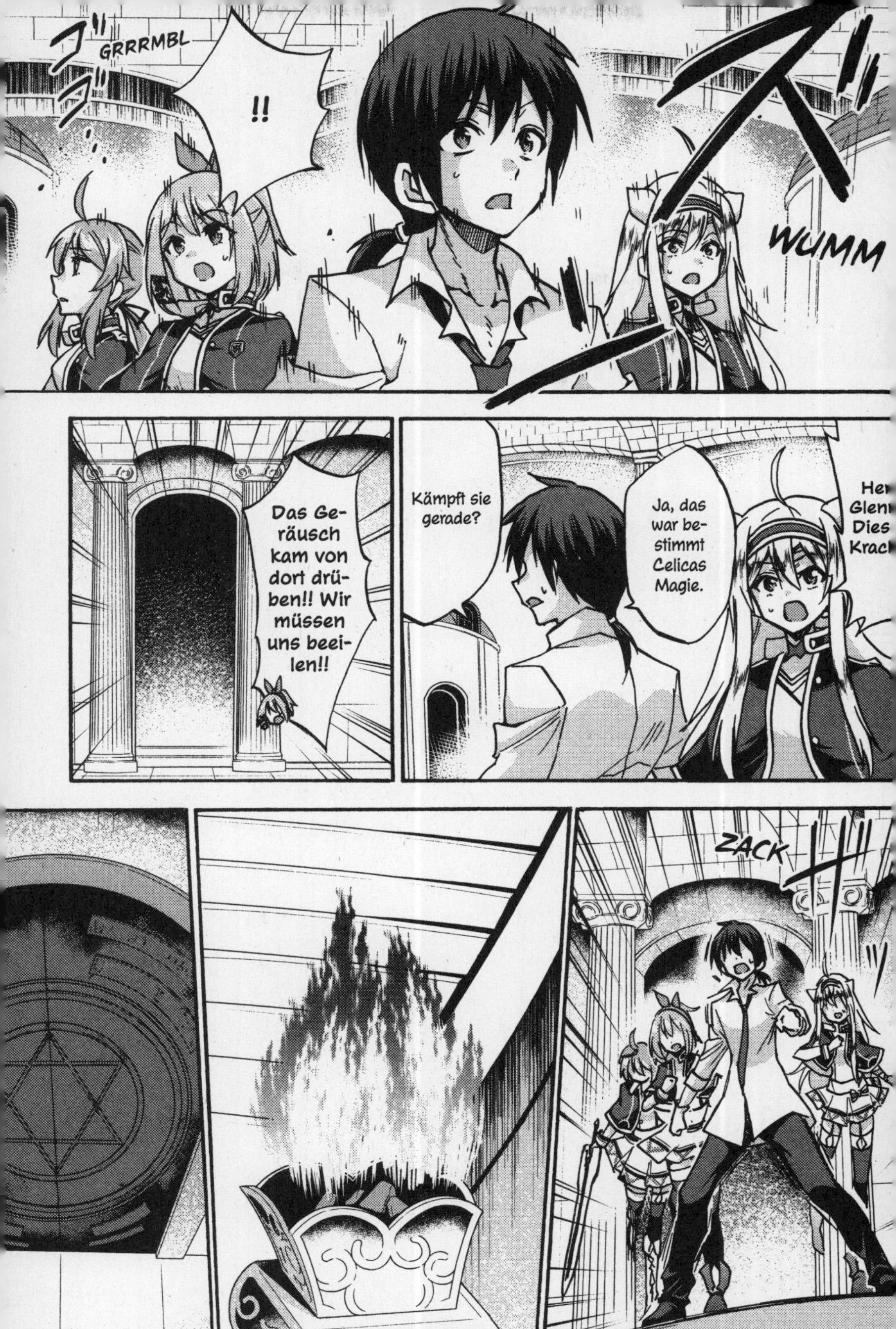

WUMM
!!
GRRRMBL
Ja, das war bestimmt Celicas Magie.
Kämpft sie gerade?
Das Geräusch kam von dort drüben!! Wir müssen uns beeilen!!
ZACK

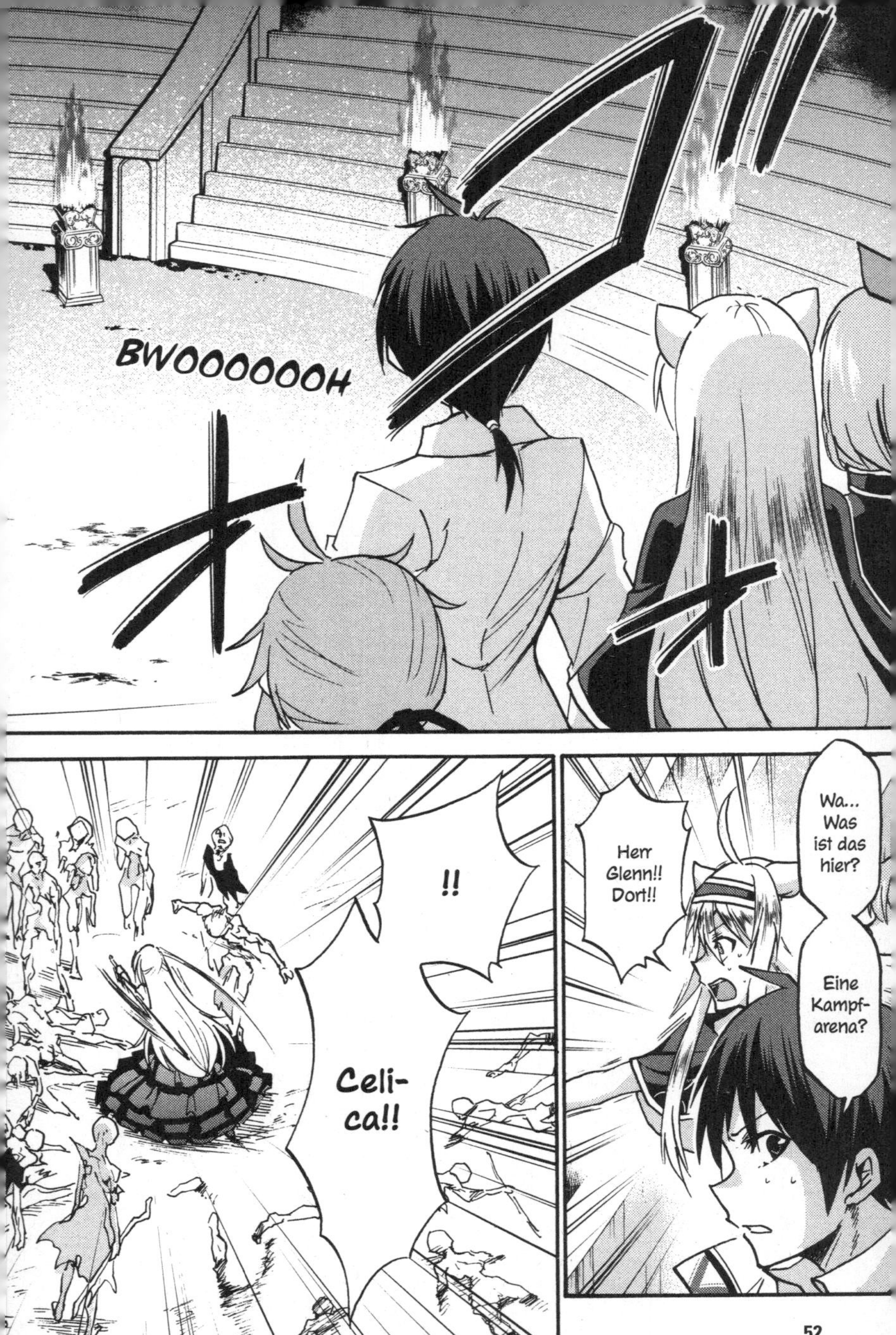
BWOOOOOOH
Wa... Was ist das hier?
Eine Kampf-arena?
Herr Glenn!! Dort!!
!!
Celi-ca!!

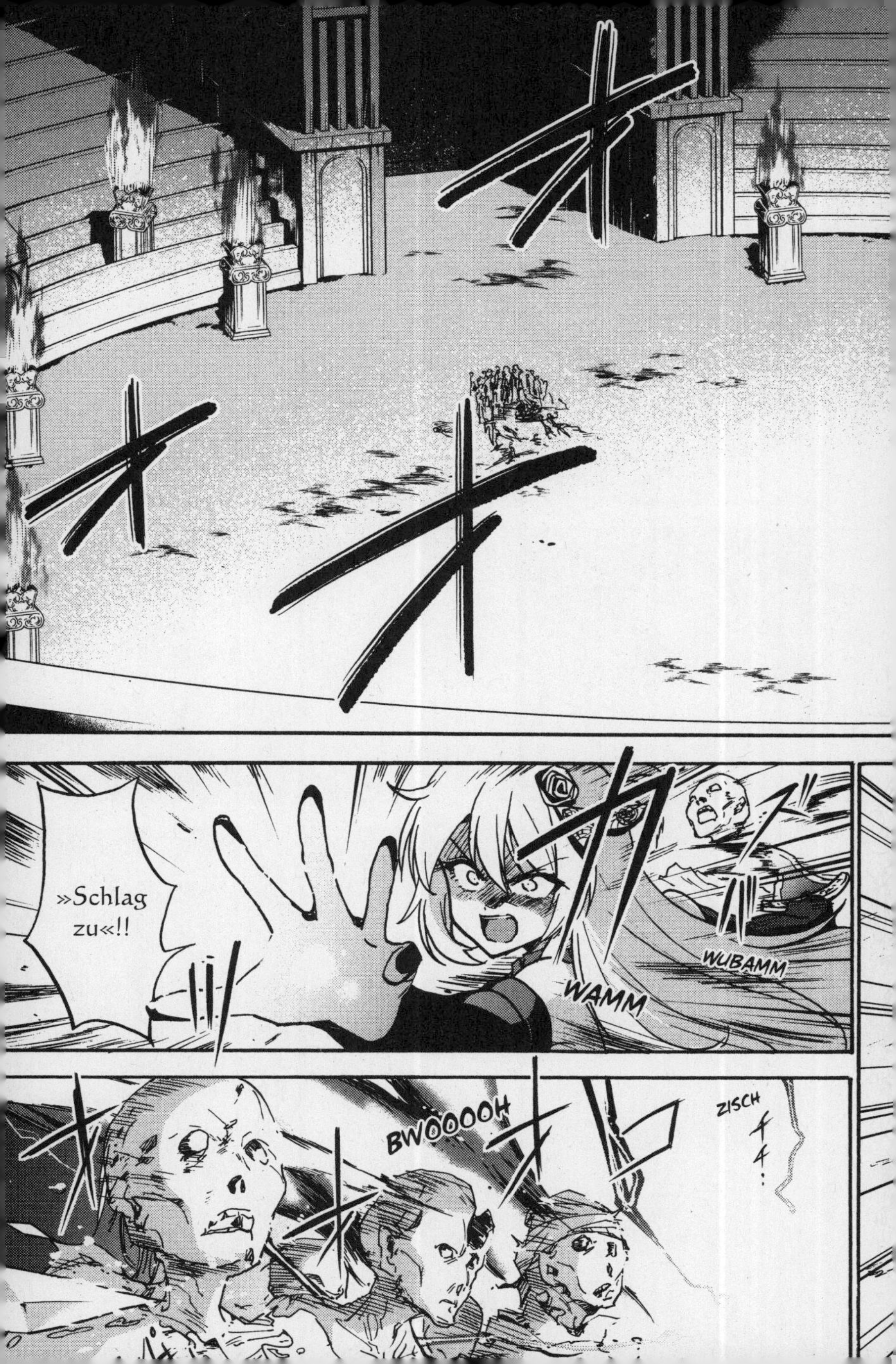
WUBAMM
WAMM
»Schlag zu«!!
ZISCH
BWOOOOH

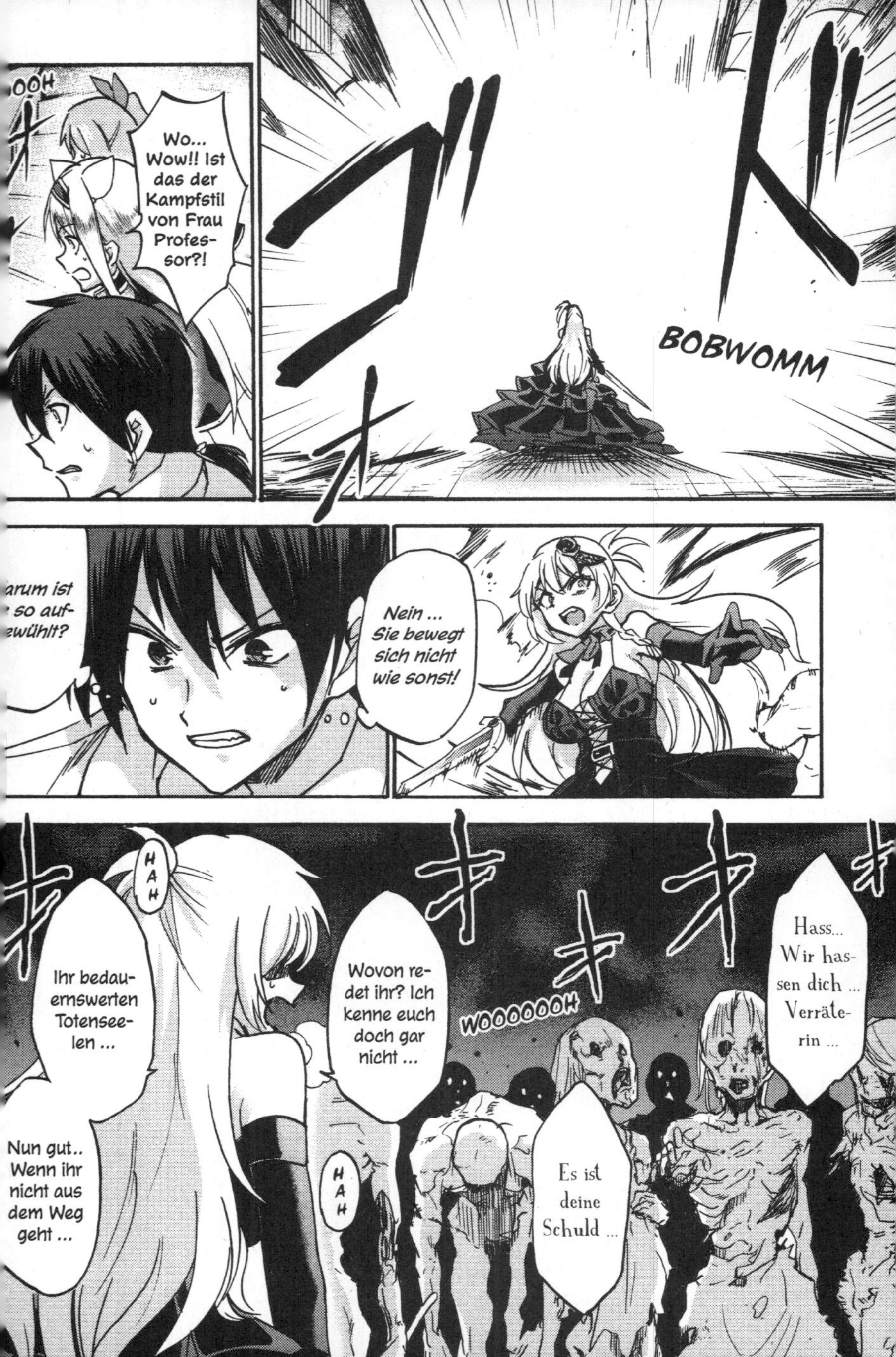

ド
ゴ
オ
BOBWOMM
OOOH
Wo... Wow!! Ist das der Kampfstil von Frau Professor?!
Nein ... Sie bewegt sich nicht wie sonst!
arum ist so aufewühlt?
Hass... Wir hassen dich ... Verräterin ...
WOOOOOOH
Es ist deine Schuld ...
Wovon redet ihr? Ich kenne euch doch gar nicht ...
HAH
Ihr bedauernswerten Totenseelen ...
HAH
Nun gut.. Wenn ihr nicht aus dem Weg geht ...

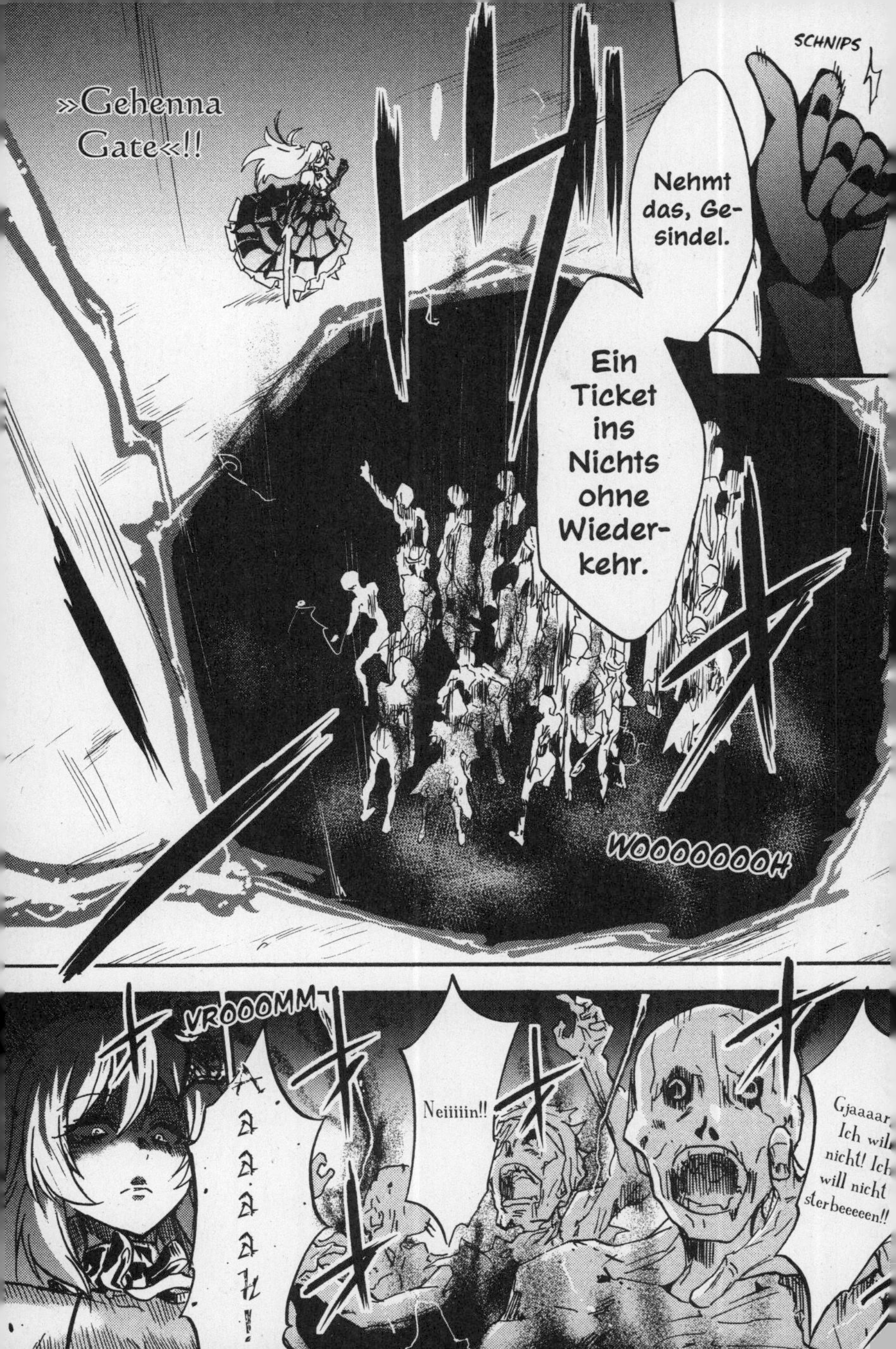
SCHNIPS
Nehmt das, Gesindel.
Ein Ticket ins Nichts ohne Wiederkehr.
»Gehenna Gate«!!
WOOOOOOOOH
VROOOMM
Gjaaaar. Ich will nicht! Ich will nicht sterbeeeeen!!
Neiiiiin!!
Aaaaaah!!

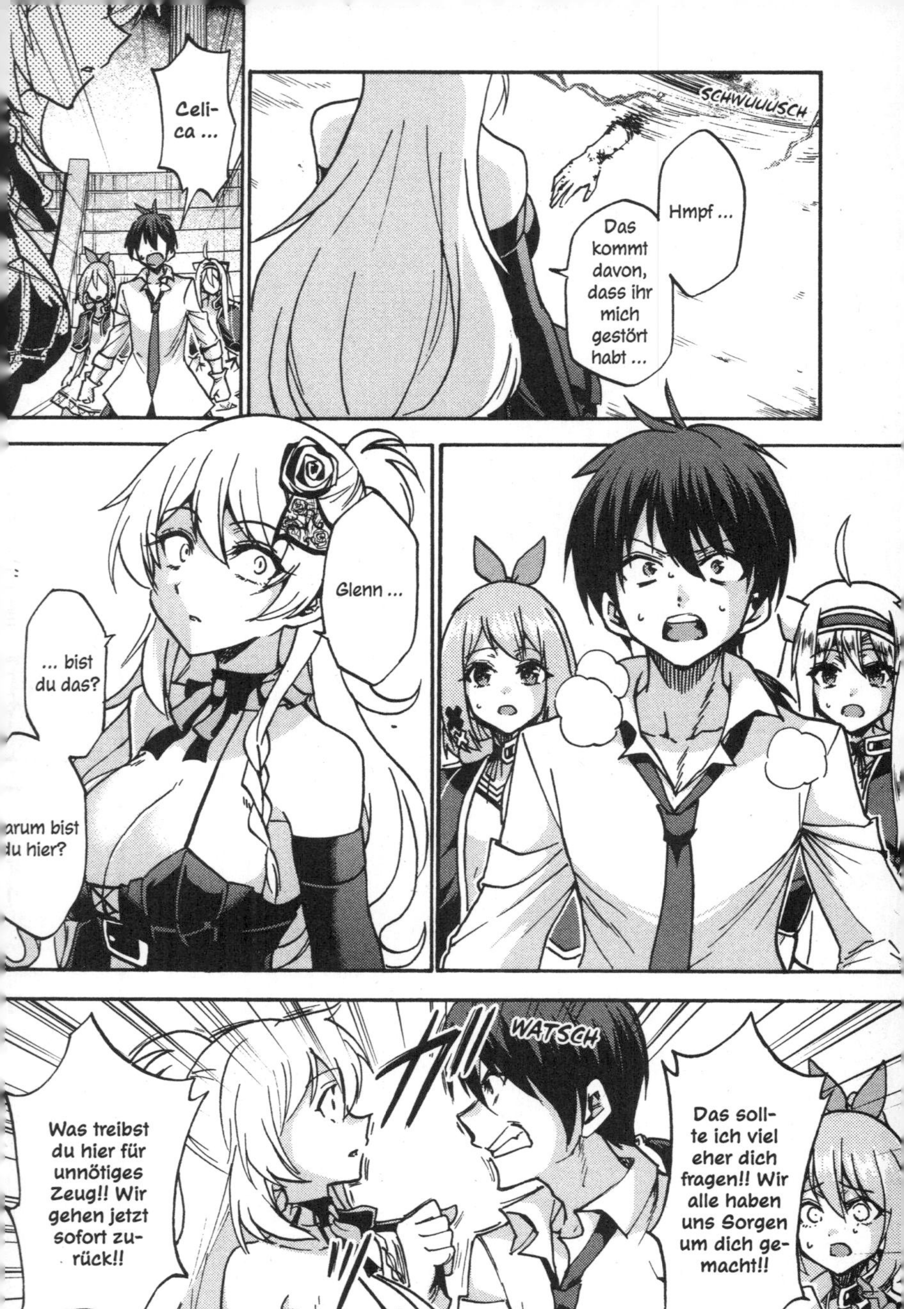
SCHWUUUSCH
Hmpf ...
Das kommt davon, dass ihr mich gestört habt ...
Celica ...
Glenn ...
... bist du das?
arum bist du hier?
WATSCH
Das sollte ich viel eher dich fragen!! Wir alle haben uns Sorgen um dich gemacht!!
Was treibst du hier für unnötiges Zeug!! Wir gehen jetzt sofort zurück!!

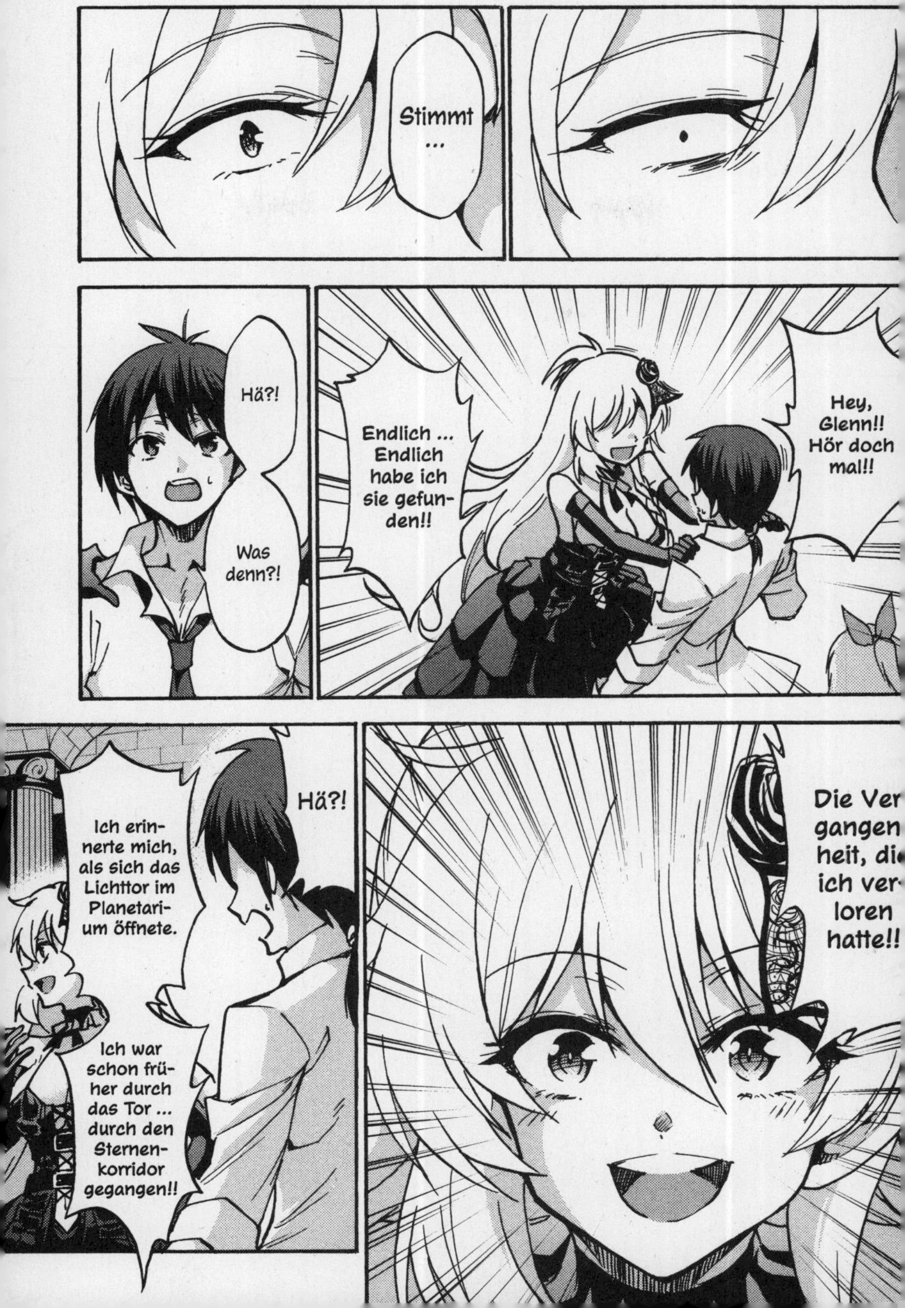

Stimmt ...

Hey, Glenn!! Hör doch mal!!

Endlich ... Endlich habe ich sie gefunden!!

Hä?!

Was denn?!

Die Vergangenheit, die ich verloren hatte!!

Hä?!

Ich erinnerte mich, als sich das Lichttor im Planetarium öffnete.

Ich war schon früher durch das Tor ... durch den Sternenkorridor gegangen!!

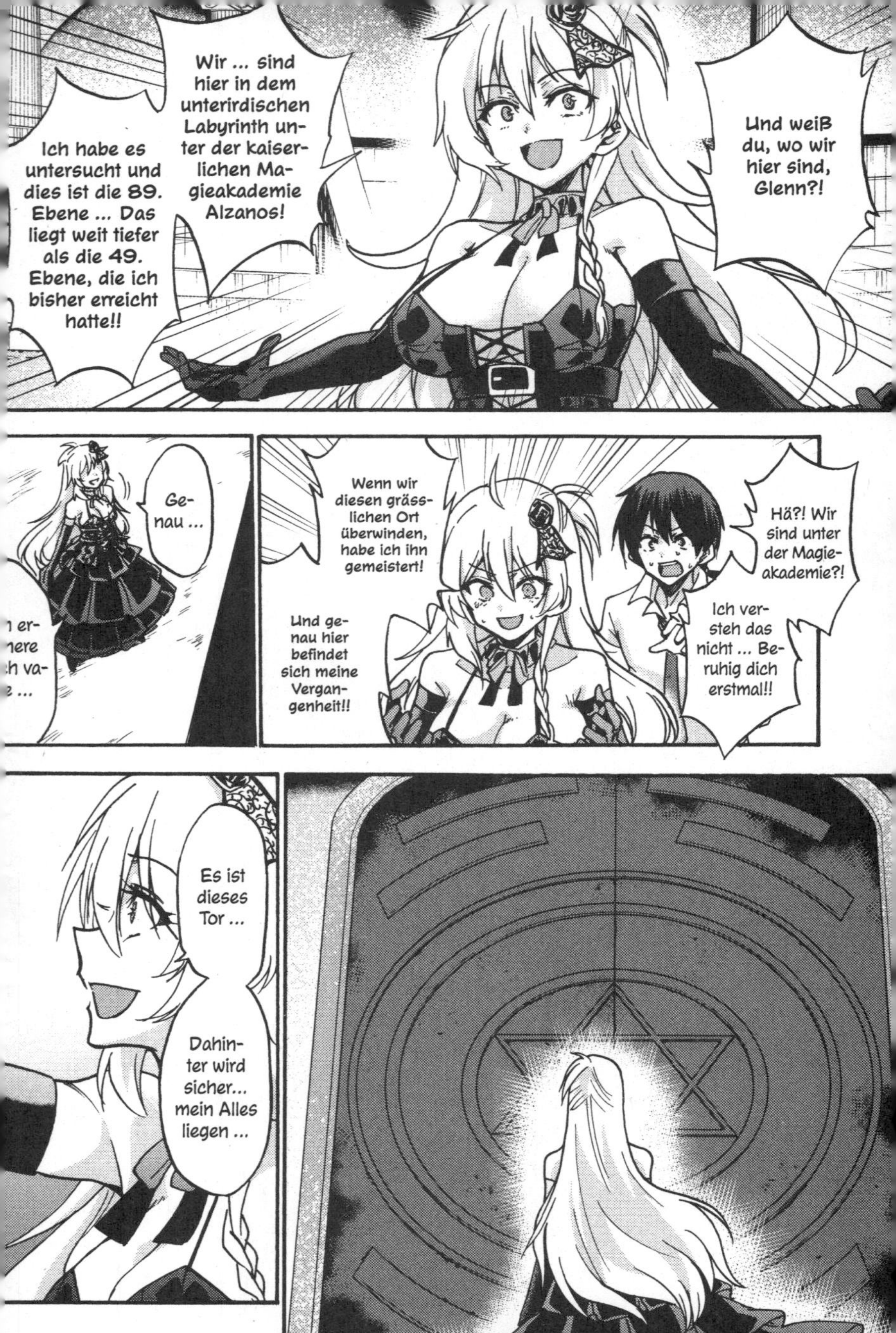

Und weiß du, wo wir hier sind, Glenn?!
Wir ... sind hier in dem unterirdischen Labyrinth unter der kaiserlichen Magieakademie Alzanos!
Ich habe es untersucht und dies ist die 89. Ebene ... Das liegt weit tiefer als die 49. Ebene, die ich bisher erreicht hatte!!
Hä?! Wir sind unter der Magieakademie?!
Ich versteh das nicht ... Beruhig dich erstmal!!
Wenn wir diesen grässlichen Ort überwinden, habe ich ihn gemeistert!
Und genau hier befindet sich meine Vergangenheit!!
Genau ...
Es ist dieses Tor ...
Dahinter wird sicher... mein Alles liegen ...

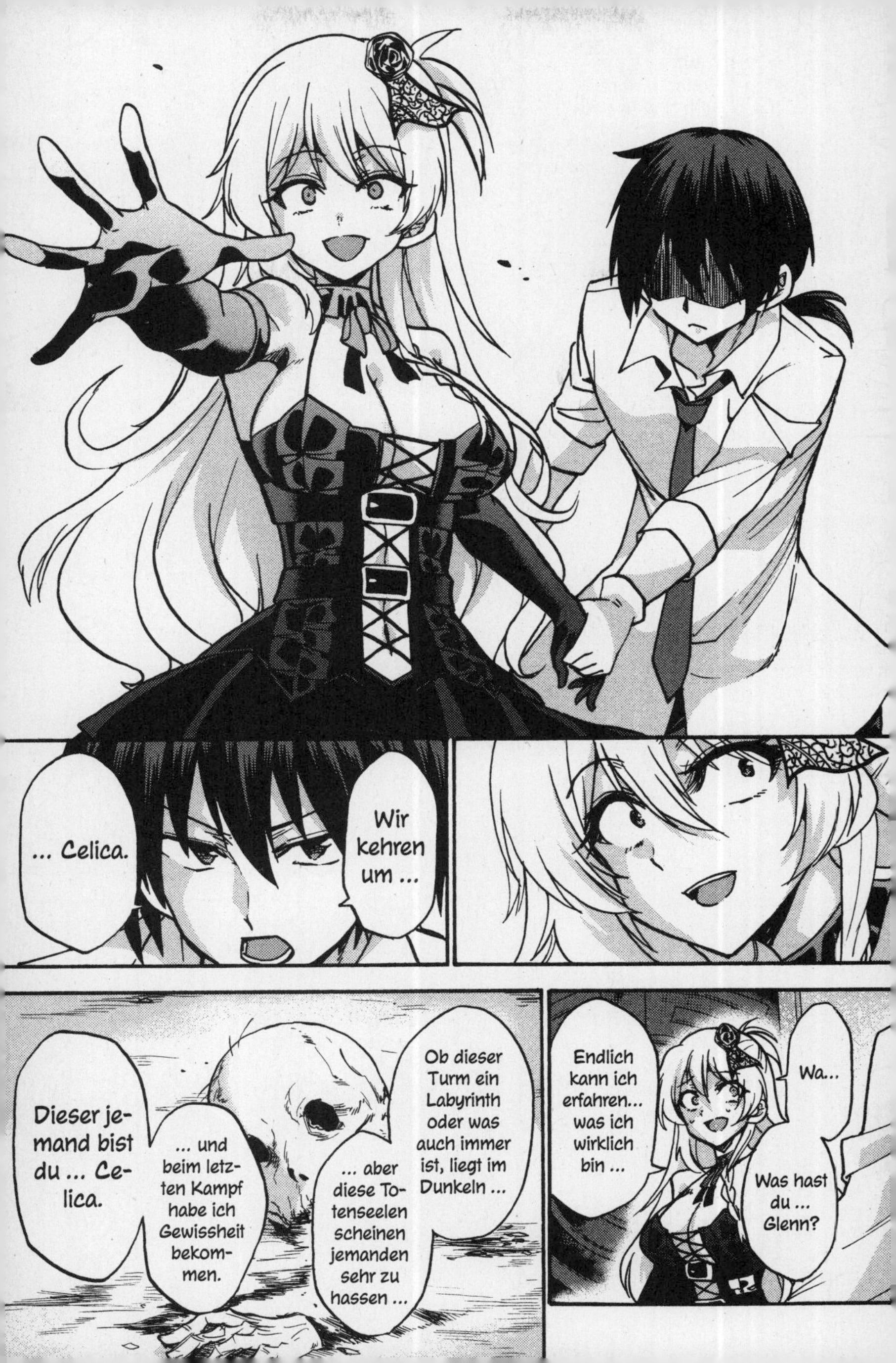

Wir kehren um ...
... Celica.

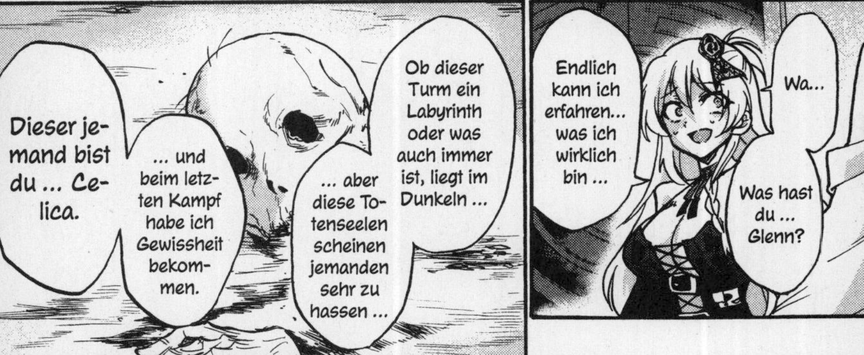

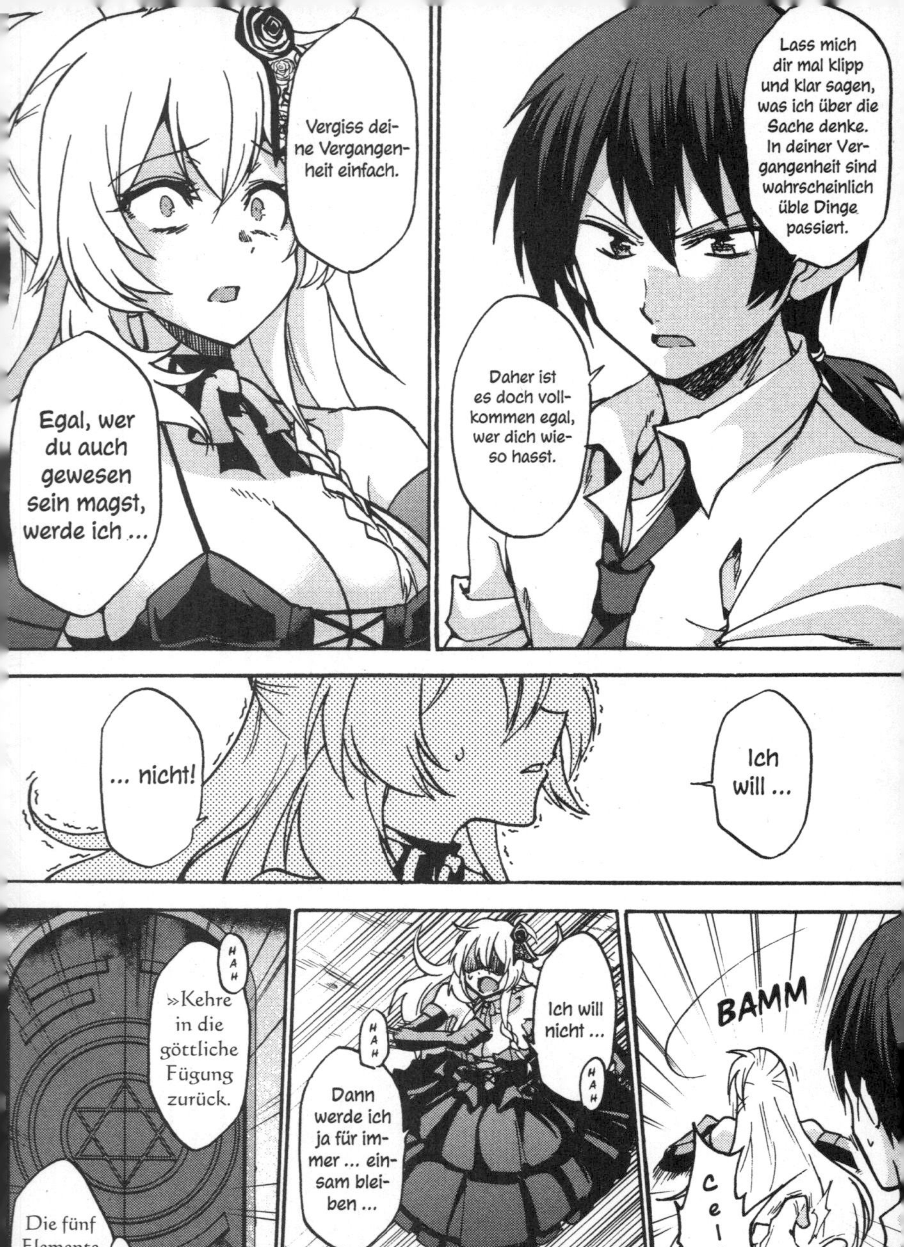
Lass mich dir mal klipp und klar sagen, was ich über die Sache denke. In deiner Vergangenheit sind wahrscheinlich üble Dinge passiert.
Daher ist es doch vollkommen egal, wer dich wieso hasst.
Vergiss deine Vergangenheit einfach.
Egal, wer du auch gewesen sein magst, werde ich ...
Ich will ...
... nicht!
BAMM
Celica!
Ich will nicht ...
HAH
HAH
Dann werde ich ja für immer ... einsam bleiben ...
HAH
HAH
»Kehre in die göttliche Fügung zurück.
HAH
Die fünf Elemente zu den fünf Elementen.

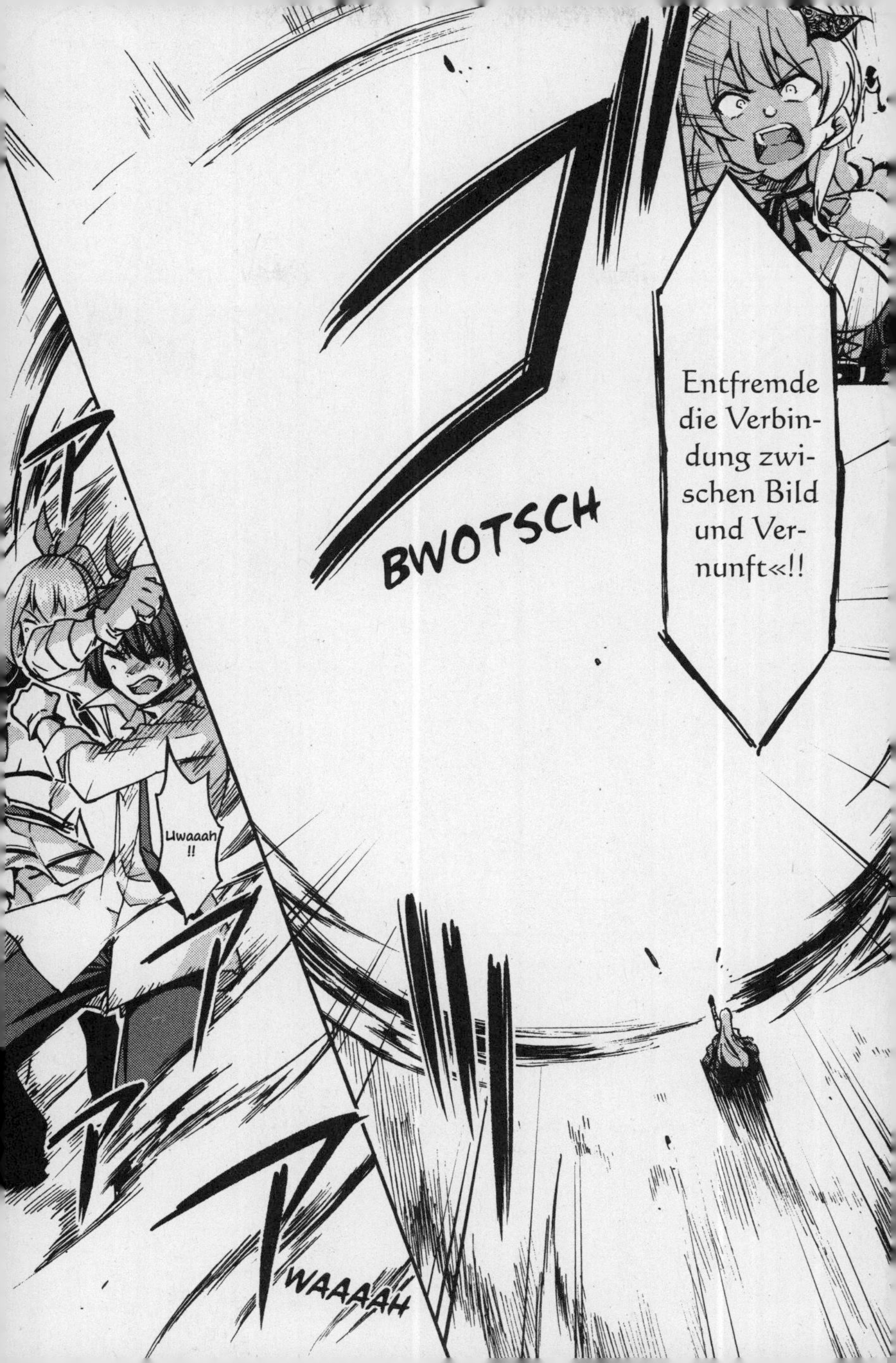
Entfremde die Verbindung zwischen Bild und Vernunft«!!
BWOTSCH
Uwaaah !!
WAAAAH

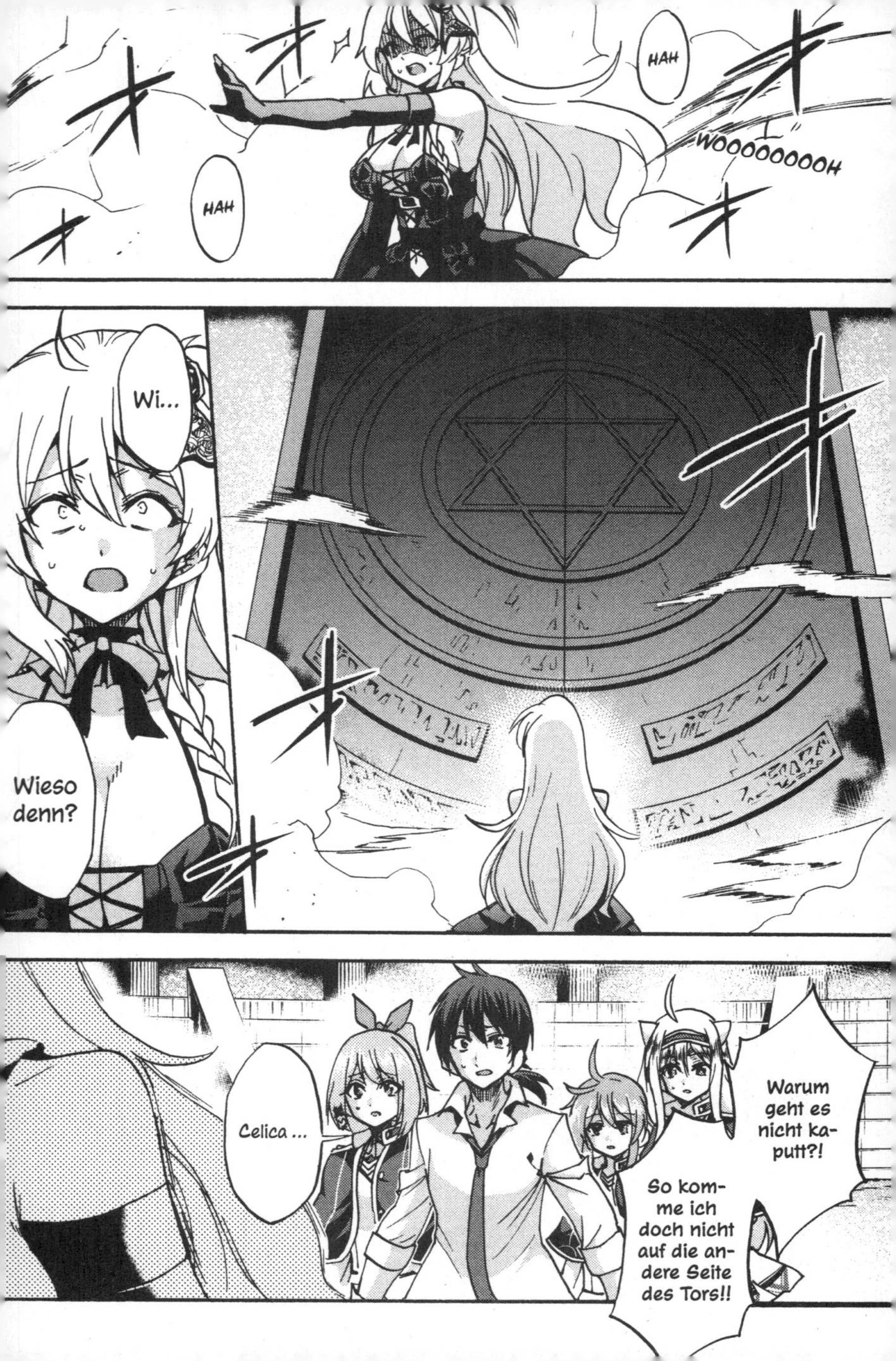
HAH
WOOOOOOOOH
HAH
Wi...
Wieso denn?
Warum geht es nicht kaputt?!
So komme ich doch nicht auf die andere Seite des Tors!!
Celica ...

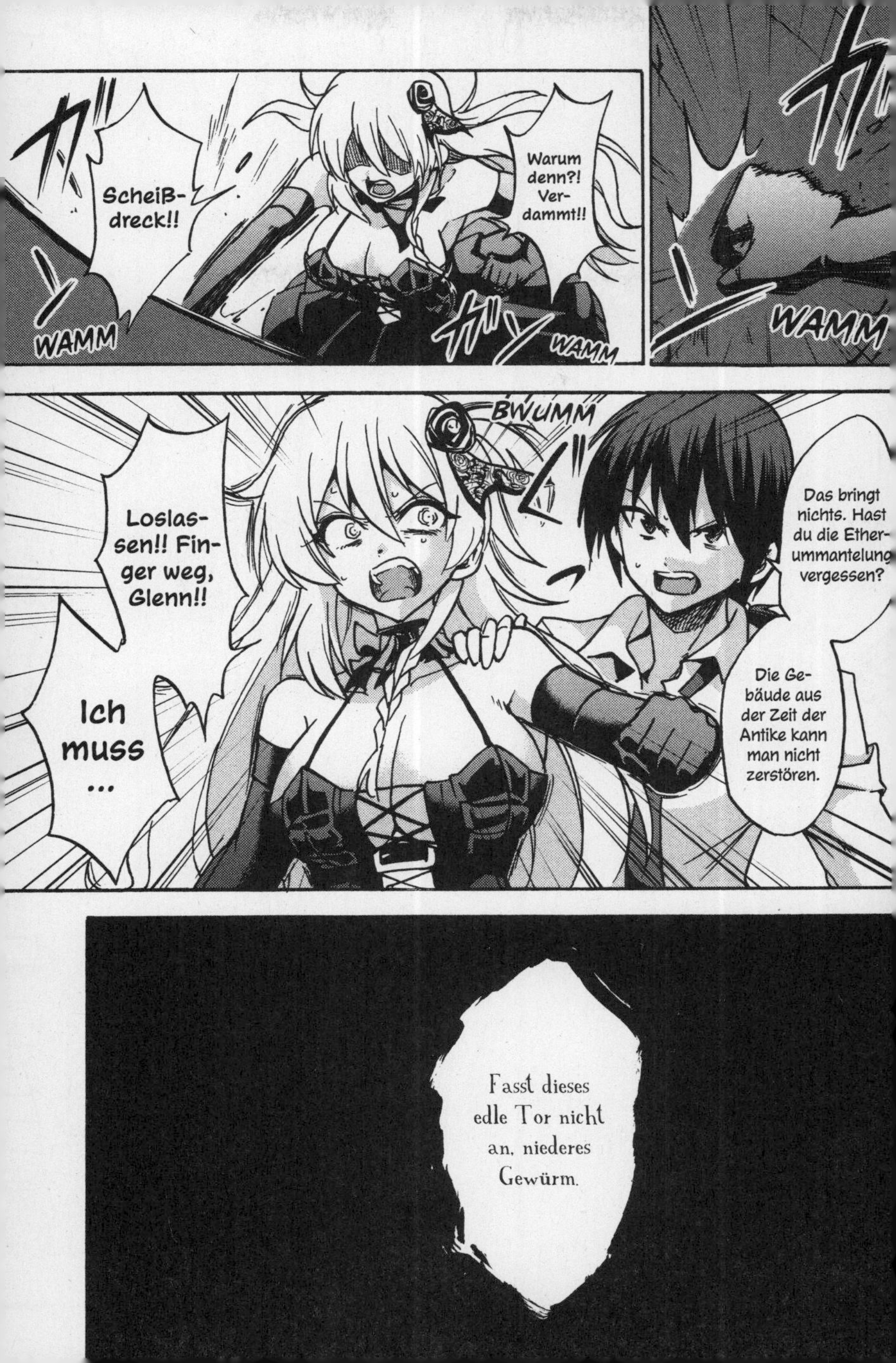

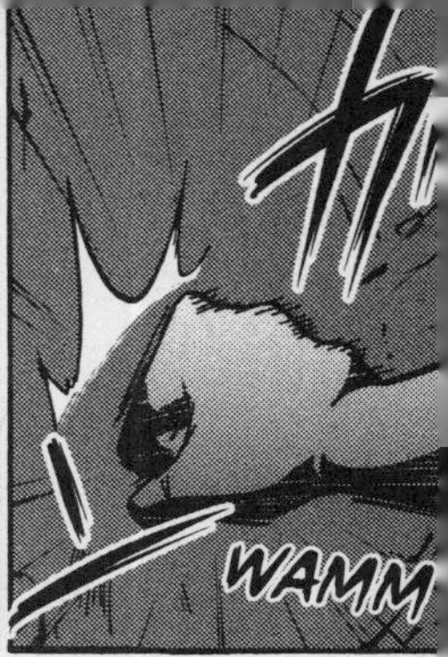

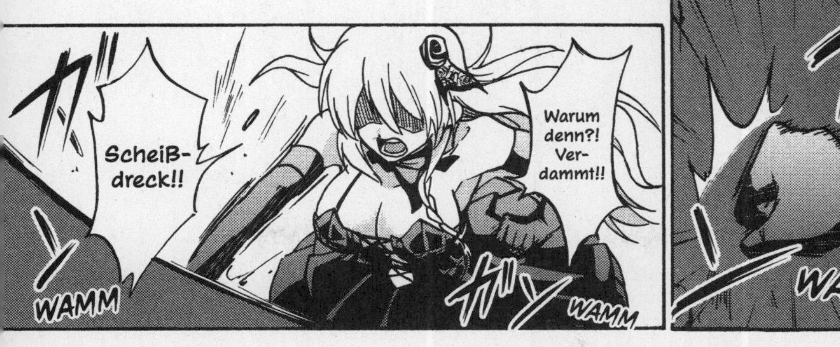

BWUMM

Das bringt nichts. Hast du die Etherummantelung vergessen?

Die Gebäude aus der Zeit der Antike kann man nicht zerstören.

Loslassen!! Finger weg, Glenn!!

Ich muss ...

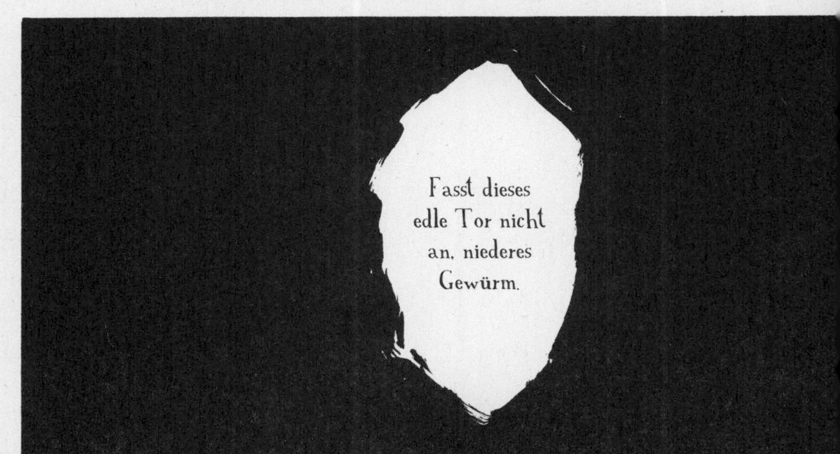

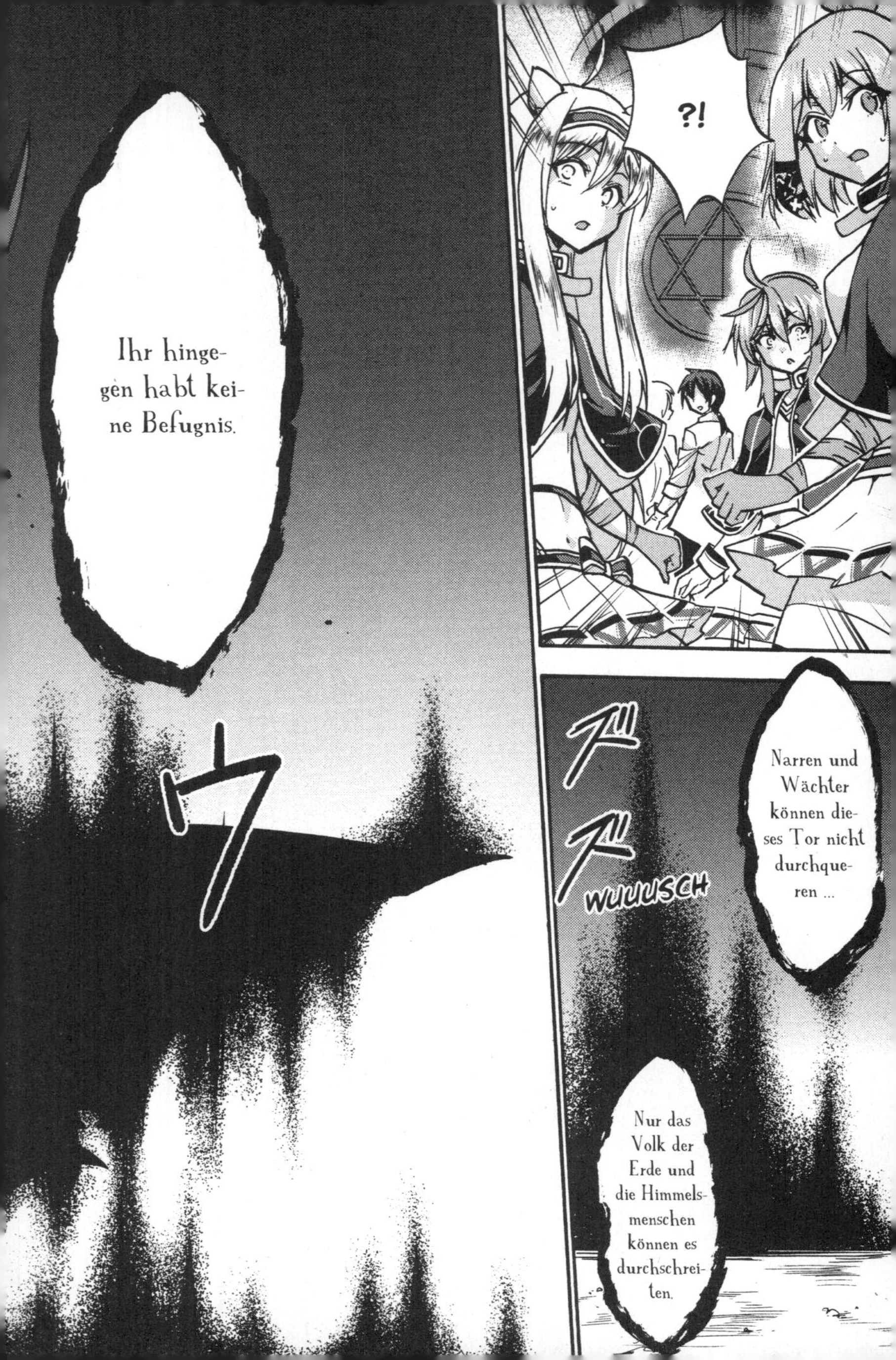
?!
Narren und Wächter können dieses Tor nicht durchqueren ...
WUUUUSCH
Nur das Volk der Erde und die Himmelsmenschen können es durchschreiten.
Ihr hingegen habt keine Befugnis.

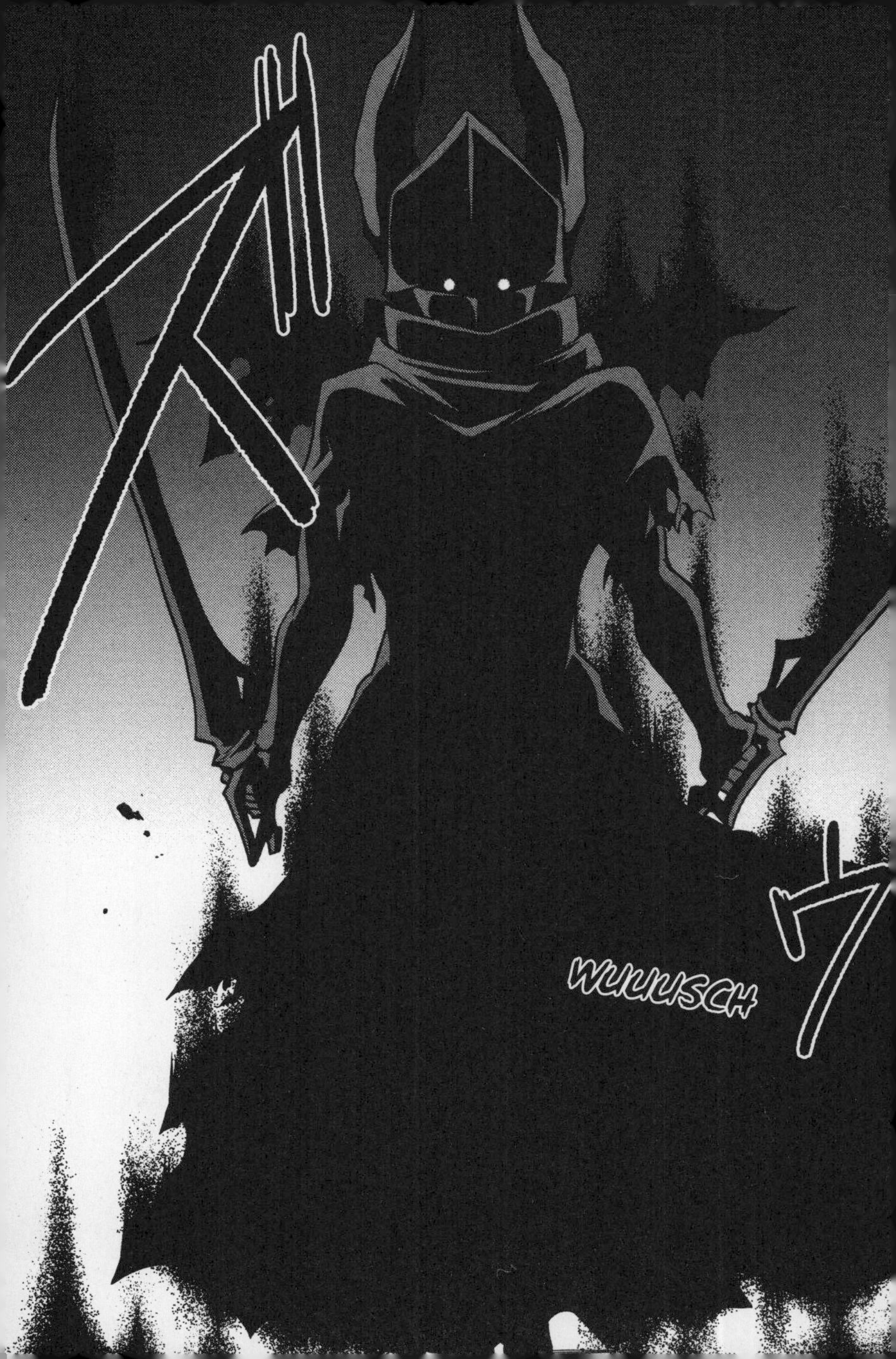
WUUUSCH

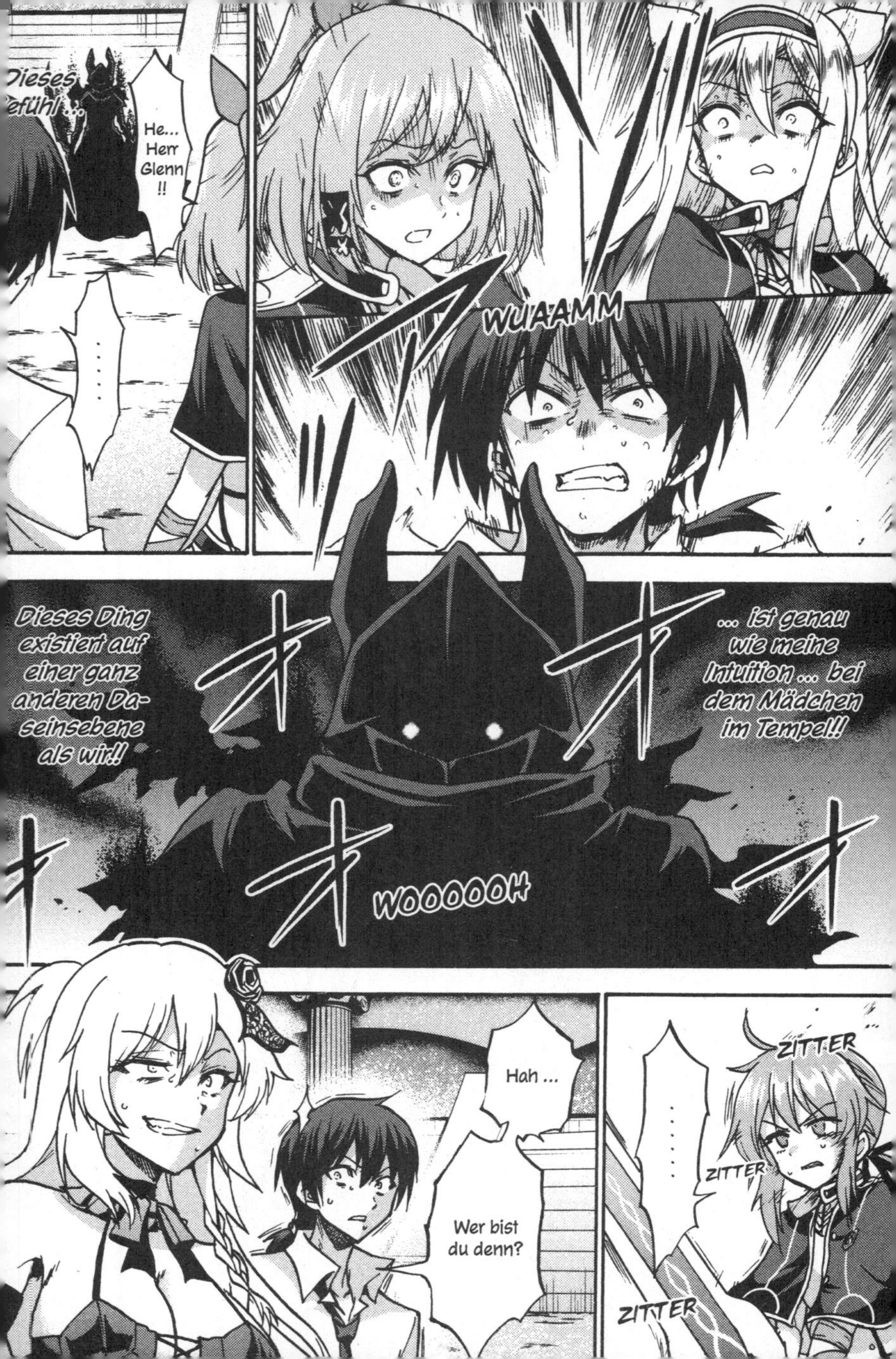

WUAAMM
He... Herr Glenn !!
Dieses Gefühl ...
......
... ist genau wie meine Intuition ... bei dem Mädchen im Tempel!!
Dieses Ding existiert auf einer ganz anderen Daseinsebene als wir!!
WOOOOOH
......
ZITTER
ZITTER
ZITTER
Hah ...
Wer bist du denn?

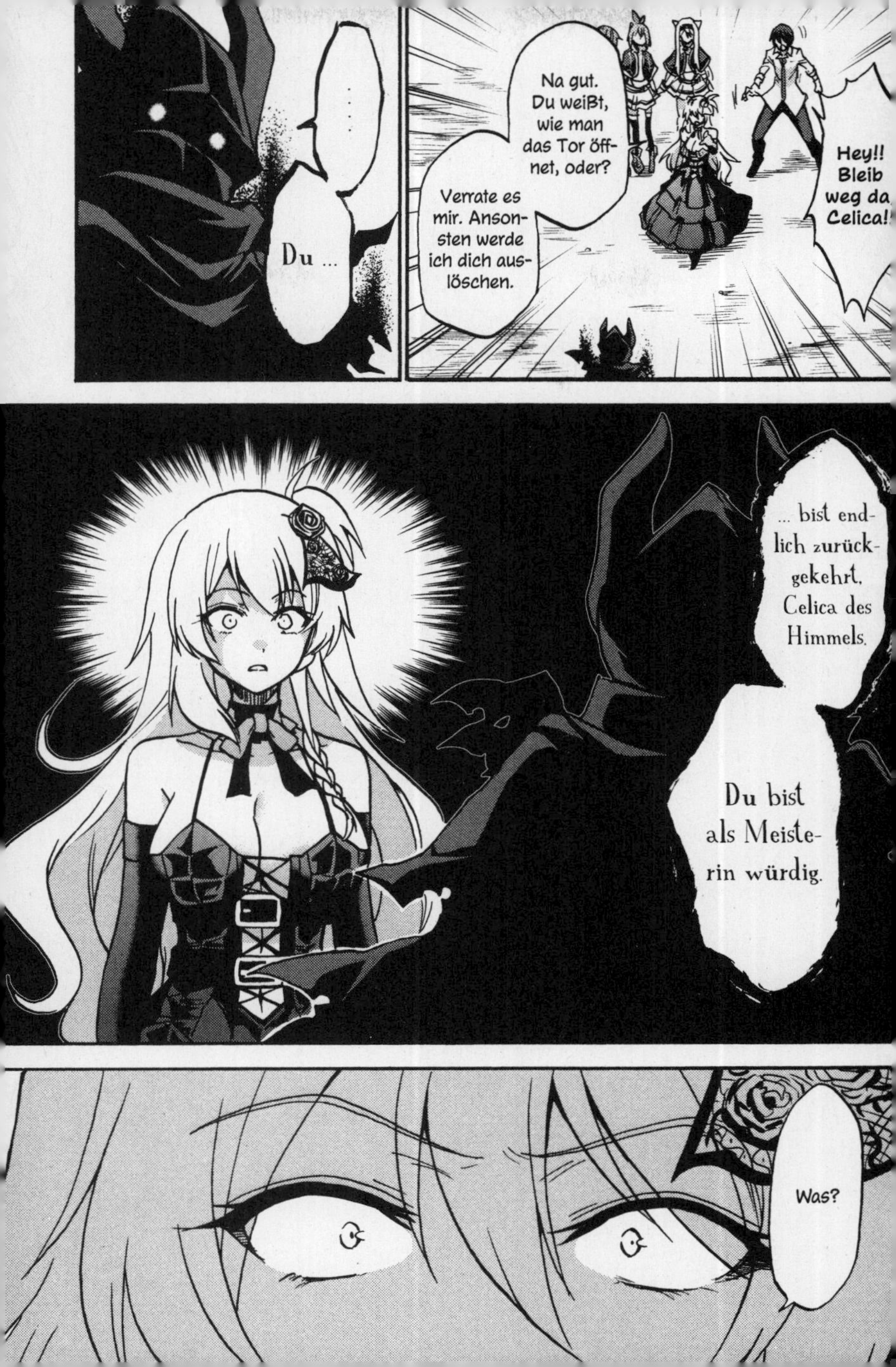

Hey!! Bleib weg da, Celica!!

Na gut. Du weißt, wie man das Tor öffnet, oder?

Verrate es mir. Ansonsten werde ich dich auslöschen.

...

Du ...

... bist endlich zurückgekehrt, Celica des Himmels.

Du bist als Meisterin würdig.

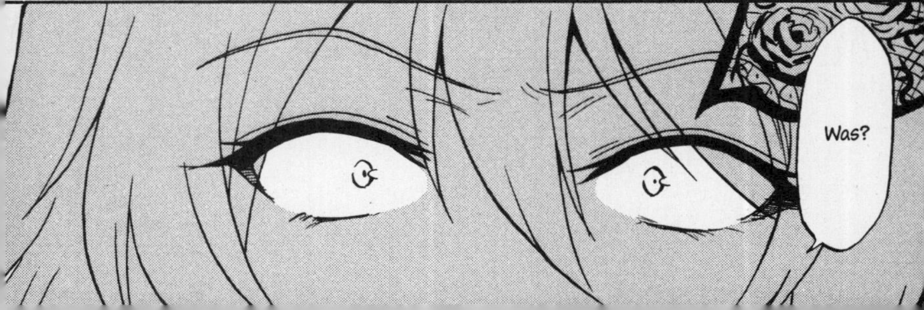

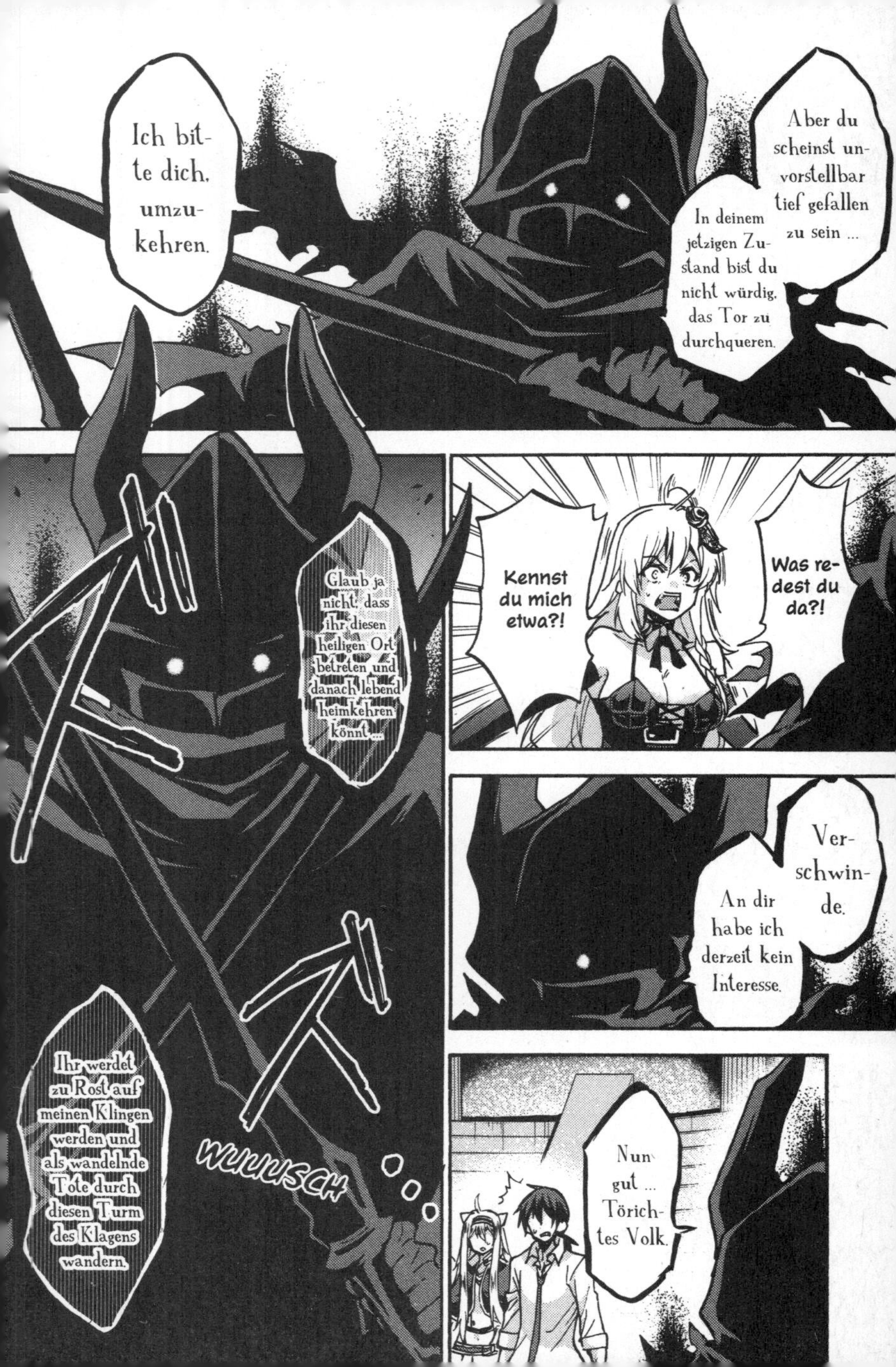
Aber du scheinst unvorstellbar tief gefallen zu sein …
In deinem jetzigen Zustand bist du nicht würdig, das Tor zu durchqueren.
Ich bitte dich, umzukehren.
Was redest du da?!
Kennst du mich etwa?!
Glaub ja nicht, dass ihr diesen heiligen Ort betreten und danach lebend heimkehren könnt …
Verschwinde.
An dir habe ich derzeit kein Interesse.
Nun gut … Törichtes Volk.
WUUUSCH
Ihr werdet zu Rost auf meinen Klingen werden und als wandelnde Tote durch diesen Turm des Klagens wandern.

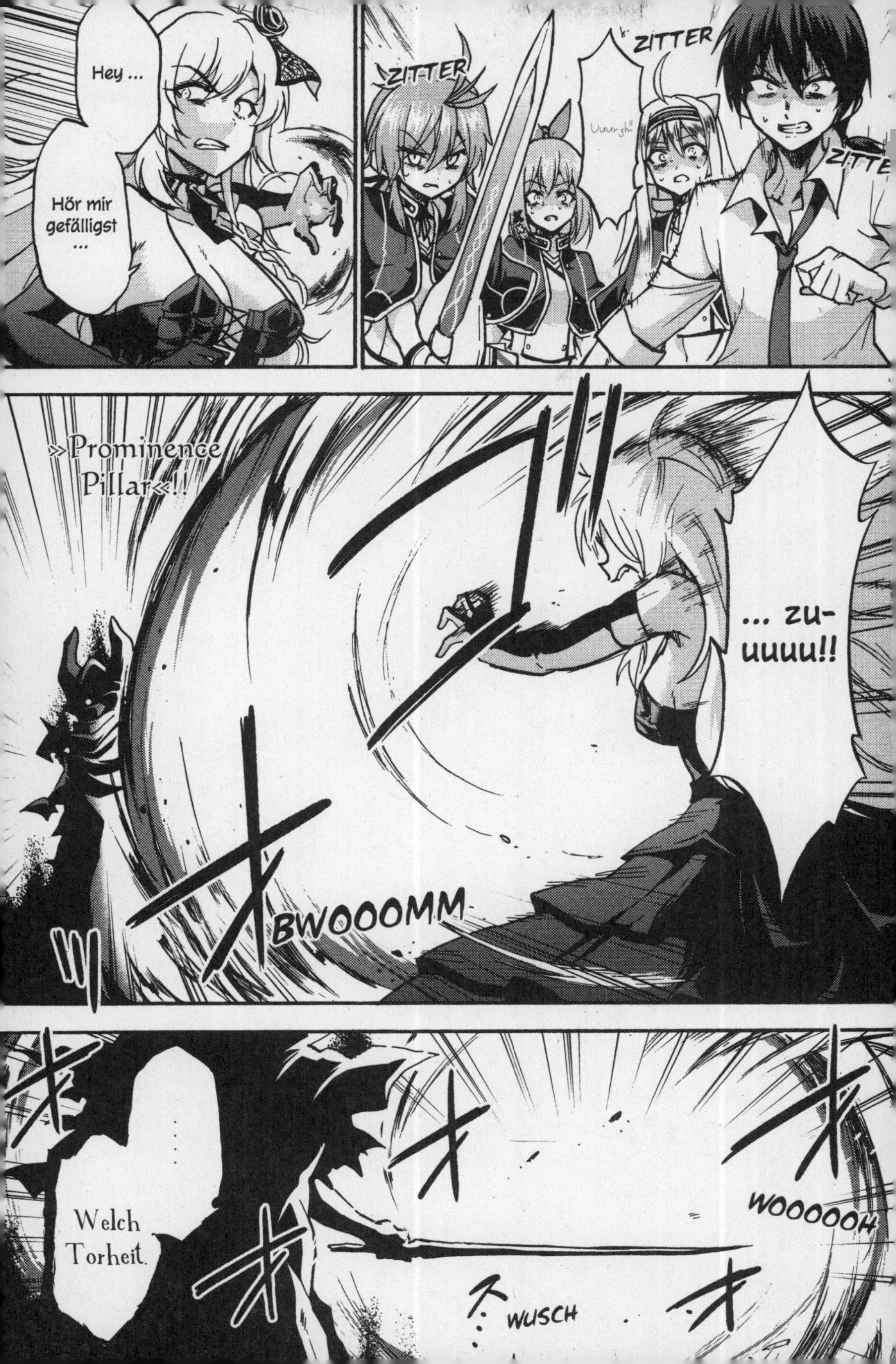
ZITTER
Uuurgh!!
ZITTER
ZITTER
Hey ...
Hör mir gefälligst ...
... zu-uuuu!!
»Prominence Pillar«!!
BWOOOMM
WOOOOOH
Welch Torheit.
WUSCH

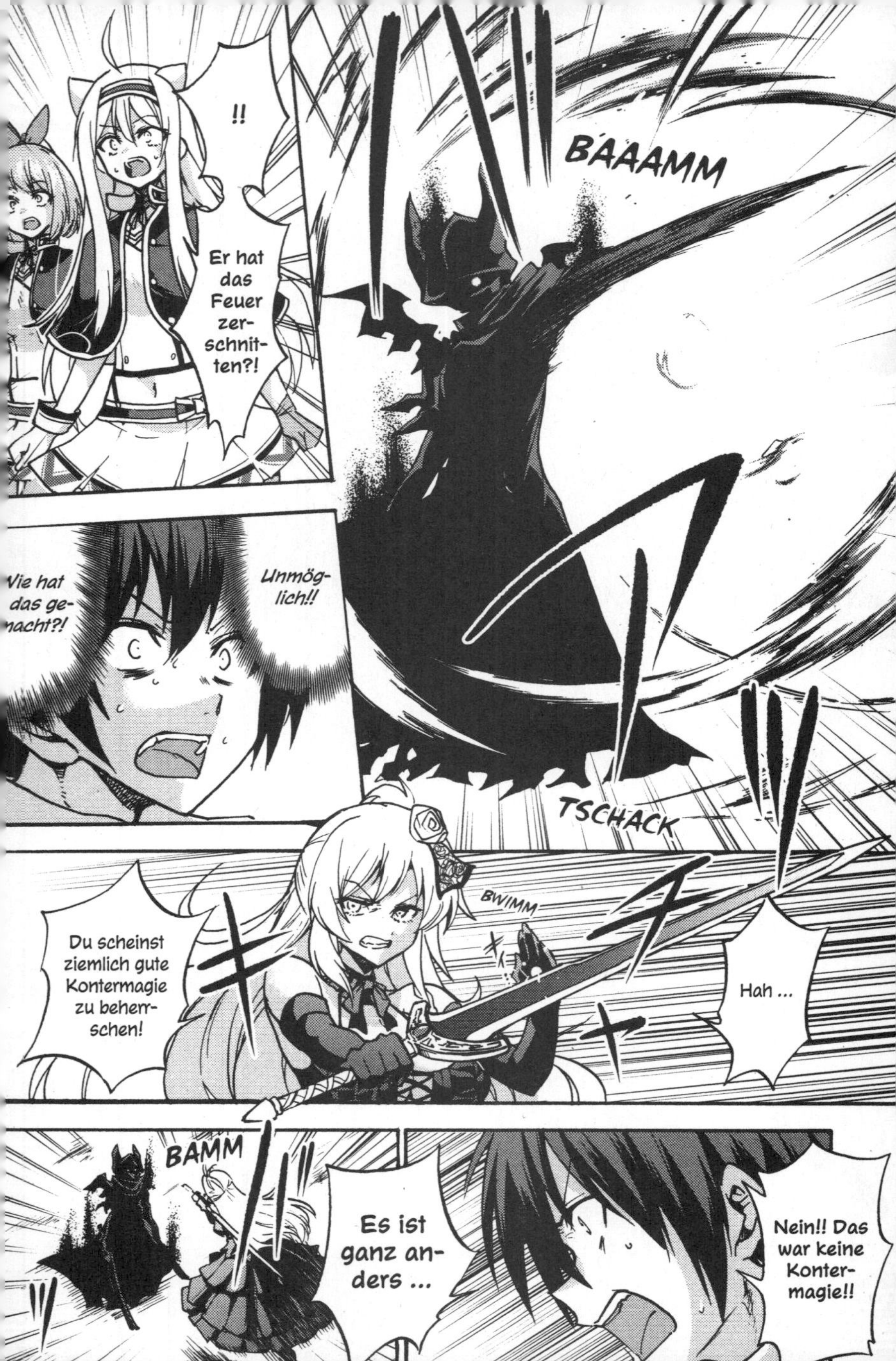
BAAAMM
!!
Er hat das Feuer zer-schnit-ten?!
Unmög-lich!!
Wie hat das ge-macht?!
TSCHACK
BWIMM
Hah ...
Du scheinst ziemlich gute Kontermagie zu beherr-schen!
Nein!! Das war keine Konter-magie!!
Es ist ganz an-ders ...
BAMM

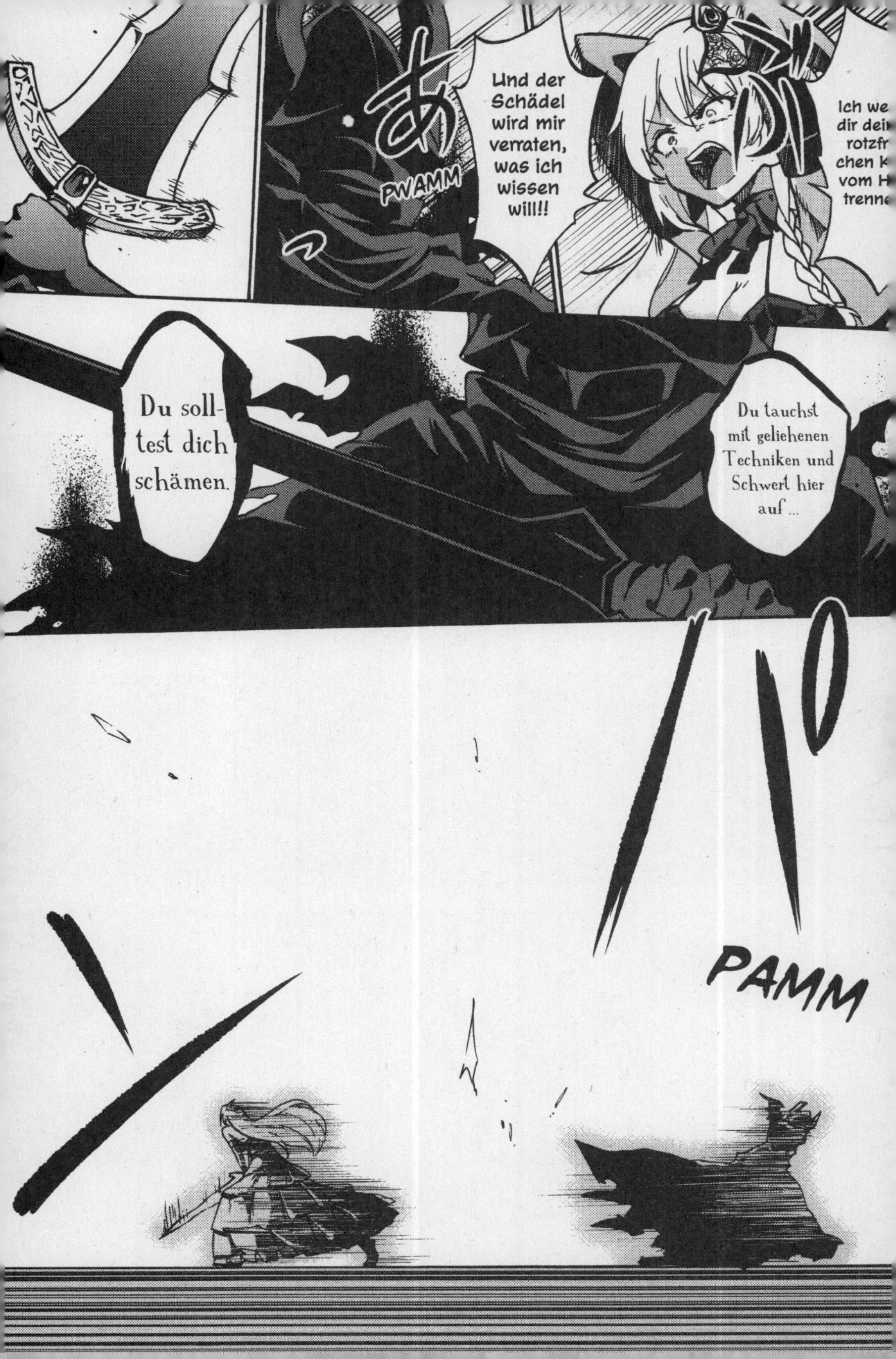
Und der Schädel wird mir verraten, was ich wissen will!!
あ
PWAMM
Du tauchst mit geliehenen Techniken und Schwert hier auf ...
Du soll-test dich schämen.
PAMM

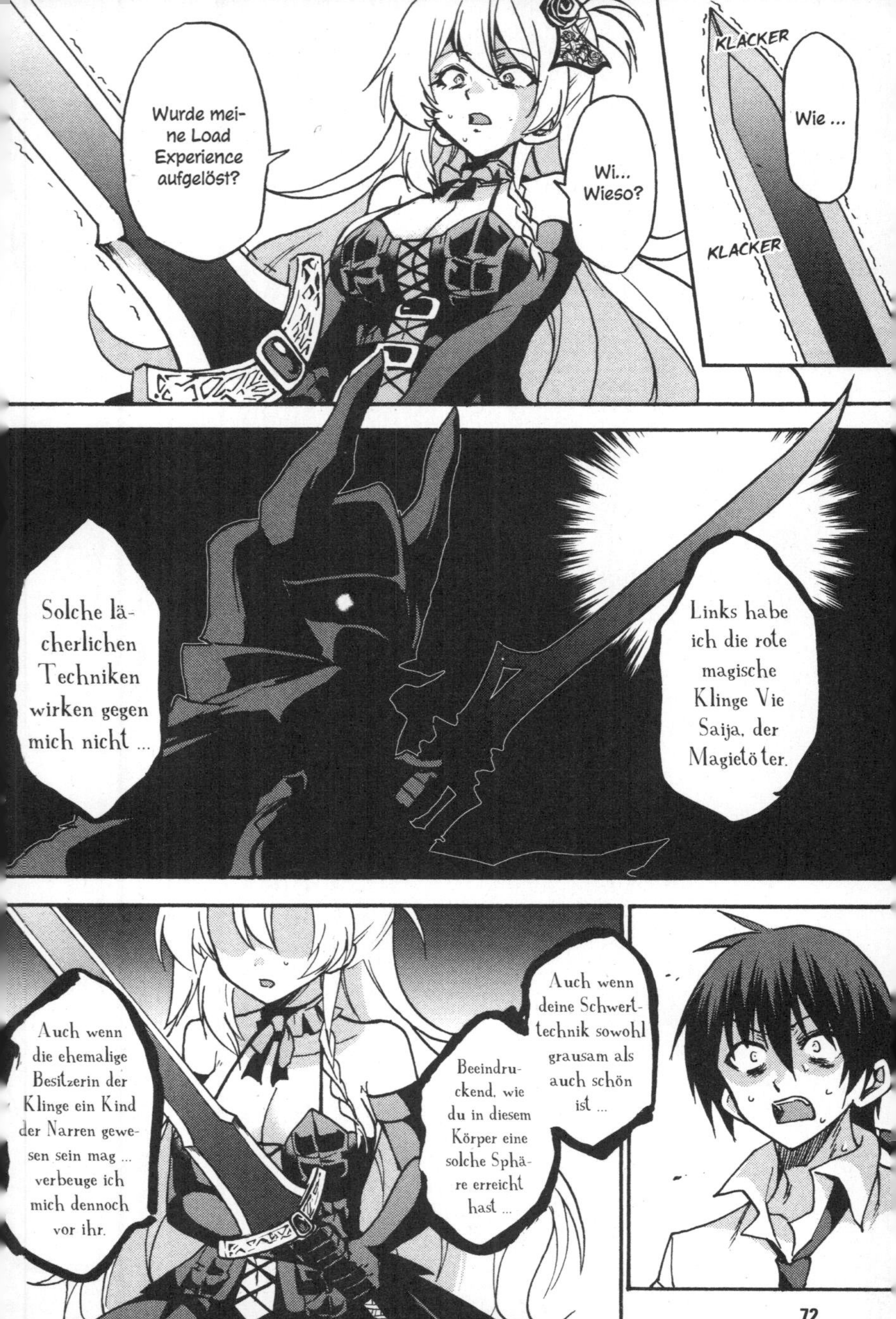
KLACKER
Wie ...
KLACKER
Wi...
Wieso?
Wurde meine Load Experience aufgelöst?
Links habe ich die rote magische Klinge Vie Saija, der Magietöter.
Solche lächerlichen Techniken wirken gegen mich nicht ...
Auch wenn deine Schwerttechnik sowohl grausam als auch schön ist ...
Beeindruckend, wie du in diesem Körper eine solche Sphäre erreicht hast ...
Auch wenn die ehemalige Besitzerin der Klinge ein Kind der Narren gewesen sein mag ... verbeuge ich mich dennoch vor ihr.

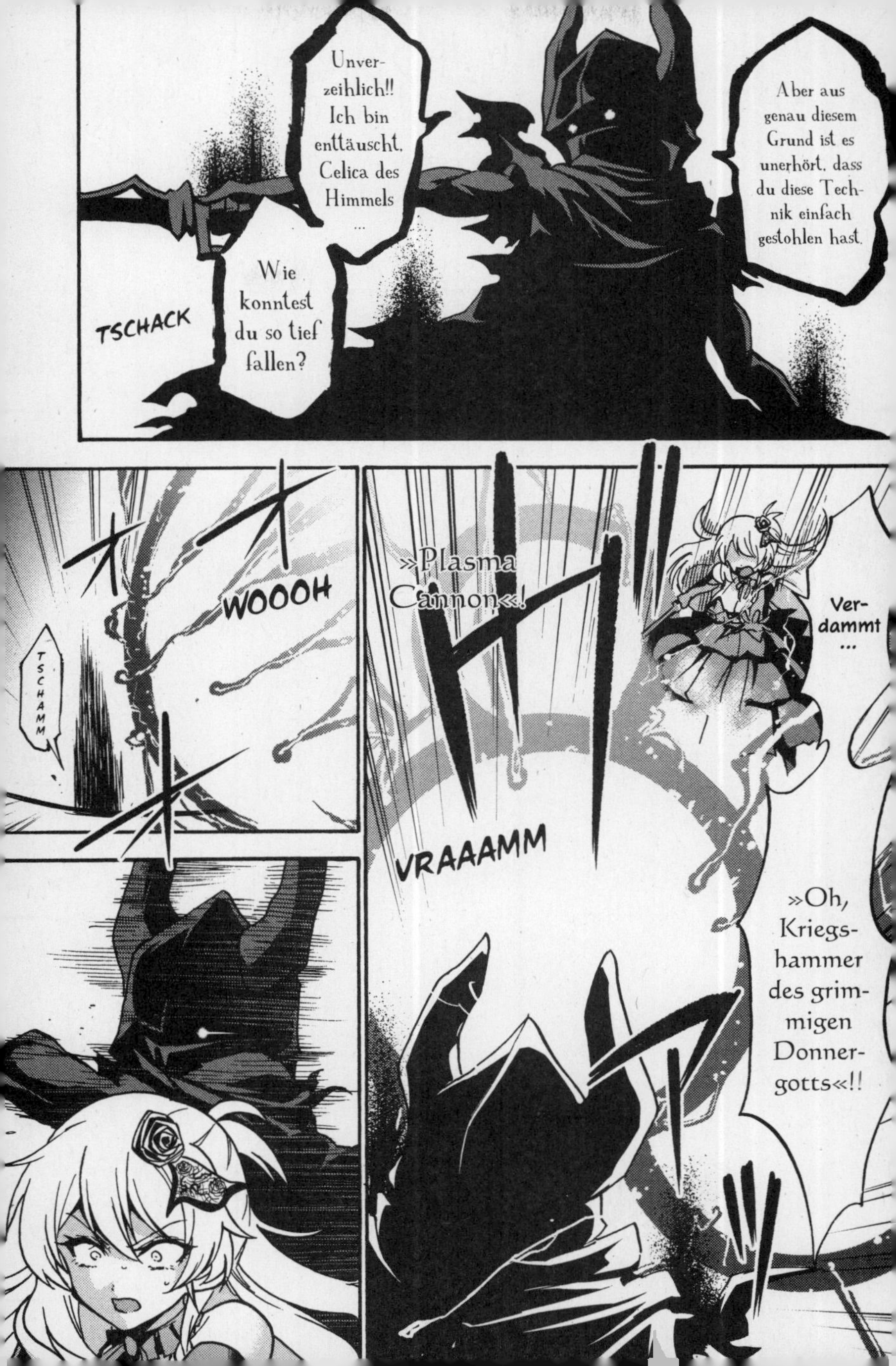
Aber aus genau diesem Grund ist es unerhört, dass du diese Technik einfach gestohlen hast.
Unverzeihlich!! Ich bin enttäuscht, Celica des Himmels …
Wie konntest du so tief fallen?
TSCHACK
Verdammt …
»Plasma Cannon«!
WOOOH
TSCHAMM
»Oh, Kriegshammer des grimmigen Donnergotts«!!
VRAAAMM

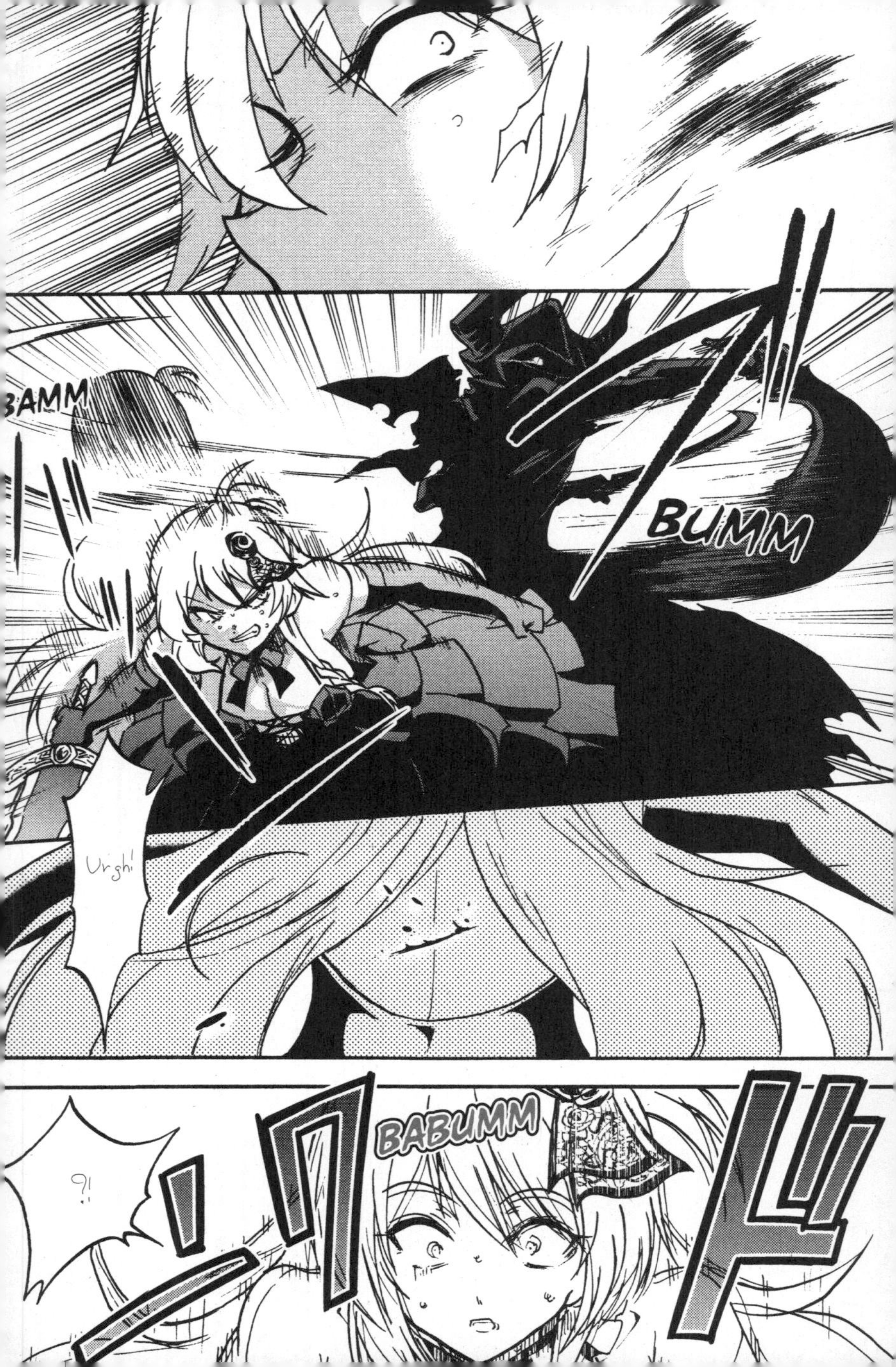
BUMM
BAMM
Urgh!
BABUMM
?!

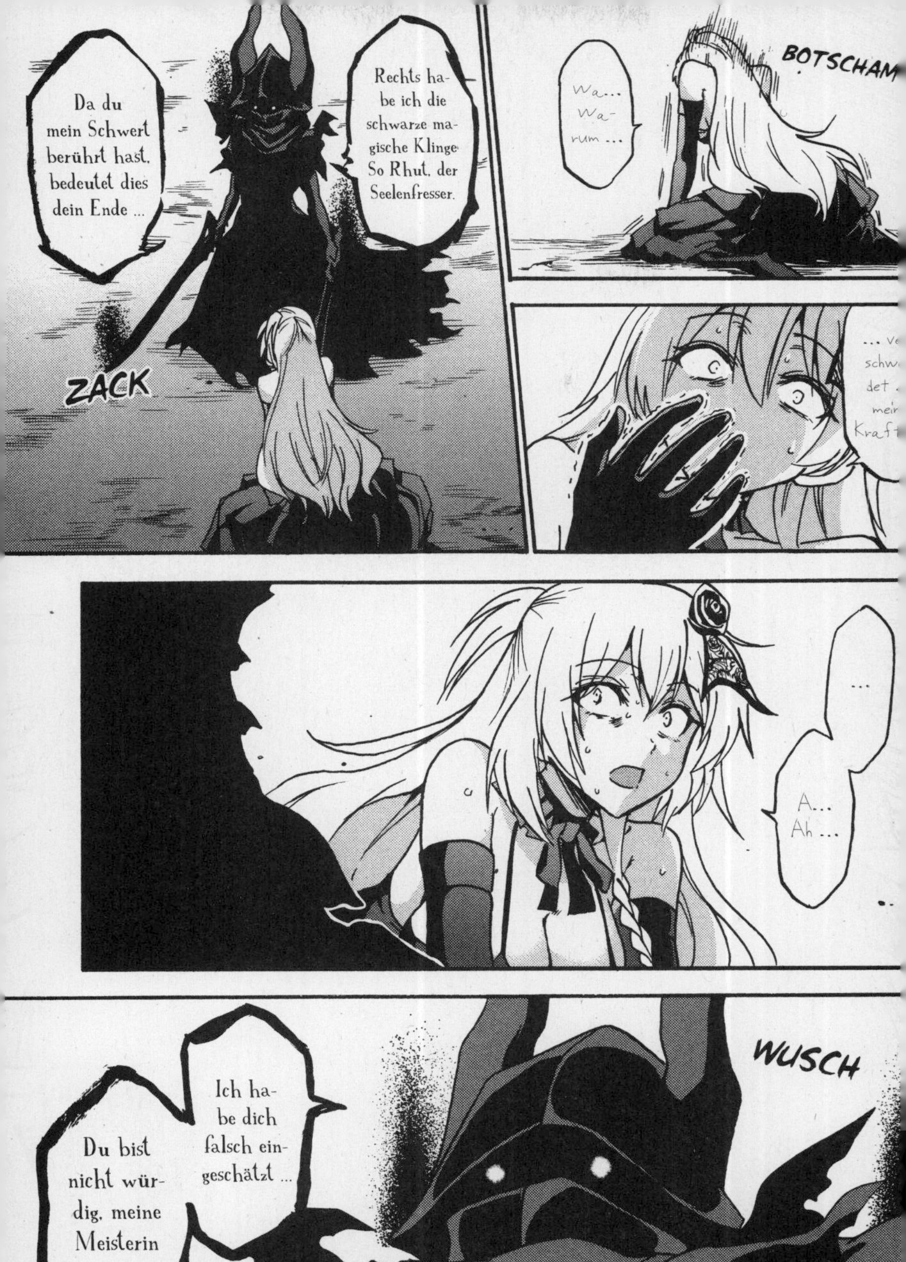
BOTSCHAM
Wa... Wa-rum ...
... ve schw det ... mein Kraft
Rechts habe ich die schwarze magische Klinge So Rhut, der Seelenfresser.
Da du mein Schwert berührt hast, bedeutet dies dein Ende ...
ZACK
...
A... Ah ...
WUSCH
Ich habe dich falsch eingeschätzt ...
Du bist nicht würdig, meine Meisterin zu sein.

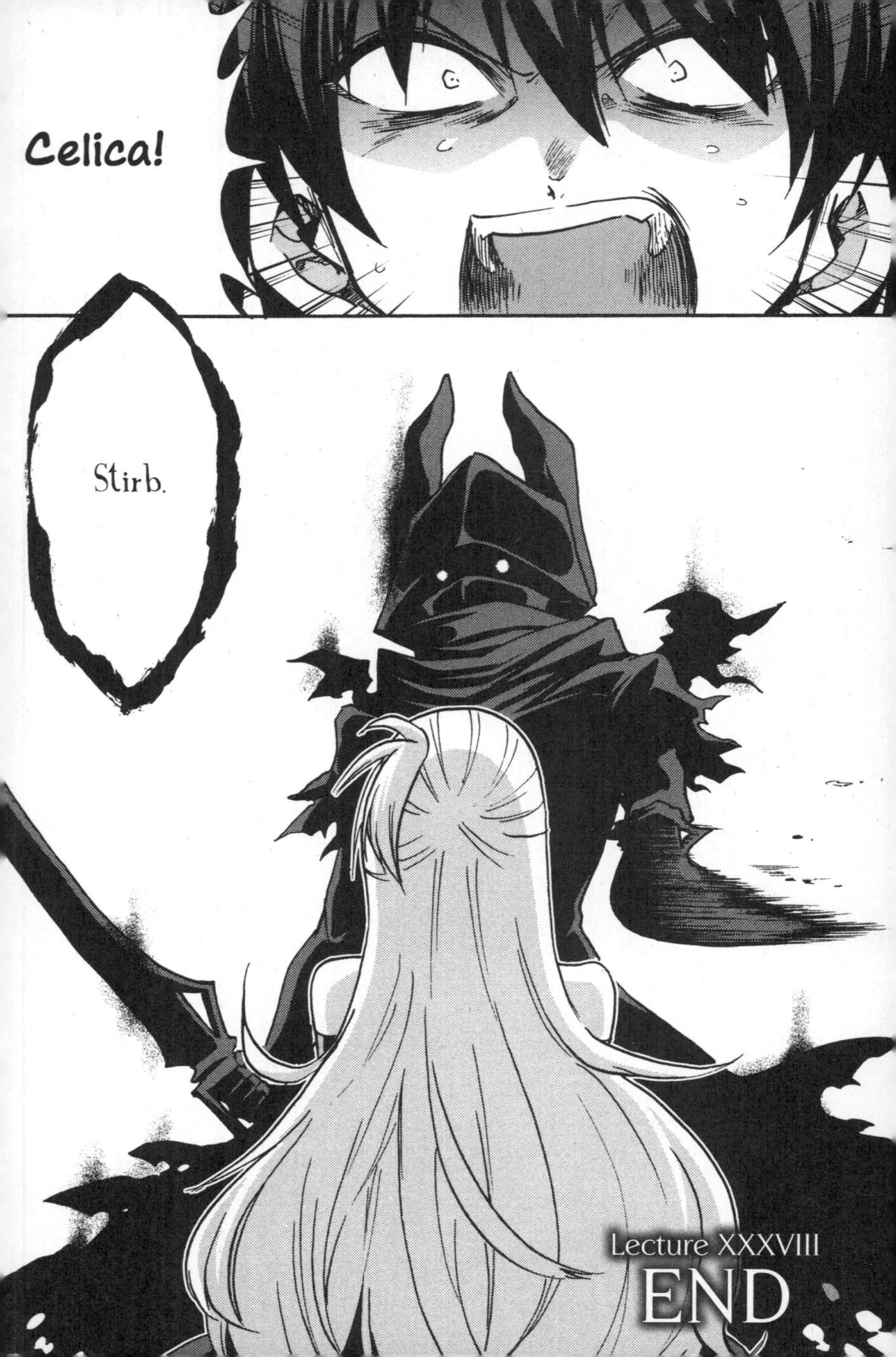
Celica!
Stirb.
Lecture XXXVIII
END

Akashic Records
of the Bastard Magic Instructor

Akashic Records
of the Bastard Magic Instructor

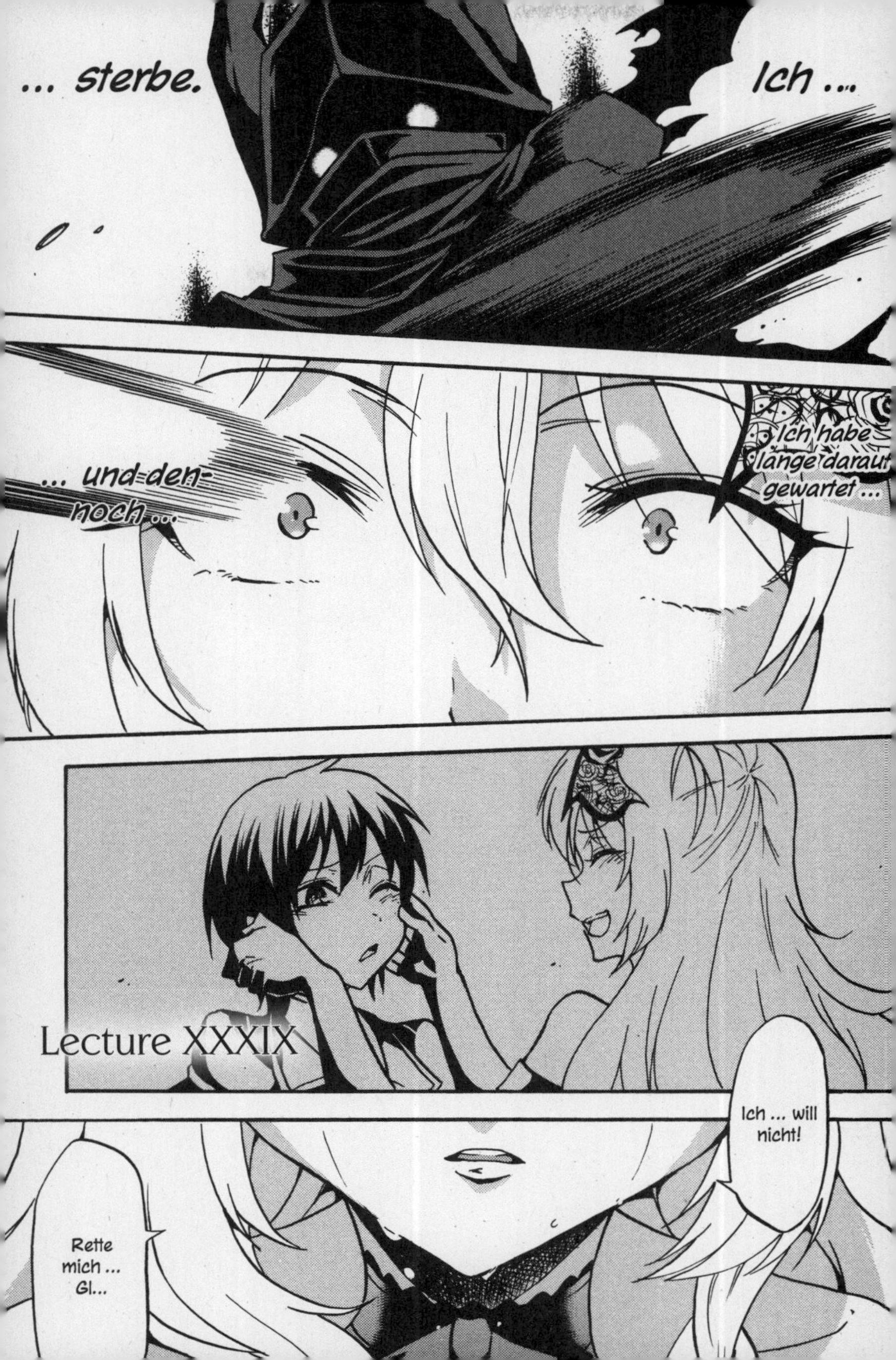
Ich ...
... sterbe.
Ich habe lange darauf gewartet ...
... und dennoch ...
Lecture XXXIX
Ich ... will nicht!
Rette mich ... Gl...

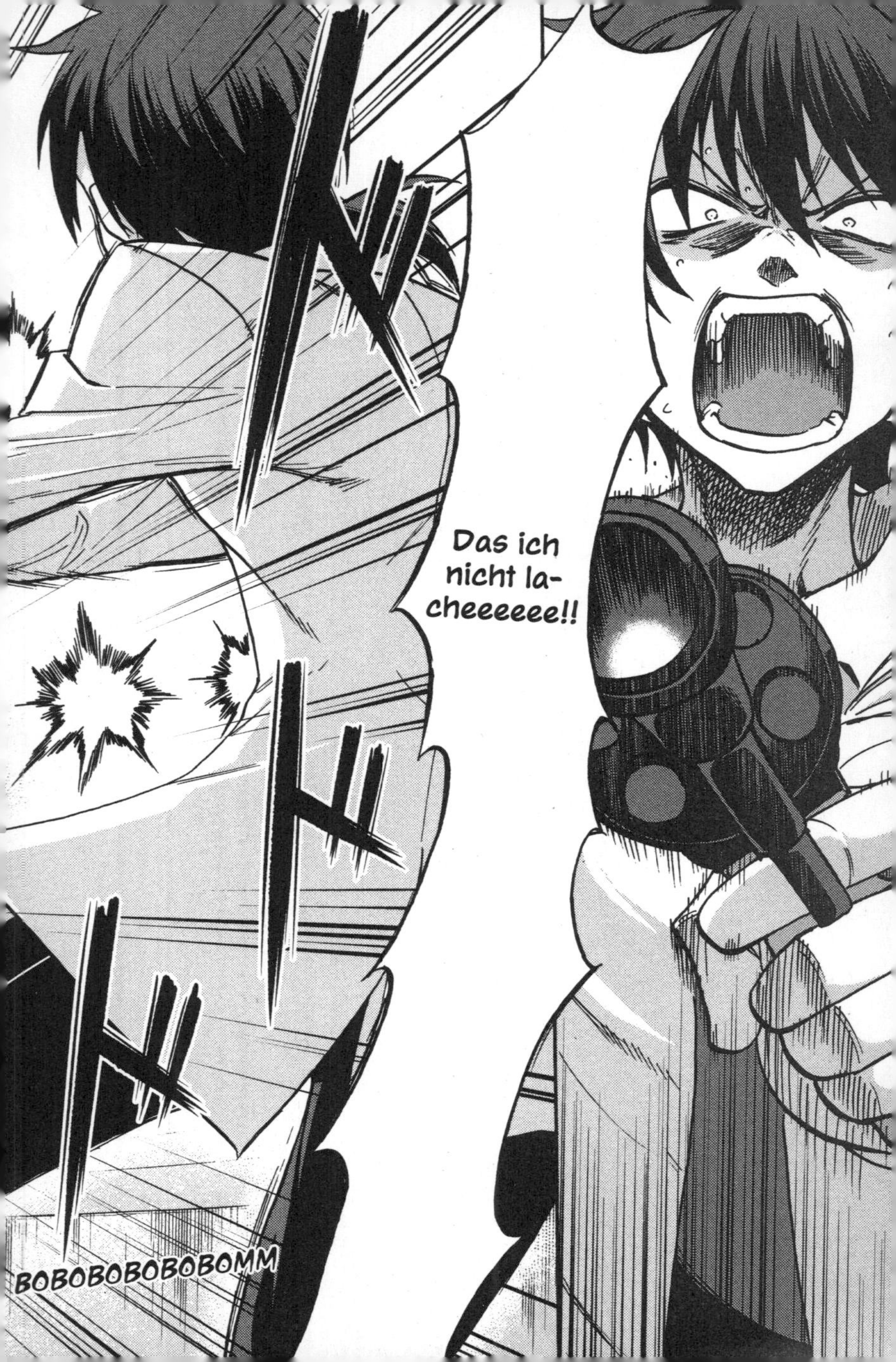
Das ich
nicht la-
cheeeeee!!
BOBOBOBOBOBOMM

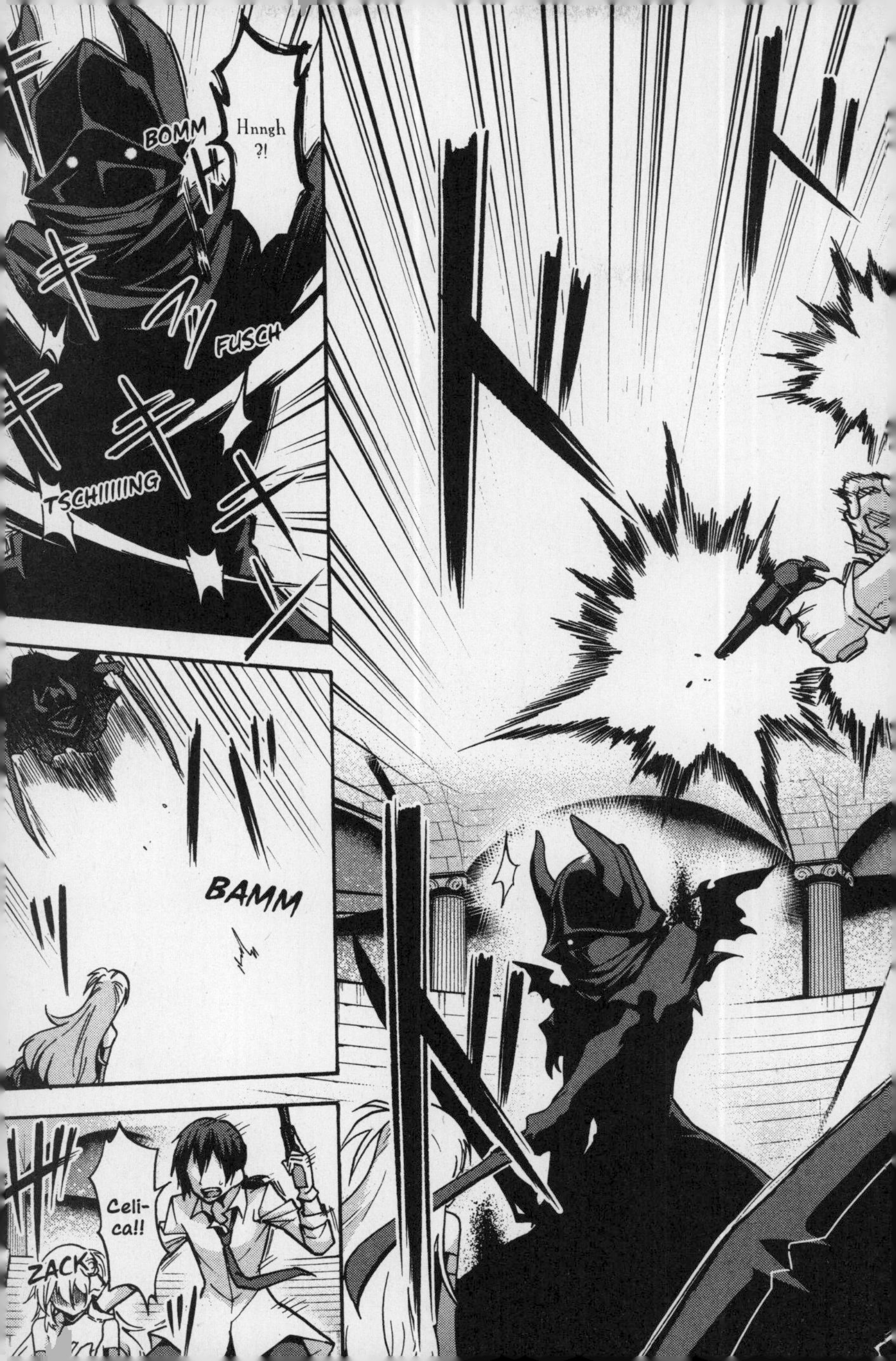
BOMM
Hnngh ?!
FUSCH
TSCHIIIIING
BAMM
Celi-ca!!
ZACK

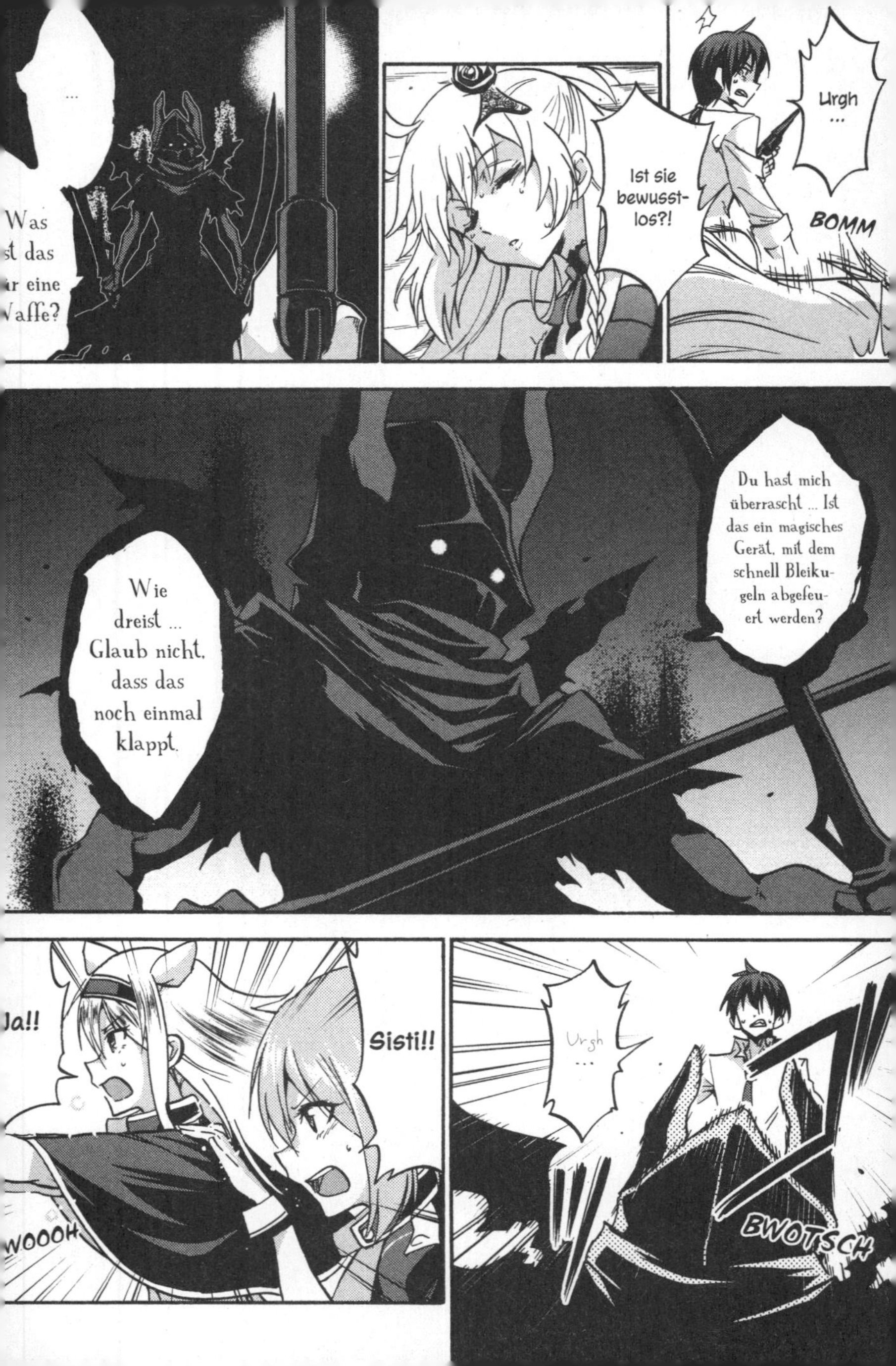

Urgh ...

BOMM

Ist sie bewusst-los?!

...

Was
st das
ir eine
Vaffe?

Du hast mich überrascht ... Ist das ein magisches Gerät, mit dem schnell Bleiku-geln abgefeu-ert werden?

Wie dreist ... Glaub nicht, dass das noch einmal klappt.

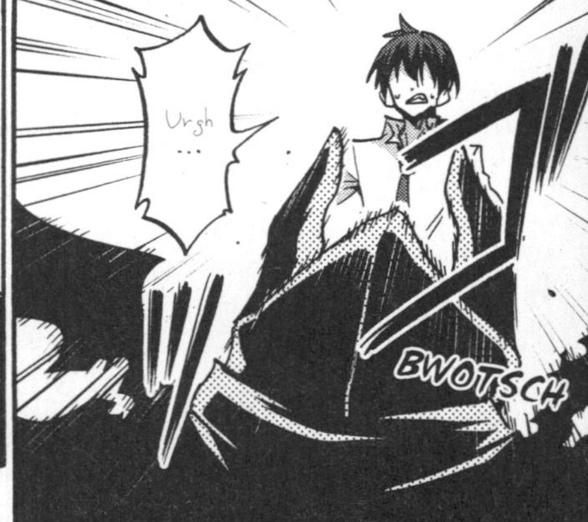

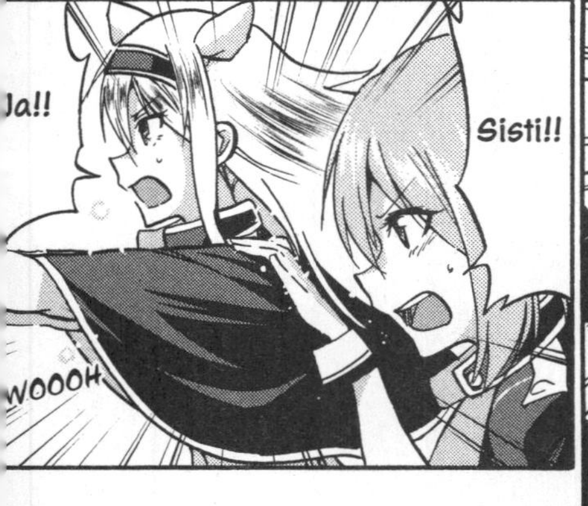

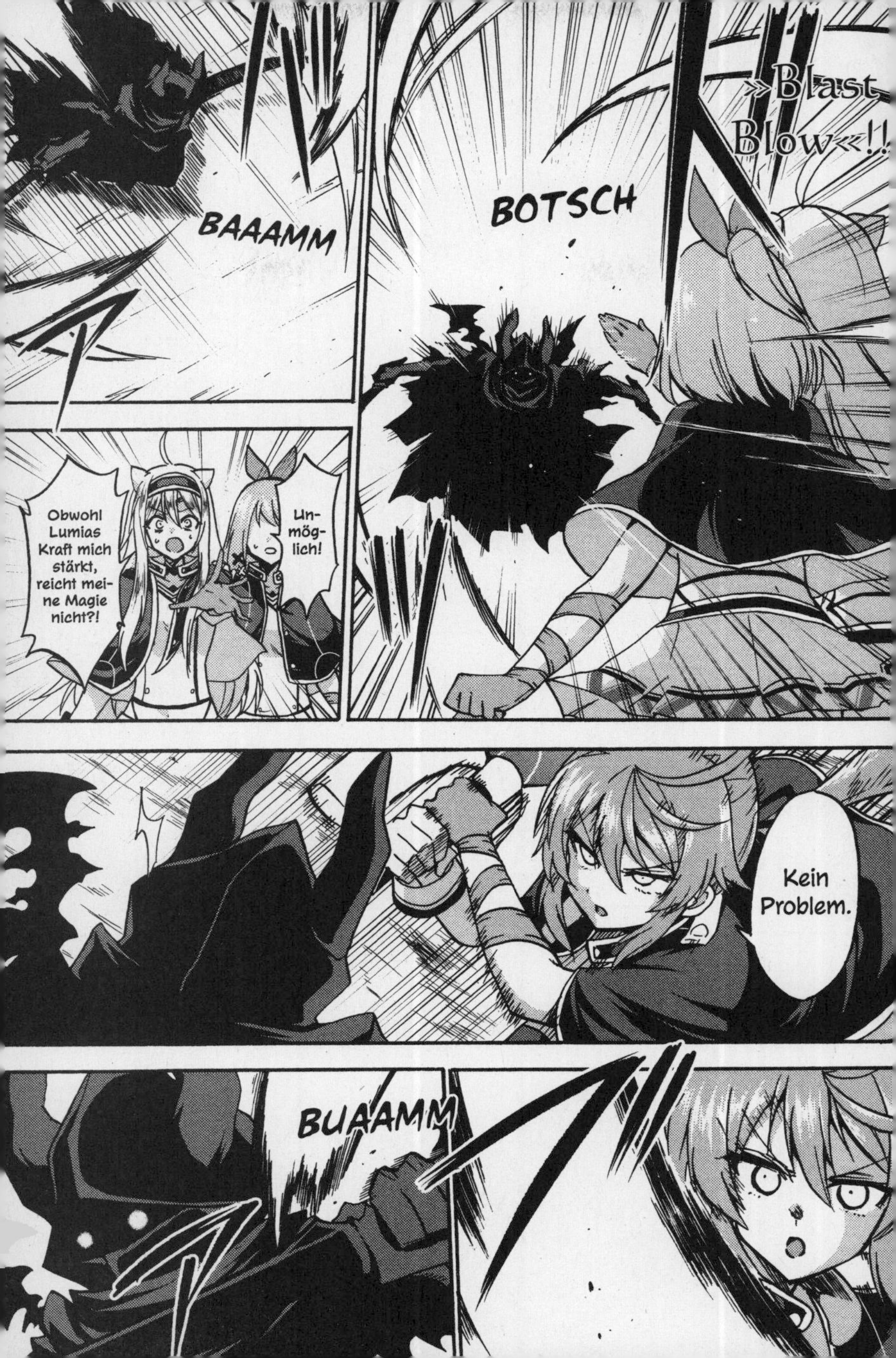
»Blast Blow«!!
BOTSCH
BAAAMM
Un-möglich!
Obwohl Lumias Kraft mich stärkt, reicht meine Magie nicht?!
Kein Problem.
BUAAMM

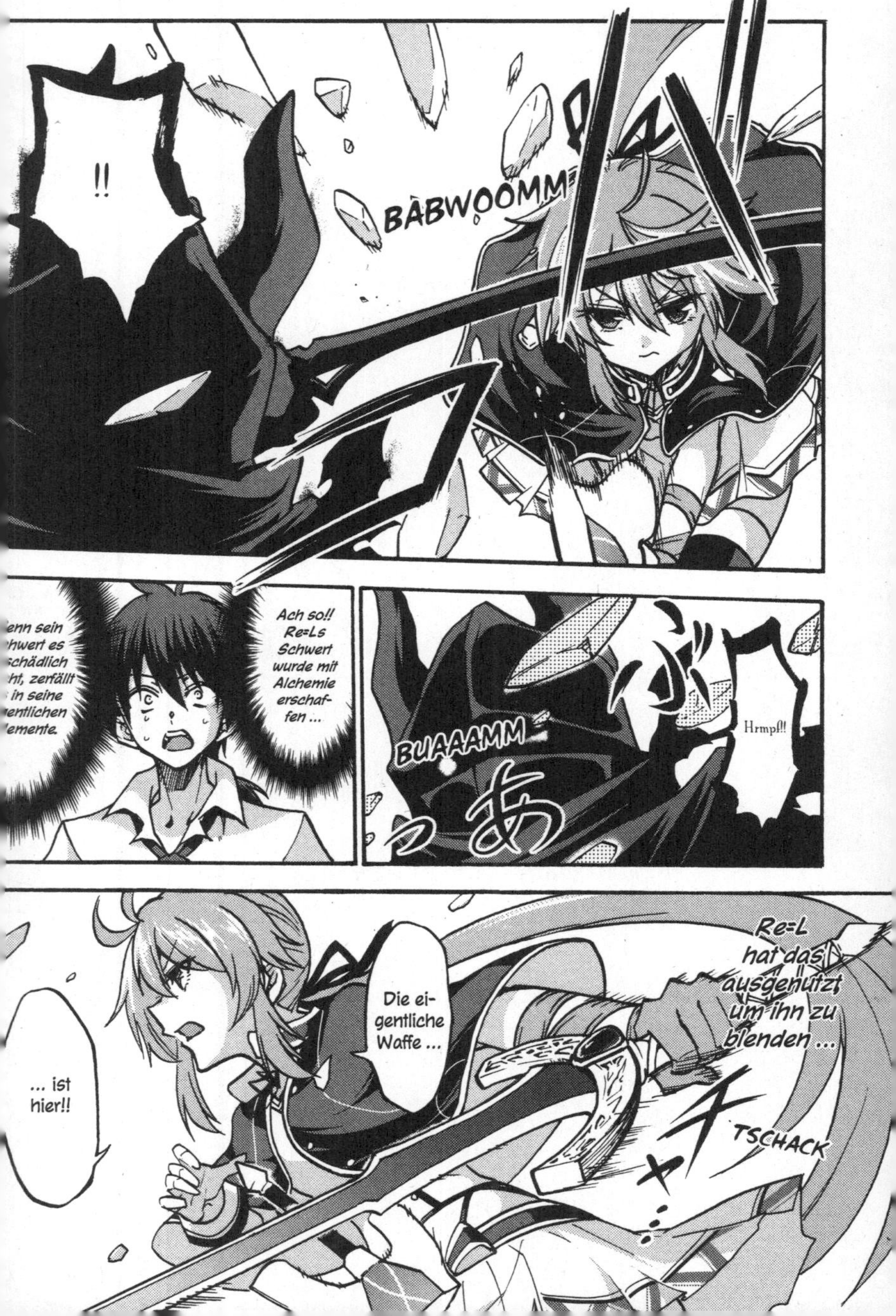

!!

BABWOOMM

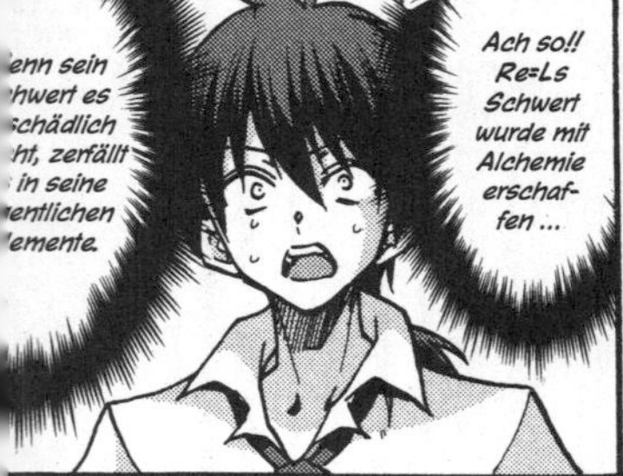
Ach so!! Re=Ls Schwert wurde mit Alchemie erschaffen ...
enn sein
hwert es
schädlich
ht, zerfällt
in seine
entlichen
lemente.

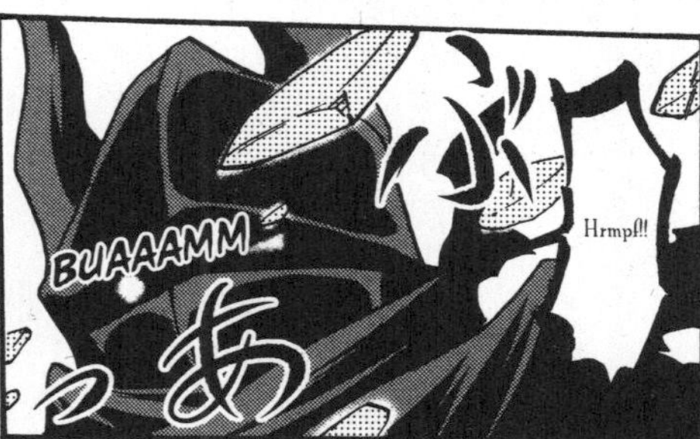
Hrmpf!!
BUAAAMM
あっ

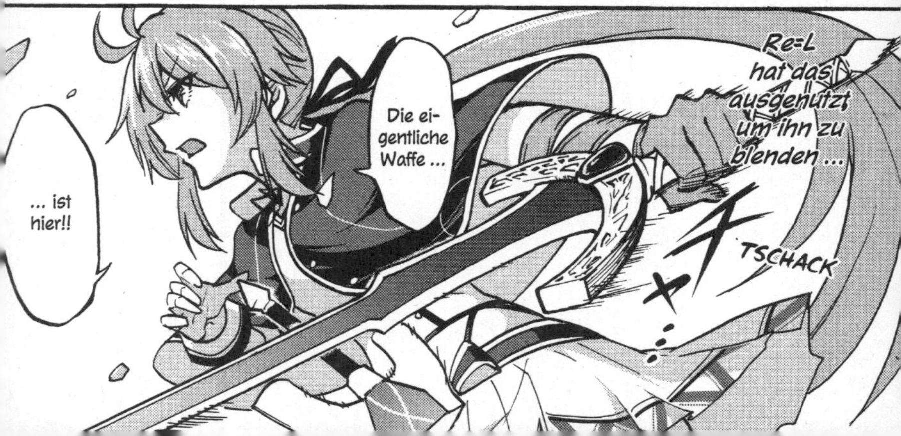
Re=L hat das ausgenutzt um ihn zu blenden ...
Die eigentliche Waffe ...
... ist hier!!
TSCHACK

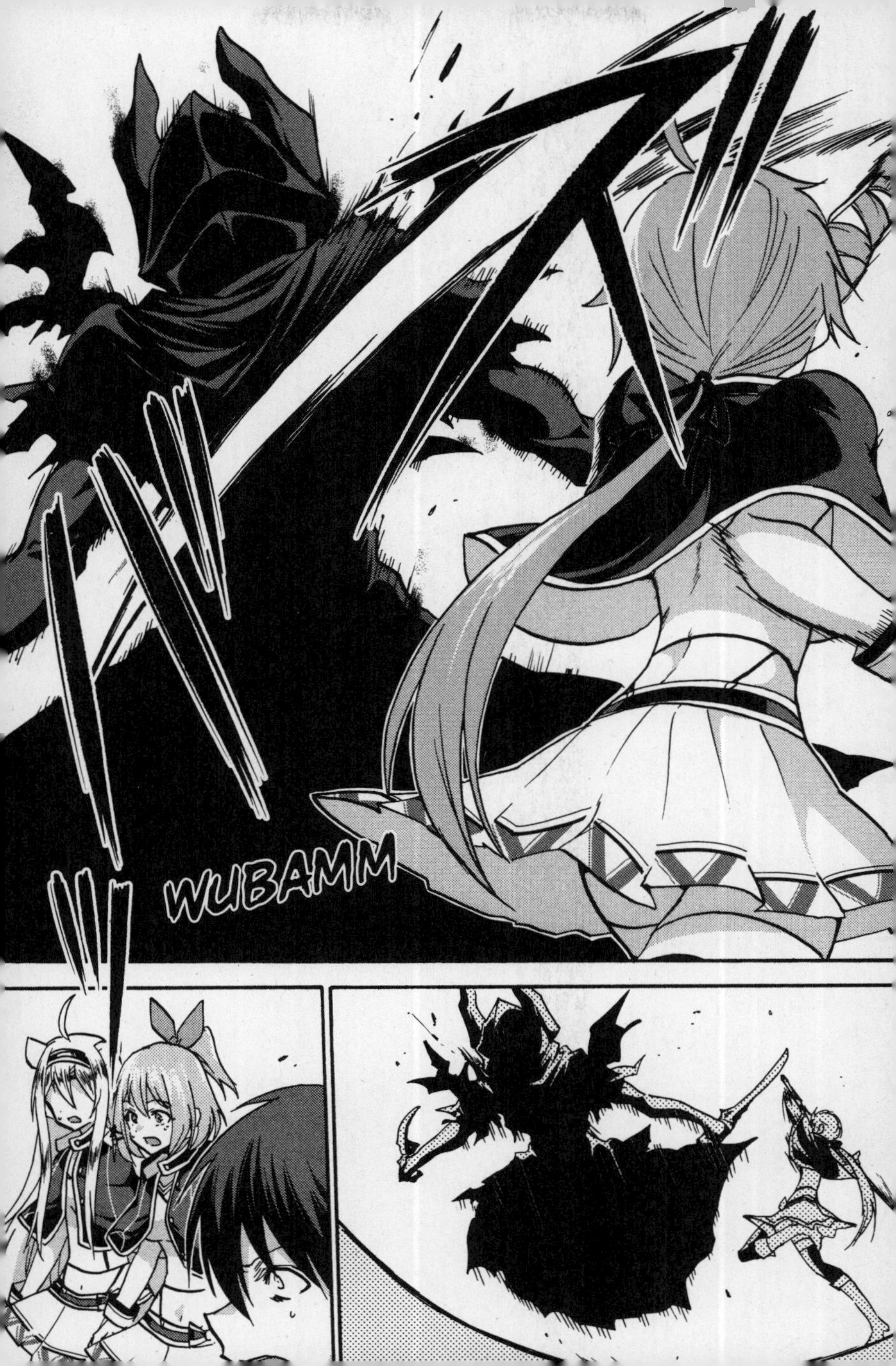
WUBAMM

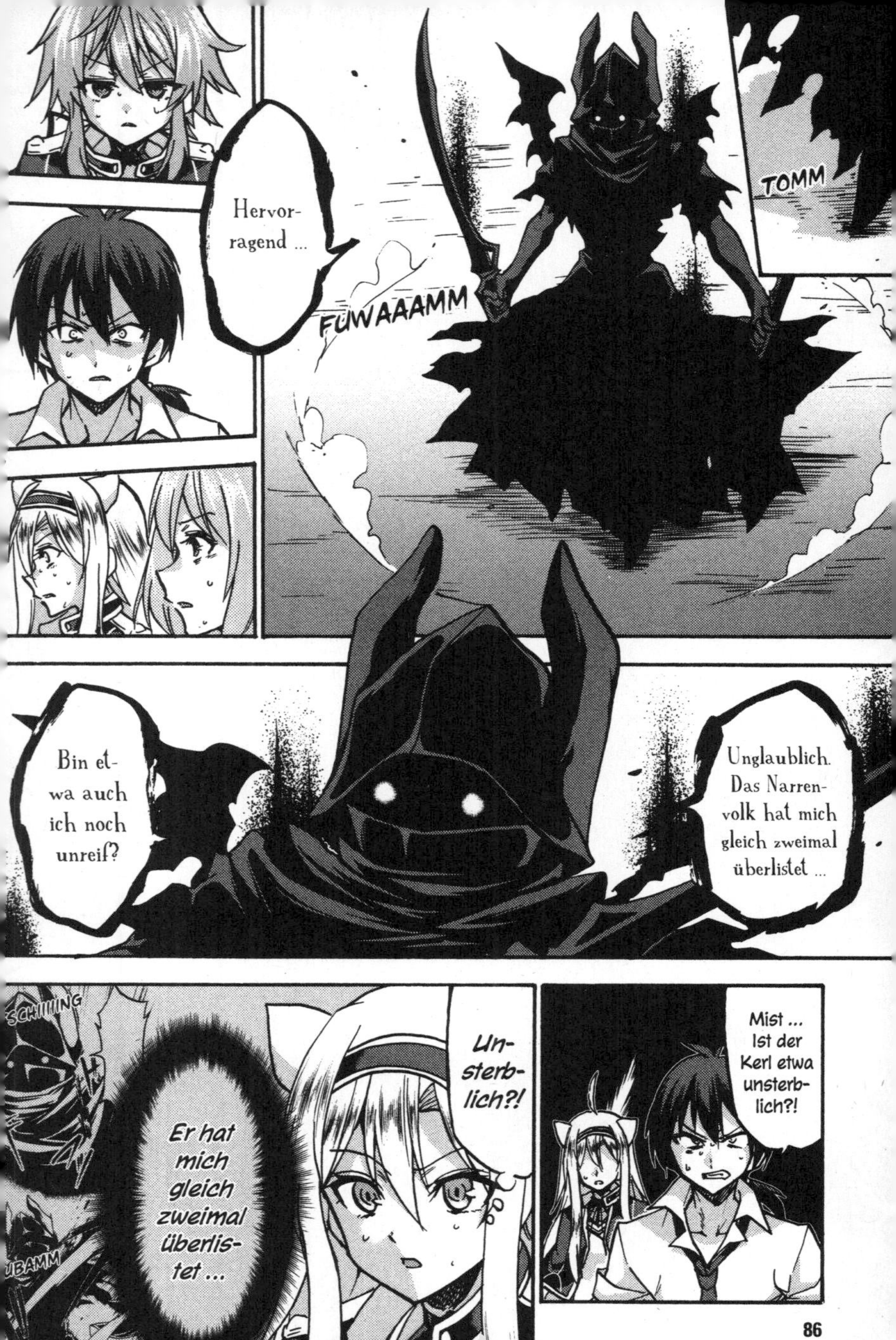

TOMM

FUWAAAMM

Hervorragend ...

Unglaublich. Das Narrenvolk hat mich gleich zweimal überlistet ...

Bin etwa auch ich noch unreif?

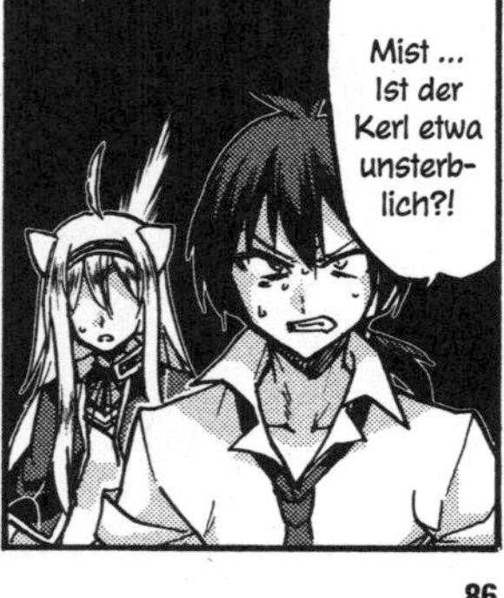

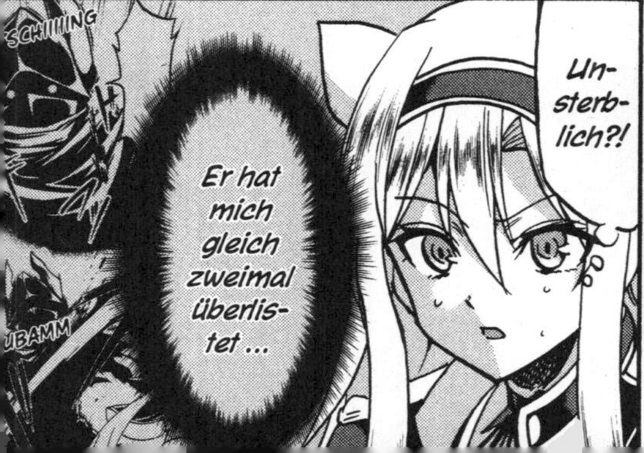

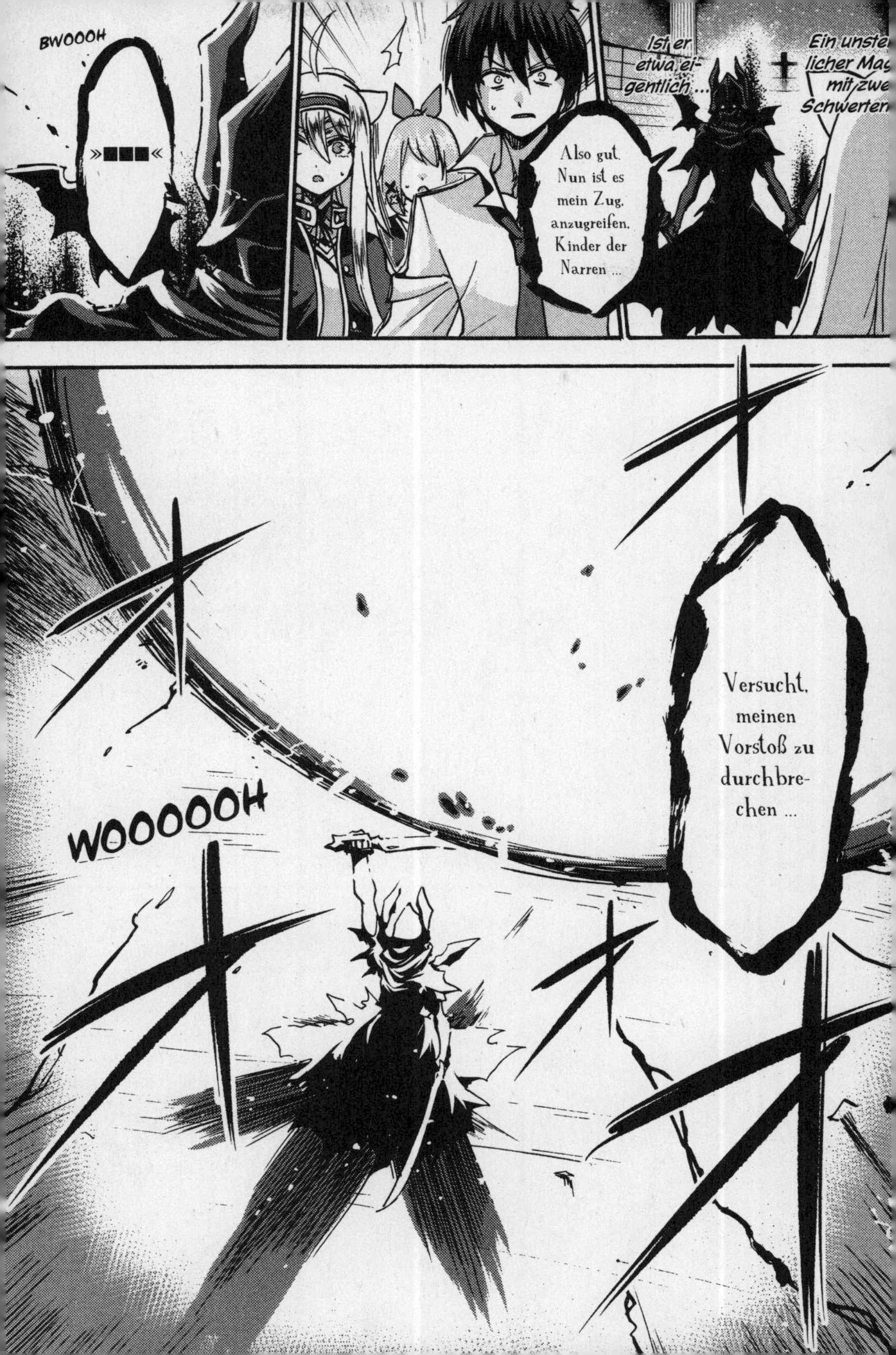
Ein unste licher Mag mit zwe Schwertern
Ist er etwa ei-gentlich ...
Also gut. Nun ist es mein Zug, anzugreifen, Kinder der Narren ...
BWOOOH
Versucht, meinen Vorstoß zu durchbre-chen ...
WOOOOOH

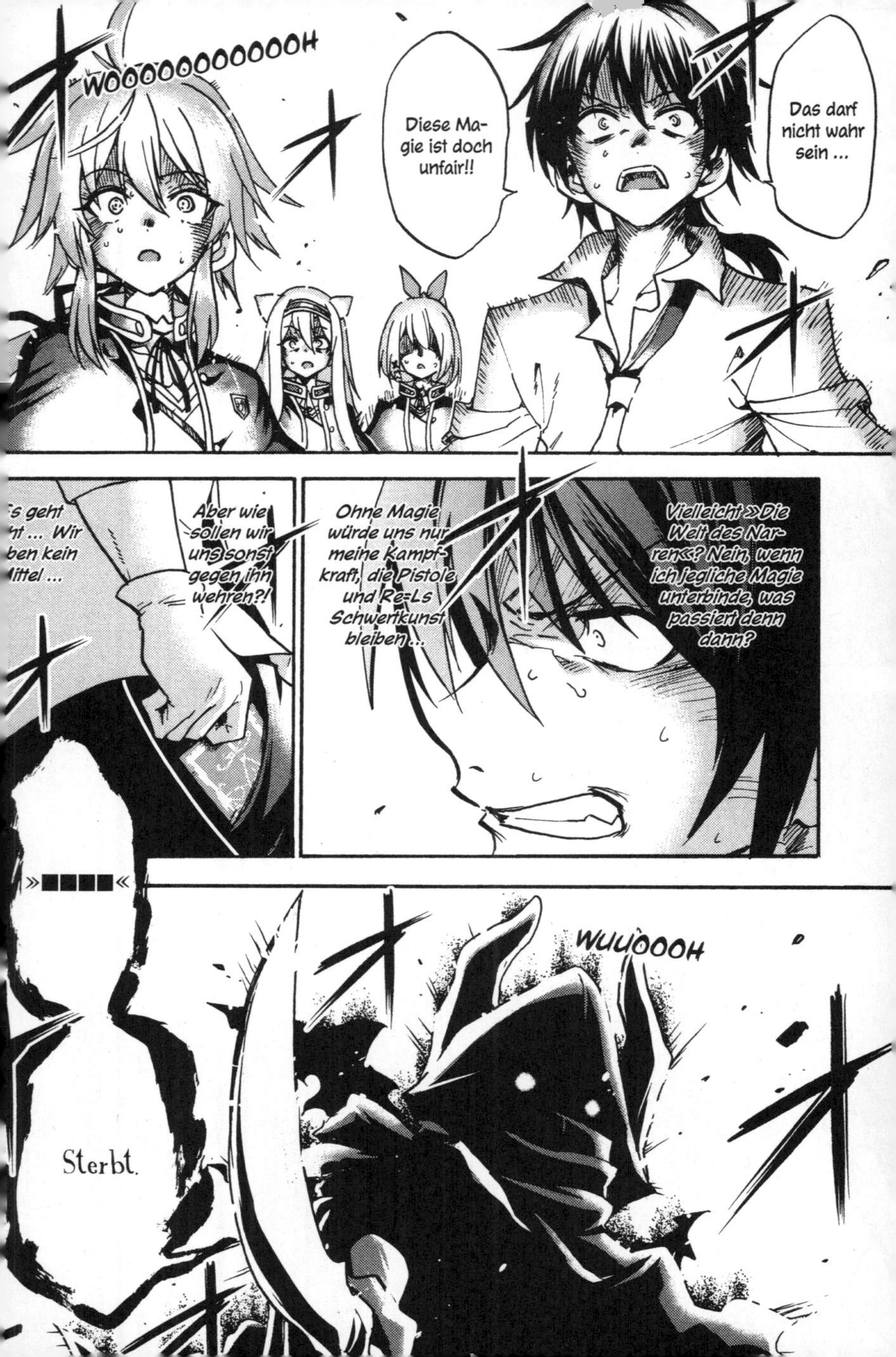
Das darf nicht wahr sein ...
Diese Magie ist doch unfair!!
WOOOOOOOOOOOH
Vielleicht »Die Welt des Narren«? Nein, wenn ich jegliche Magie unterbinde, was passiert denn dann?
Ohne Magie würde uns nur meine Kampfkraft, die Pistole und Re=Ls Schwertkunst bleiben ...
Aber wie sollen wir uns sonst gegen ihn wehren?!
Es geht ht ... Wir ben kein Mittel ...
»■■■■«
WUUOOOH
Sterbt.

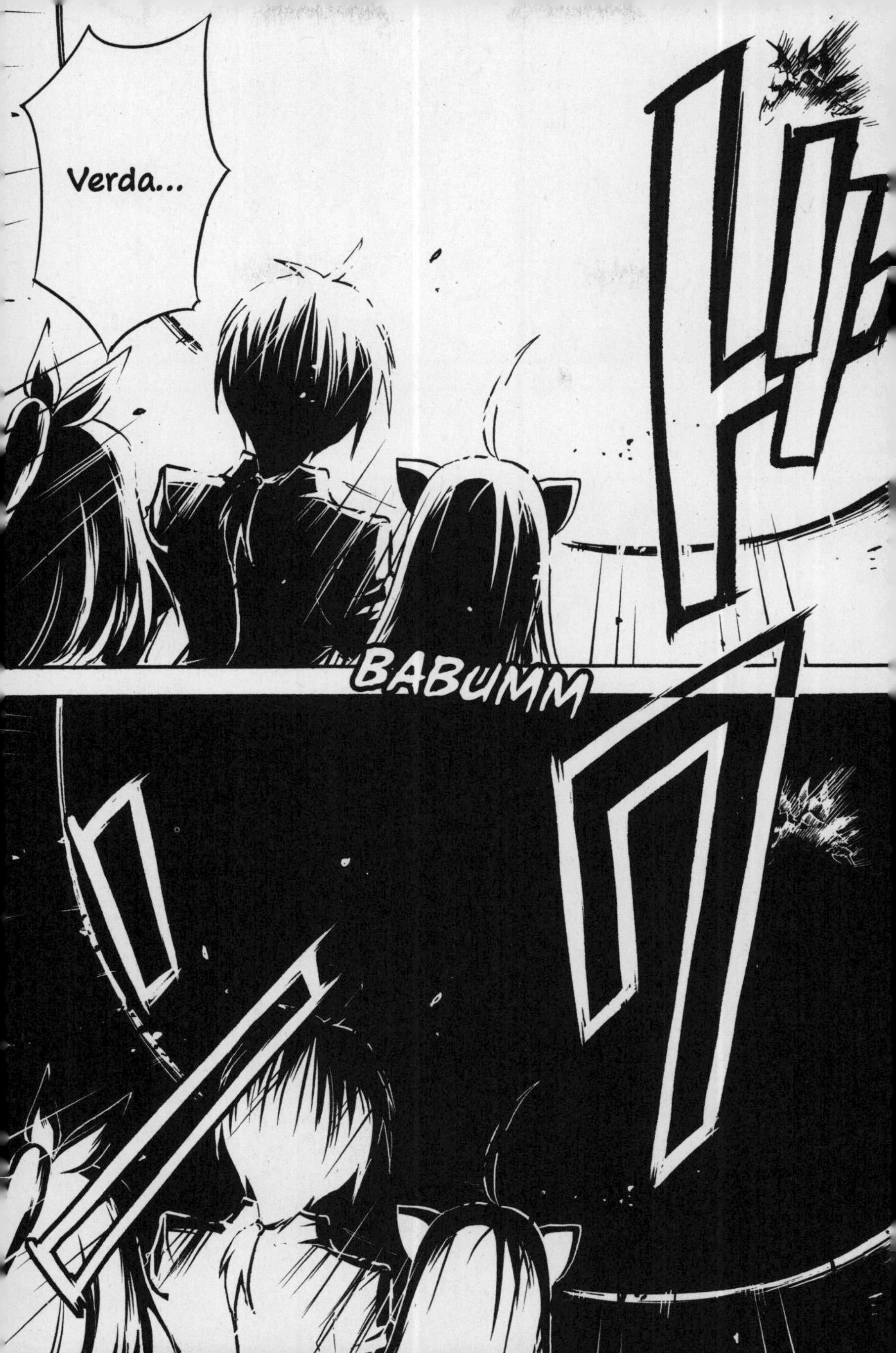
Verda...
BABUMM

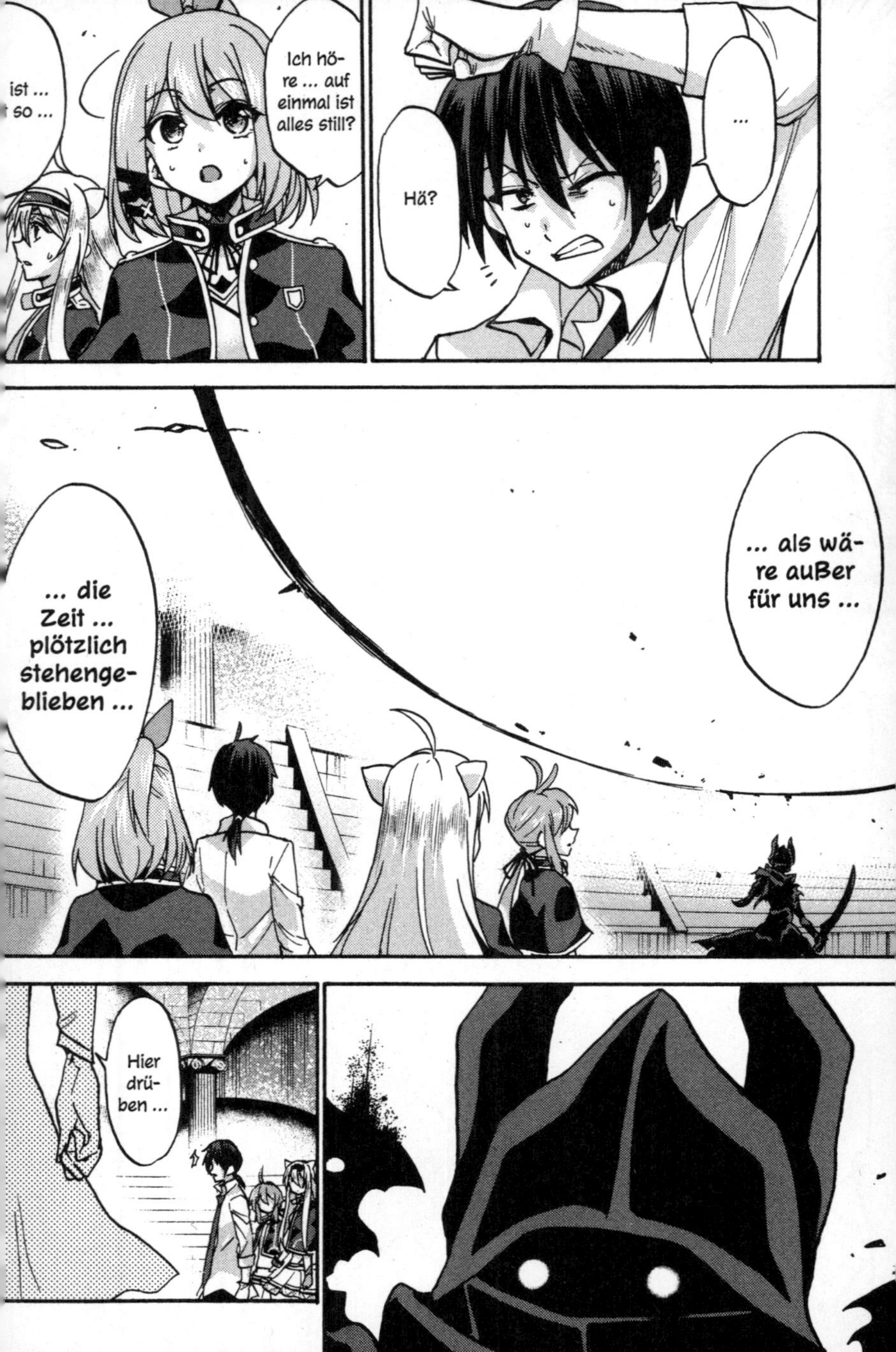
...
Hä?
Ich hö-re ... auf einmal ist alles still?
ist ... so ...
... als wä-re außer für uns ...
... die Zeit ... plötzlich stehenge-blieben ...
Hier drü-ben ...

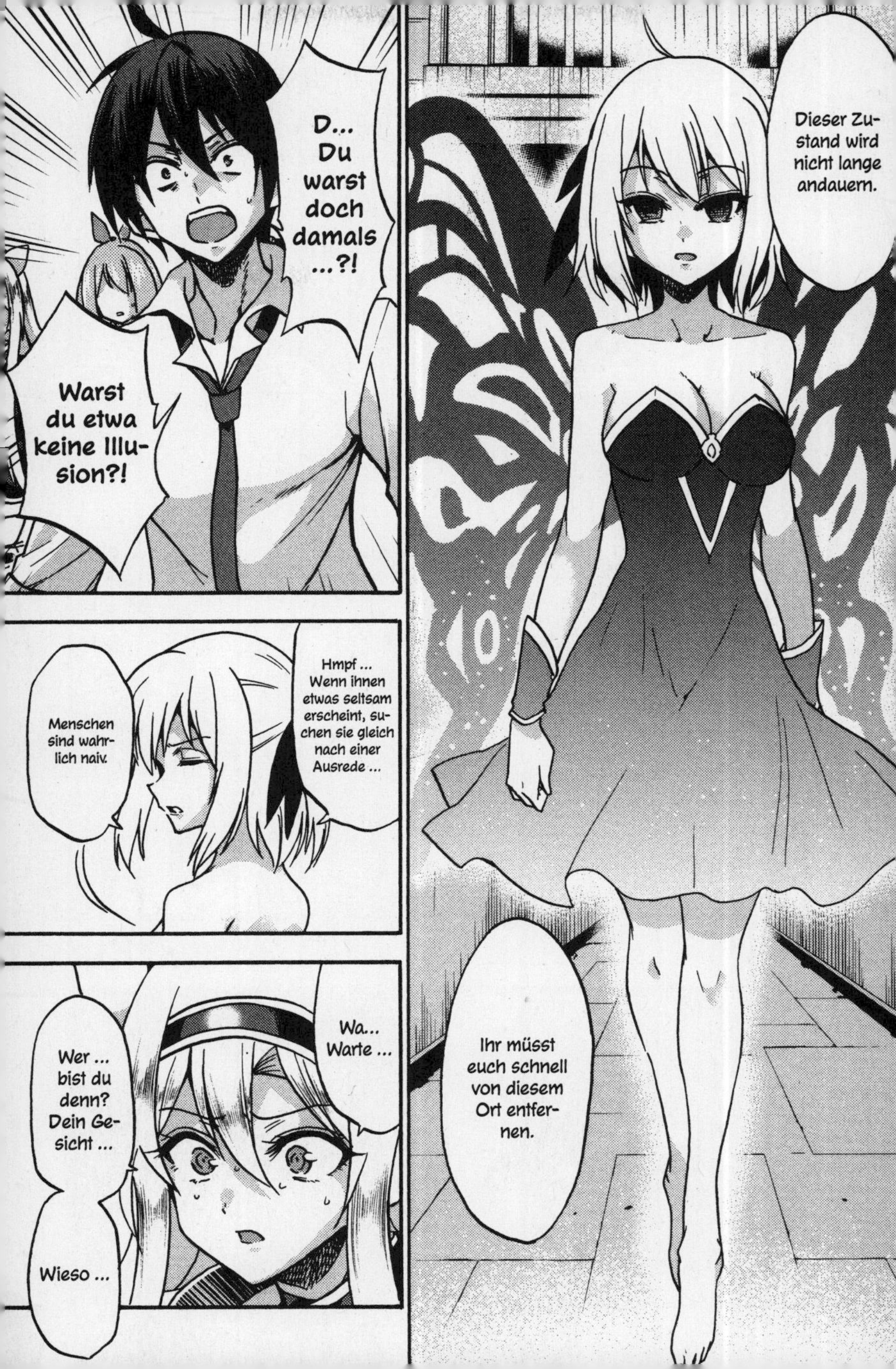

Dieser Zustand wird nicht lange andauern.
Ihr müsst euch schnell von diesem Ort entfernen.
D... Du warst doch damals ...?!
Warst du etwa keine Illusion?!
Hmpf ... Wenn ihnen etwas seltsam erscheint, suchen sie gleich nach einer Ausrede ...
Menschen sind wahrlich naiv.
Wa... Warte ...
Wer ... bist du denn? Dein Gesicht ...
Wieso ...

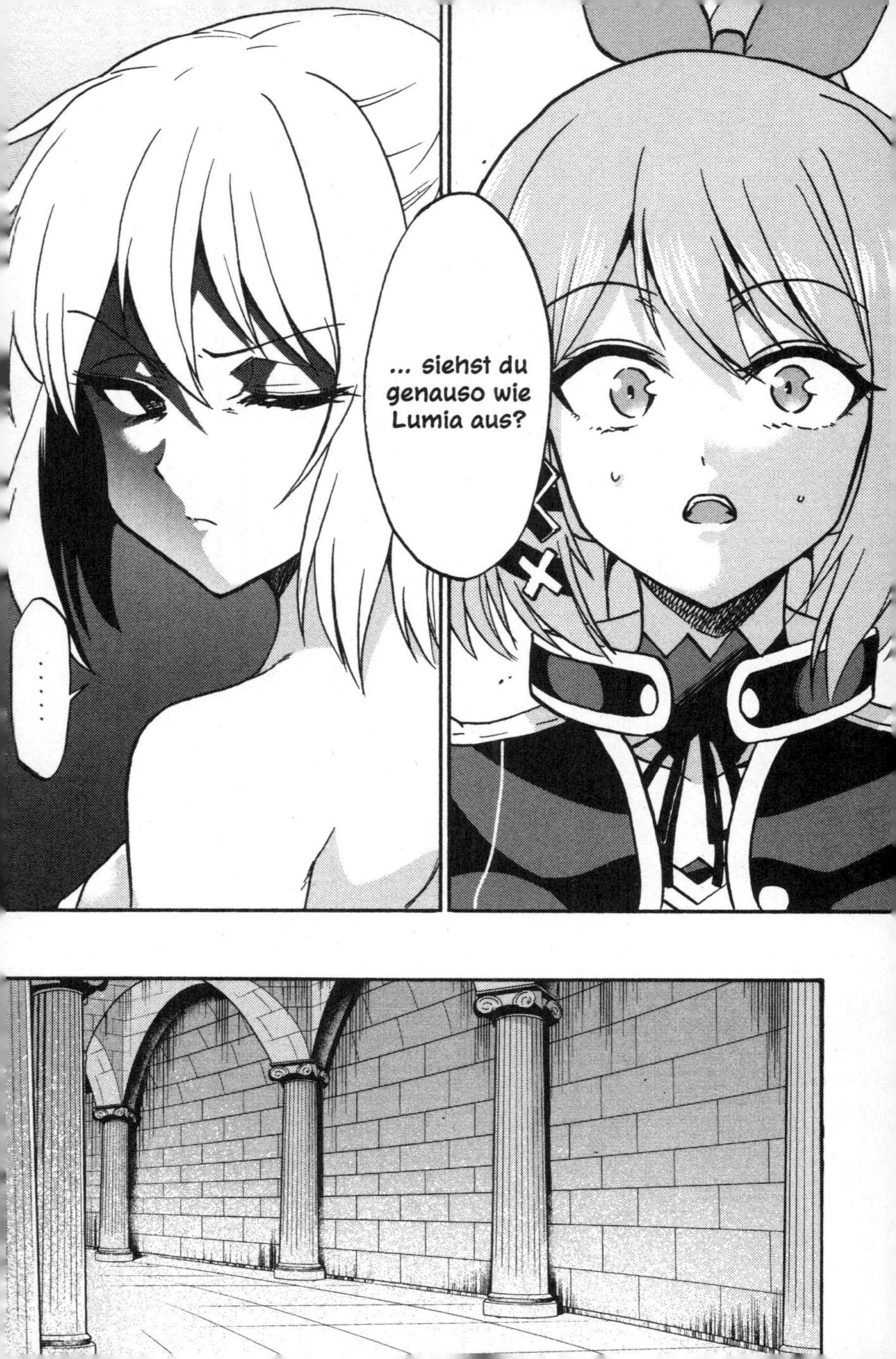

... siehst du genauso wie Lumia aus?

......

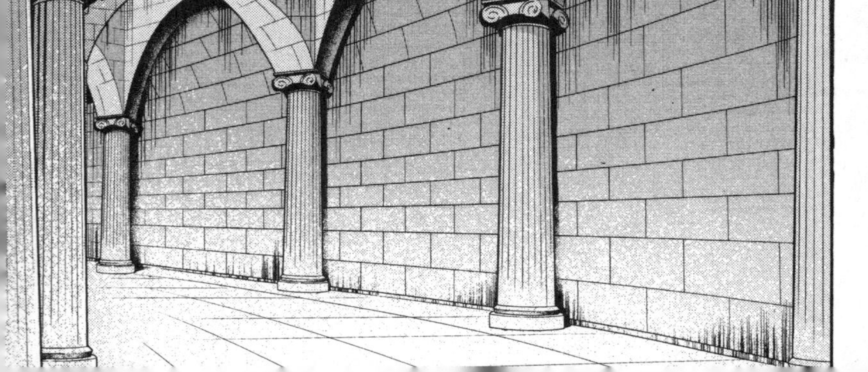

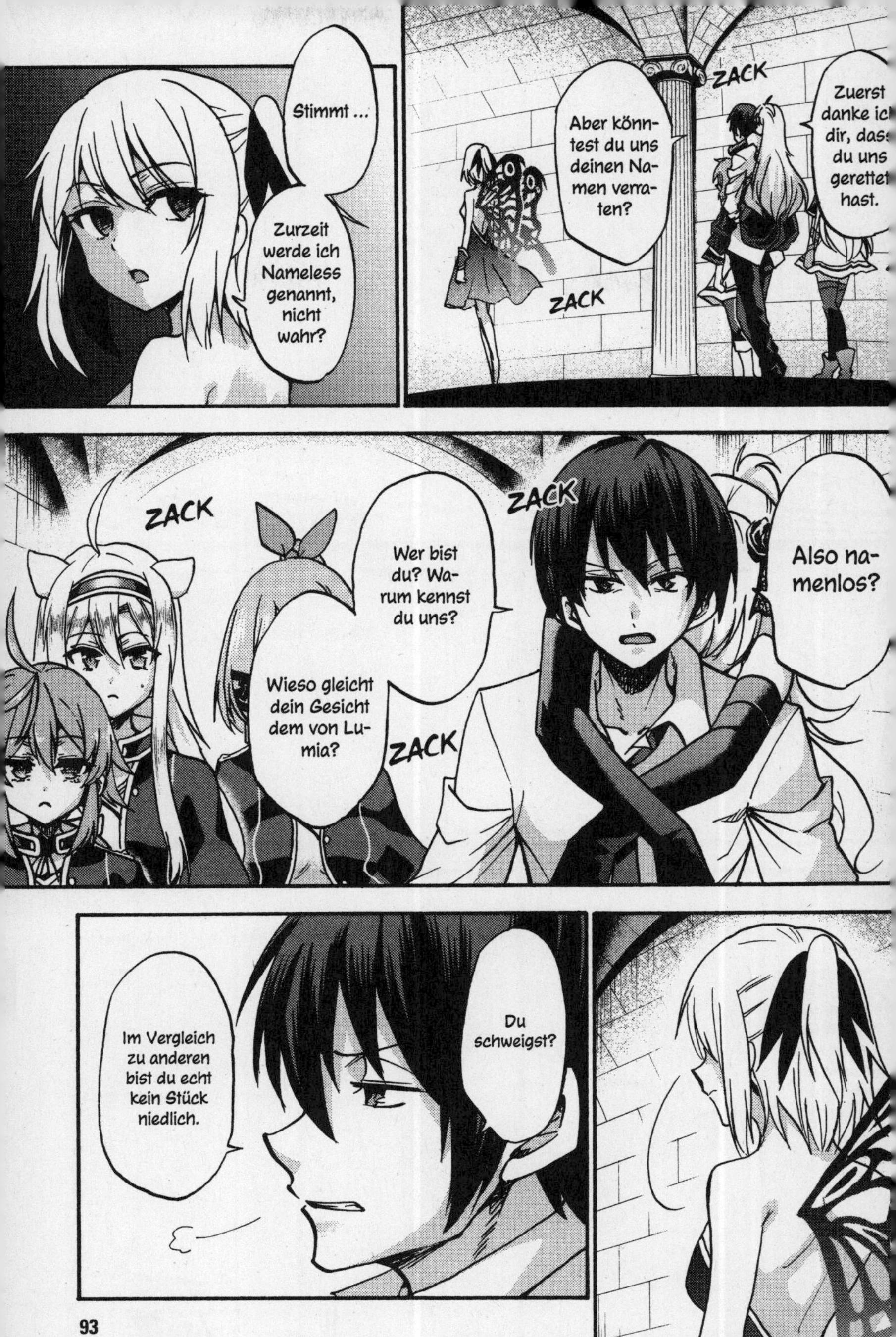

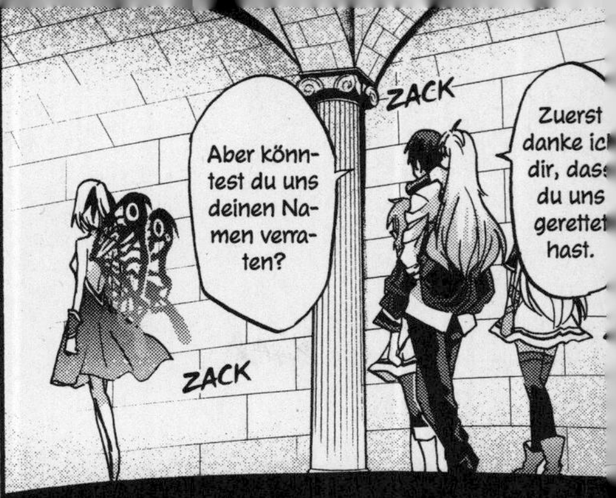

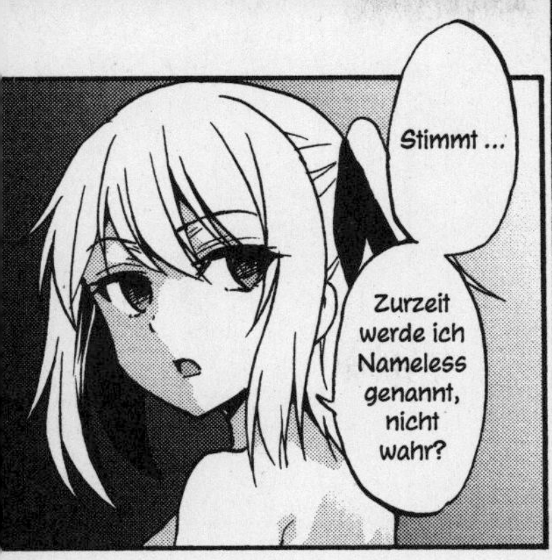

Also namenlos?
ZACK
Wer bist du? Warum kennst du uns?
ZACK
Wieso gleicht dein Gesicht dem von Lumia?
ZACK

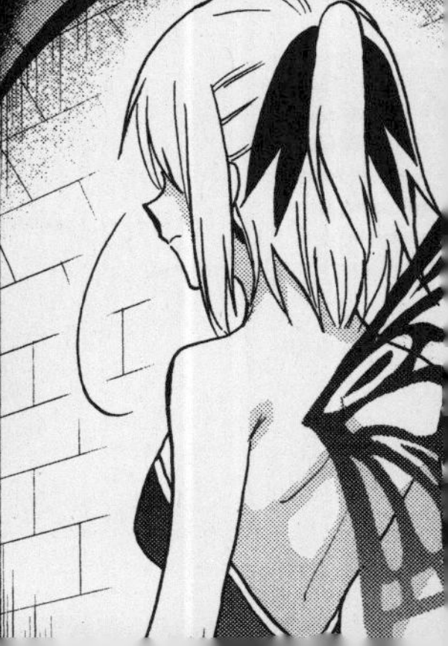

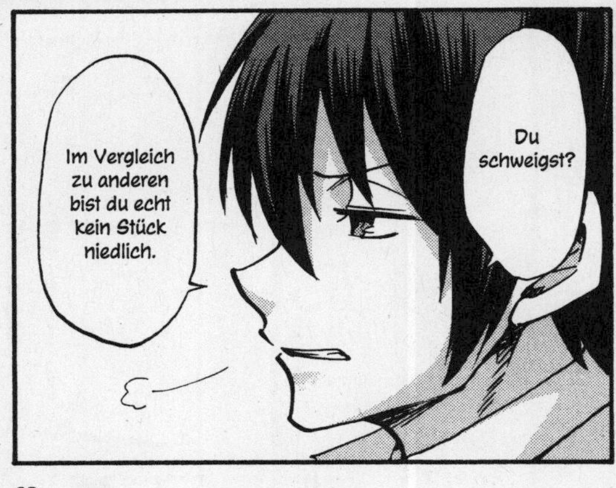

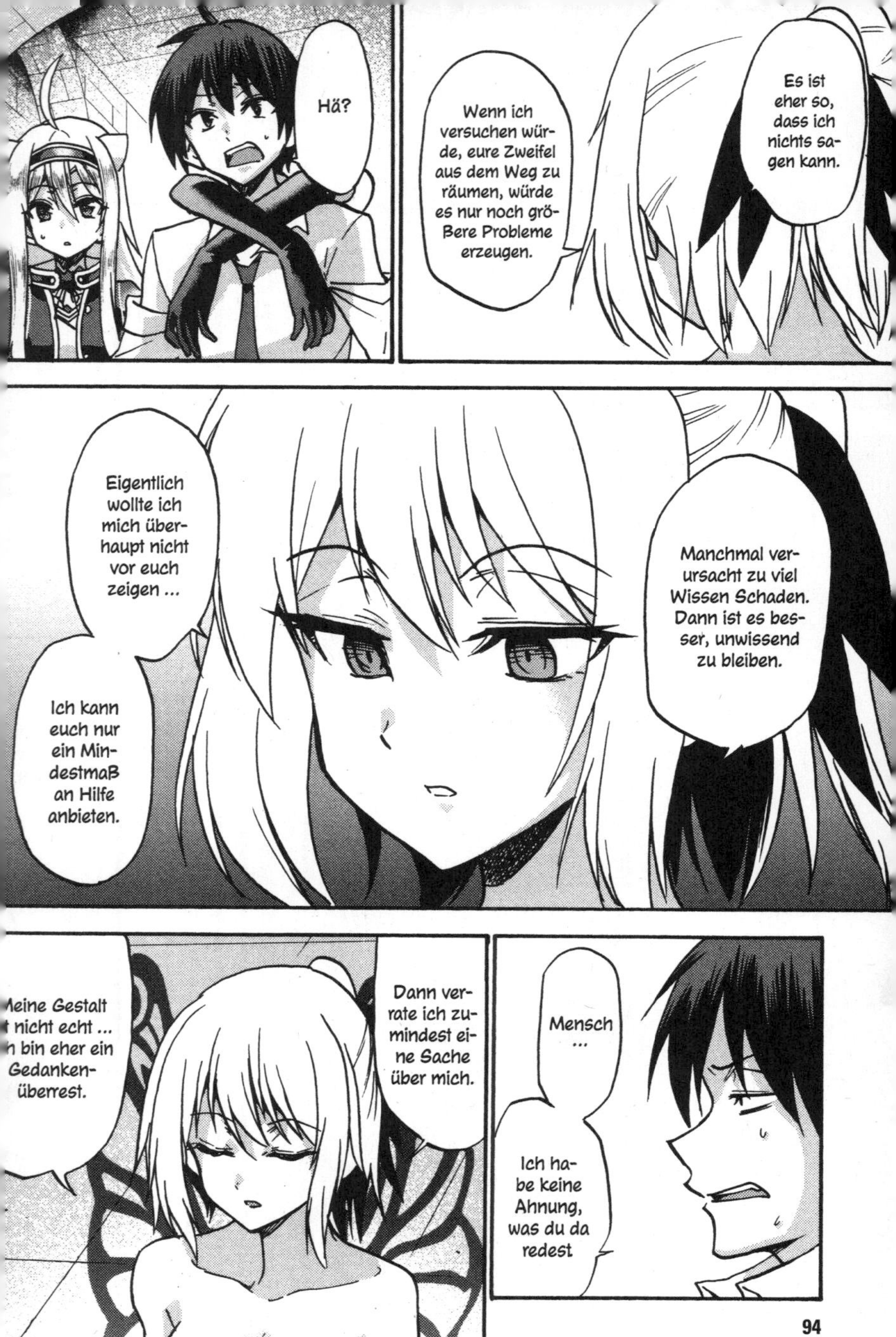

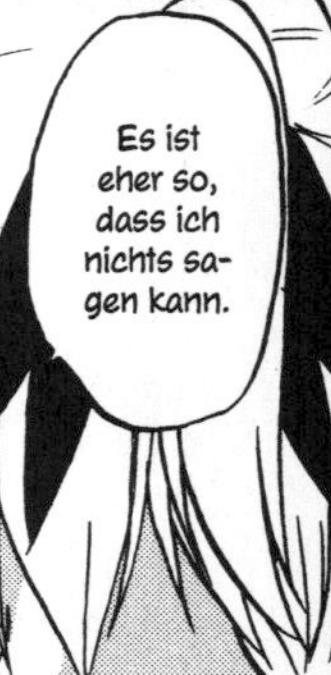

Wenn ich versuchen würde, eure Zweifel aus dem Weg zu räumen, würde es nur noch größere Probleme erzeugen.

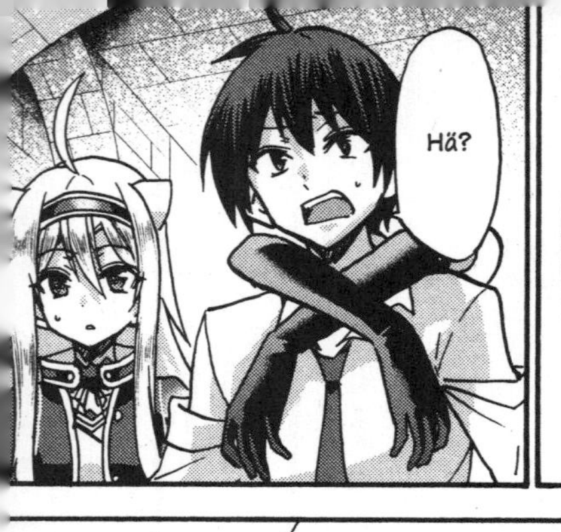

Manchmal verursacht zu viel Wissen Schaden. Dann ist es besser, unwissend zu bleiben.

Eigentlich wollte ich mich überhaupt nicht vor euch zeigen ...

Ich kann euch nur ein Mindestmaß an Hilfe anbieten.

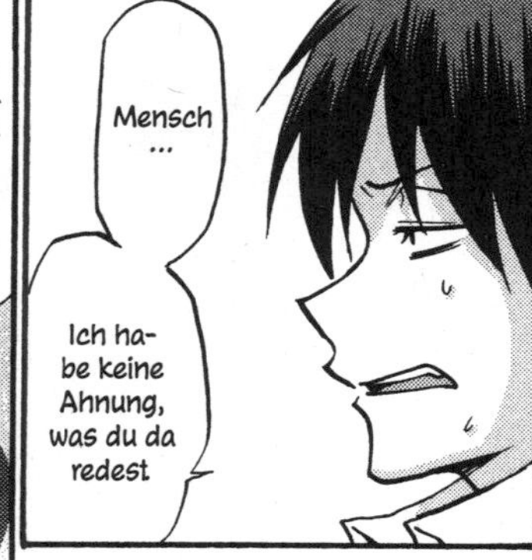

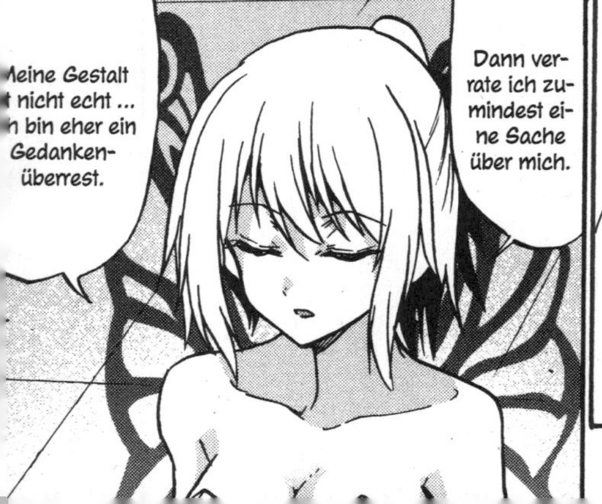

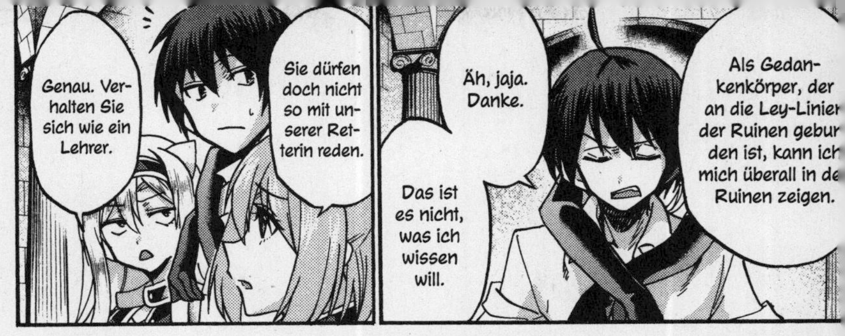
Als Gedan-
kenkörper, der
an die Ley-Linie
der Ruinen gebur
den ist, kann ich
mich überall in de
Ruinen zeigen.

Äh, jaja.
Danke.

Das ist
es nicht,
was ich
wissen
will.

Sie dürfen
doch nicht
so mit un-
serer Ret-
terin reden.

Genau. Ver-
halten Sie
sich wie ein
Lehrer.

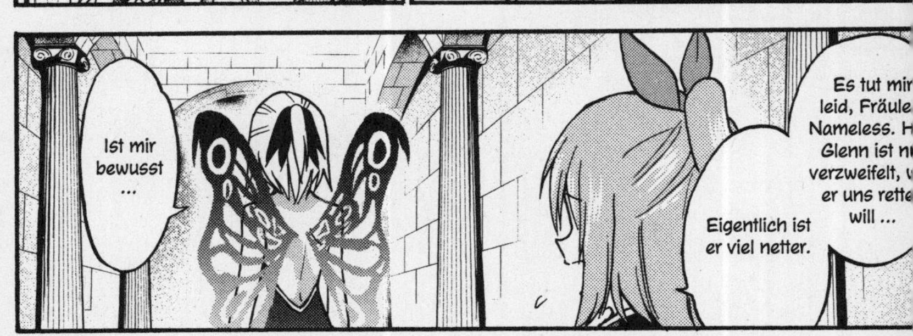
Es tut mir
leid, Fräule
Nameless.
Glenn ist n
verzweifelt,
er uns rette
will ...

Eigentlich ist
er viel netter.

Ist mir
bewusst
...

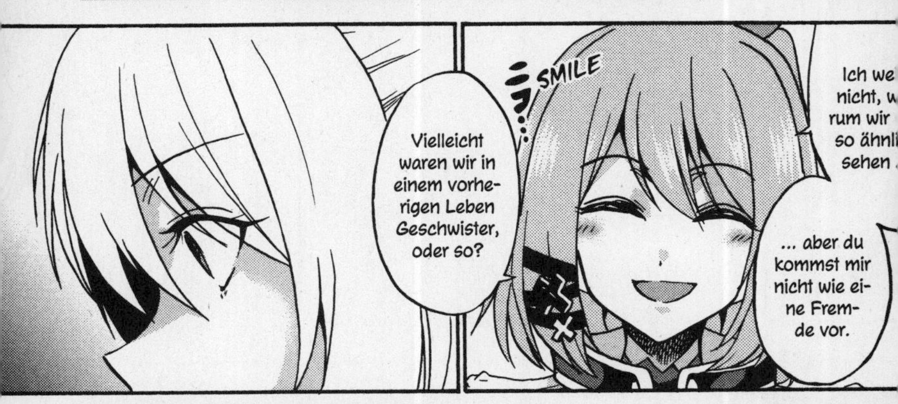
Ich we
nicht, w
rum wir
so ähnli
sehen

... aber du
kommst mir
nicht wie ei-
ne Frem-
de vor.

SMILE

Vielleicht
waren wir in
einem vorhe-
rigen Leben
Geschwister,
oder so?

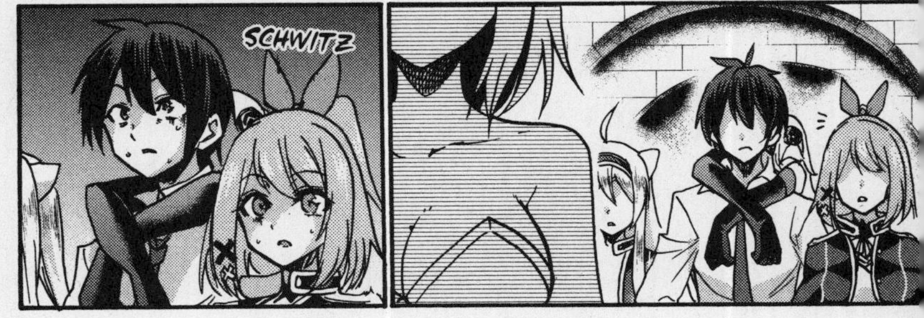
SCHWITZ

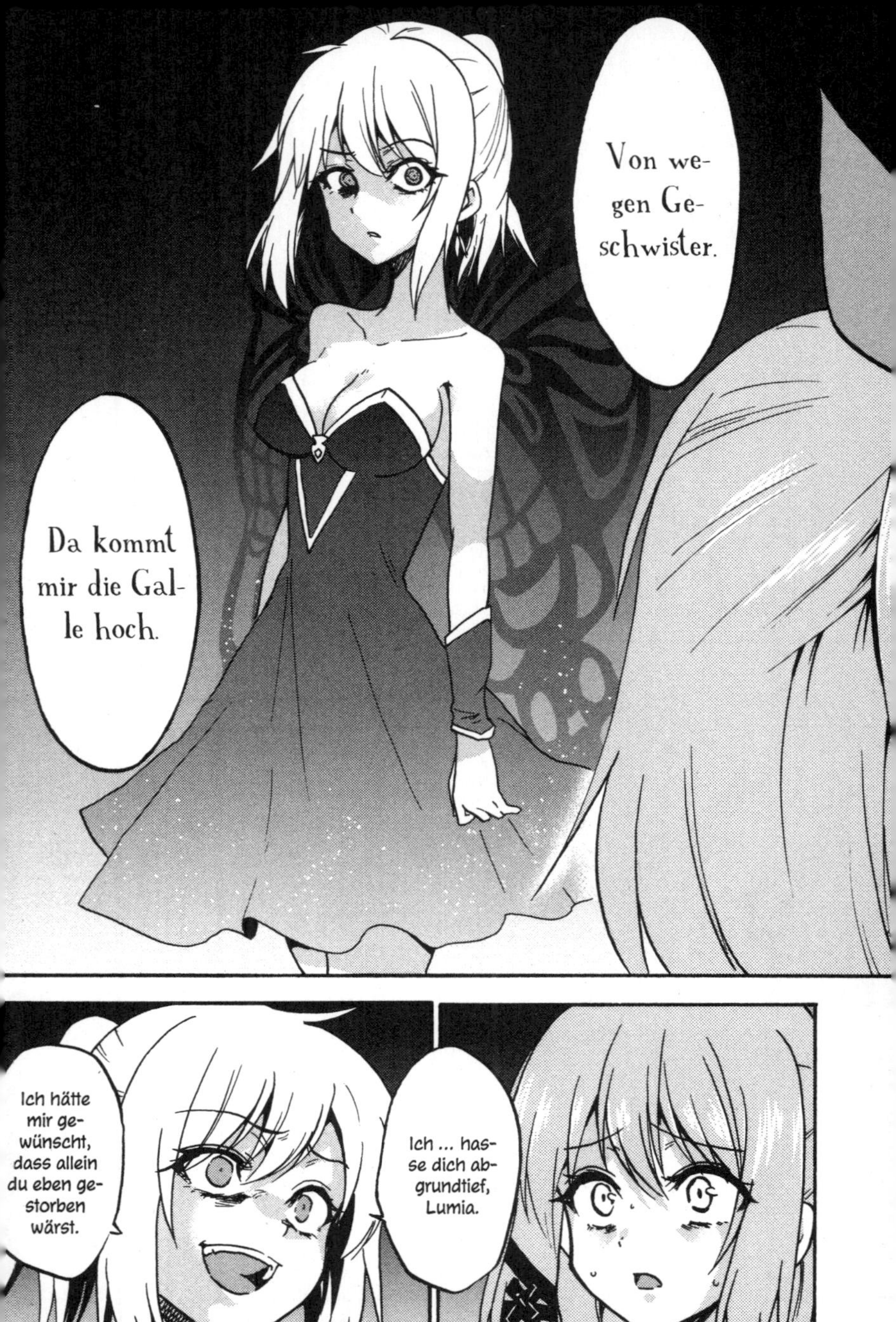
Von wegen Geschwister.
Da kommt mir die Galle hoch.
Ich ... hasse dich abgrundtief, Lumia.
Ich hätte mir gewünscht, dass allein du eben gestorben wärst.

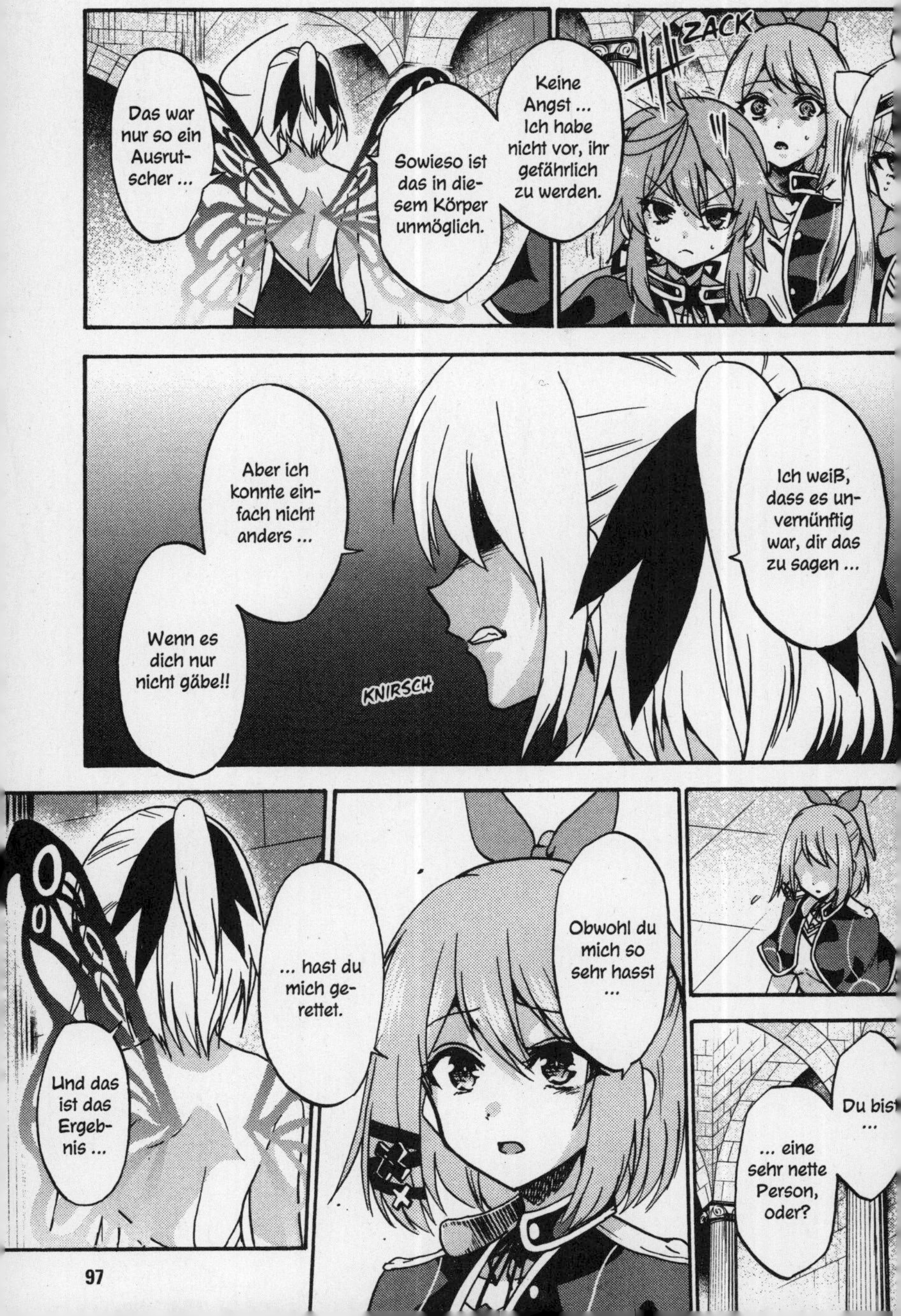

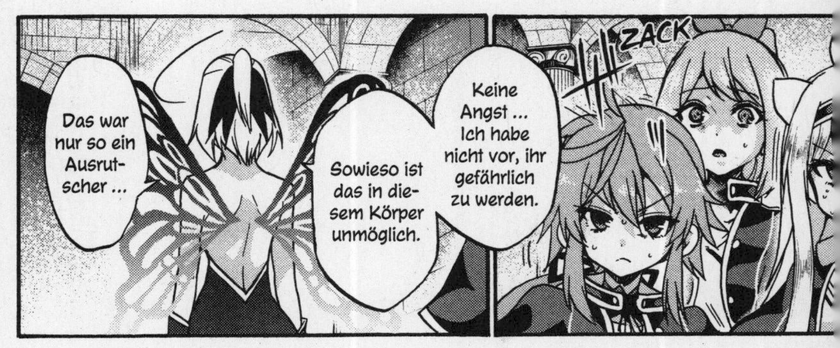
ZACK
Keine Angst ... Ich habe nicht vor, ihr gefährlich zu werden.
Sowieso ist das in diesem Körper unmöglich.
Das war nur so ein Ausrutscher ...

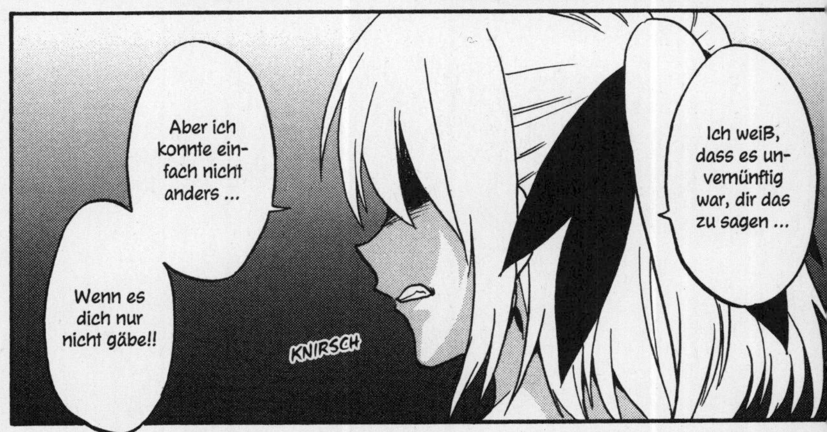
Ich weiß, dass es unvernünftig war, dir das zu sagen ...
Aber ich konnte einfach nicht anders ...
Wenn es dich nur nicht gäbe!!
KNIRSCH

Du bist ...
... eine sehr nette Person, oder?
Obwohl du mich so sehr hasst ...
... hast du mich gerettet.
Und das ist das Ergebnis ...

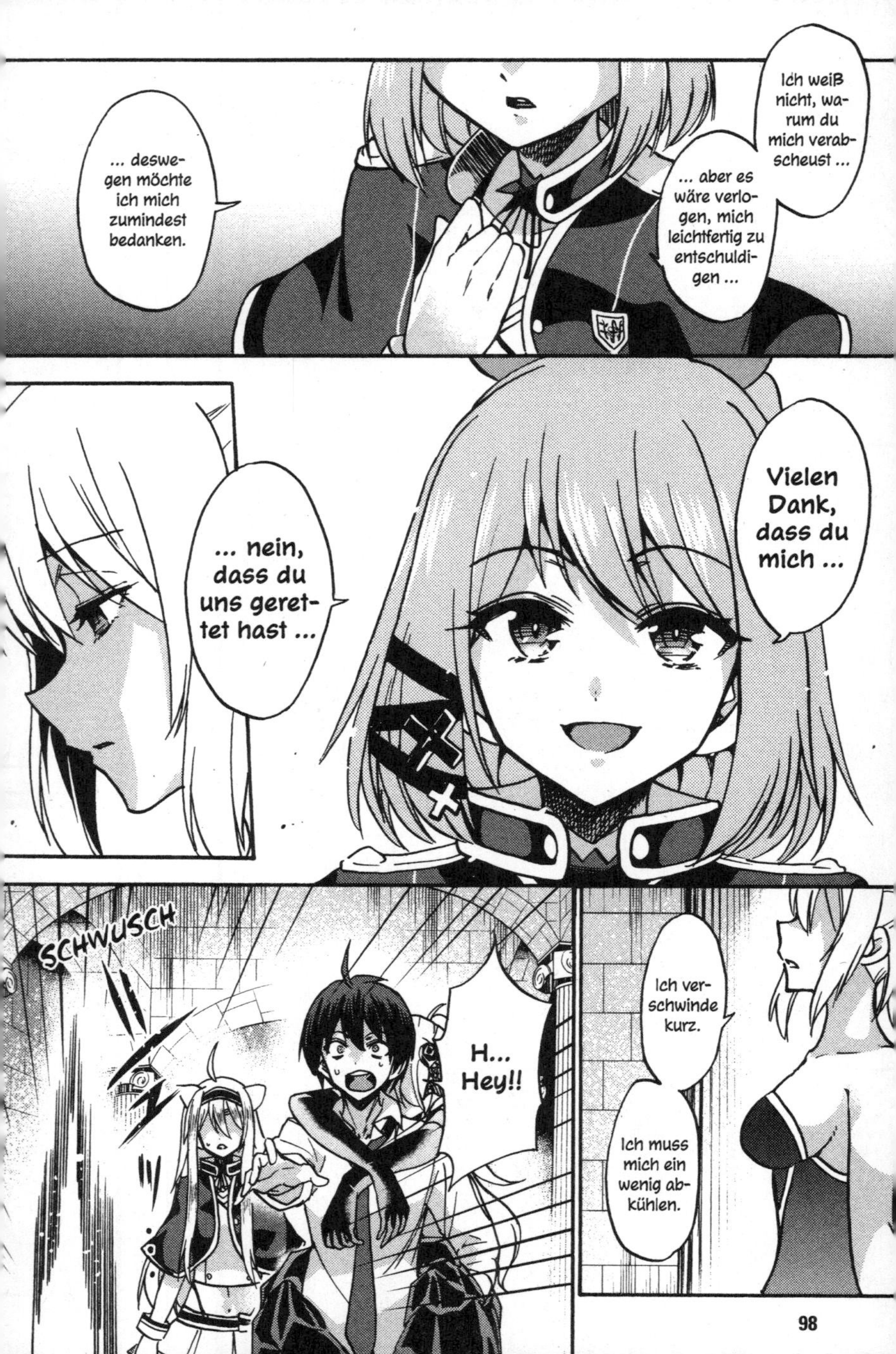
Ich weiß nicht, warum du mich verabscheust ...
... aber es wäre verlogen, mich leichtfertig zu entschuldigen ...
... deswegen möchte ich mich zumindest bedanken.
Vielen Dank, dass du mich ...
... nein, dass du uns gerettet hast ...
Ich verschwinde kurz.
Ich muss mich ein wenig abkühlen.
H... Hey!!
SCHWUSCH

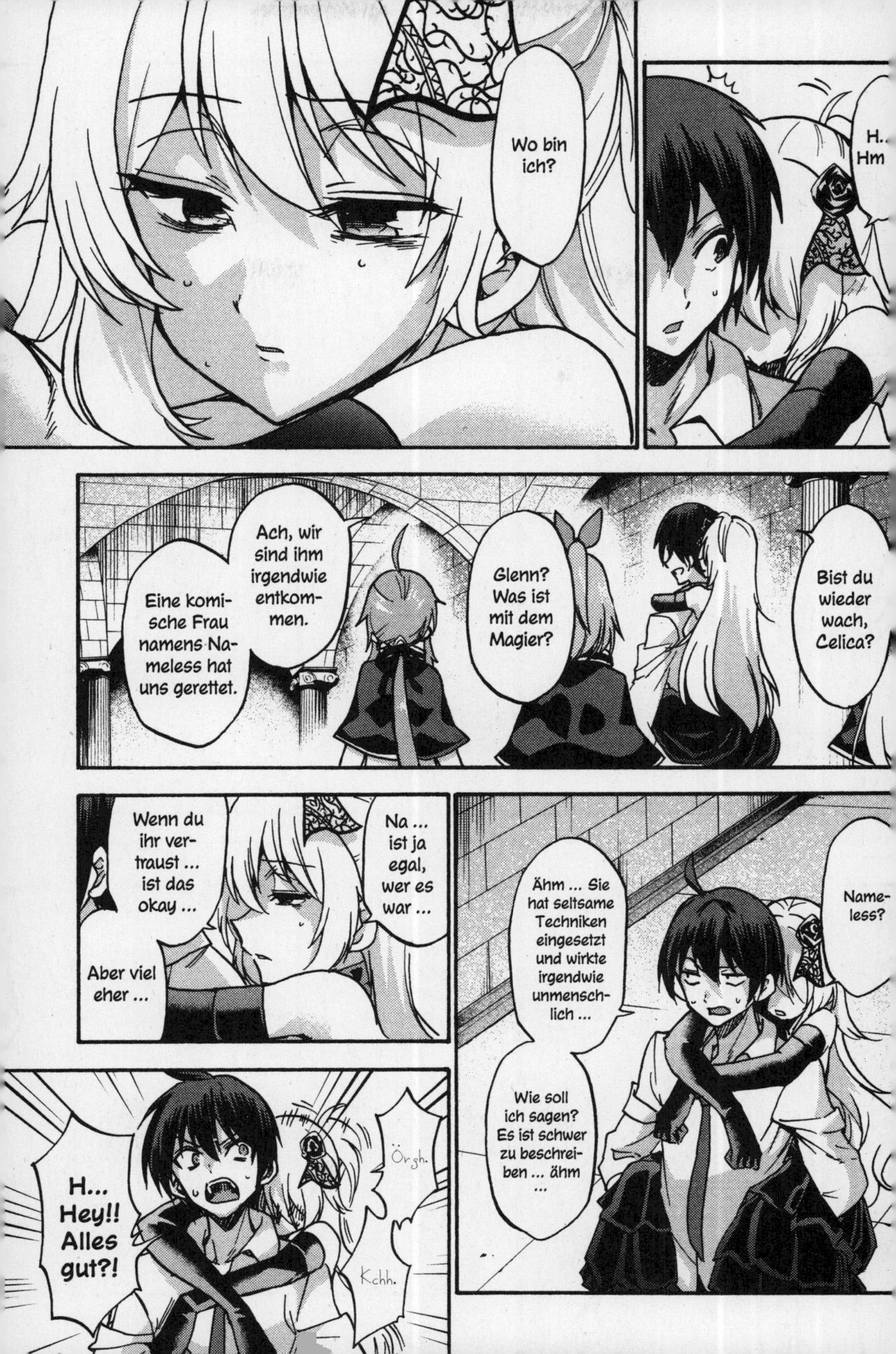
H... Hm
Wo bin ich?
Bist du wieder wach, Celica?
Glenn? Was ist mit dem Magier?
Ach, wir sind ihm irgendwie entkommen.
Eine komische Frau namens Nameless hat uns gerettet.
Nameless?
Ähm ... Sie hat seltsame Techniken eingesetzt und wirkte irgendwie unmenschlich ...
Wie soll ich sagen? Es ist schwer zu beschreiben ... ähm ...
Na ... ist ja egal, wer es war ...
Wenn du ihr vertraust ... ist das okay ...
Aber viel eher ...
Örgh.
Kchh.
H... Hey!! Alles gut?!

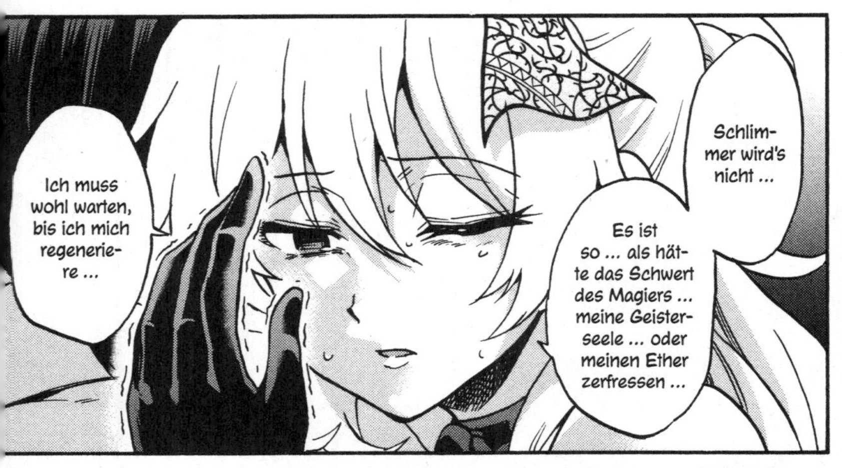
Schlimmer wird's nicht ...
Es ist so ... als hätte das Schwert des Magiers ... meine Geisterseele ... oder meinen Ether zerfressen ...
Ich muss wohl warten, bis ich mich regeneriere ...

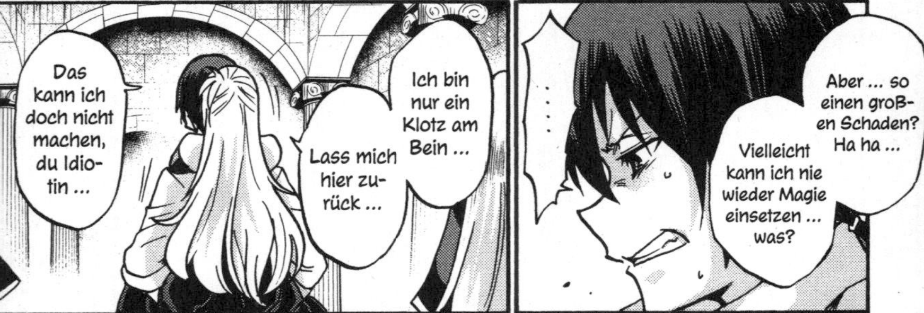
...
Aber ... so einen großen Schaden? Ha ha ...
Vielleicht kann ich nie wieder Magie einsetzen ... was?
Ich bin nur ein Klotz am Bein ...
Lass mich hier zurück ...
Das kann ich doch nicht machen, du Idiotin ...

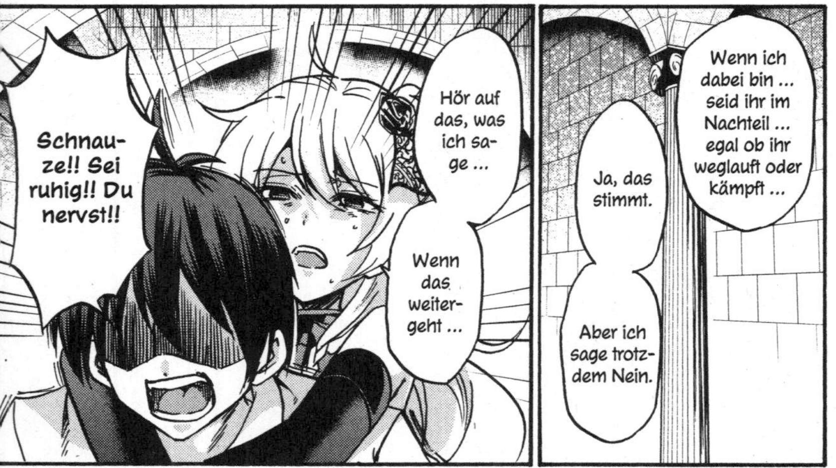
Wenn ich dabei bin ... seid ihr im Nachteil ... egal ob ihr weglauft oder kämpft ...
Ja, das stimmt.
Aber ich sage trotzdem Nein.
Hör auf das, was ich sage ...
Wenn das weitergeht ...
Schnauze!! Sei ruhig!! Du nervst!!

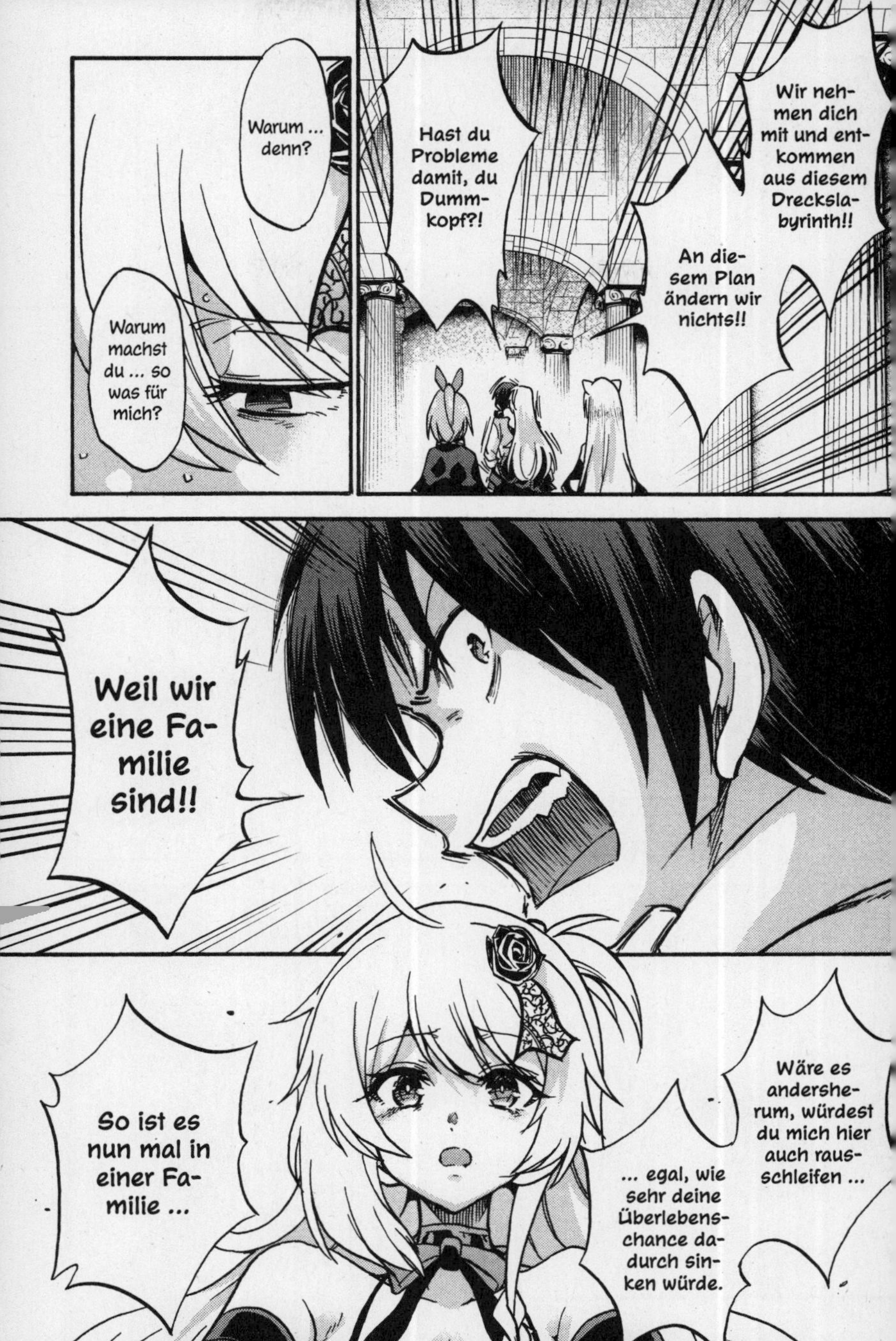
Wir nehmen dich mit und entkommen aus diesem Dreckslabyrinth!!
An diesem Plan ändern wir nichts!!
Hast du Probleme damit, du Dummkopf?!
Warum ... denn?
Warum machst du ... so was für mich?
Weil wir eine Familie sind!!
Wäre es andersherum, würdest du mich hier auch rausschleifen ...
... egal, wie sehr deine Überlebenschance dadurch sinken würde.
So ist es nun mal in einer Familie ...

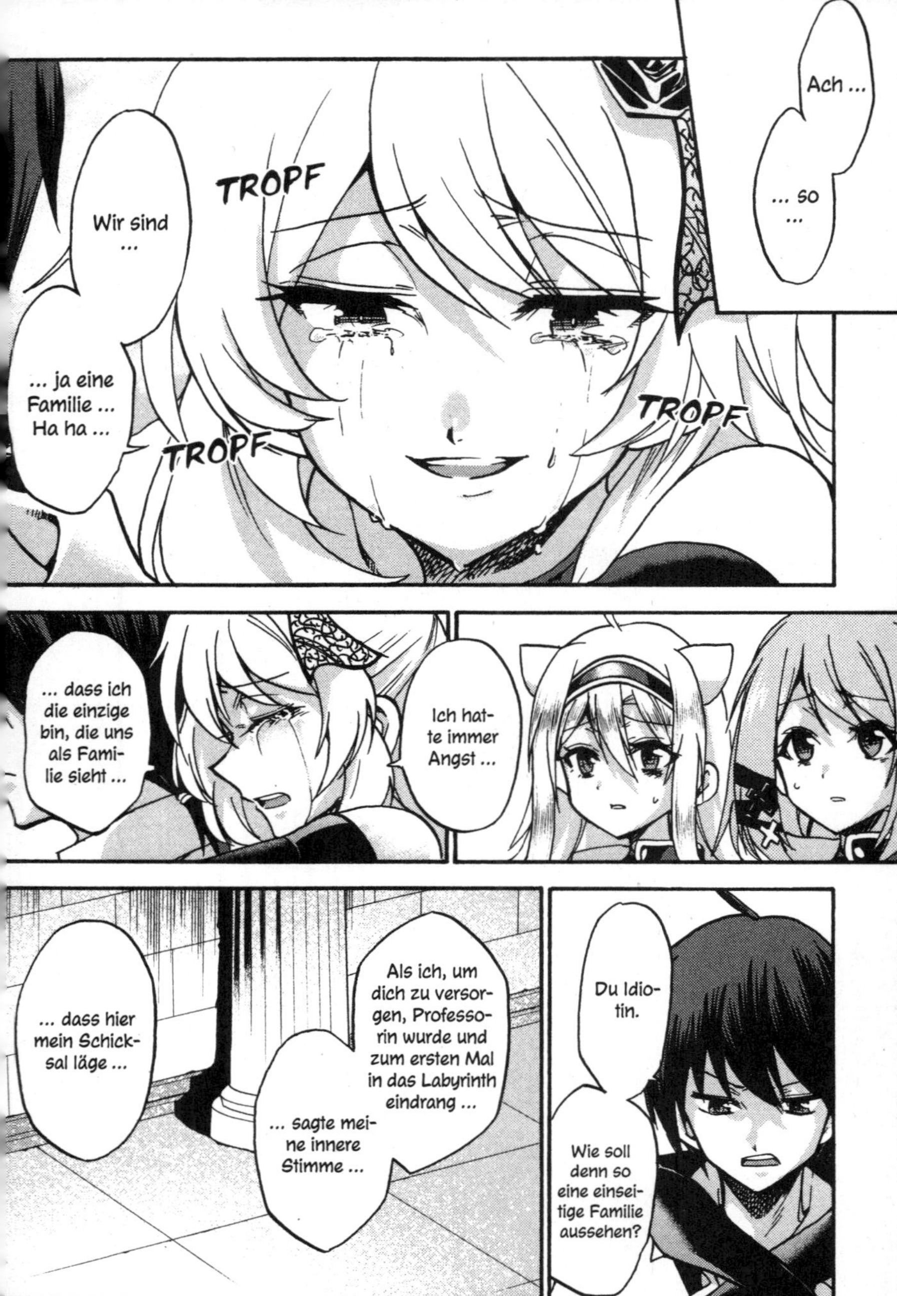
Ach ...
... so ...
TROPF
Wir sind ...
... ja eine Familie ... Ha ha ...
TROPF
TROPF
Ich hatte immer Angst ...
... dass ich die einzige bin, die uns als Familie sieht ...
Du Idiotin.
Wie soll denn so eine einseitige Familie aussehen?
Als ich, um dich zu versorgen, Professorin wurde und zum ersten Mal in das Labyrinth eindrang ...
... sagte meine innere Stimme ...
... dass hier mein Schicksal läge ...

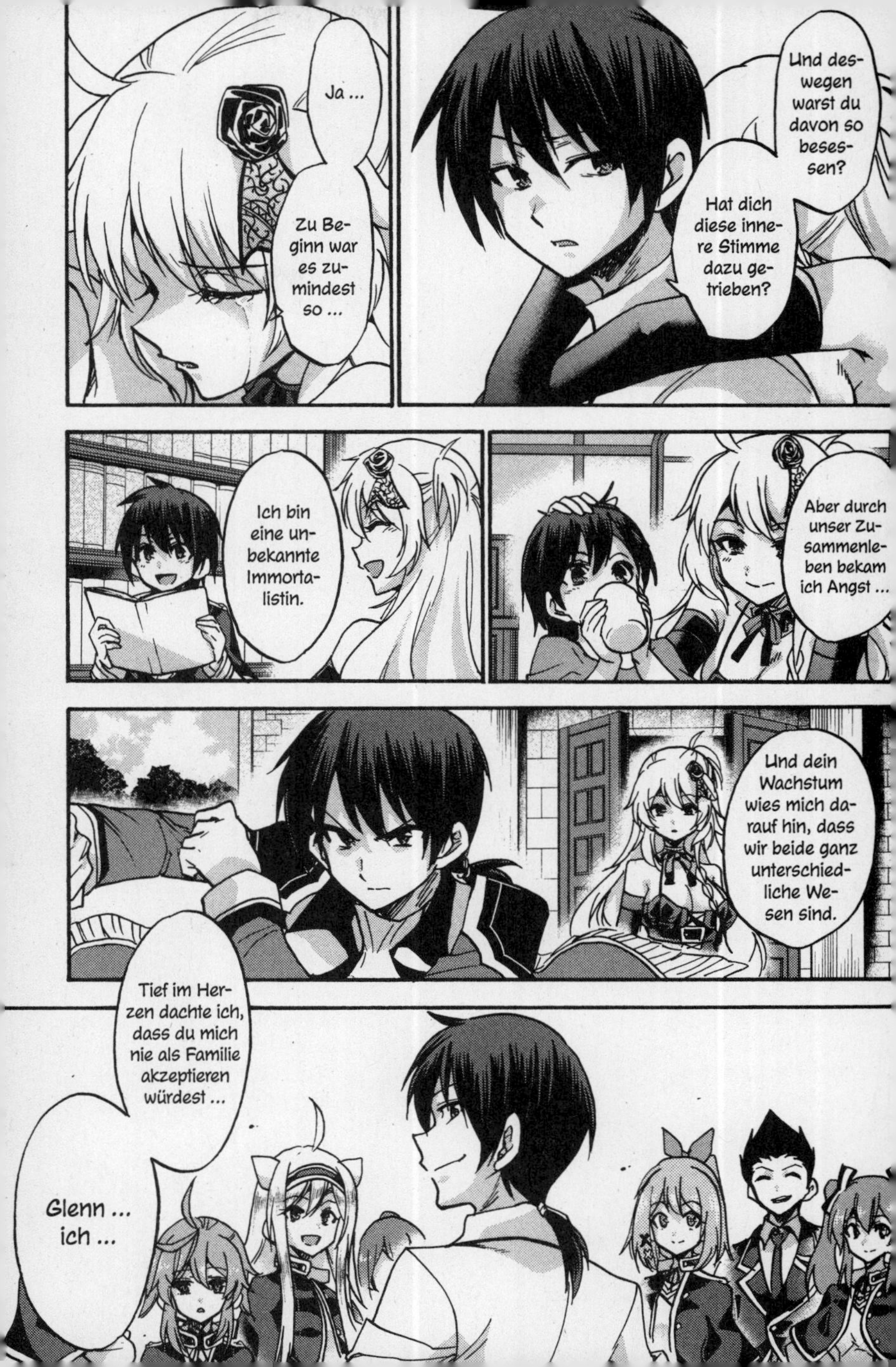

Und deswegen warst du davon so besessen?
Hat dich diese innere Stimme dazu getrieben?
Ja ...
Zu Beginn war es zumindest so ...
Aber durch unser Zusammenleben bekam ich Angst ...
Ich bin eine unbekannte Immortalistin.

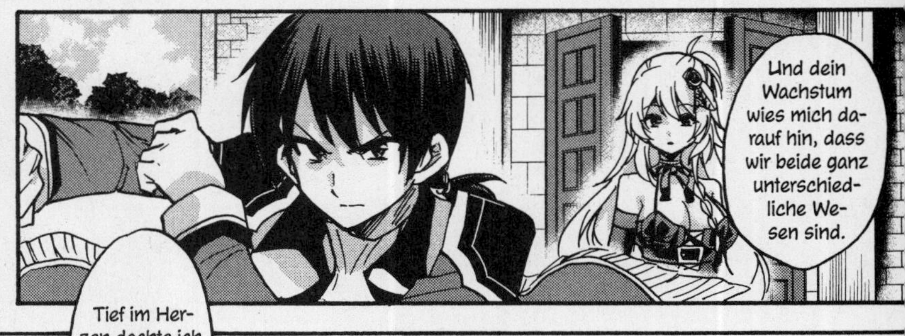

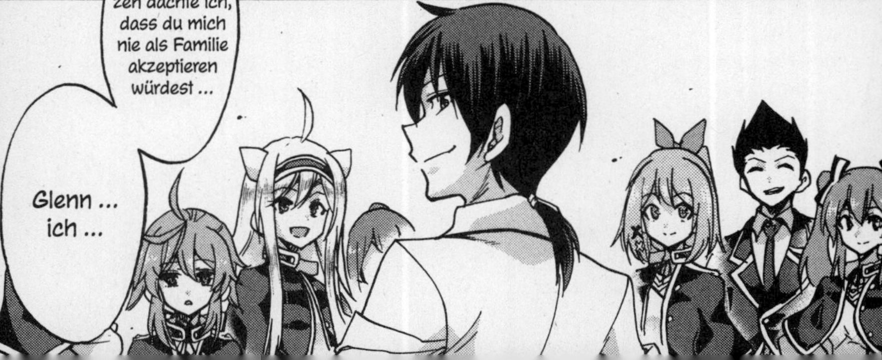

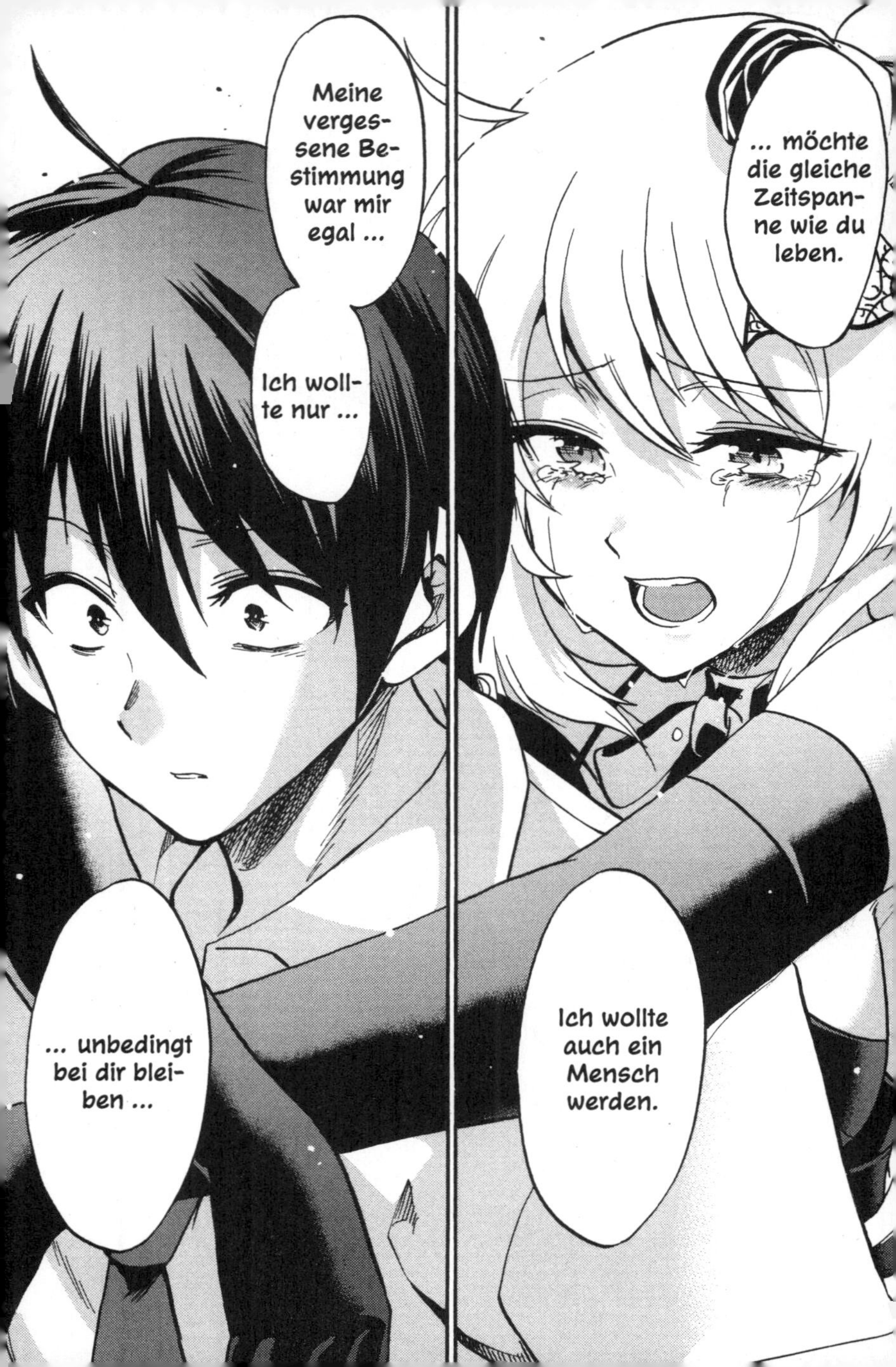
... möchte die gleiche Zeitspanne wie du leben.
Ich wollte auch ein Mensch werden.
Meine vergessene Bestimmung war mir egal ...
Ich wollte nur ...
... unbedingt bei dir bleiben ...

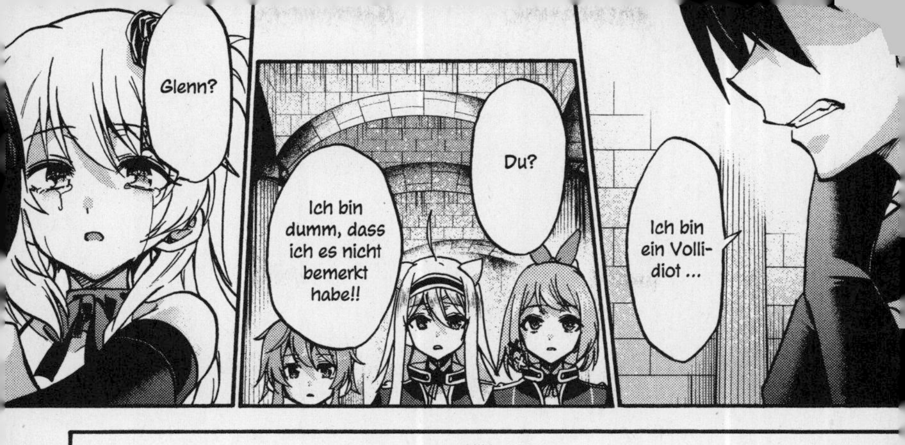

Ich bin ein Vollidiot ...
Du?
Ich bin dumm, dass ich es nicht bemerkt habe!!
Glenn?

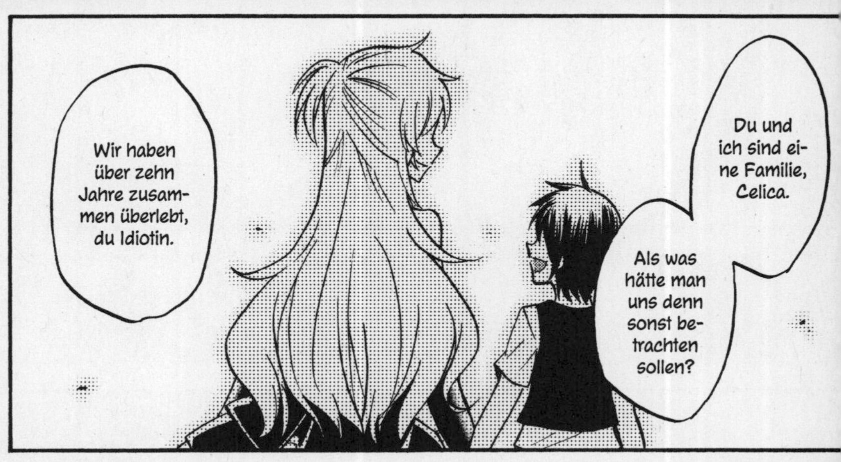

Du und ich sind eine Familie, Celica.
Als was hätte man uns denn sonst betrachten sollen?
Wir haben über zehn Jahre zusammen überlebt, du Idiotin.

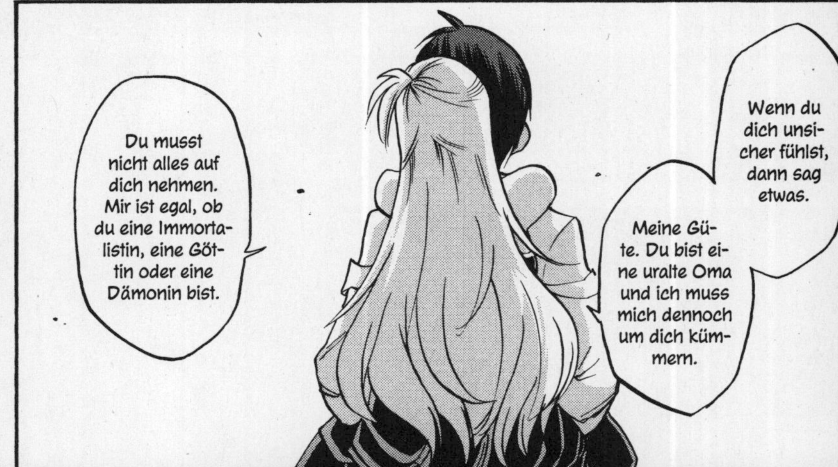

Wenn du dich unsicher fühlst, dann sag etwas.
Meine Güte. Du bist eine uralte Oma und ich muss mich dennoch um dich kümmern.
Du musst nicht alles auf dich nehmen. Mir ist egal, ob du eine Immortalistin, eine Göttin oder eine Dämonin bist.

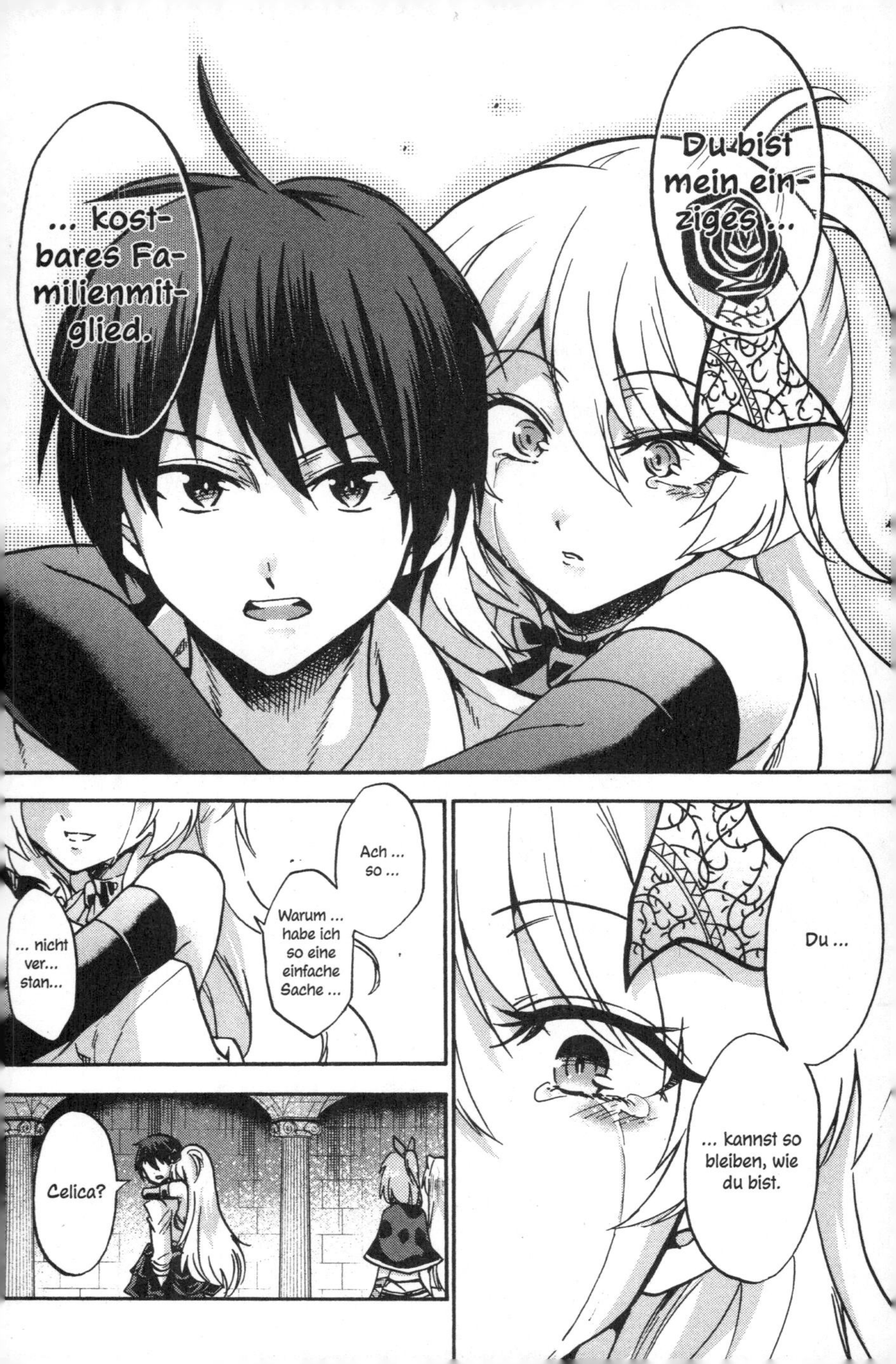

Du bist mein einziges ...
... kostbares Familienmitglied.
Du ...
... kannst so bleiben, wie du bist.
Ach ... so ...
Warum ... habe ich so eine einfache Sache ...
... nicht ver... stan...
Celica?

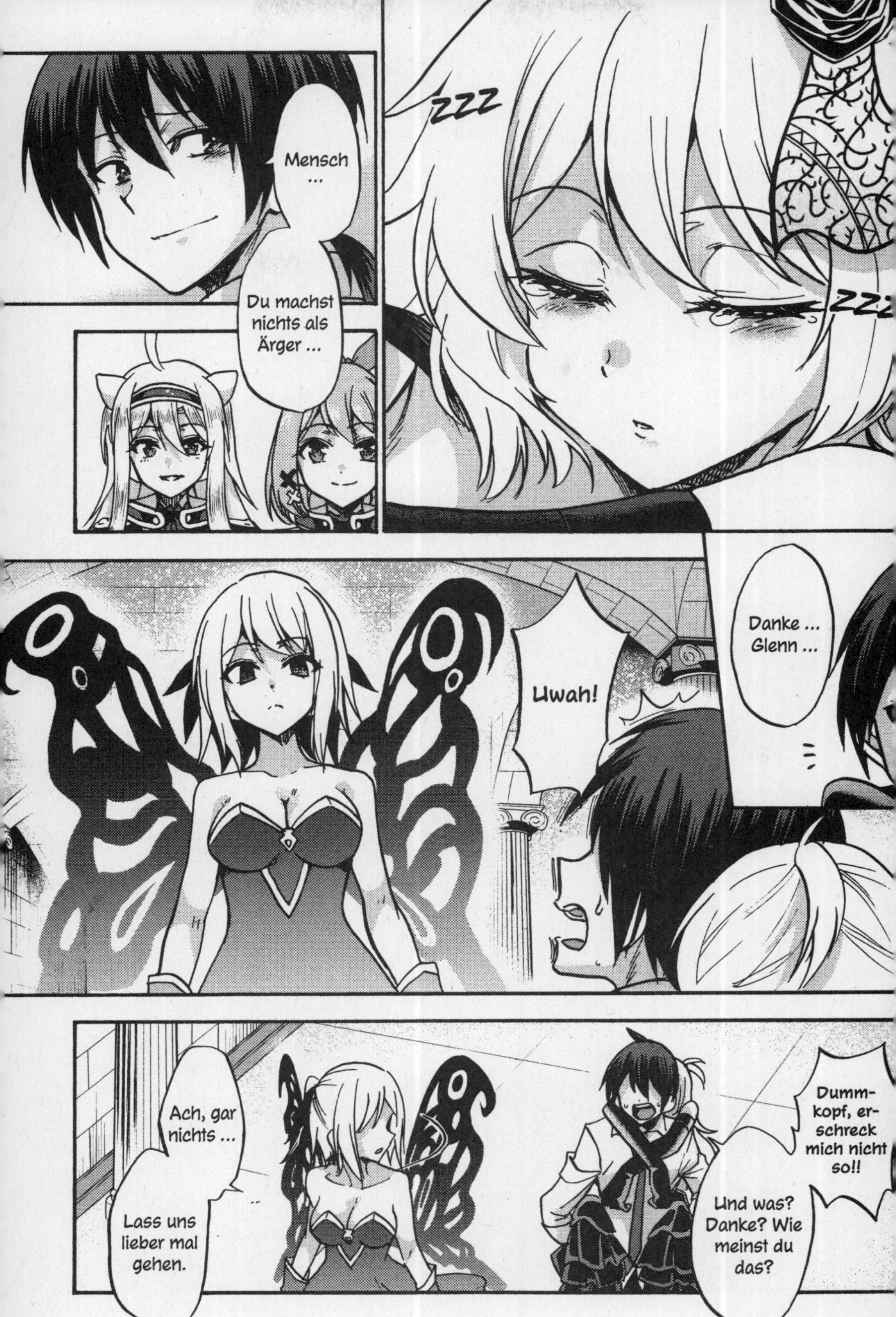
ZZZ
ZZZ
Mensch ...
Du machst nichts als Ärger ...
Danke ... Glenn ...
Uwah!
Dumm-kopf, er-schreck mich nicht so!!
Und was? Danke? Wie meinst du das?
Ach, gar nichts ...
Lass uns lieber mal gehen.

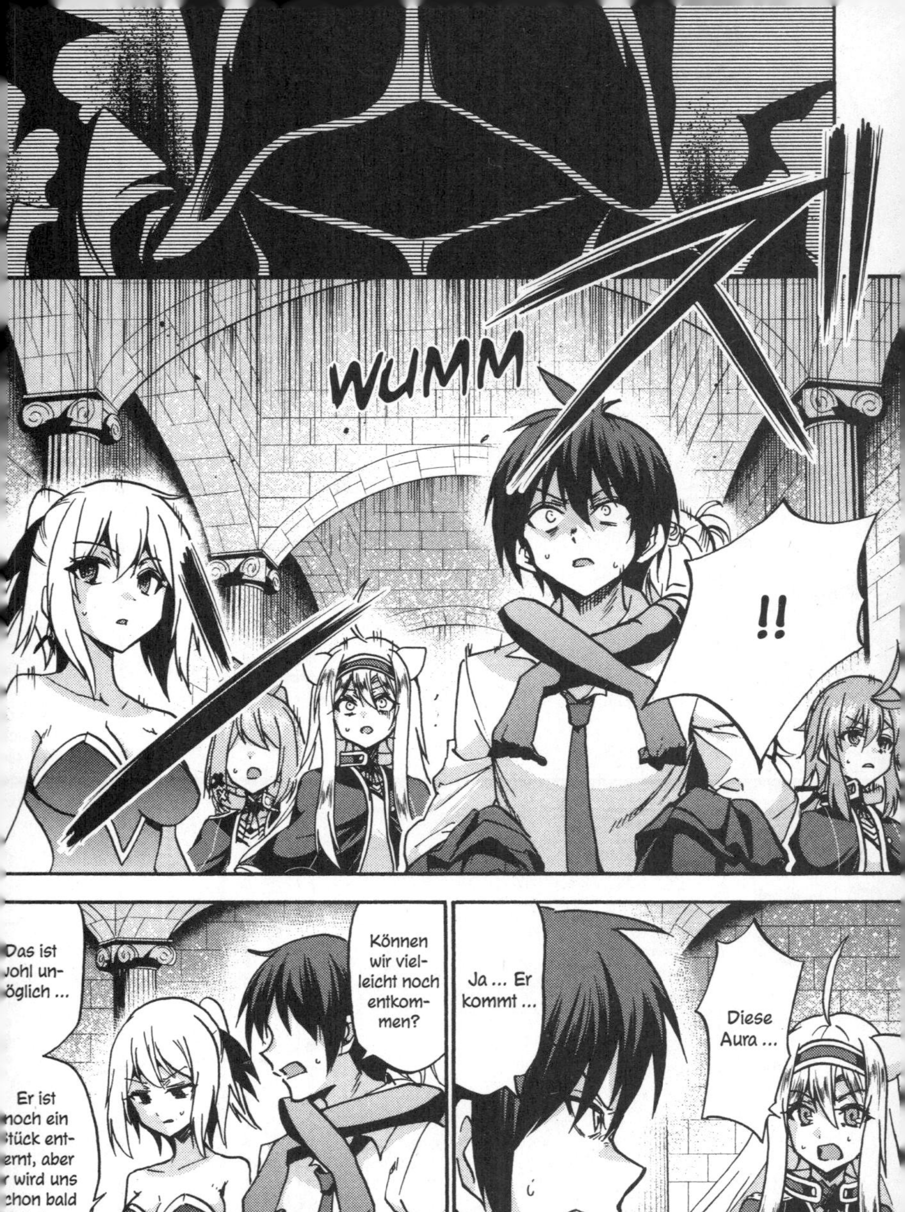
WUMM
!!
Diese Aura ...
Ja ... Er kommt ...
Können wir viel-leicht noch entkom-men?
Das ist ohl un-öglich ...
Er ist noch ein tück ent-ernt, aber wird uns chon bald einholen.

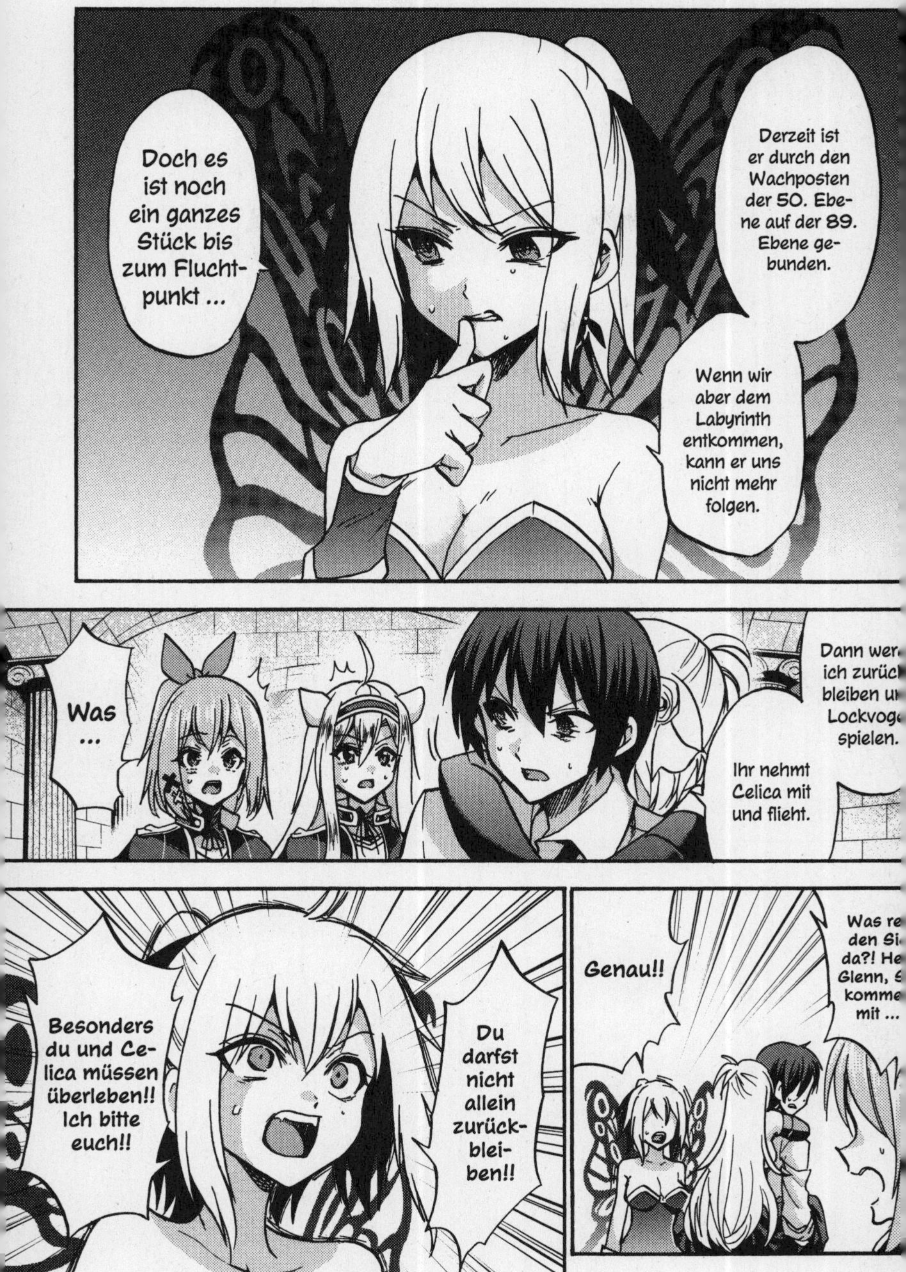

Derzeit ist er durch den Wachposten der 50. Ebene auf der 89. Ebene gebunden.

Wenn wir aber dem Labyrinth entkommen, kann er uns nicht mehr folgen.

Doch es ist noch ein ganzes Stück bis zum Fluchtpunkt ...

Dann wer ich zurüc bleiben u Lockvog spielen.

Ihr nehmt Celica mit und flieht.

Was ...

Was re den Si da?! He Glenn, S komme mit ...

Genau!!

Du darfst nicht allein zurückbleiben!!

Besonders du und Celica müssen überleben!! Ich bitte euch!!

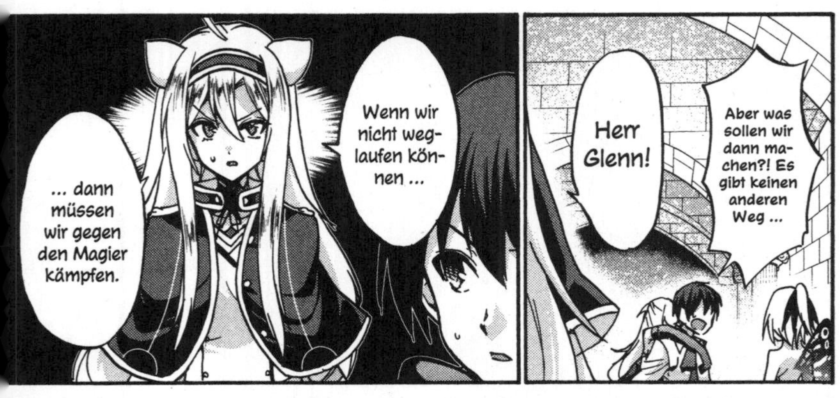
Aber was sollen wir dann machen?! Es gibt keinen anderen Weg ...
Herr Glenn!
Wenn wir nicht weglaufen können ...
... dann müssen wir gegen den Magier kämpfen.

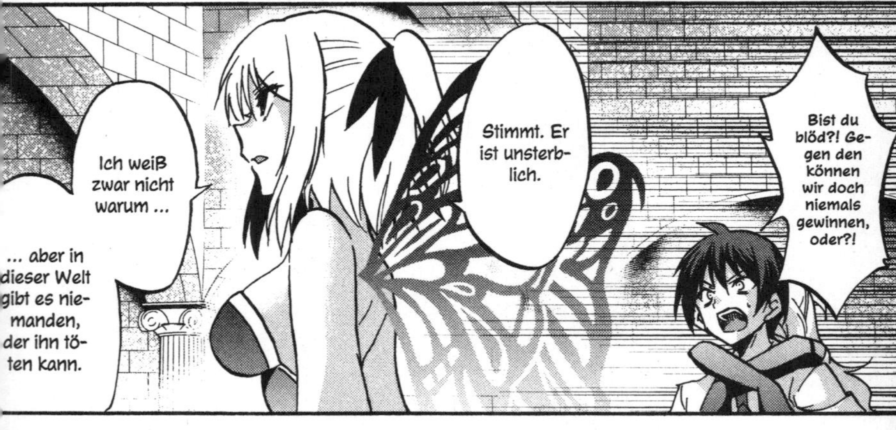
Bist du blöd?! Gegen den können wir doch niemals gewinnen, oder?!
Stimmt. Er ist unsterblich.
Ich weiß zwar nicht warum ...
... aber in dieser Welt gibt es niemanden, der ihn töten kann.

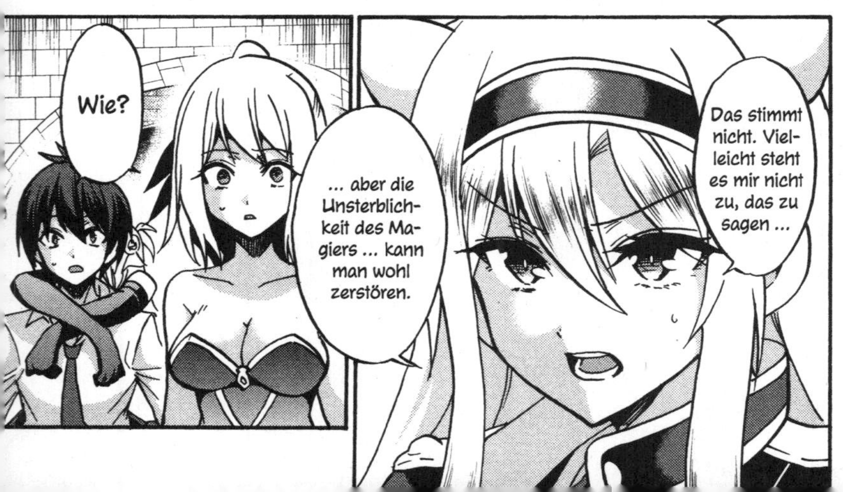
Das stimmt nicht. Vielleicht steht es mir nicht zu, das zu sagen ...
... aber die Unsterblichkeit des Magiers ... kann man wohl zerstören.
Wie?

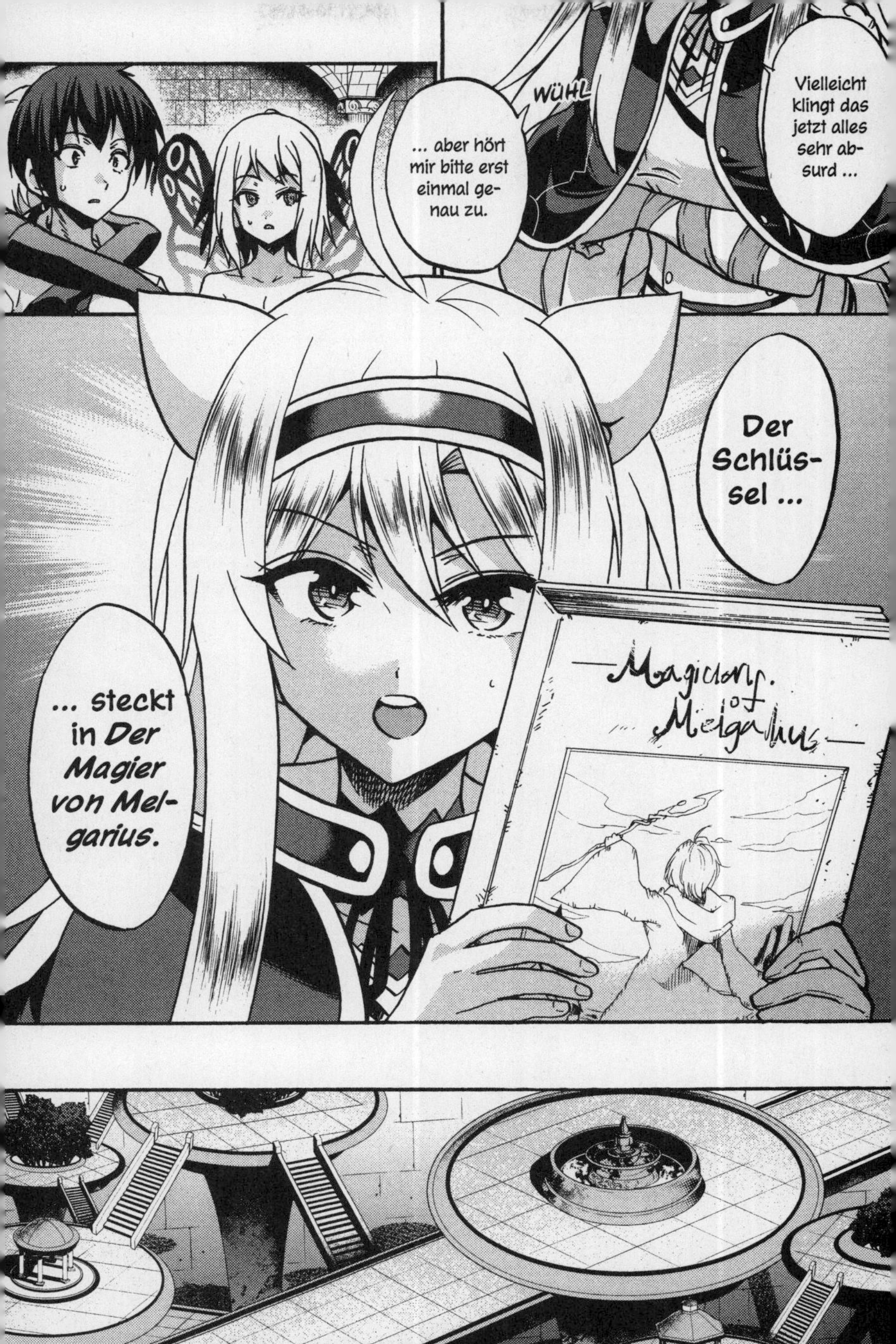
Vielleicht klingt das jetzt alles sehr absurd ...
WÜHL
... aber hört mir bitte erst einmal genau zu.
Der Schlüssel ...
... steckt in *Der Magier von Melgarius*.

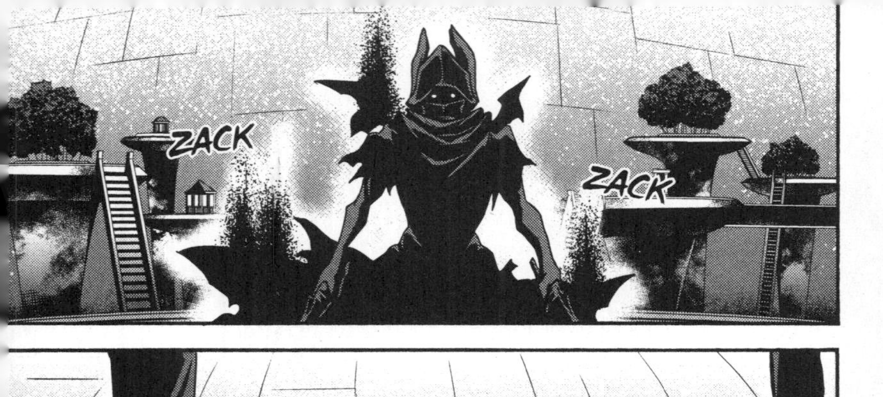

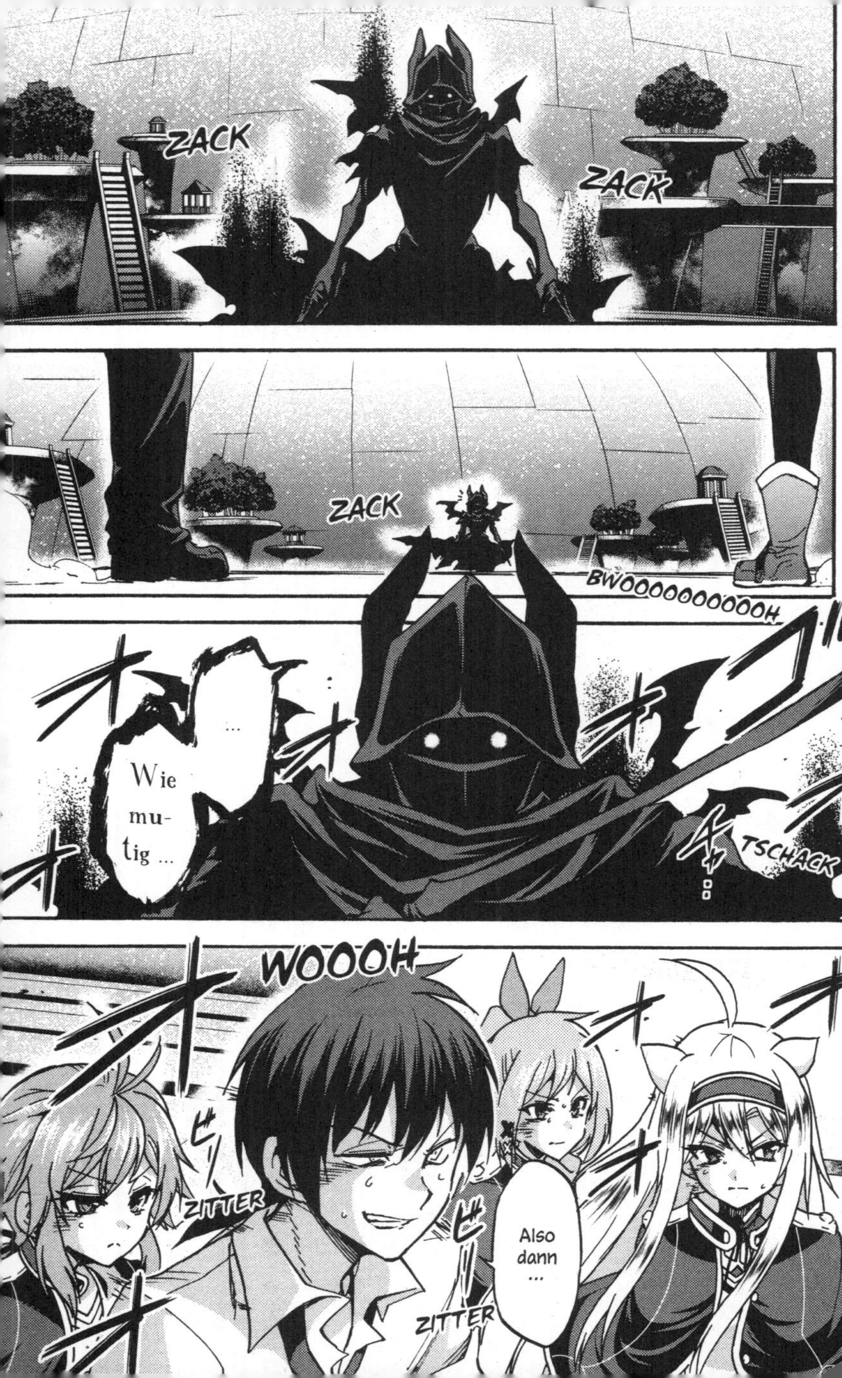

ZACK

BWOOOOOOOOOOOH

…

Wie mutig …

TSCHACK

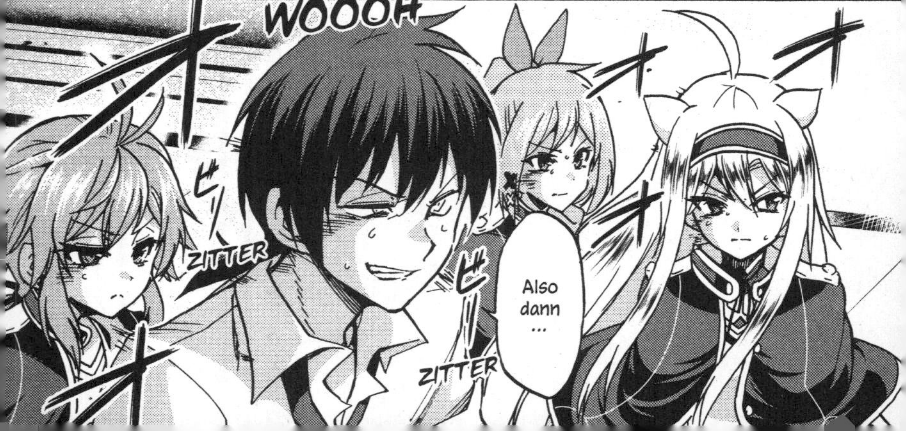

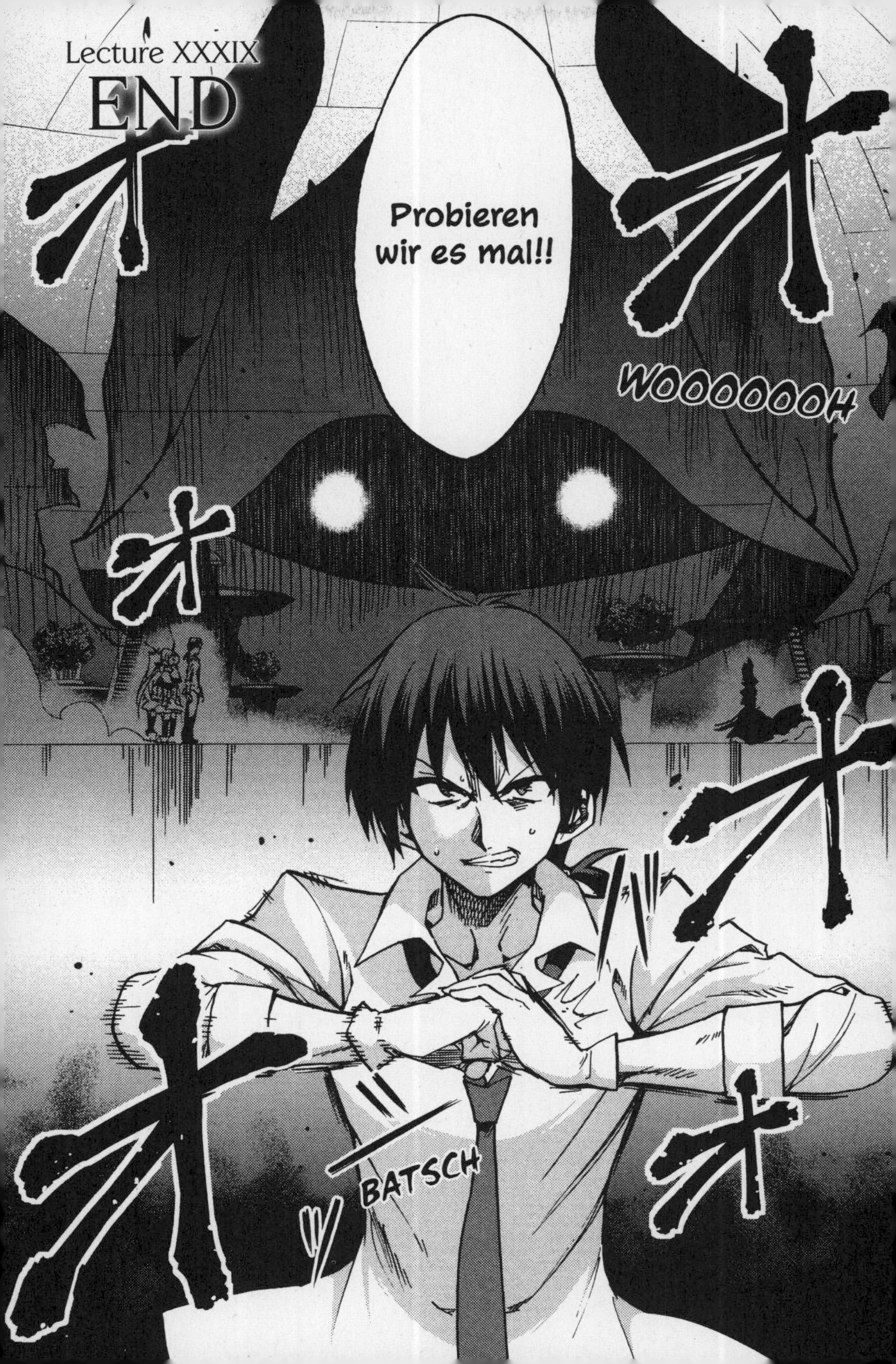
Lecture XXXIX
END
Probieren wir es mal!!
WOOOOOOOH
BATSCH

Akashic Records
of the Bastard Magic Instructor

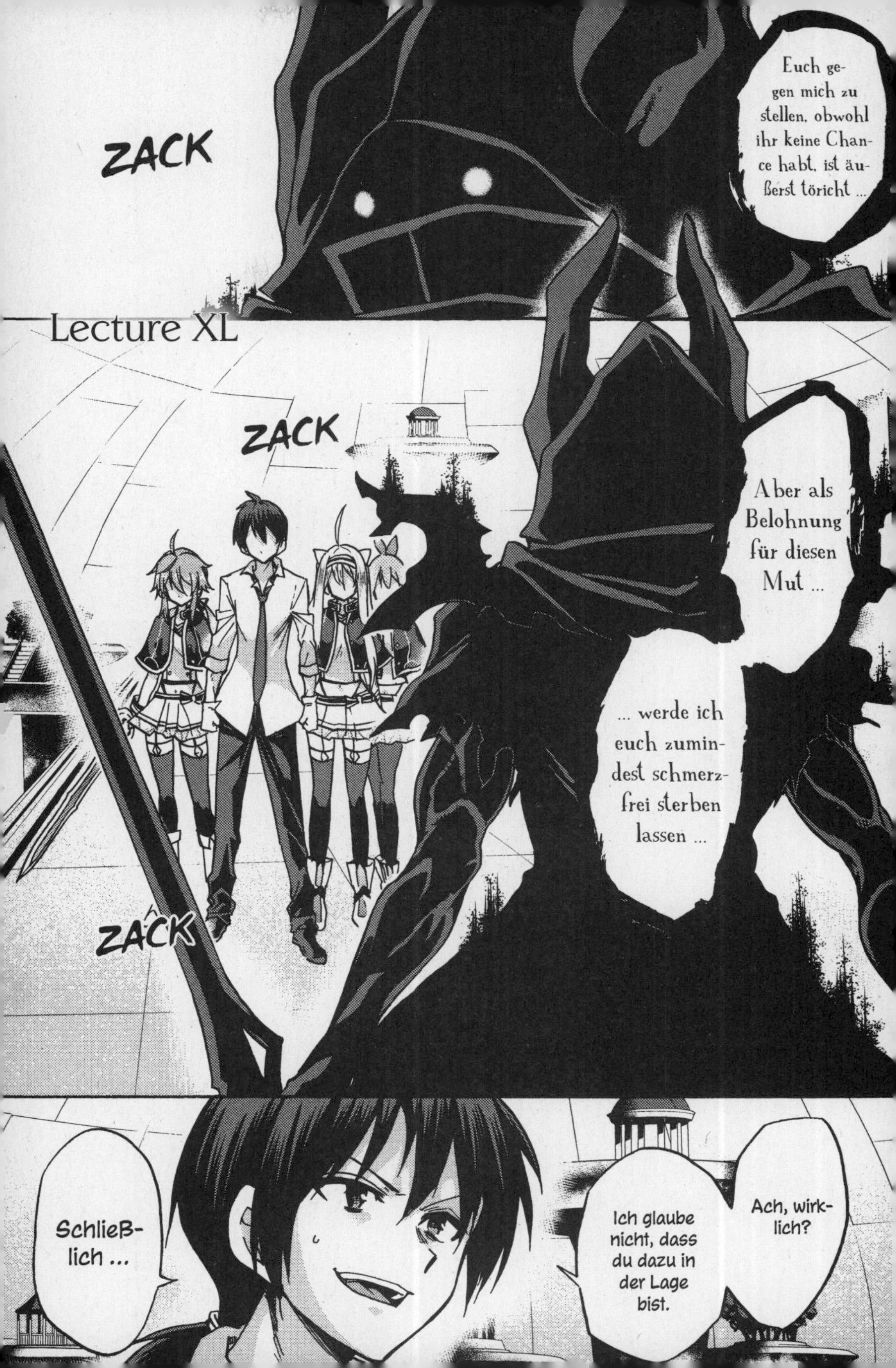
Euch gegen mich zu stellen, obwohl ihr keine Chance habt, ist äußerst töricht ...
ZACK
Lecture XL
Aber als Belohnung für diesen Mut ...
... werde ich euch zumindest schmerzfrei sterben lassen ...
ZACK
ZACK
Ach, wirklich?
Ich glaube nicht, dass du dazu in der Lage bist.
Schließlich ...

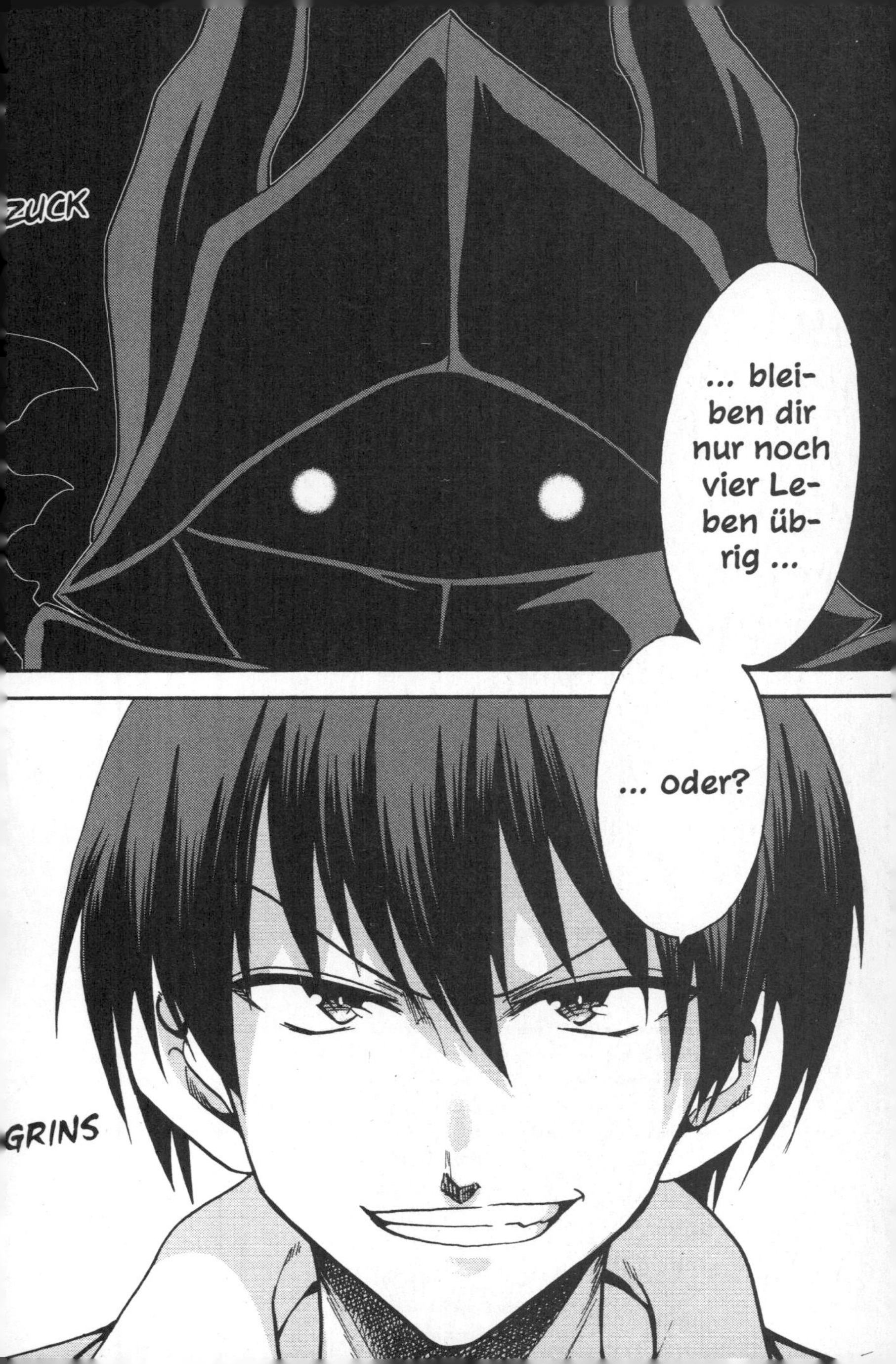

... blei-ben dir nur noch vier Le-ben üb-rig ...
ZUCK
... oder?
GRINS

Lecture XL

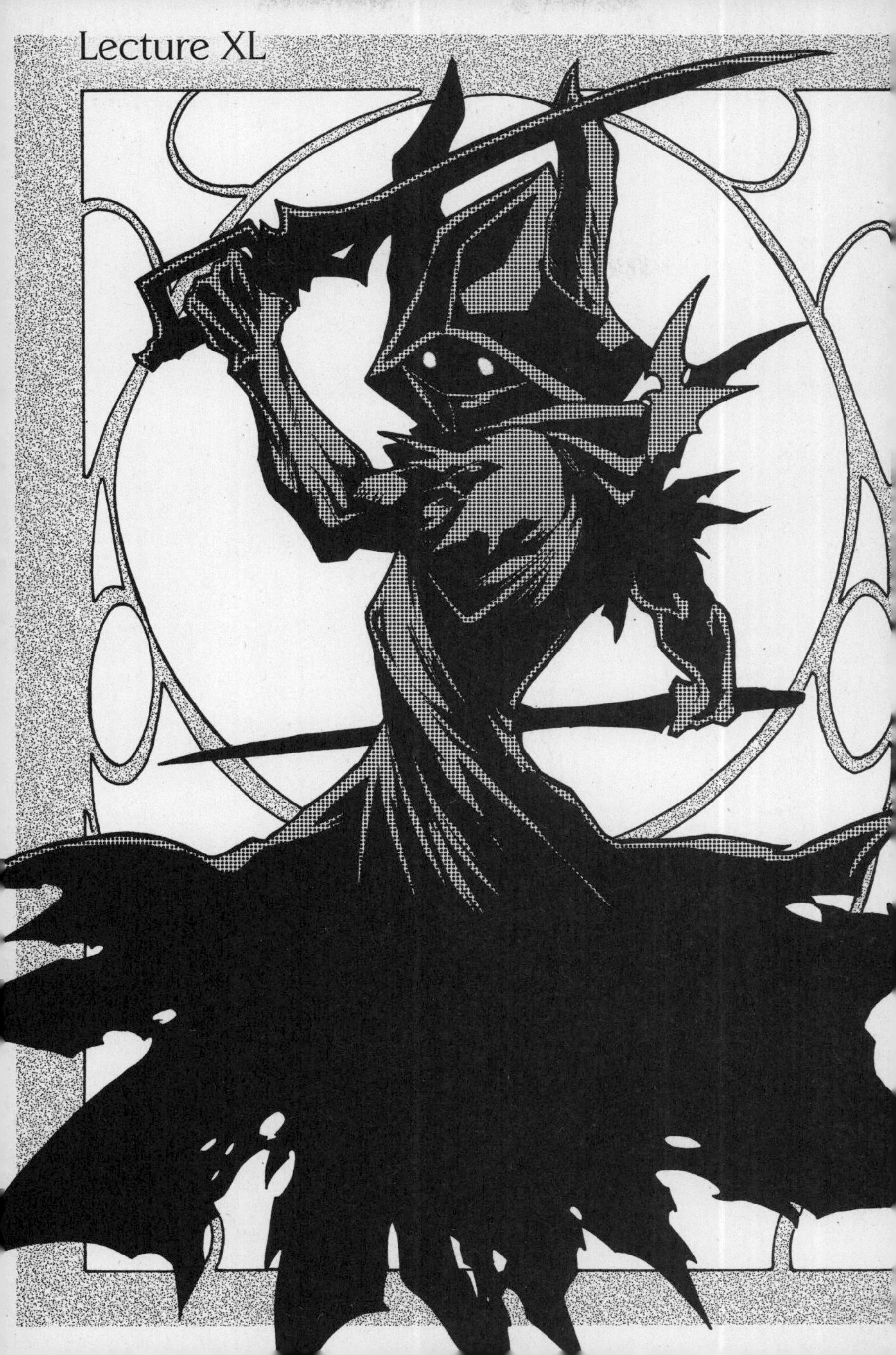

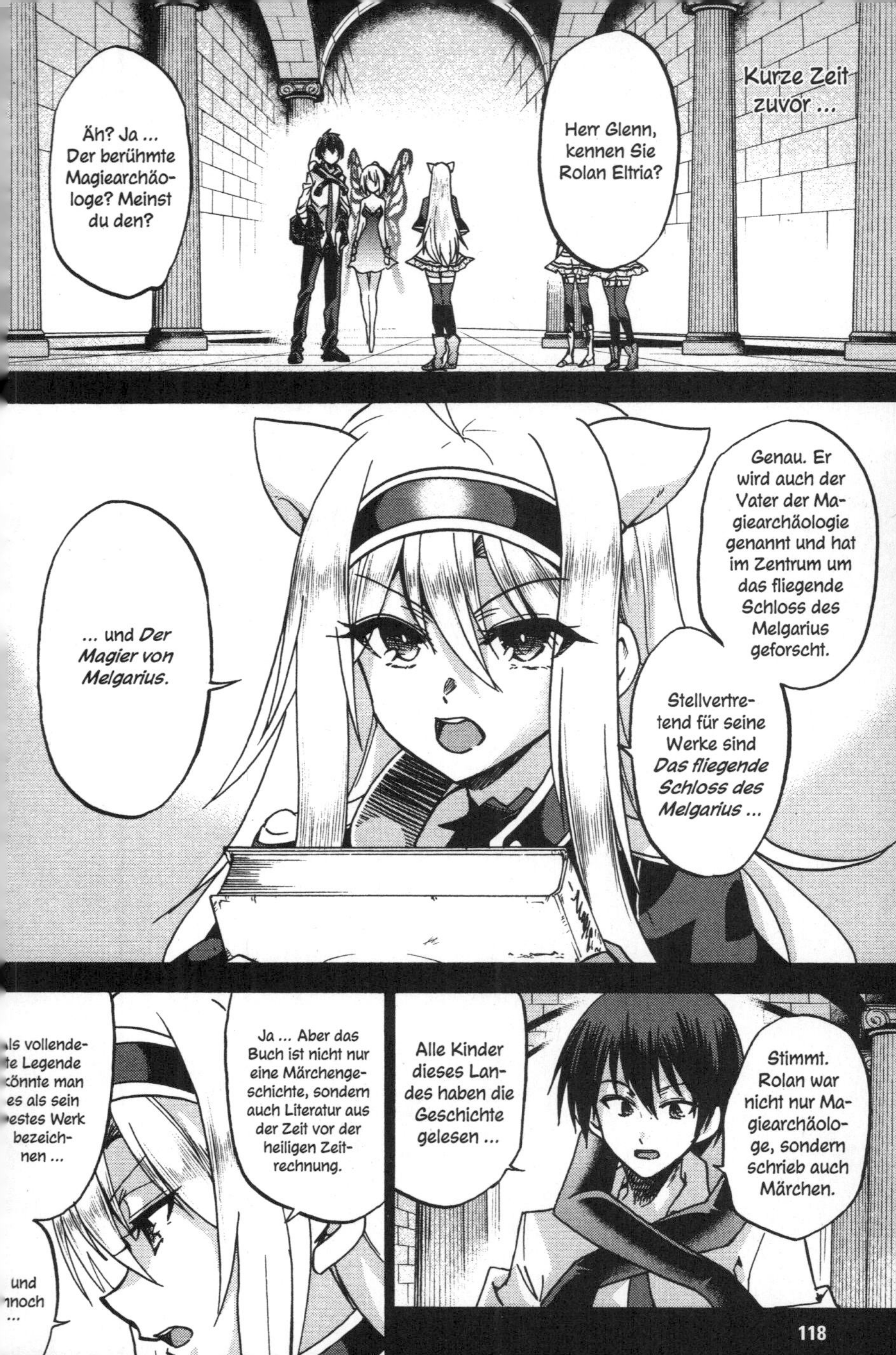
Kurze Zeit zuvor ...
Herr Glenn, kennen Sie Rolan Eltria?
Äh? Ja ... Der berühmte Magiearchäologe? Meinst du den?
Genau. Er wird auch der Vater der Magiearchäologie genannt und hat im Zentrum um das fliegende Schloss des Melgarius geforscht.
Stellvertretend für seine Werke sind *Das fliegende Schloss des Melgarius ...*
... und *Der Magier von Melgarius.*
Stimmt. Rolan war nicht nur Magiearchäologe, sondern schrieb auch Märchen.
Alle Kinder dieses Landes haben die Geschichte gelesen ...
Ja ... Aber das Buch ist nicht nur eine Märchengeschichte, sondern auch Literatur aus der Zeit vor der heiligen Zeitrechnung.
ls vollendete Legende önnte man es als sein estes Werk bezeichnen ...
und noch ...

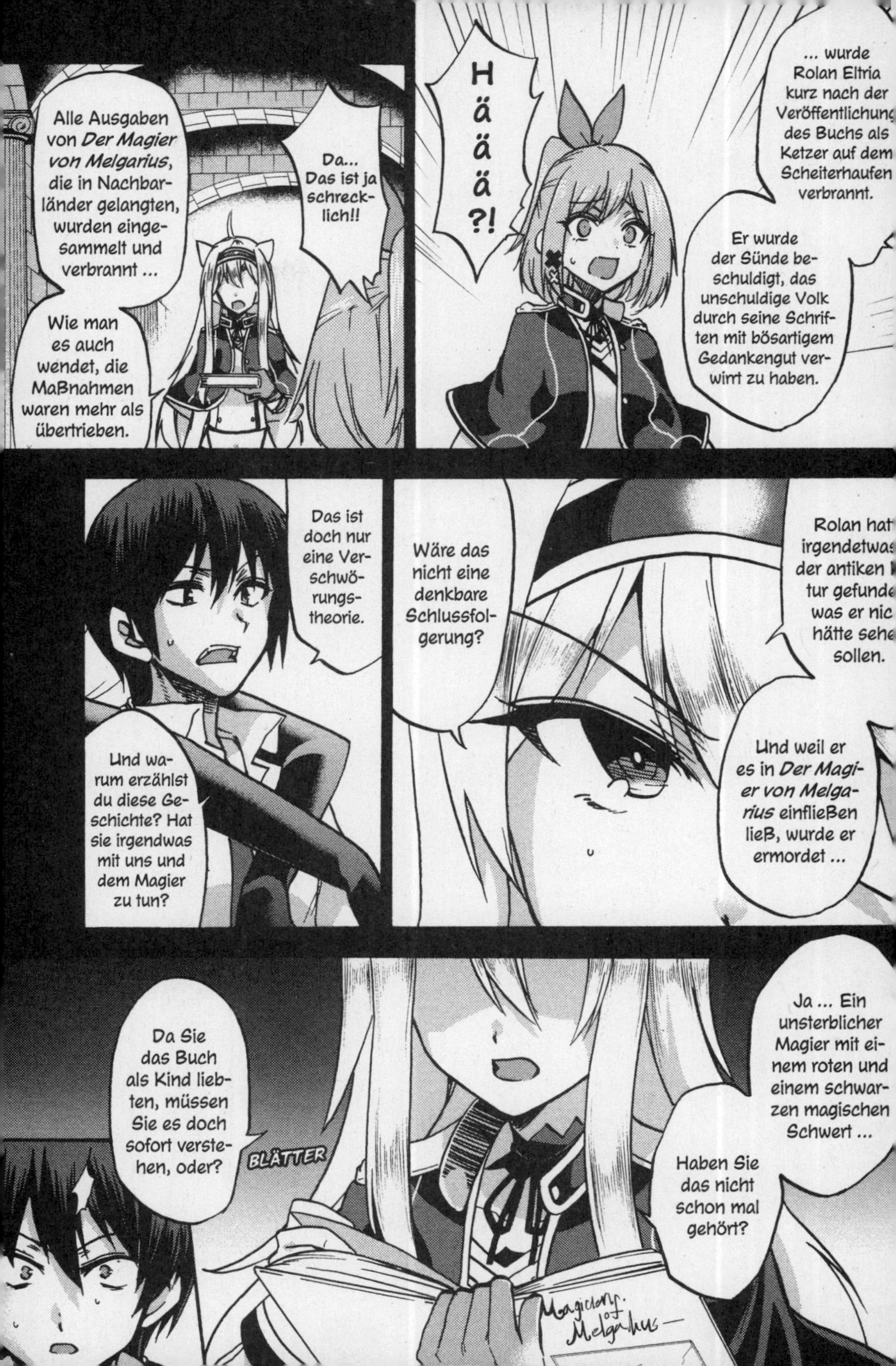
... wurde Rolan Eltria kurz nach der Veröffentlichung des Buchs als Ketzer auf dem Scheiterhaufen verbrannt.
Er wurde der Sünde beschuldigt, das unschuldige Volk durch seine Schriften mit bösartigem Gedankengut verwirrt zu haben.
Häää?!
Da... Das ist ja schrecklich!!
Alle Ausgaben von *Der Magier von Melgarius*, die in Nachbarländer gelangten, wurden eingesammelt und verbrannt ...
Wie man es auch wendet, die Maßnahmen waren mehr als übertrieben.
Rolan hat irgendetwas der antiken tur gefunde was er nic hätte sehe sollen.
Und weil er es in *Der Magier von Melgarius* einfließen ließ, wurde er ermordet ...
Wäre das nicht eine denkbare Schlussfolgerung?
Das ist doch nur eine Verschwörungstheorie.
Und warum erzählst du diese Geschichte? Hat sie irgendwas mit uns und dem Magier zu tun?
Ja ... Ein unsterblicher Magier mit einem roten und einem schwarzen magischen Schwert ...
Haben Sie das nicht schon mal gehört?
Da Sie das Buch als Kind liebten, müssen Sie es doch sofort verstehen, oder?
BLÄTTER
Magician of Melgarius

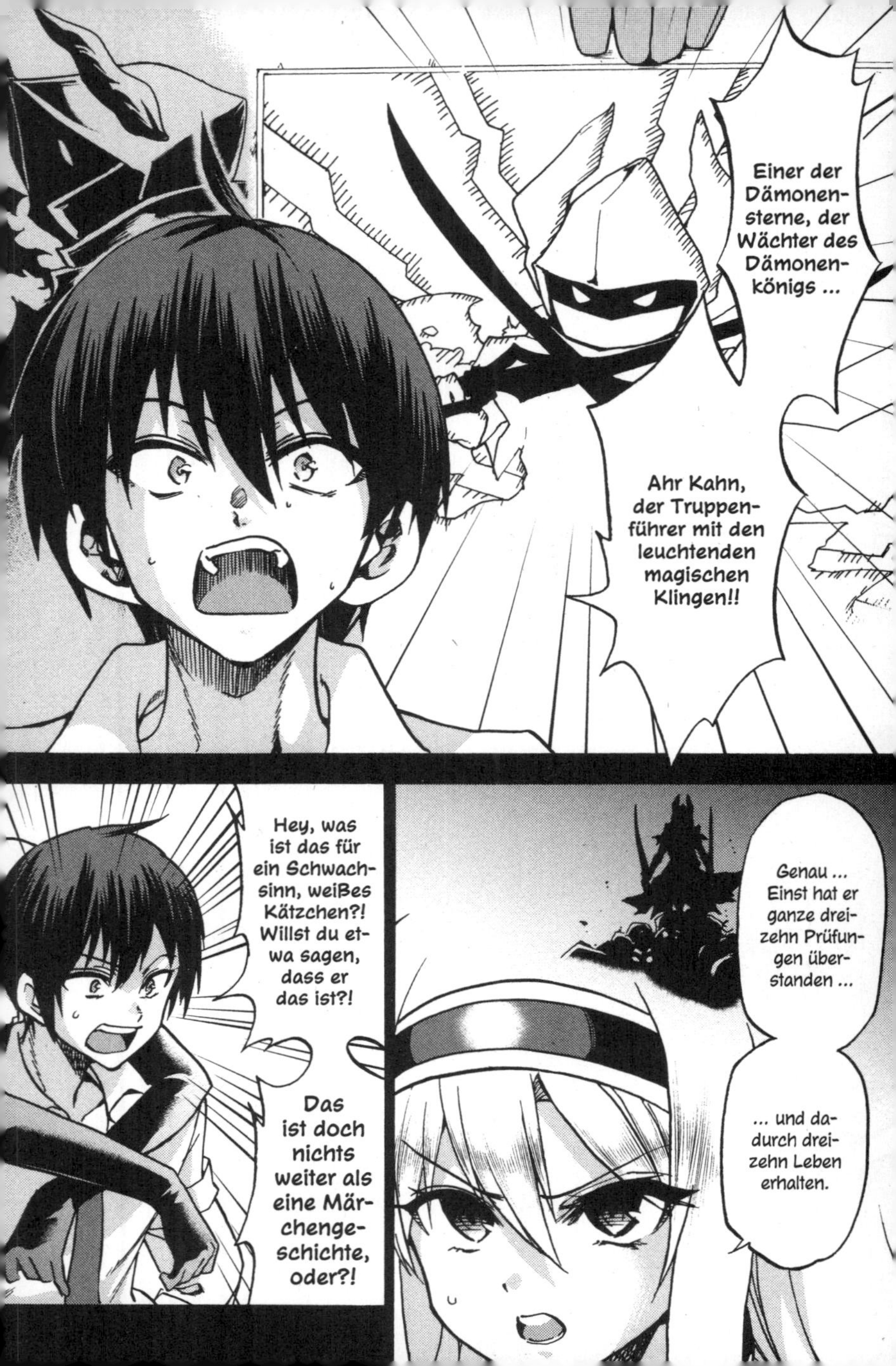
Einer der Dämonensterne, der Wächter des Dämonenkönigs ...
Ahr Kahn, der Truppenführer mit den leuchtenden magischen Klingen!!
Genau ... Einst hat er ganze dreizehn Prüfungen überstanden ...
... und dadurch dreizehn Leben erhalten.
Hey, was ist das für ein Schwachsinn, weißes Kätzchen?! Willst du etwa sagen, dass er das ist?!
Das ist doch nichts weiter als eine Märchengeschichte, oder?!

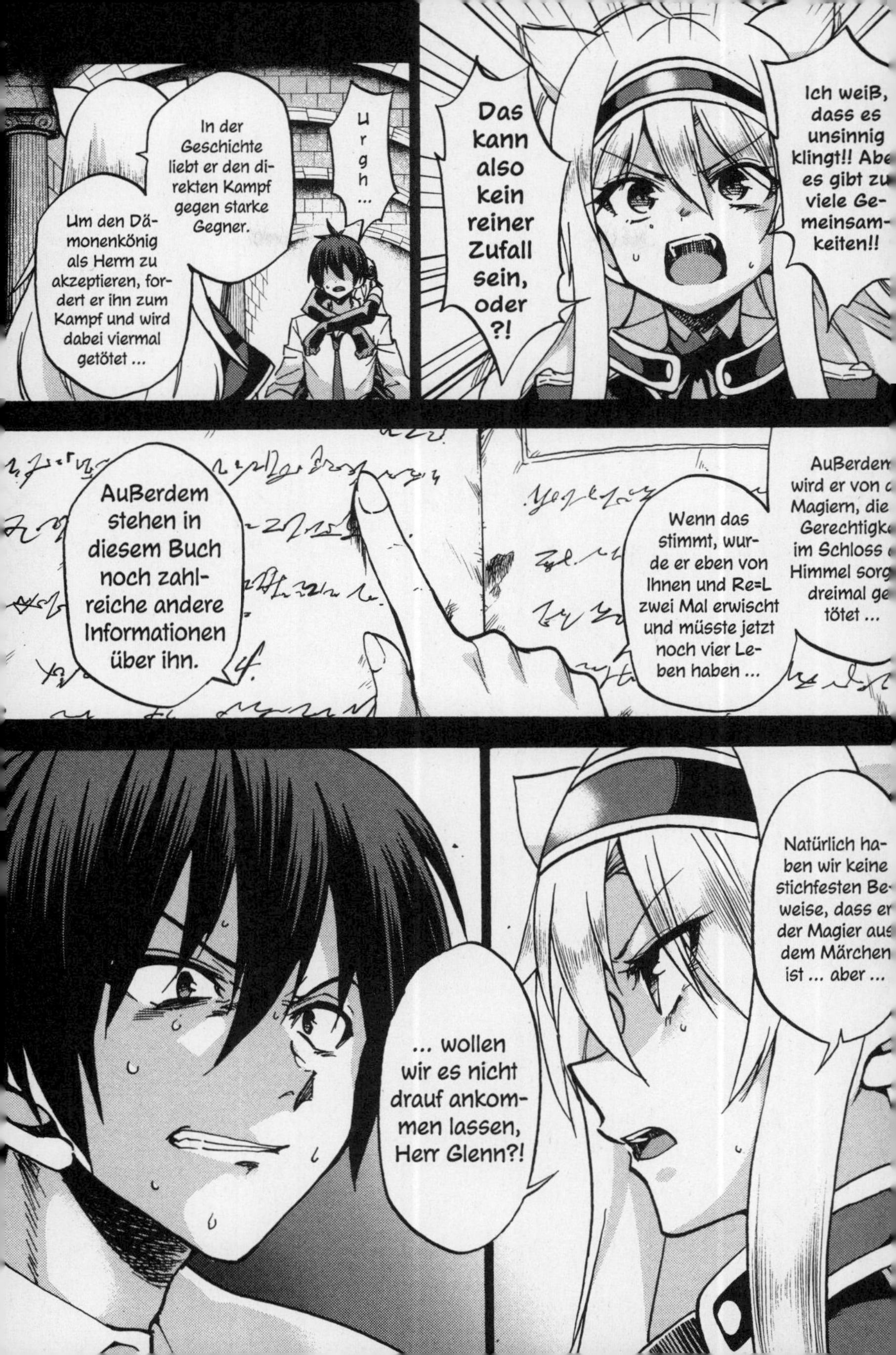
Ich weiß, dass es unsinnig klingt!! Abe es gibt zu viele Gemeinsamkeiten!!
Das kann also kein reiner Zufall sein, oder ?!
Urgh ...
In der Geschichte liebt er den direkten Kampf gegen starke Gegner.
Um den Dämonenkönig als Herrn zu akzeptieren, fordert er ihn zum Kampf und wird dabei viermal getötet ...
Außerdem wird er von Magiern, die Gerechtigk im Schloss Himmel sorg dreimal ge tötet ...
Wenn das stimmt, wurde er eben von Ihnen und Re=L zwei Mal erwischt und müsste jetzt noch vier Leben haben ...
Außerdem stehen in diesem Buch noch zahlreiche andere Informationen über ihn.
Natürlich haben wir keine stichfesten Beweise, dass er der Magier aus dem Märchen ist ... aber ...
... wollen wir es nicht drauf ankommen lassen, Herr Glenn?!

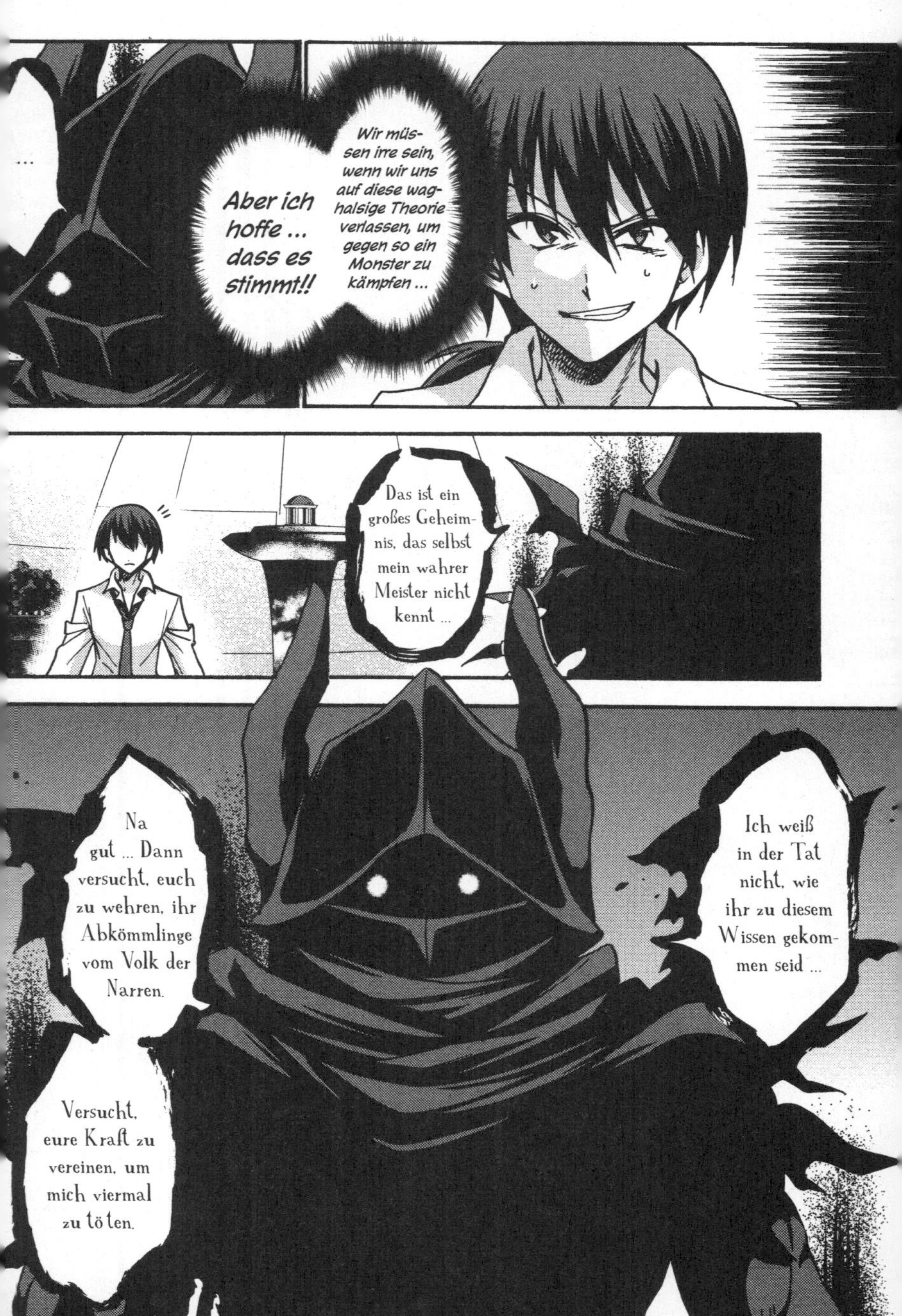
...
Wir müssen irre sein, wenn wir uns auf diese waghalsige Theorie verlassen, um gegen so ein Monster zu kämpfen ...
Aber ich hoffe ... dass es stimmt!!
Das ist ein großes Geheimnis, das selbst mein wahrer Meister nicht kennt ...
Ich weiß in der Tat nicht, wie ihr zu diesem Wissen gekommen seid ...
Na gut ... Dann versucht, euch zu wehren, ihr Abkömmlinge vom Volk der Narren.
Versucht, eure Kraft zu vereinen, um mich viermal zu töten.

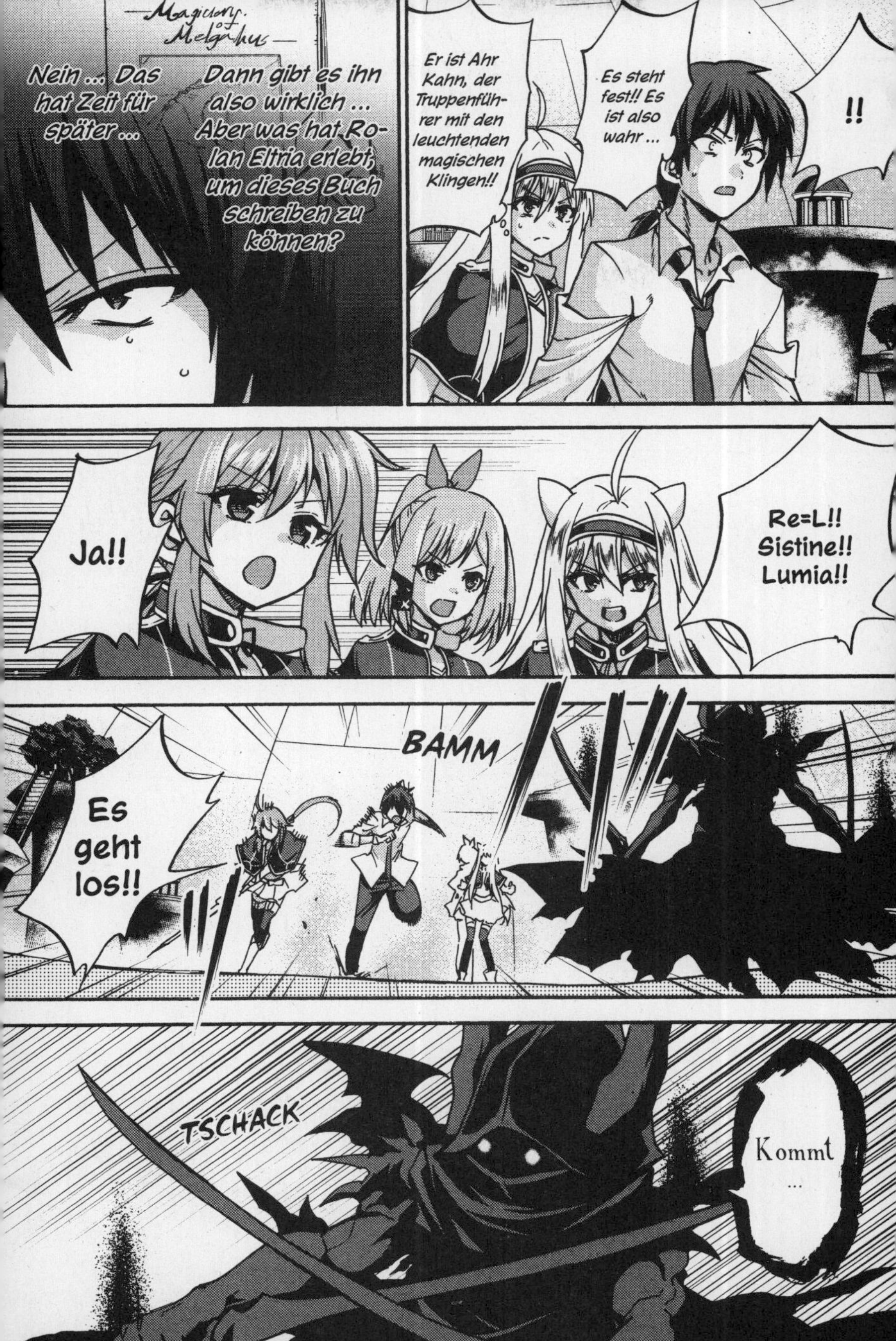
!!
Es steht fest!! Es ist also wahr ...
Er ist Ahr Kahn, der Truppenführer mit den leuchtenden magischen Klingen!!
Dann gibt es ihn also wirklich ... Aber was hat Rolan Eltria erlebt, um dieses Buch schreiben zu können?
Nein ... Das hat Zeit für später ...
Re=L!! Sistine!! Lumia!!
Ja!!
BAMM
Es geht los!!
Kommt ...
TSCHACK

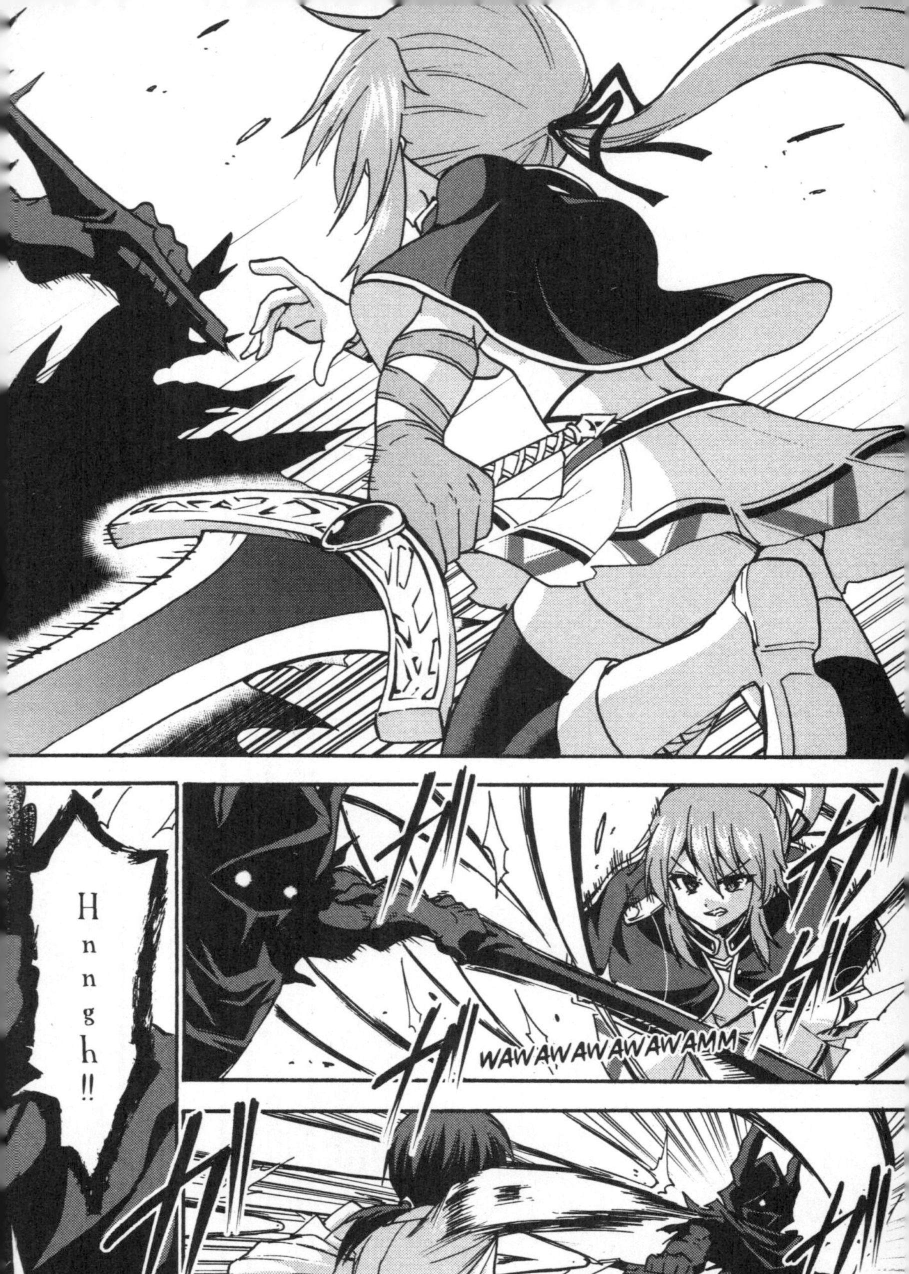

Hnngh!!
WAWAWAWAWAWAMM

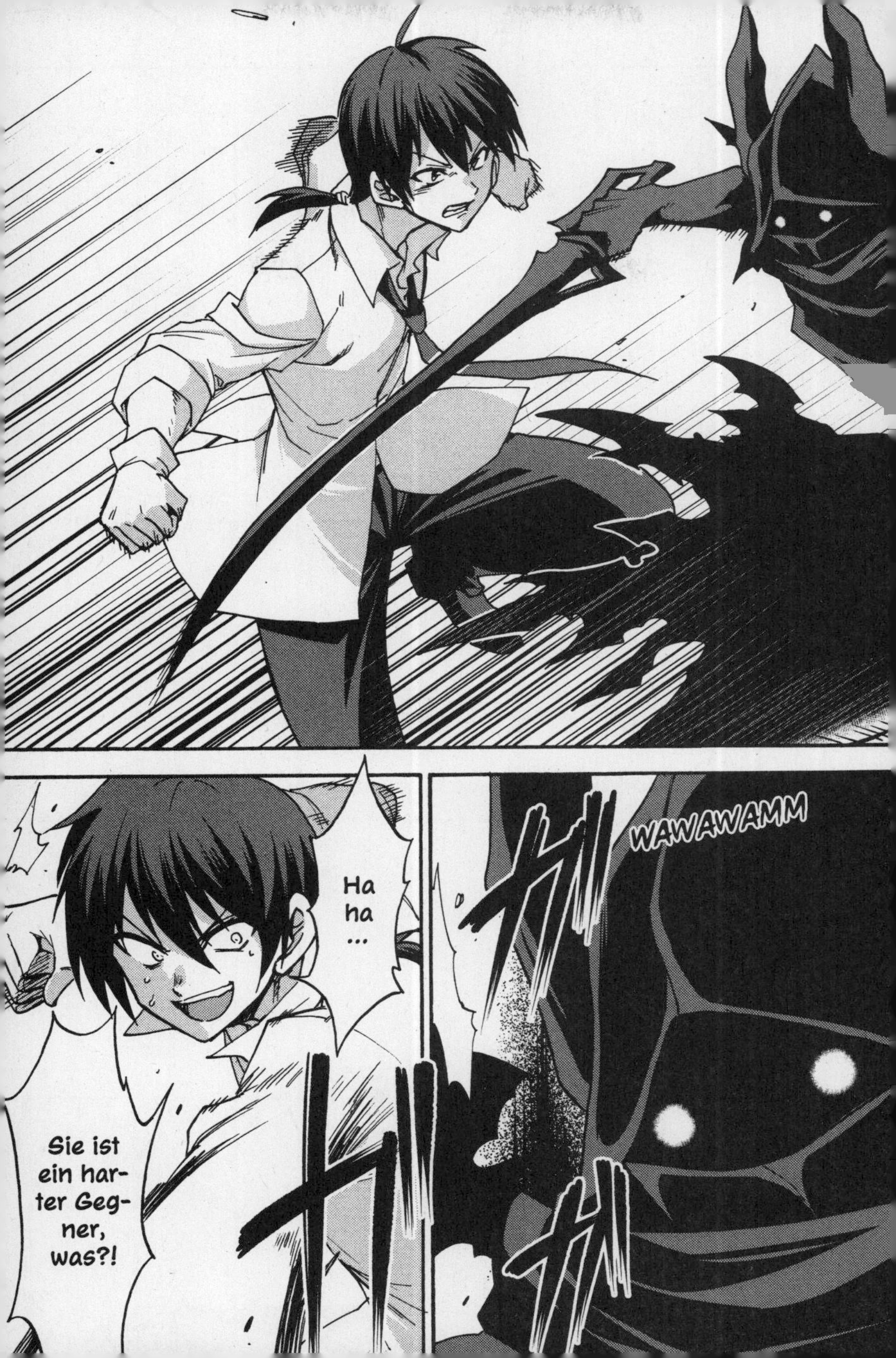

WAWAWAMM

Ha ha ...

Sie ist ein harter Gegner, was?!

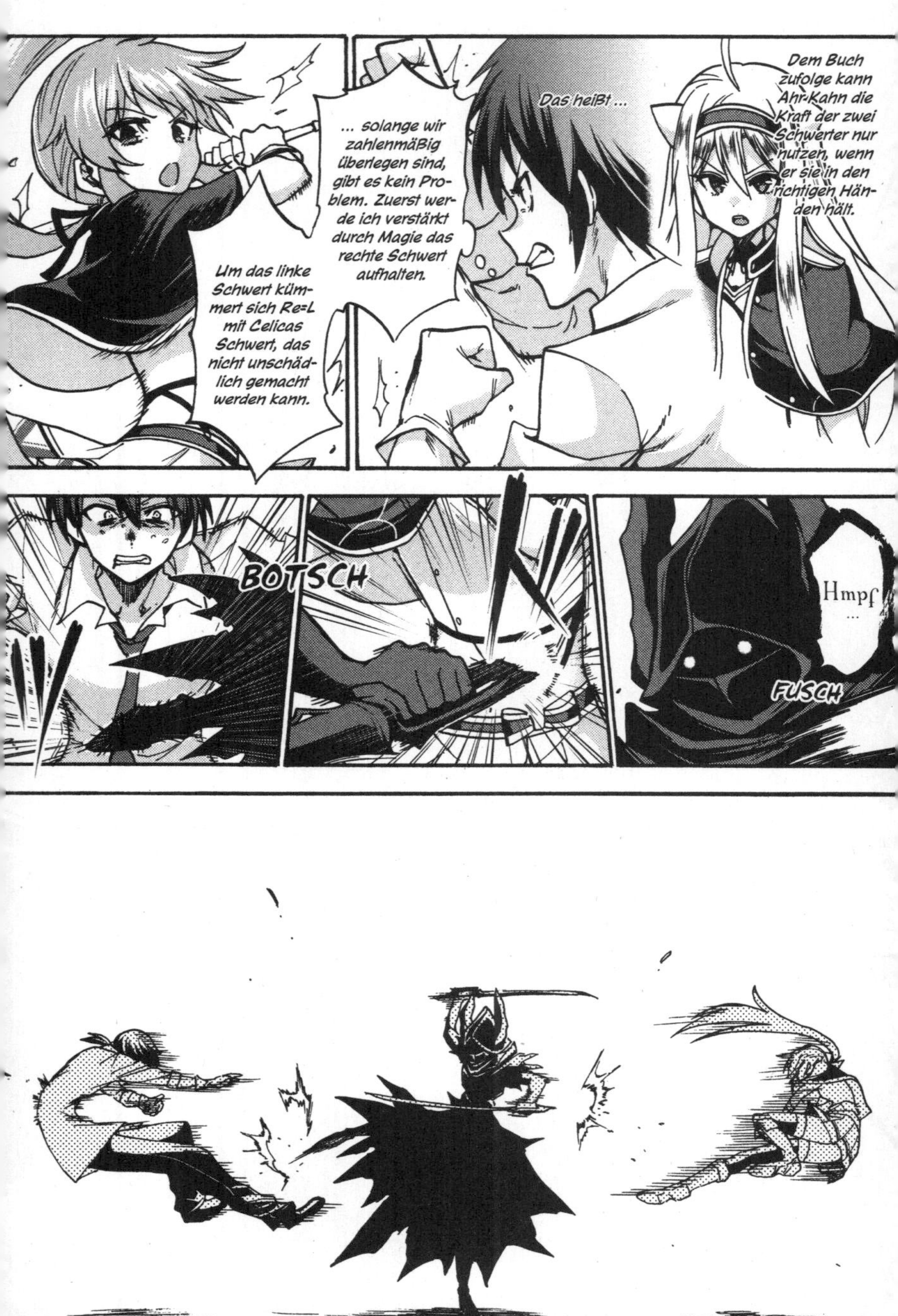
Dem Buch zufolge kann Ahr-Kahn die Kraft der zwei Schwerter nur nutzen, wenn er sie in den richtigen Händen hält.
Das heißt ...
... solange wir zahlenmäßig überlegen sind, gibt es kein Problem. Zuerst werde ich verstärkt durch Magie das rechte Schwert aufhalten.
Um das linke Schwert kümmert sich Re=L mit Celicas Schwert, das nicht unschädlich gemacht werden kann.
Hmpf ...
FUSCH
BOTSCH

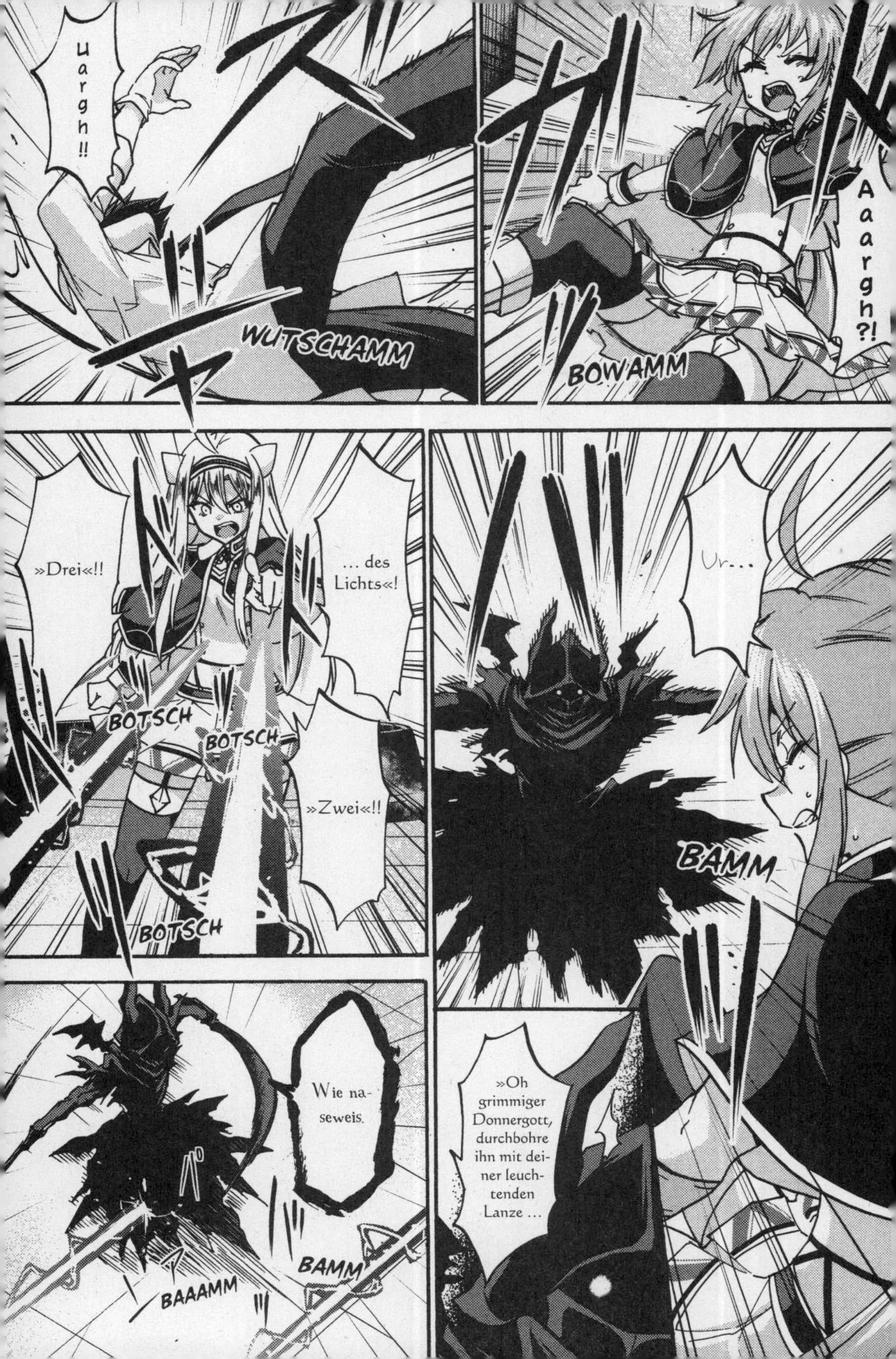
Aaaargh?!
BOWAMM
Uargh!!
WUTSCHAMM
Ur…
BAMM
… des Lichts«!
»Drei«!!
BOTSCH
BOTSCH
»Zwei«!!
BOTSCH
»Oh grimmiger Donnergott, durchbohre ihn mit deiner leuchtenden Lanze …
Wie naseweis.
BAMM
BAAAMM

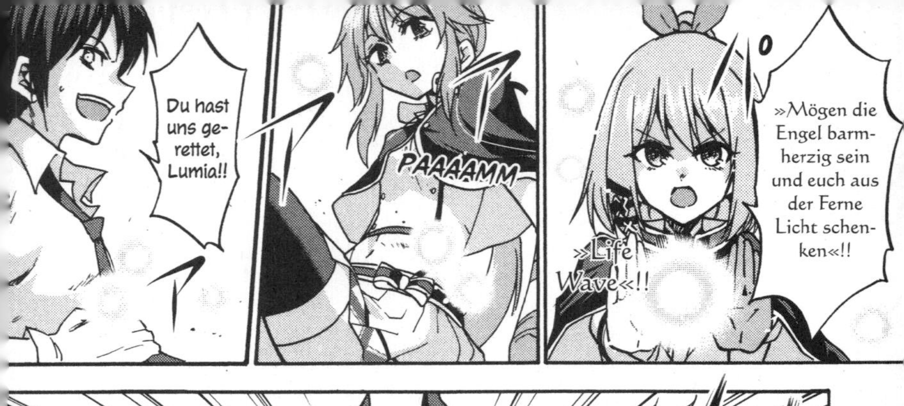
»Mögen die Engel barmherzig sein und euch aus der Ferne Licht schenken«!!
»Life Wave«!!
PAAAAMM
Du hast uns gerettet, Lumia!!

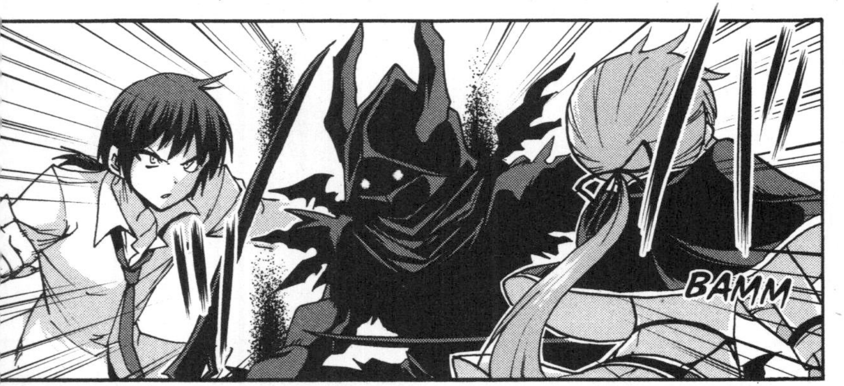
BAMM

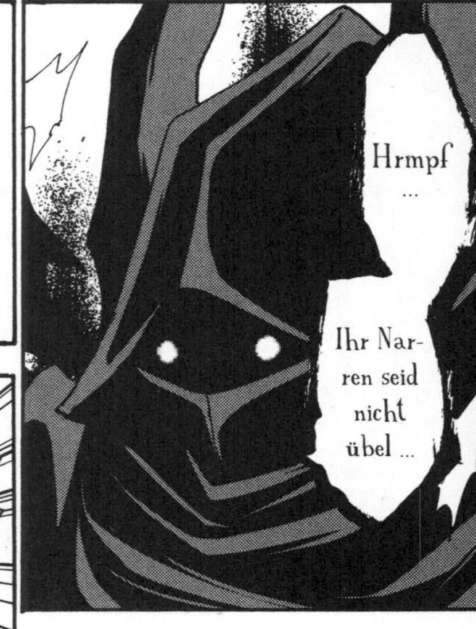
Hrmpf ...
Ihr Narren seid nicht übel ...

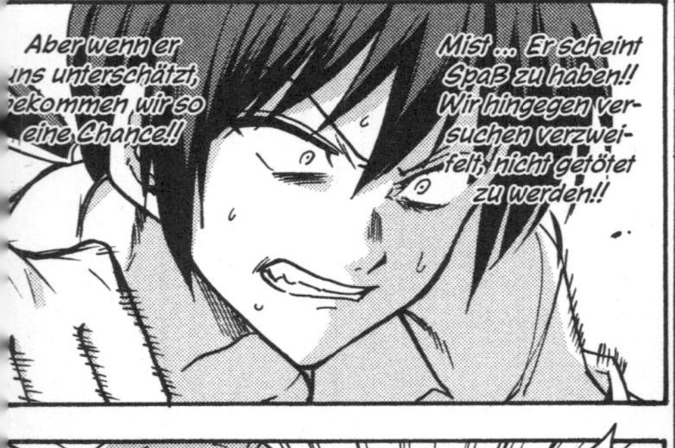
Mist ... Er scheint Spaß zu haben!! Wir hingegen versuchen verzweifelt, nicht getötet zu werden!!
Aber wenn er uns unterschätzt, ekommen wir so eine Chance!!

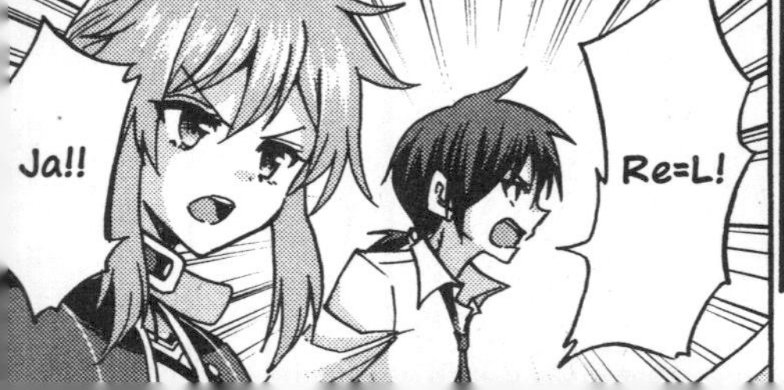
Re=L!
Ja!!

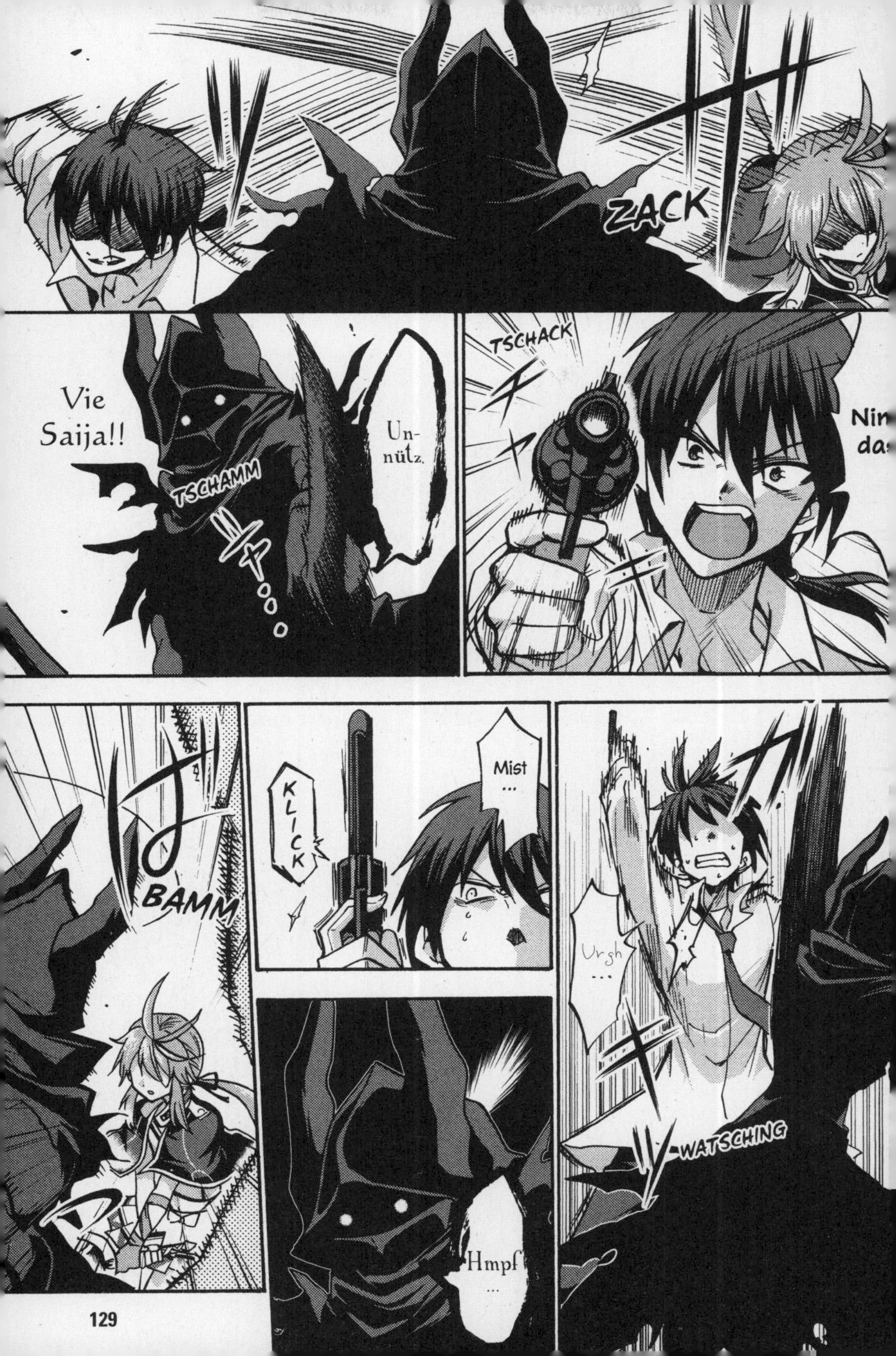

ZACK

TSCHACK

Nin
das

Un-
nütz.

Vie
Saija!!

TSCHAMM

Urgh
...

WATSCHING

Mist
...

KLICK

BAMM

Hmpf
...

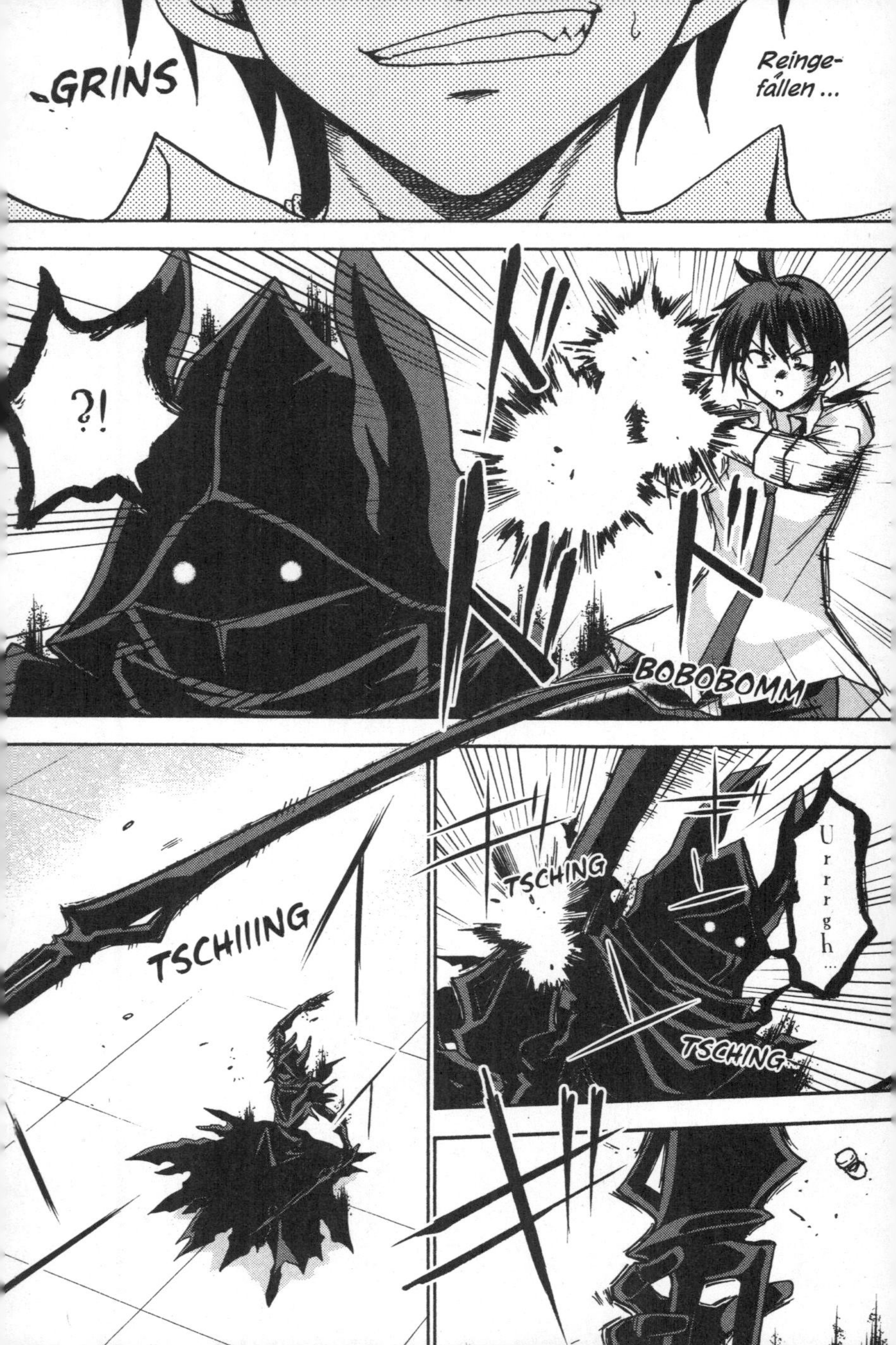

Reingefallen ...
GRINS
BOBOBOMM
?!
Urrrgh ...
TSCHING
TSCHING
TSCHIIING

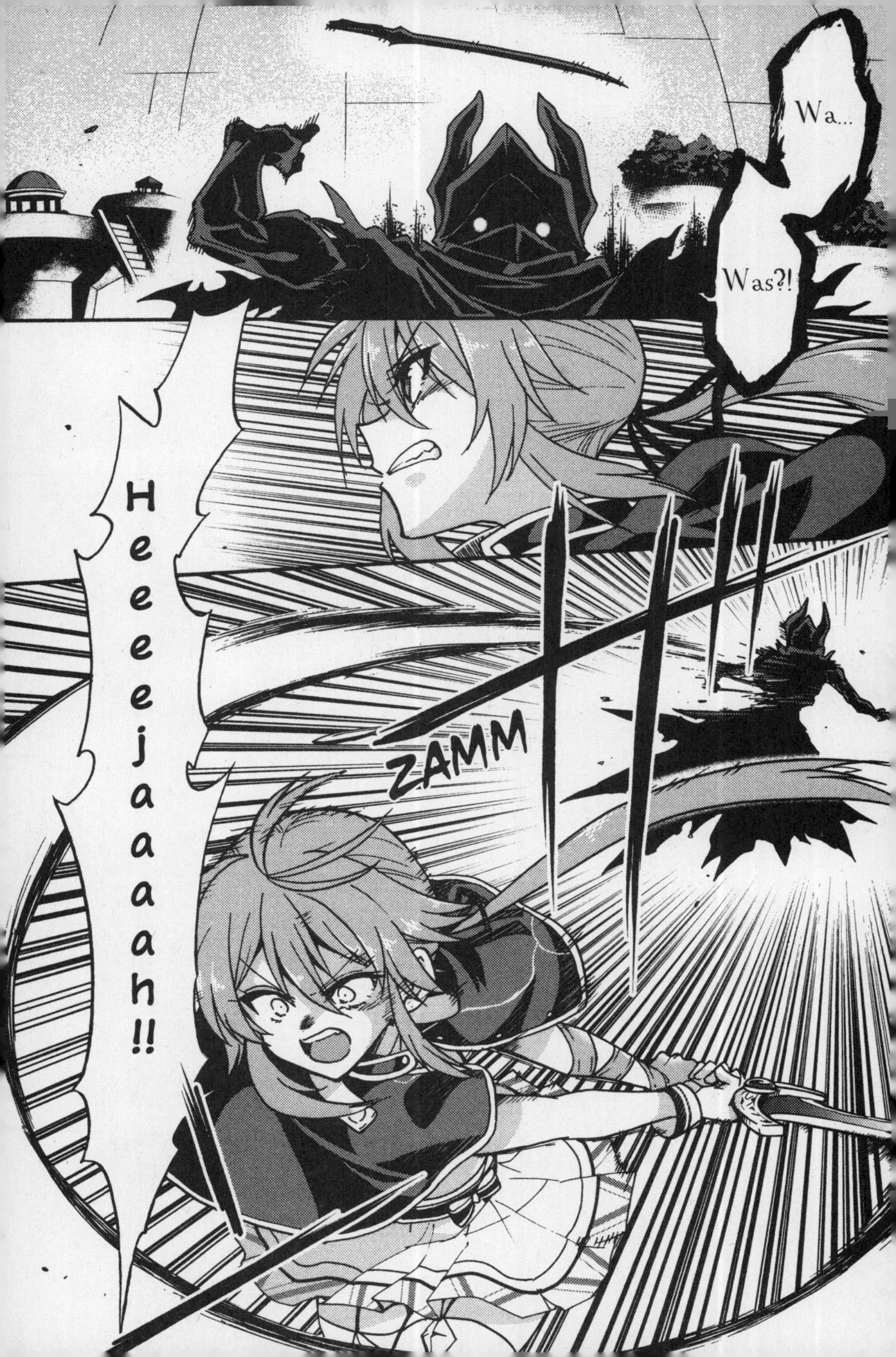

Wa...
Was?!
Heeeeejaaaaah!!
ZAMM

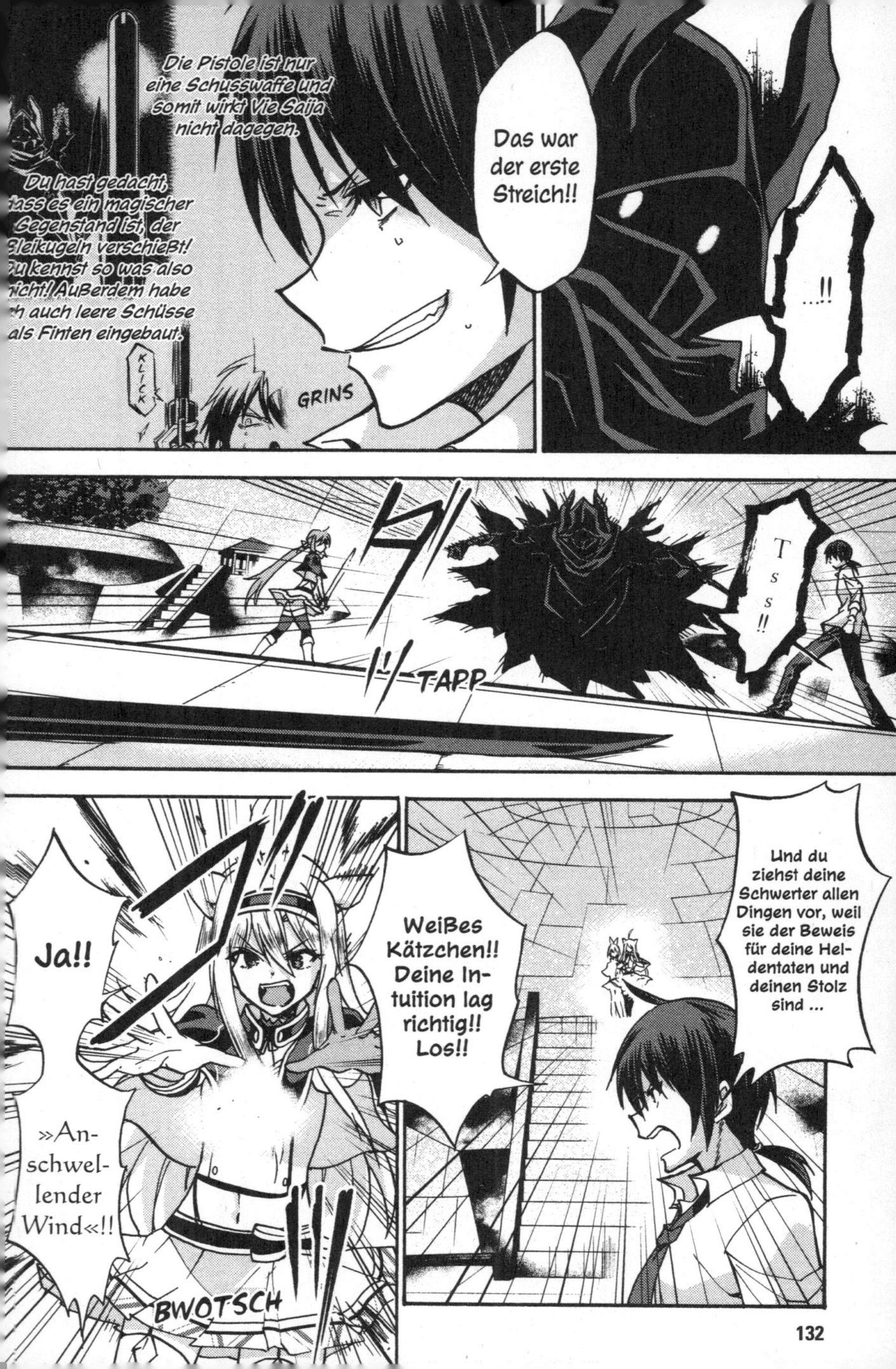
...!!
Das war der erste Streich!!
Die Pistole ist nur eine Schusswaffe und somit wirkt Vie Saija nicht dagegen.
Du hast gedacht, ass es ein magischer Gegenstand ist, der leikugeln verschießt! u kennst so was also icht! Außerdem habe h auch leere Schüsse als Finten eingebaut.
GRINS
KLICK
Tss!!
TAPP
Und du ziehst deine Schwerter allen Dingen vor, weil sie der Beweis für deine Heldentaten und deinen Stolz sind ...
Weißes Kätzchen!! Deine Intuition lag richtig!! Los!!
Ja!!
»Anschwellender Wind«!!
BWOTSCH

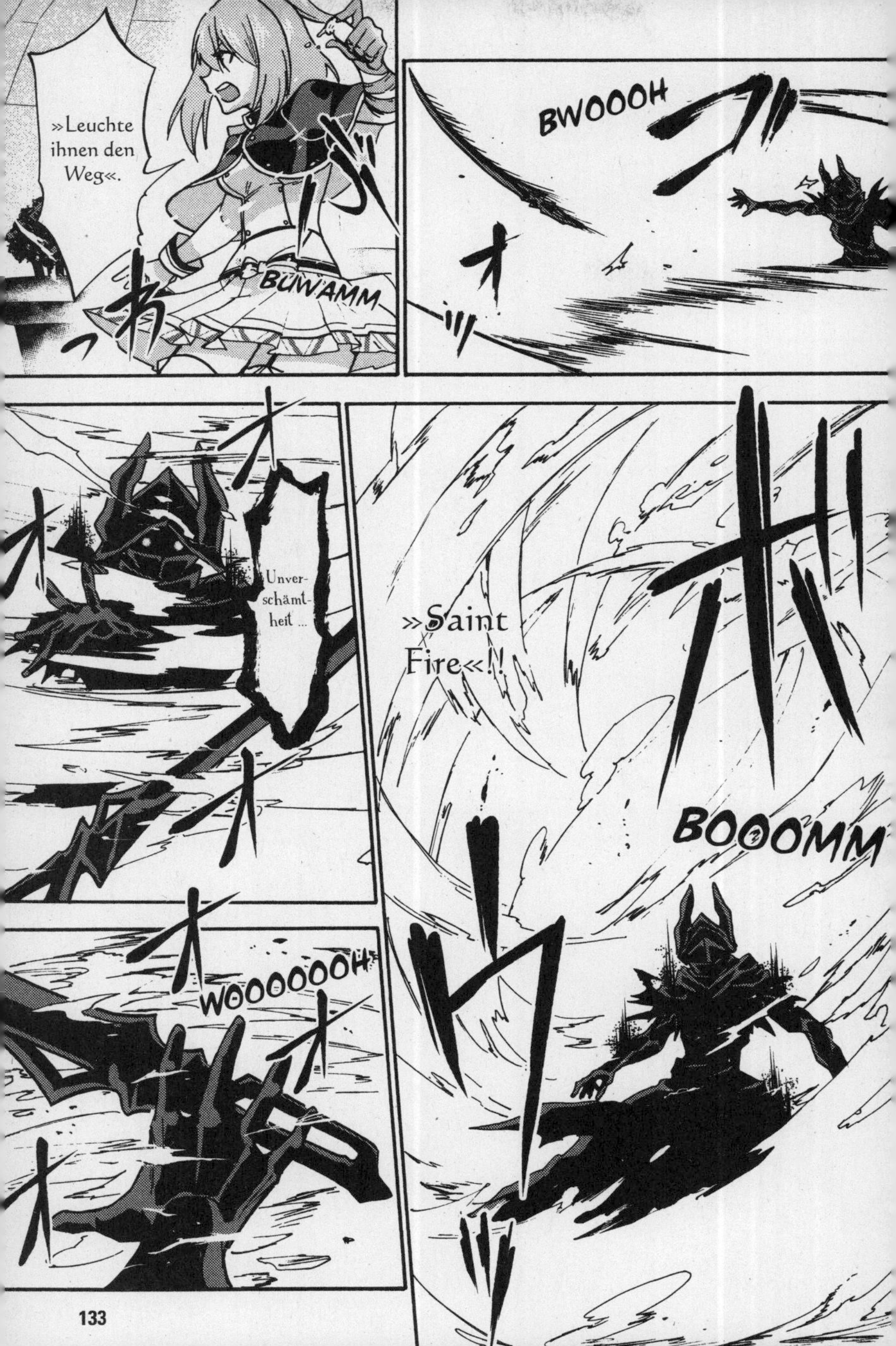
BWOOOH
»Leuchte ihnen den Weg«.
BUWAMM
»Saint Fire«!!
BOOOMM
Unverschämtheit …
WOOOOOOH

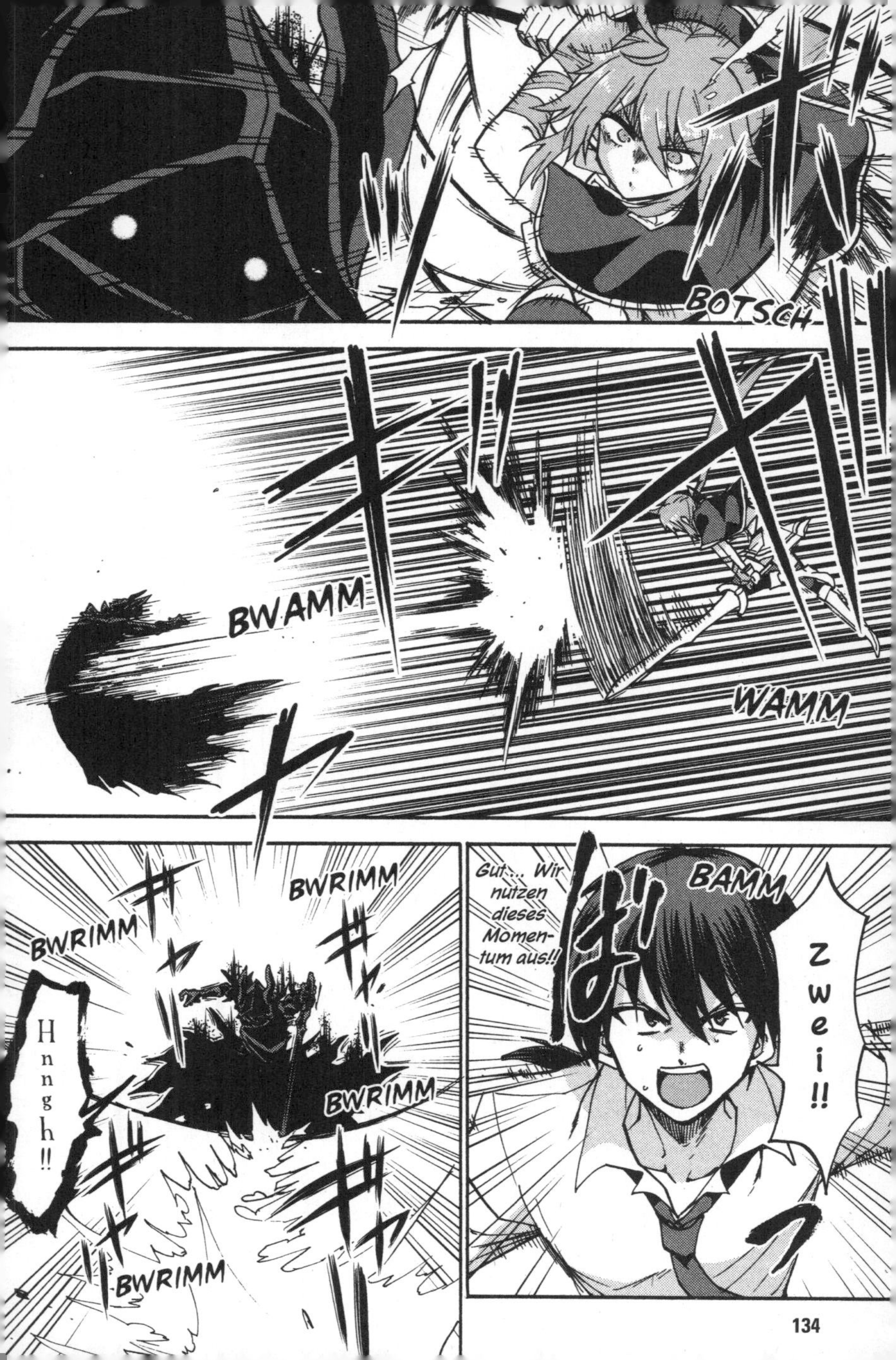
BOTSCH
BWAMM
WAMM
BAMM
Zwei!!
Gut ... Wir nutzen dieses Momentum aus!!
BWRIMM
BWRIMM
BWRIMM
Hnngh!!
BWRIMM

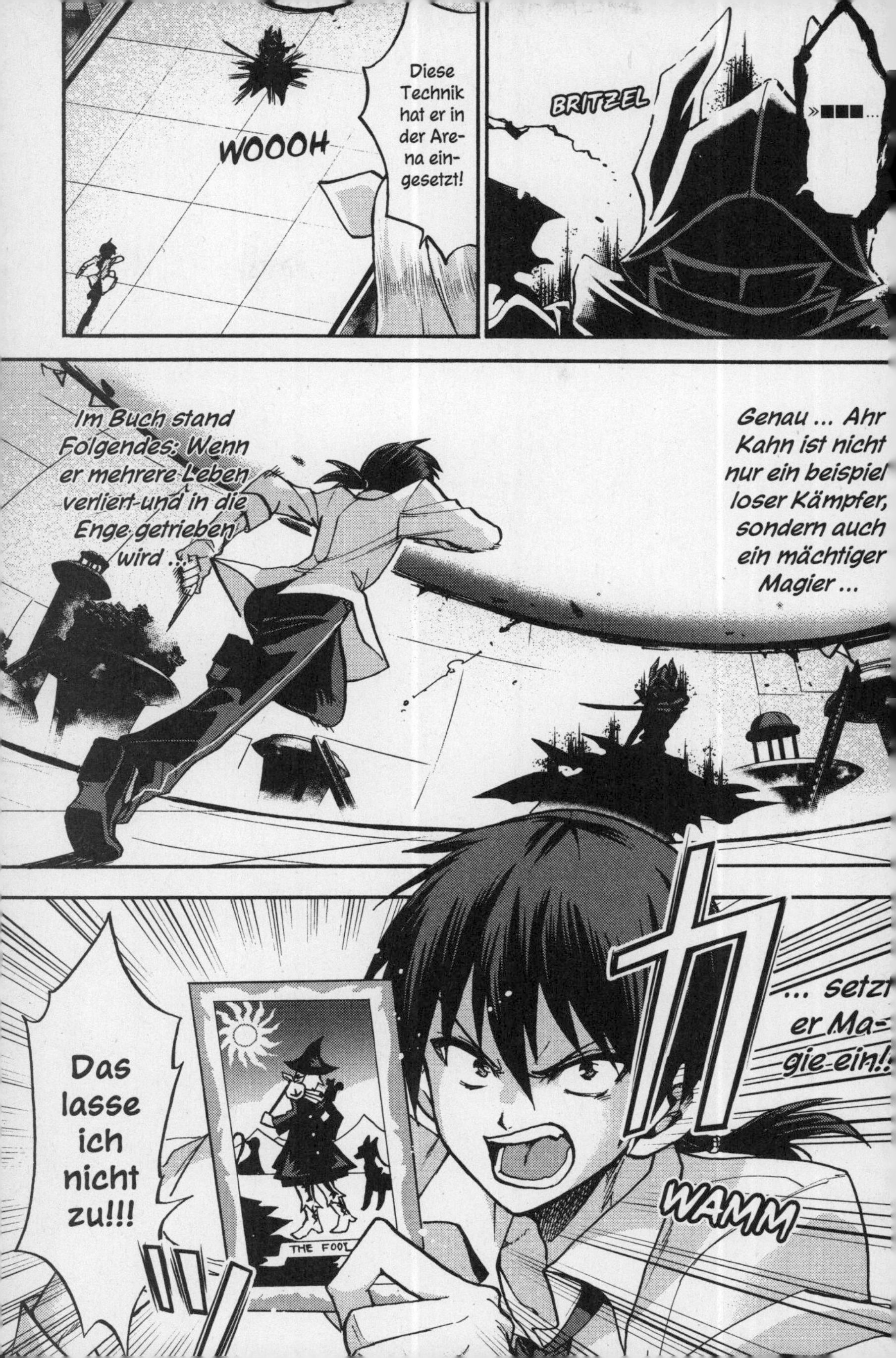
BRITZEL
»■■■...
Diese Technik hat er in der Are-na ein-gesetzt!
WOOOH
Genau ... Ahr Kahn ist nicht nur ein beispiel loser Kämpfer, sondern auch ein mächtiger Magier ...
Im Buch stand Folgendes: Wenn er mehrere Leben verliert und in die Enge getrieben wird ...
... setz
er Ma-
gie ein!!
WAMM
Das lasse ich nicht zu!!!
THE FOO

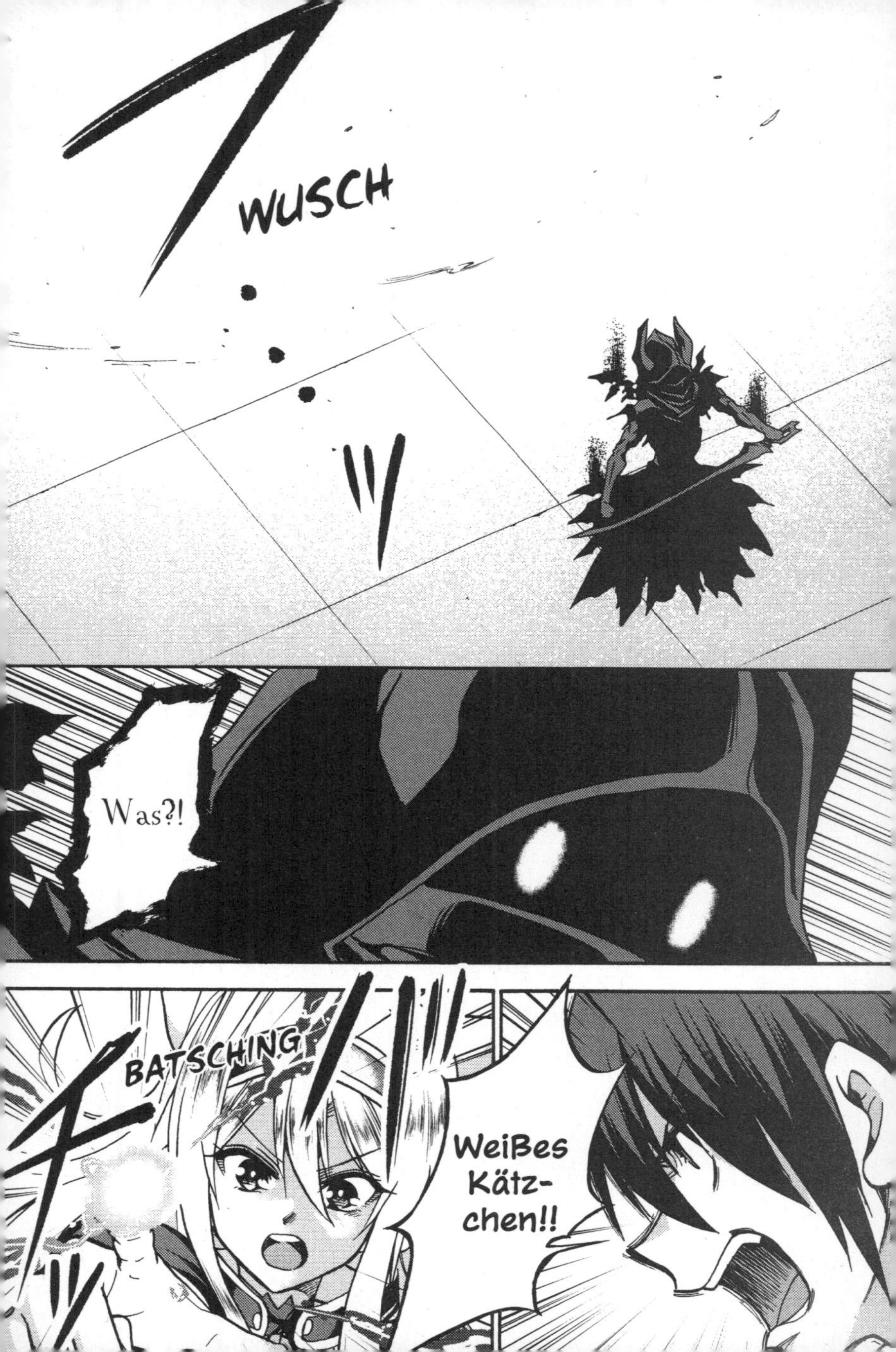
WUSCH
Was?!
BATSCHING
Weißes Kätz-chen!!

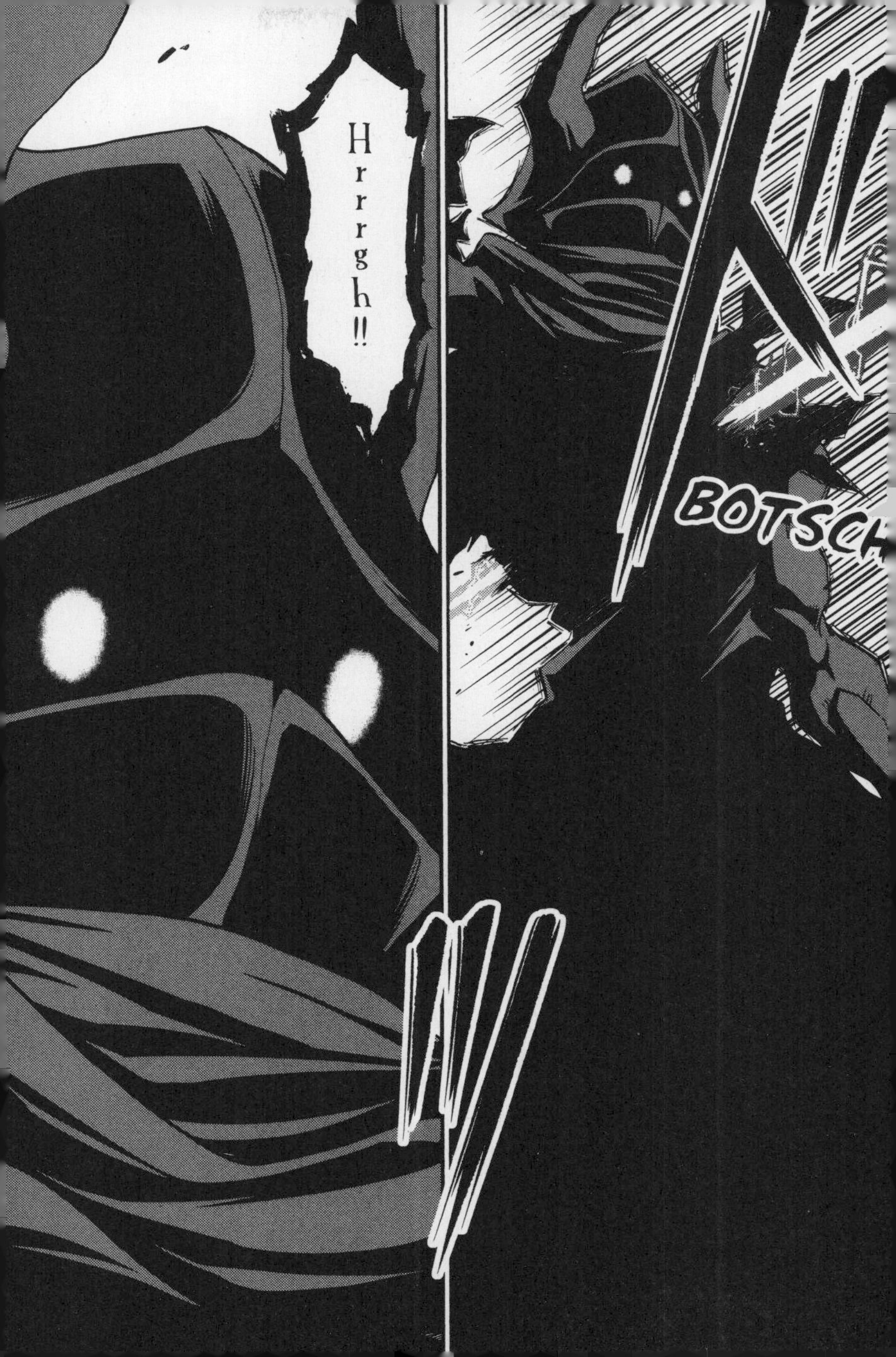

BOTSCH
Hrrrgh!!

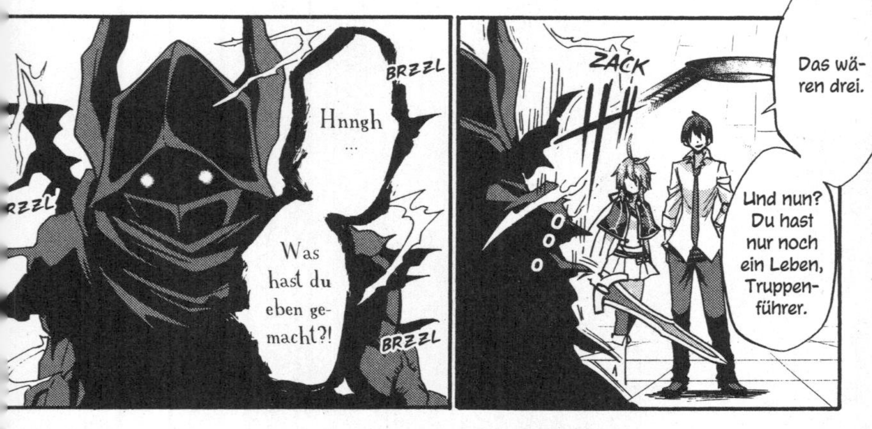
ZACK
Das wären drei.
Und nun? Du hast nur noch ein Leben, Truppenführer.
BRZZL
Hnngh ...
Was hast du eben gemacht?!
BRZZL
RZZZL

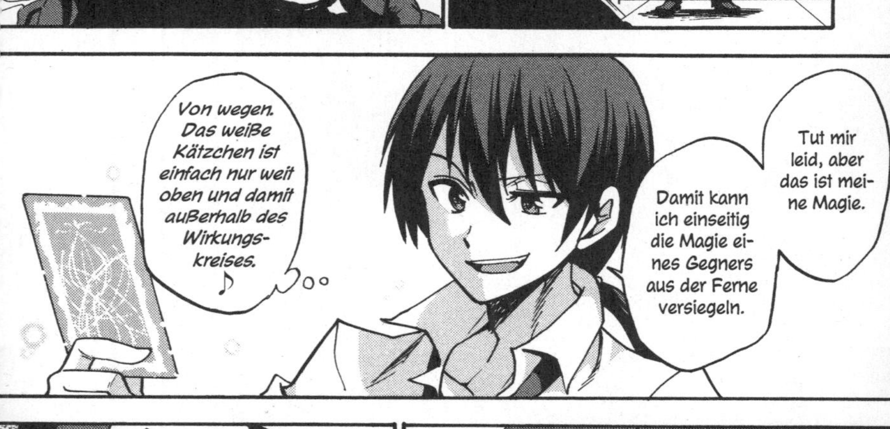
Tut mir leid, aber das ist meine Magie.
Damit kann ich einseitig die Magie eines Gegners aus der Ferne versiegeln.
Von wegen. Das weiße Kätzchen ist einfach nur weit oben und damit außerhalb des Wirkungskreises. ♪

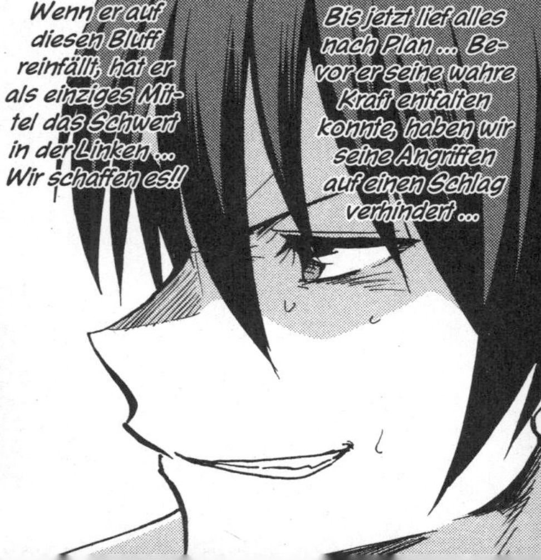
Bis jetzt lief alles nach Plan ... Bevor er seine wahre Kraft entfalten konnte, haben wir seine Angriffen auf einen Schlag verhindert ...
Wenn er auf diesen Bluff reinfällt, hat er als einziges Mittel das Schwert in der Linken ... Wir schaffen es!!

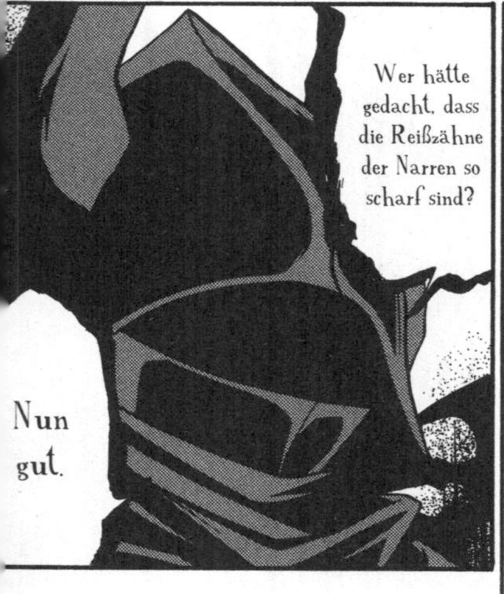
Wer hätte gedacht, dass die Reißzähne der Narren so scharf sind?
Nun gut.

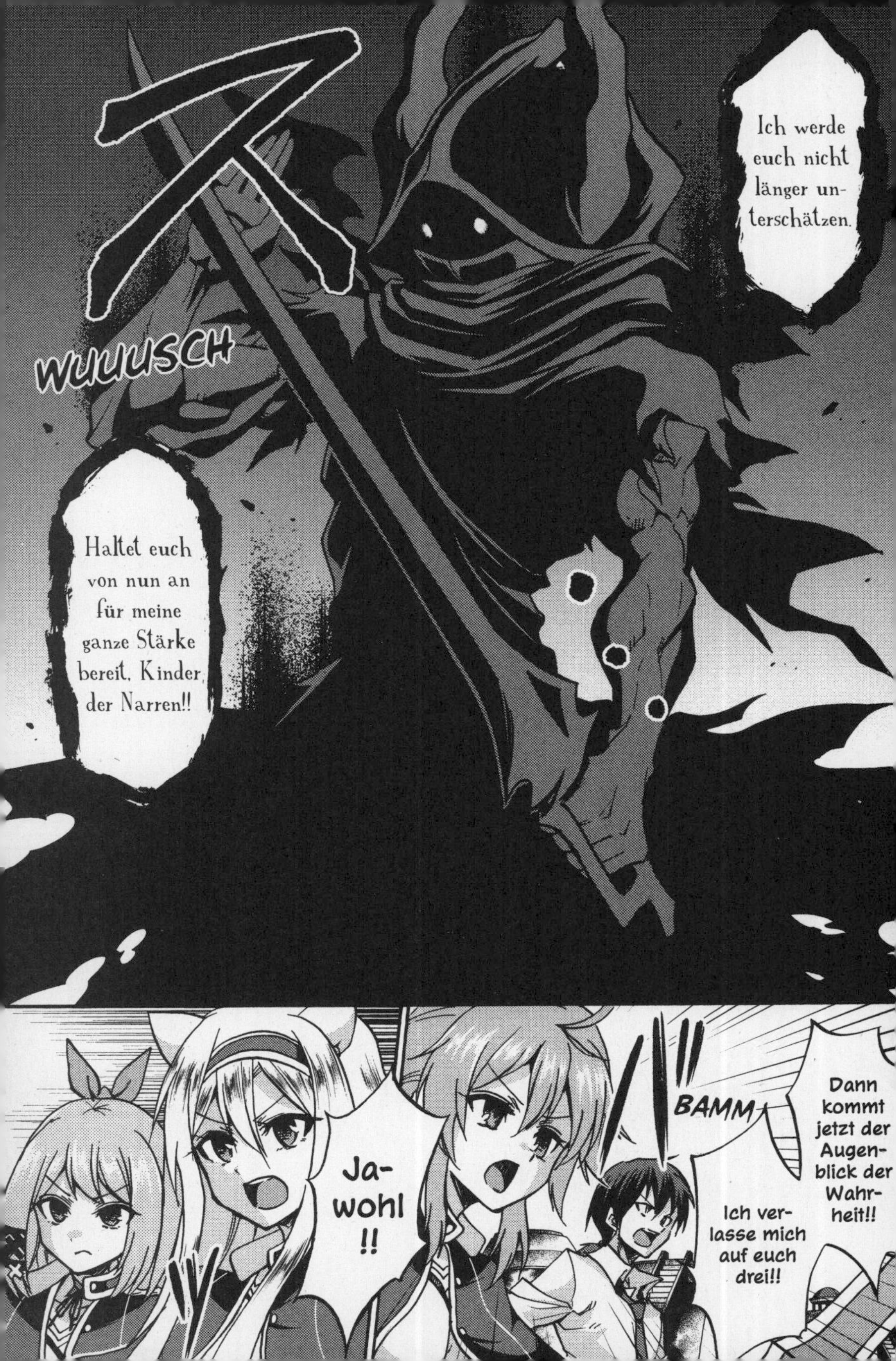
Ich werde euch nicht länger unterschätzen.
WUUUSCH
Haltet euch von nun an für meine ganze Stärke bereit, Kinder der Narren!!
Dann kommt jetzt der Augenblick der Wahrheit!!
BAMM
Ich verlasse mich auf euch drei!!
Jawohl!!

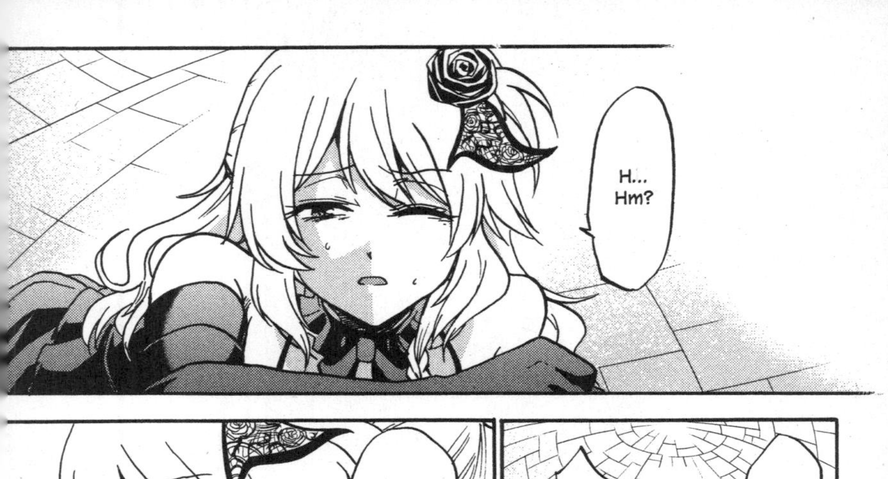
H...
Hm?

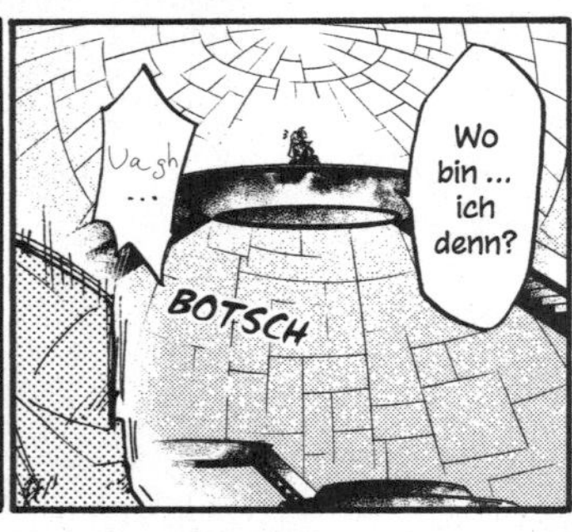
Wo bin ... ich denn?
BOTSCH

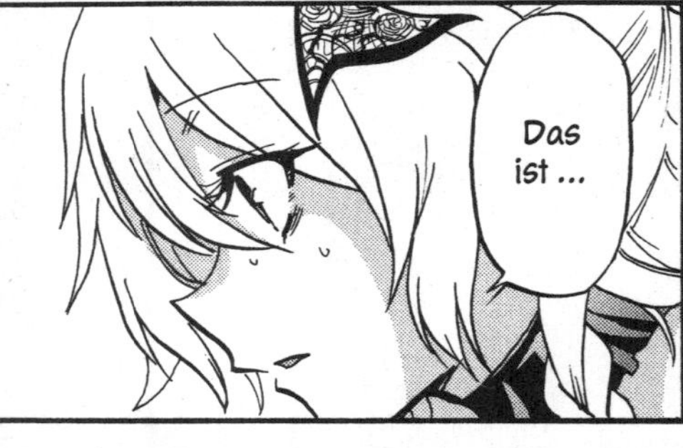
Das ist ...

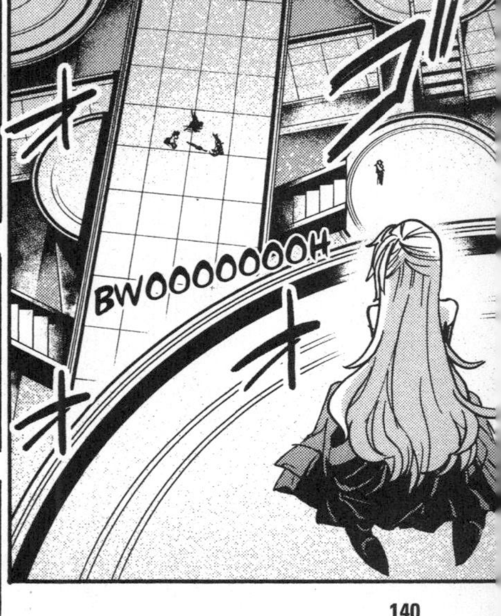
BWOOOOOOOH

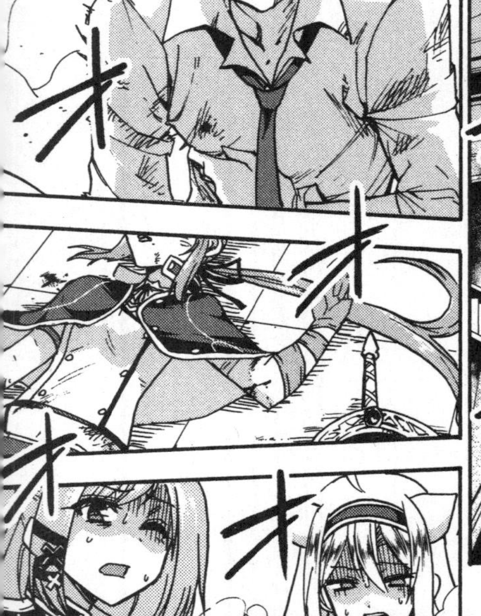

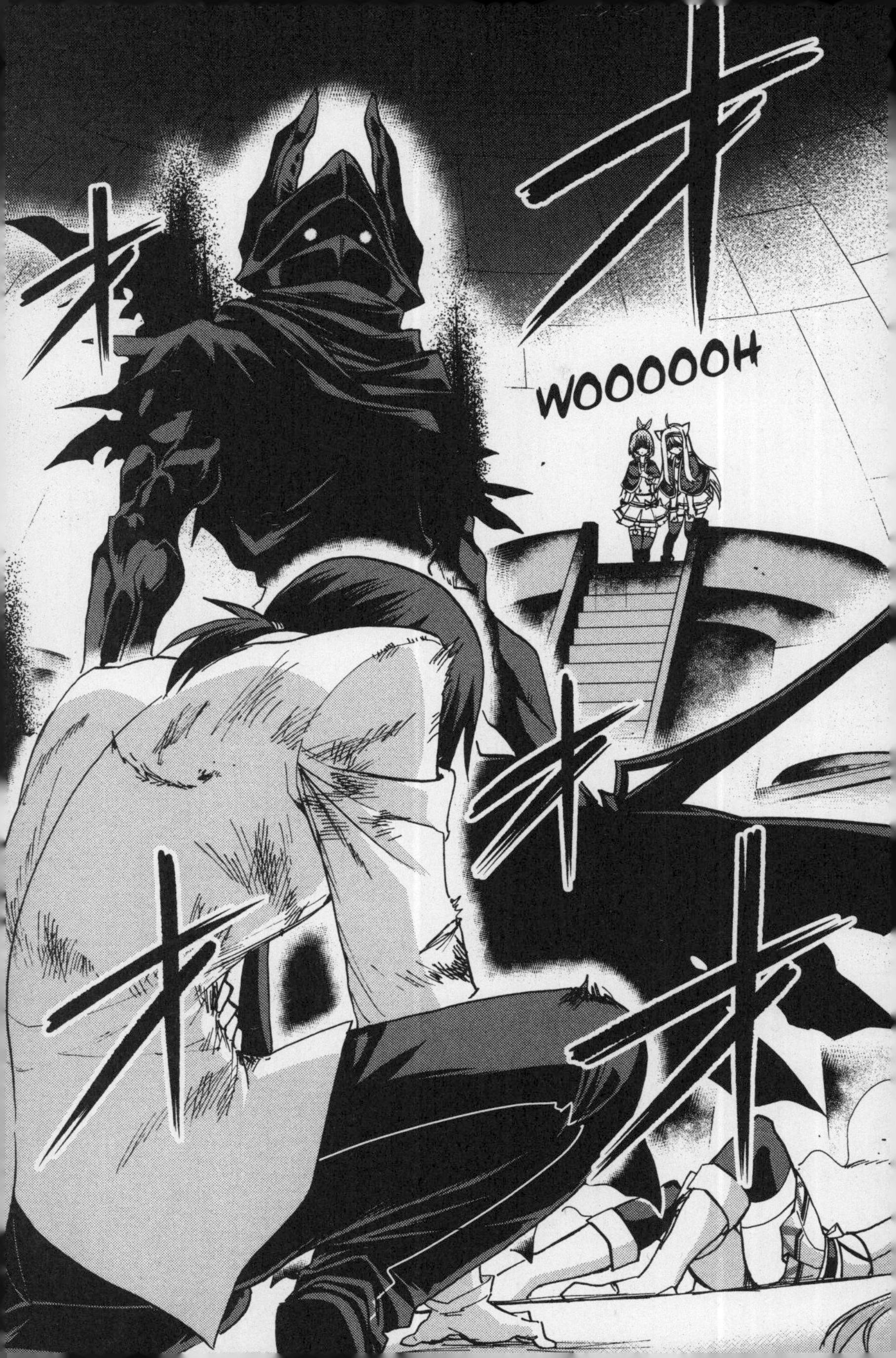
オ
WOOOOOH
オ
オ
オ
オ

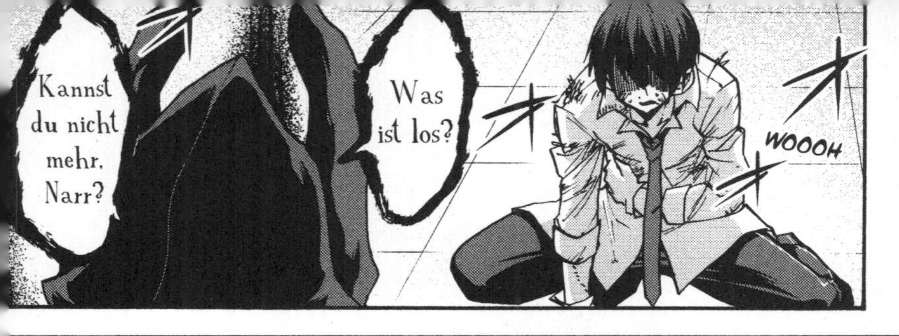

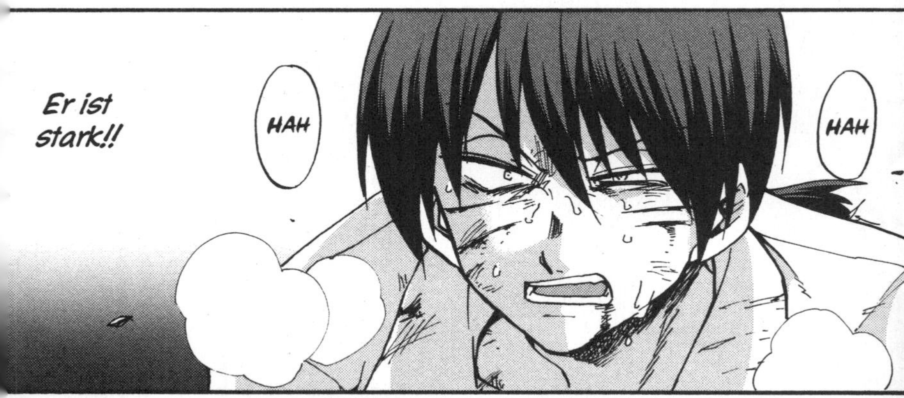

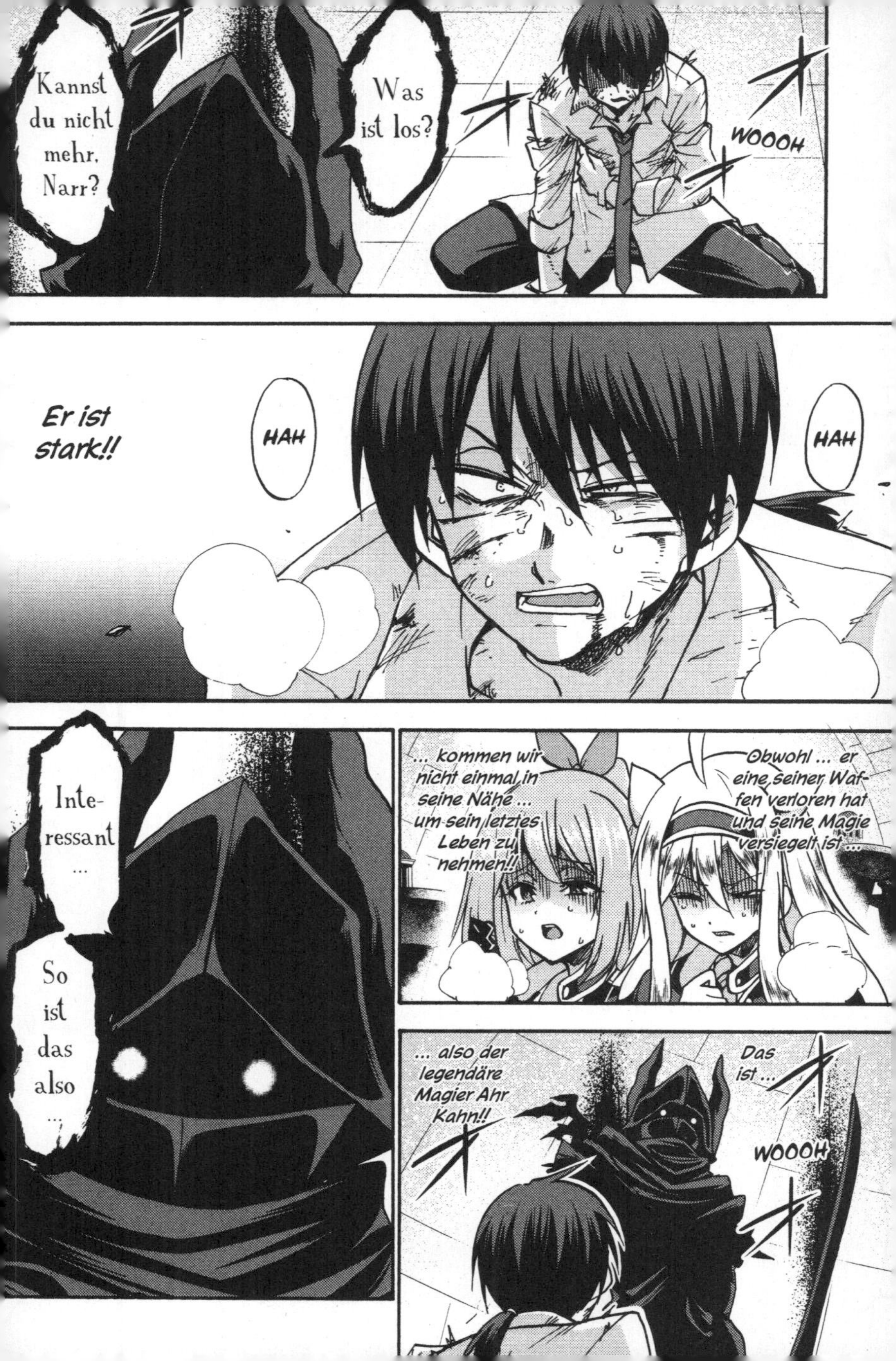

Obwohl ... er eine seiner Waffen verloren hat und seine Magie versiegelt ist ...

... kommen wir nicht einmal in seine Nähe ... um sein letztes Leben zu nehmen!!

Das ist ...

... also der legendäre Magier Ahr Kahn!!

WOOOH

Interessant ...

So ist das also ...

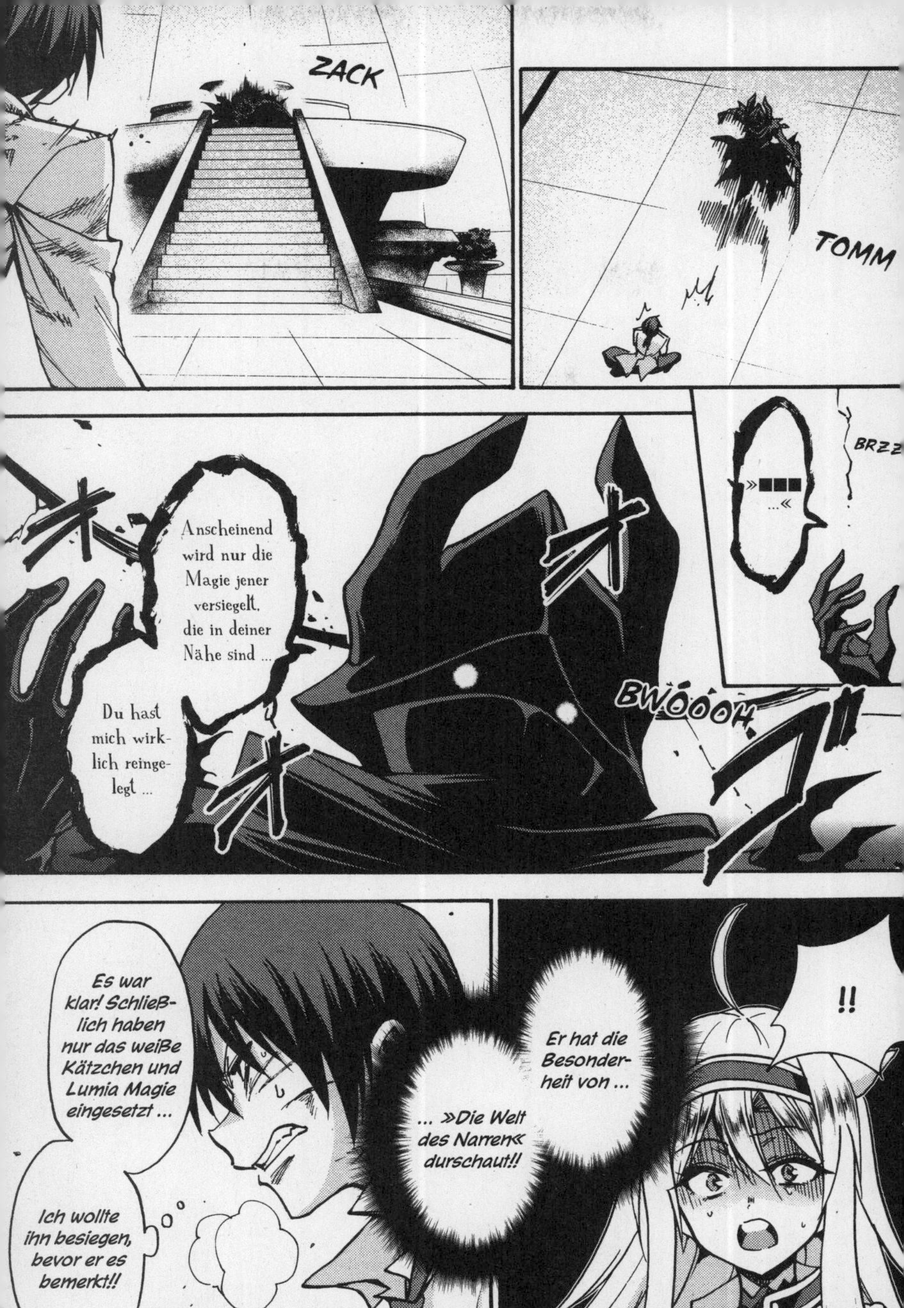
ZACK
TOMM
BRZZ
»■■■ ...«
Anscheinend wird nur die Magie jener versiegelt, die in deiner Nähe sind ...
Du hast mich wirklich reingelegt ...
BWOOOH
!!
Er hat die Besonderheit von ...
... »Die Welt des Narren« durschaut!!
Es war klar! Schließlich haben nur das weiße Kätzchen und Lumia Magie eingesetzt ...
Ich wollte ihn besiegen, bevor er es bemerkt!!

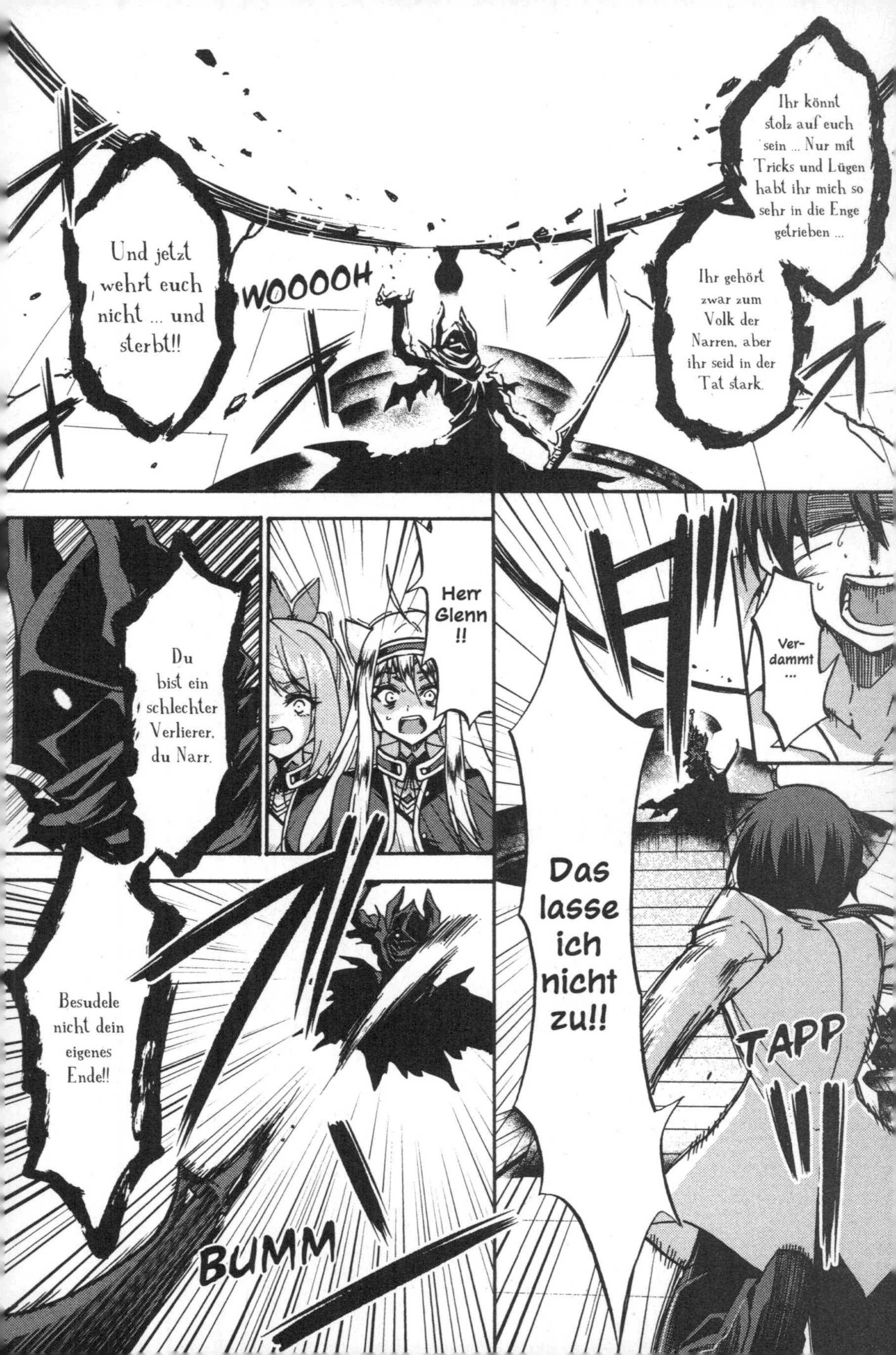
Ihr könnt stolz auf euch sein ... Nur mit Tricks und Lügen habt ihr mich so sehr in die Enge getrieben ...
Ihr gehört zwar zum Volk der Narren, aber ihr seid in der Tat stark.
WOOOOH
Und jetzt wehrt euch nicht ... und sterbt!!
Verdammt ...
Herr Glenn !!
Du bist ein schlechter Verlierer, du Narr.
TAPP
Das lasse ich nicht zu!!
Besudele nicht dein eigenes Ende!!
BUMM

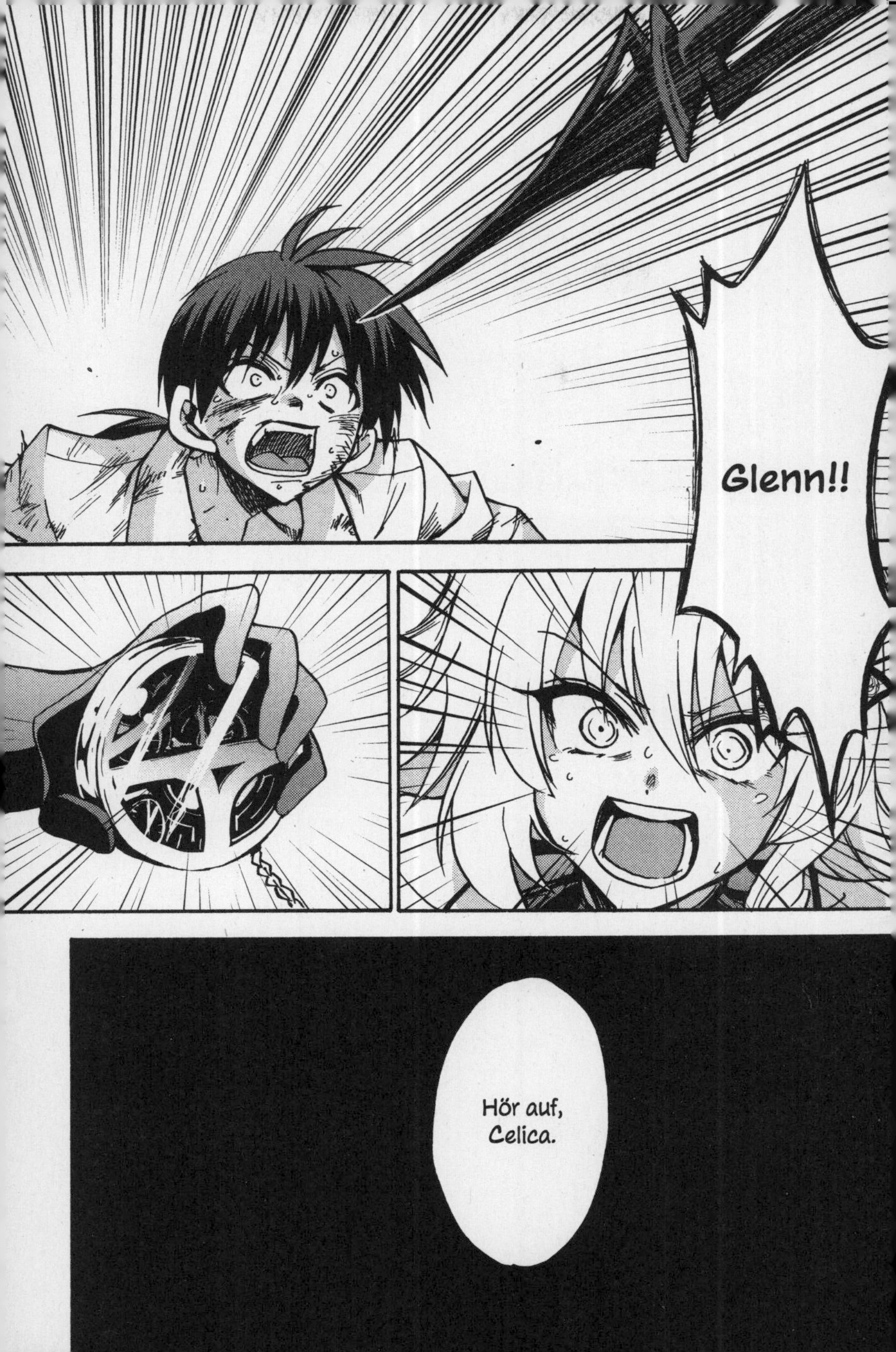
Glenn!!
Hör auf, Celica.

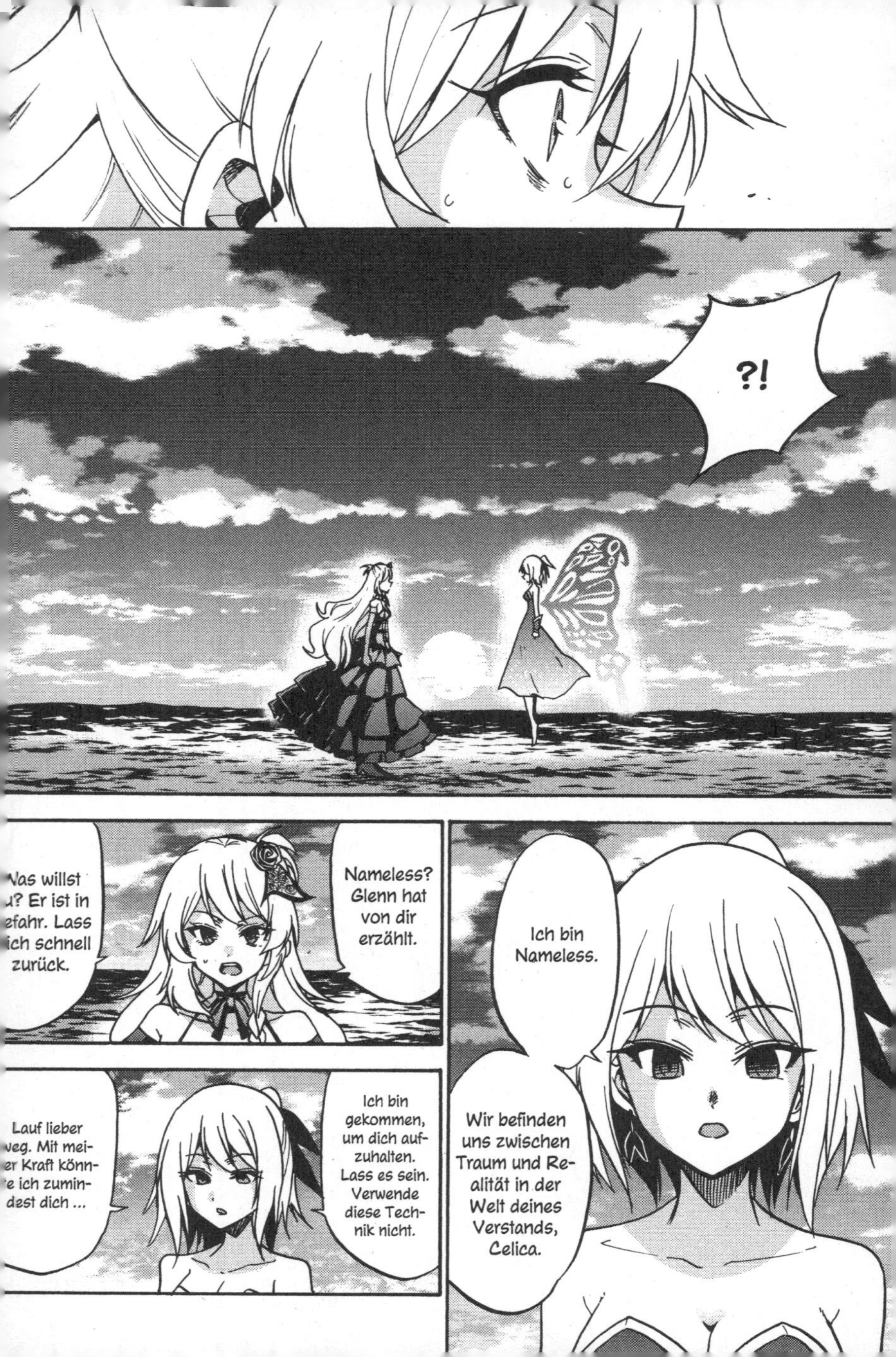

?!

Ich bin Nameless.

Nameless? Glenn hat von dir erzählt.

Nas willst u? Er ist in efahr. Lass ich schnell zurück.

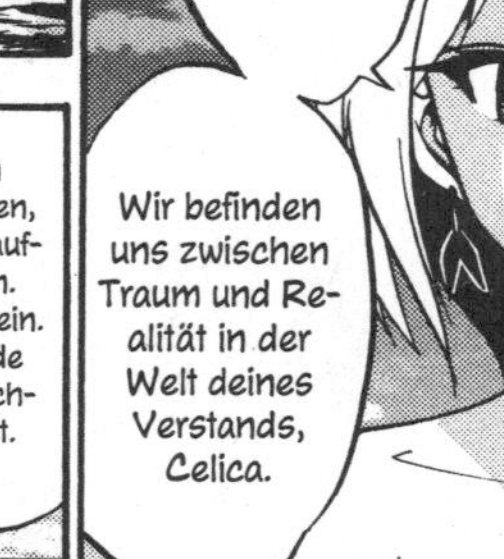

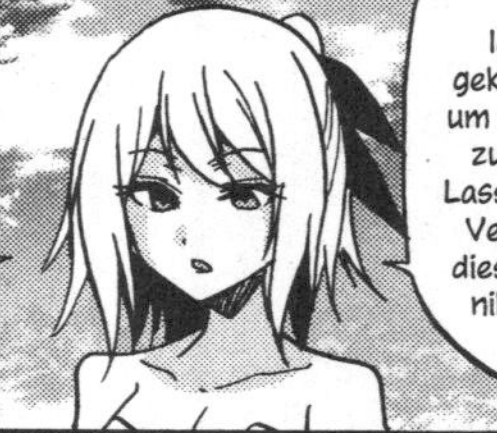

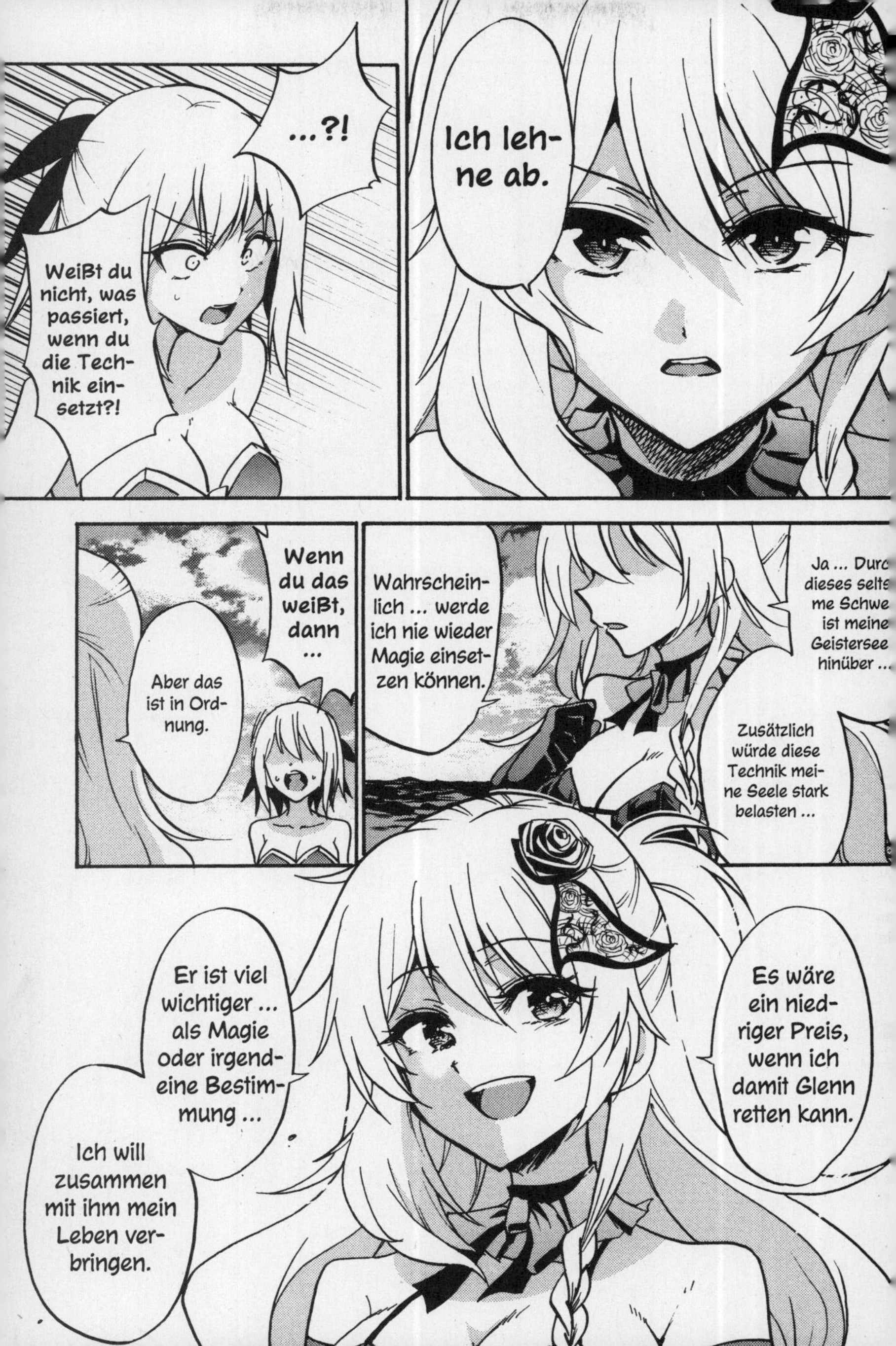
Ich lehne ab.
...?!
Weißt du nicht, was passiert, wenn du die Technik einsetzt?!
Ja ... Durc dieses selte me Schwe ist meine Geistersee hinüber ...
Zusätzlich würde diese Technik meine Seele stark belasten ...
Wahrscheinlich ... werde ich nie wieder Magie einsetzen können.
Wenn du das weißt, dann ...
Aber das ist in Ordnung.
Es wäre ein niedriger Preis, wenn ich damit Glenn retten kann.
Er ist viel wichtiger ... als Magie oder irgendeine Bestimmung ...
Ich will zusammen mit ihm mein Leben verbringen.

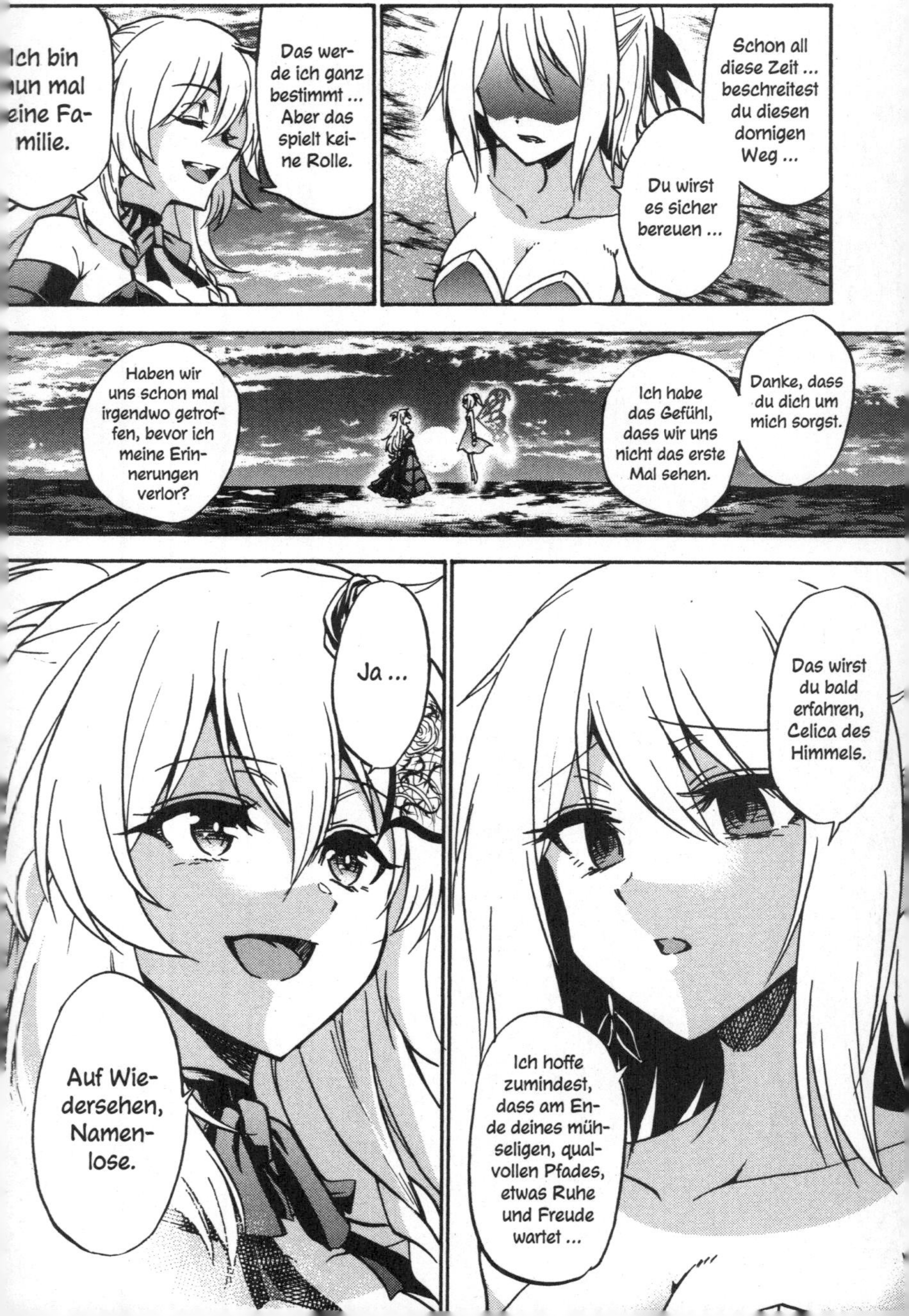

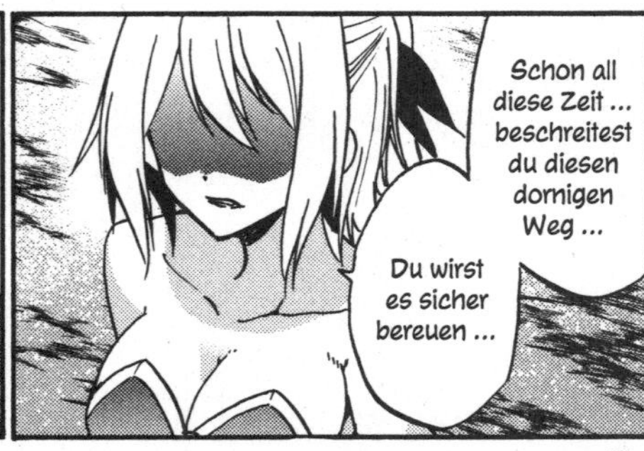
Schon all diese Zeit ... beschreitest du diesen dornigen Weg ...
Du wirst es sicher bereuen ...

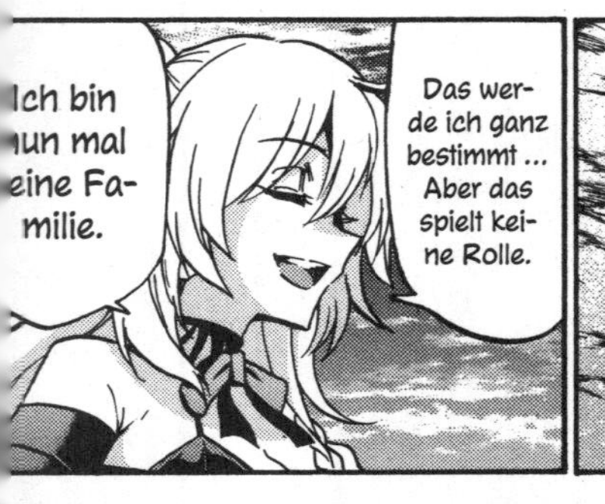
Das werde ich ganz bestimmt ... Aber das spielt keine Rolle.
Ich bin nun mal eine Familie.

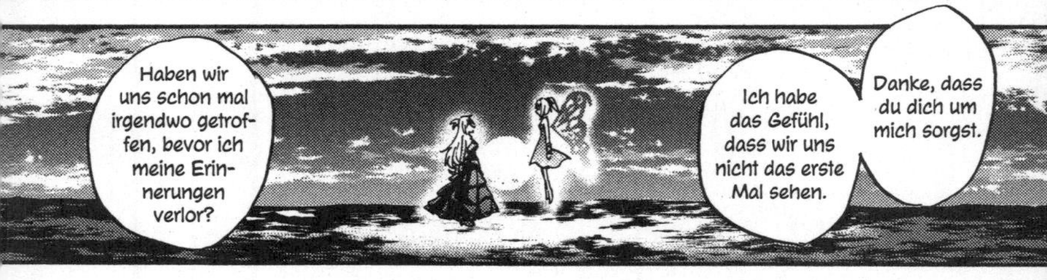
Danke, dass du dich um mich sorgst.
Ich habe das Gefühl, dass wir uns nicht das erste Mal sehen.
Haben wir uns schon mal irgendwo getroffen, bevor ich meine Erinnerungen verlor?

Das wirst du bald erfahren, Celica des Himmels.
Ich hoffe zumindest, dass am Ende deines mühseligen, qualvollen Pfades, etwas Ruhe und Freude wartet ...
Ja ...
Auf Wiedersehen, Namenlose.

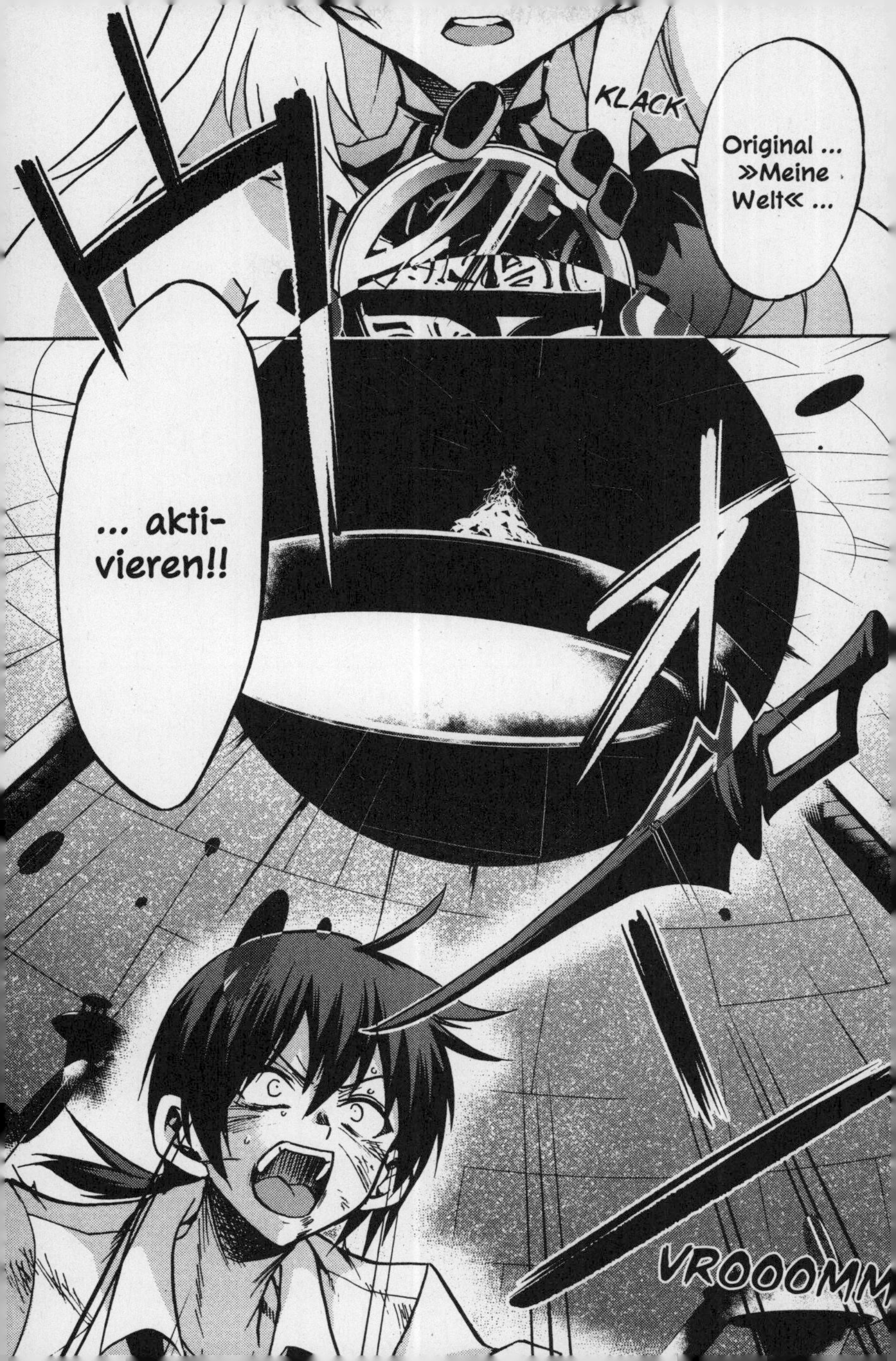
KLACK
Original ... »Meine Welt« ...
... akti-vieren!!
VROOOMM

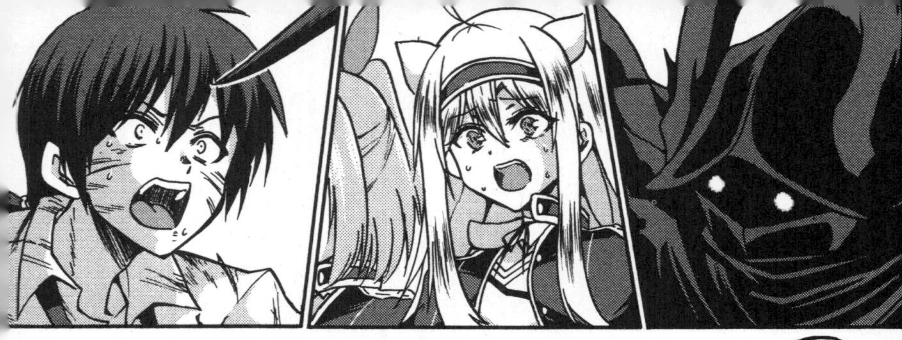

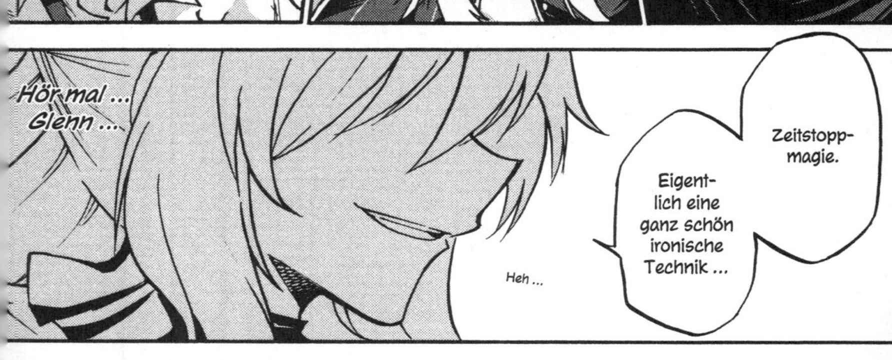

Zeitstopp-magie.
Eigent-lich eine ganz schön ironische Technik ...
Heh ...
Hör mal ... Glenn ...

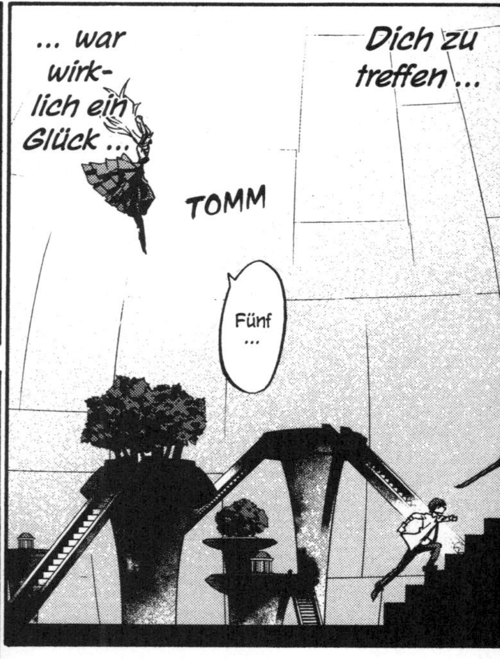

Dich zu treffen ...
... war wirk-lich ein Glück ...
TOMM
Fünf ...

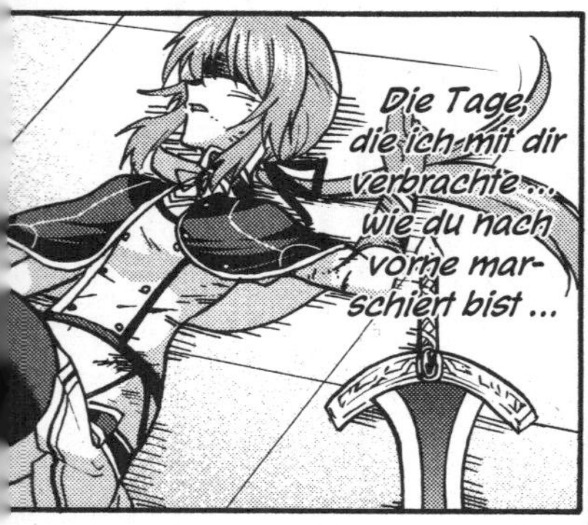

Die Tage, die ich mit dir verbrachte ... wie du nach vorne mar-schiert bist ...

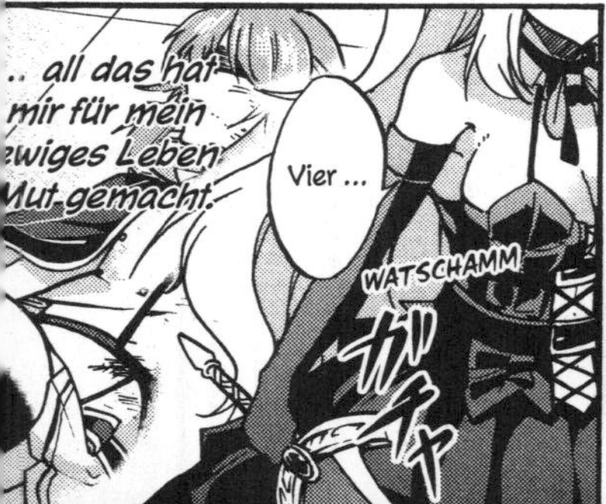

.. all das hat mir für mein ewiges Leben Mut gemacht.
Vier ...
WATSCHAMM

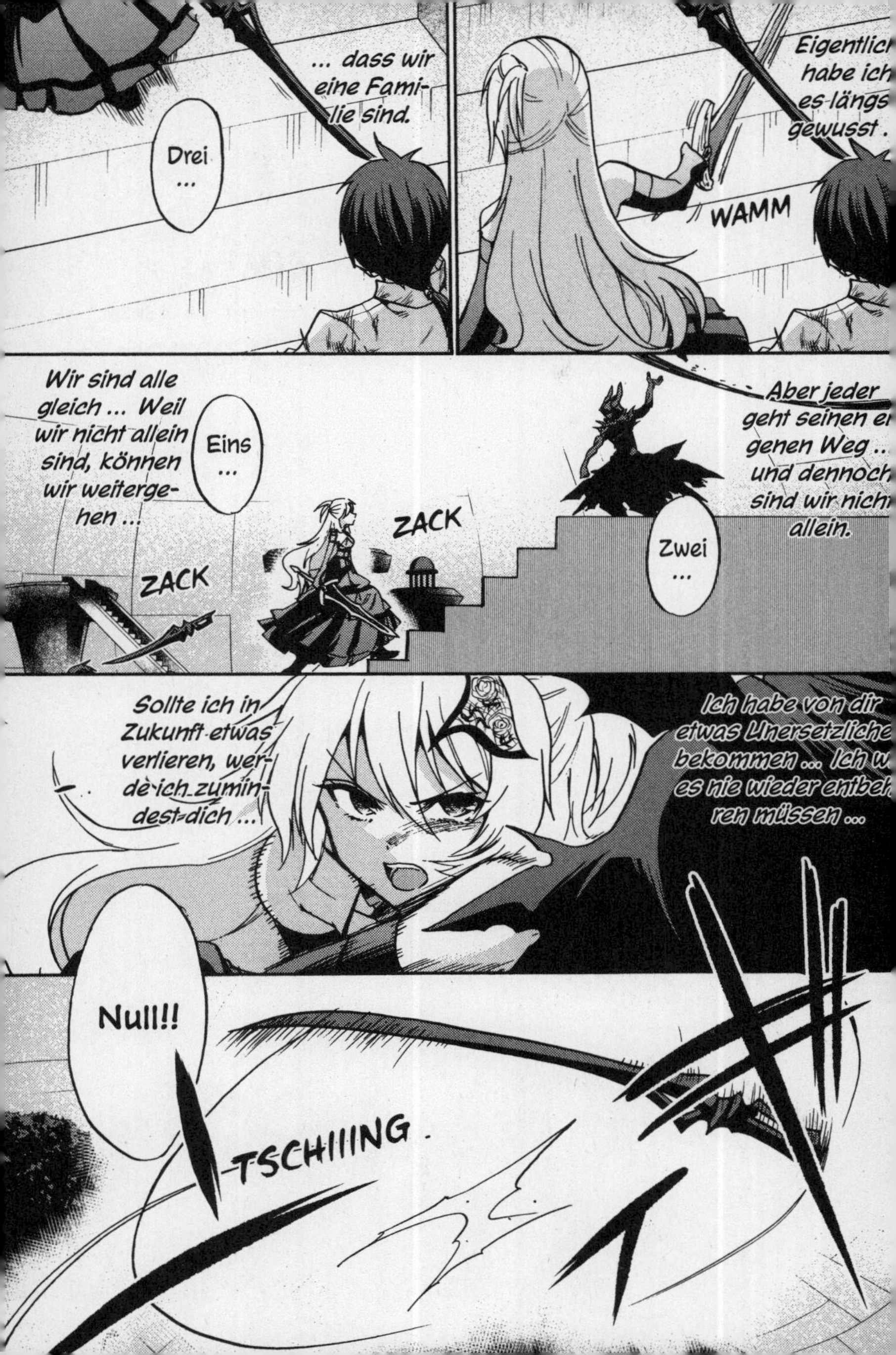
Eigentlich habe ich es längs gewusst ...
WAMM
... dass wir eine Familie sind.
Drei ...
Aber jeder geht seinen ei genen Weg ... und dennoch sind wir nich allein.
Zwei ...
ZACK
ZACK
Wir sind alle gleich ... Weil wir nicht allein sind, können wir weitergehen ...
Eins ...
Ich habe von dir etwas Unersetzliche bekommen ... Ich w es nie wieder entbehren müssen ...
Sollte ich in Zukunft etwas verlieren, werde ich zumindest dich ...
Null!!
TSCHIIING

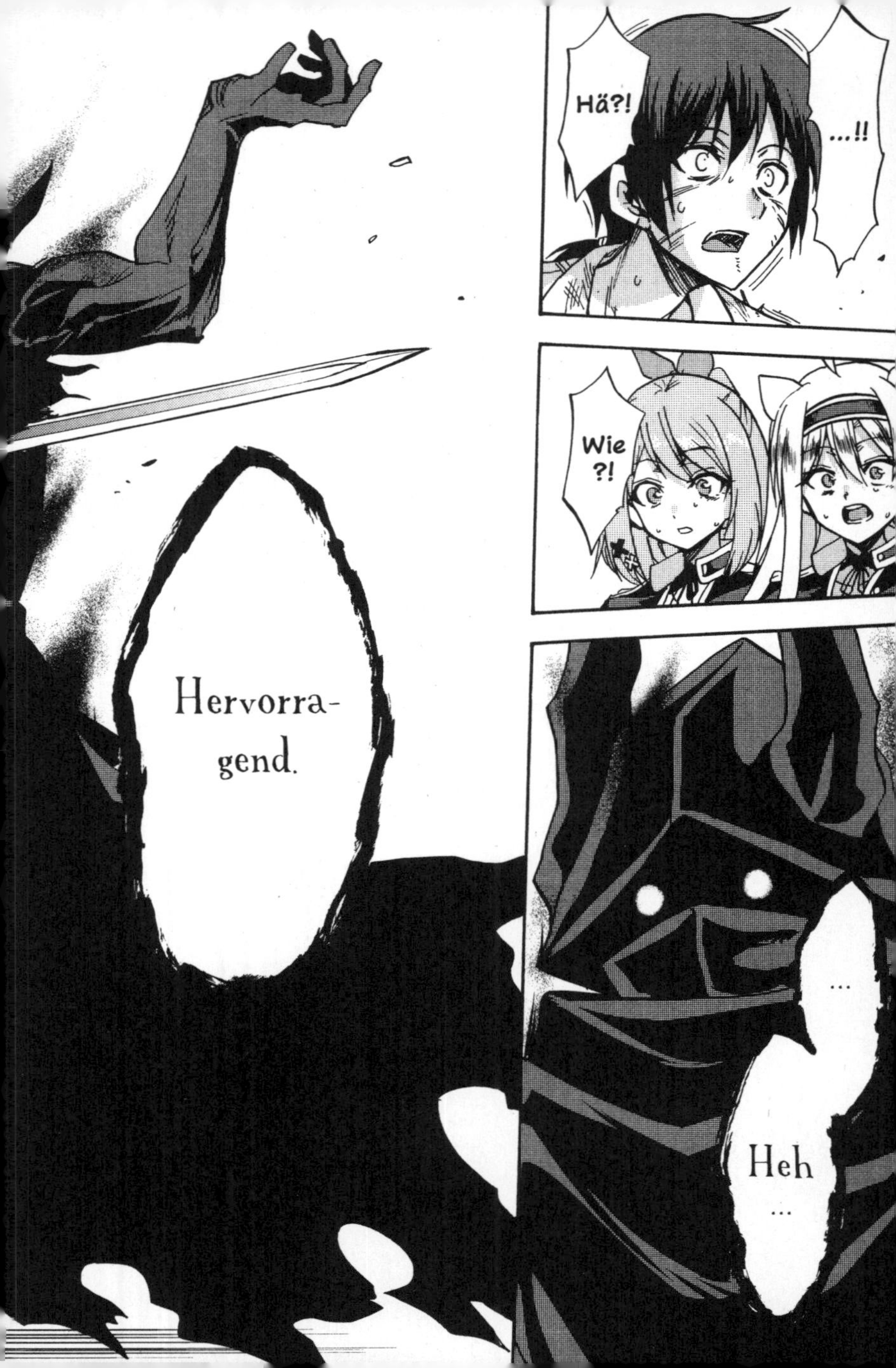
...!!
Hä?!
Wie ?!
... Heh ...
Hervorragend.

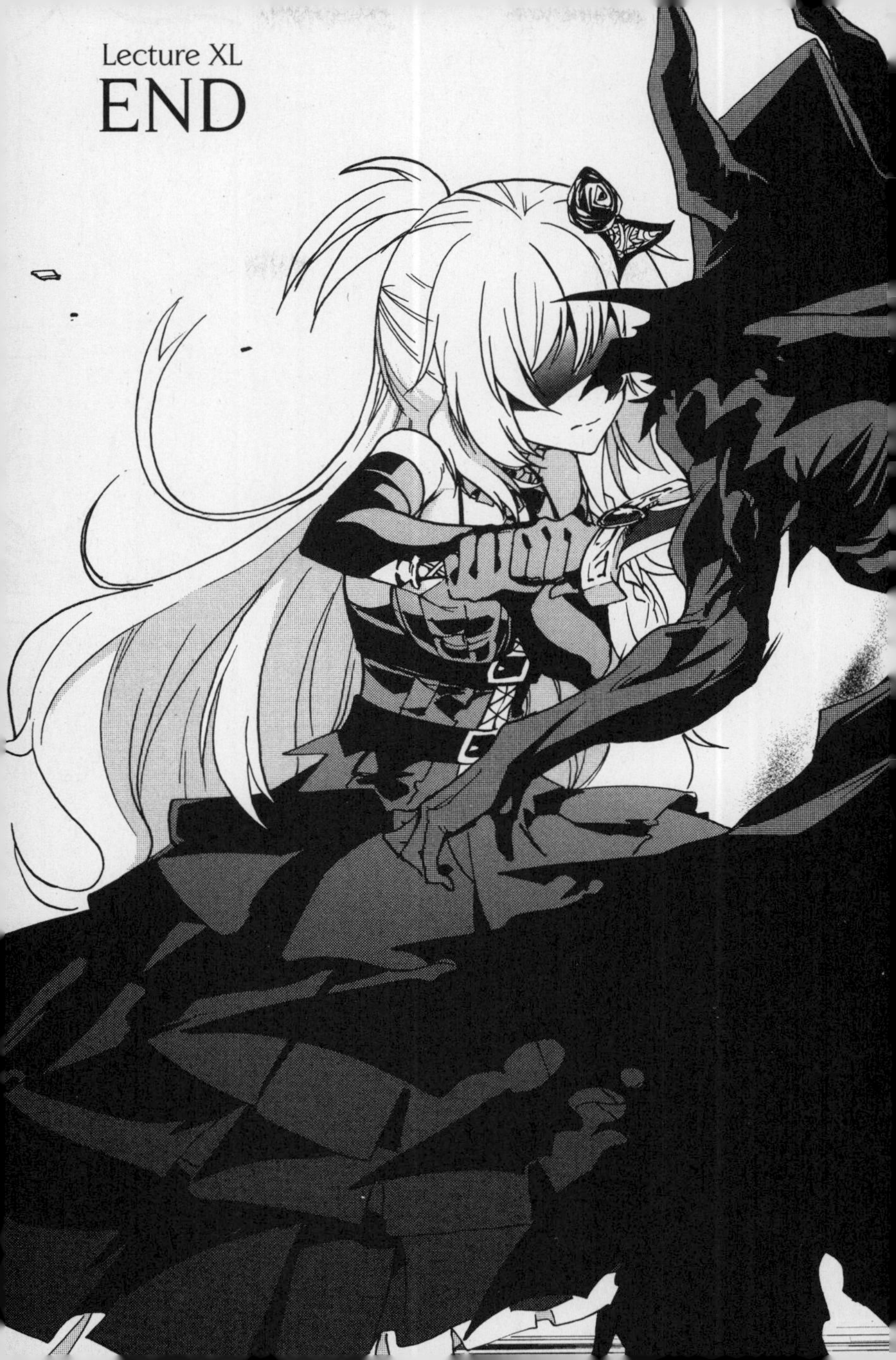
Lecture XL
END

Akashic Records

of the Bastard Magic Instructor

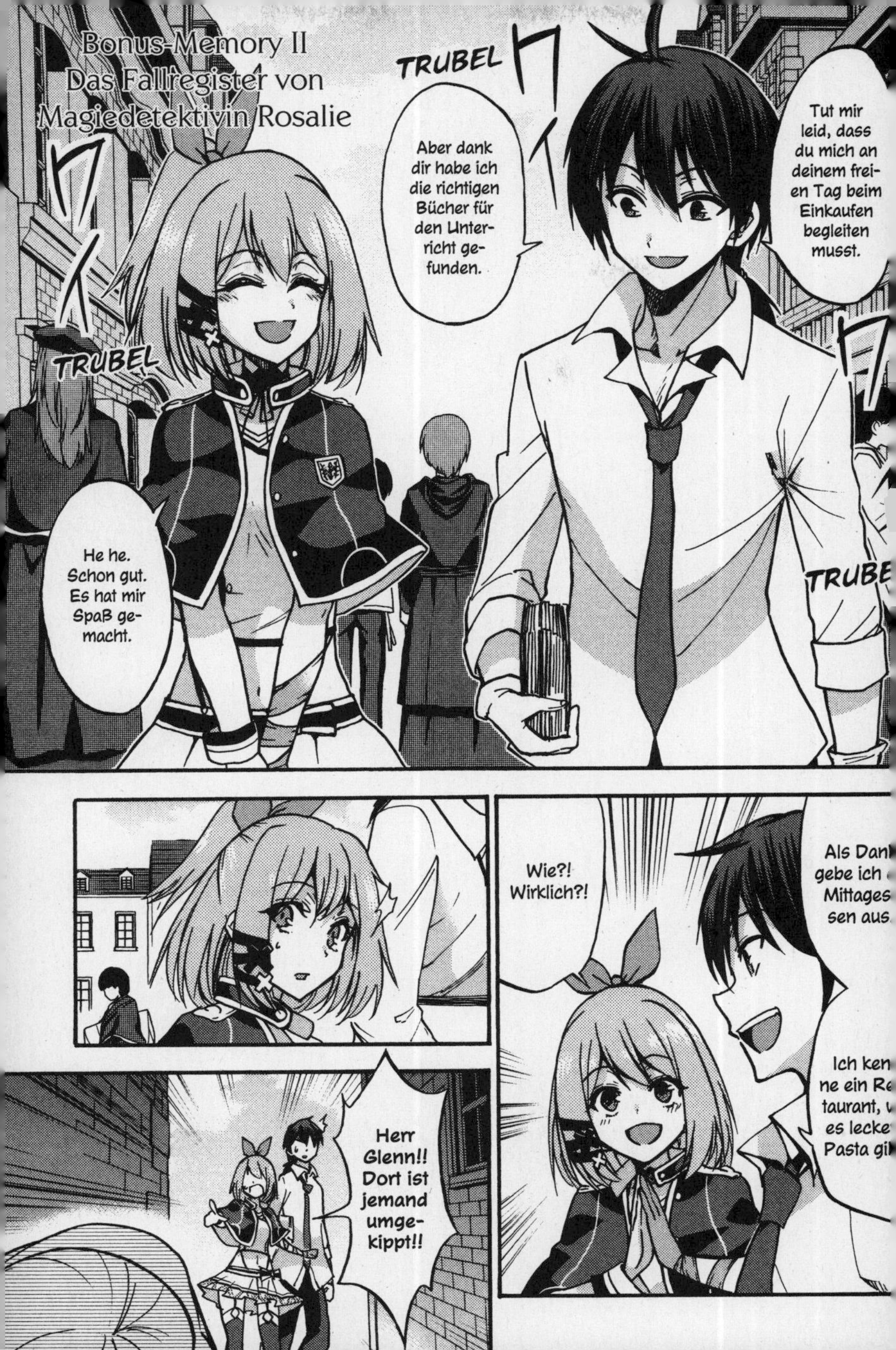
Bonus-Memory II
Das Fallregister von
Magiedetektivin Rosalie
TRUBEL
Tut mir leid, dass du mich an deinem freien Tag beim Einkaufen begleiten musst.
Aber dank dir habe ich die richtigen Bücher für den Unterricht gefunden.
TRUBEL
He he. Schon gut. Es hat mir Spaß gemacht.
Als Dan
gebe ich
Mittages
sen aus.
Wie?! Wirklich?!
Ich ken
ne ein Re
taurant,
es lecke
Pasta gi
Herr Glenn!! Dort ist jemand umgekippt!!

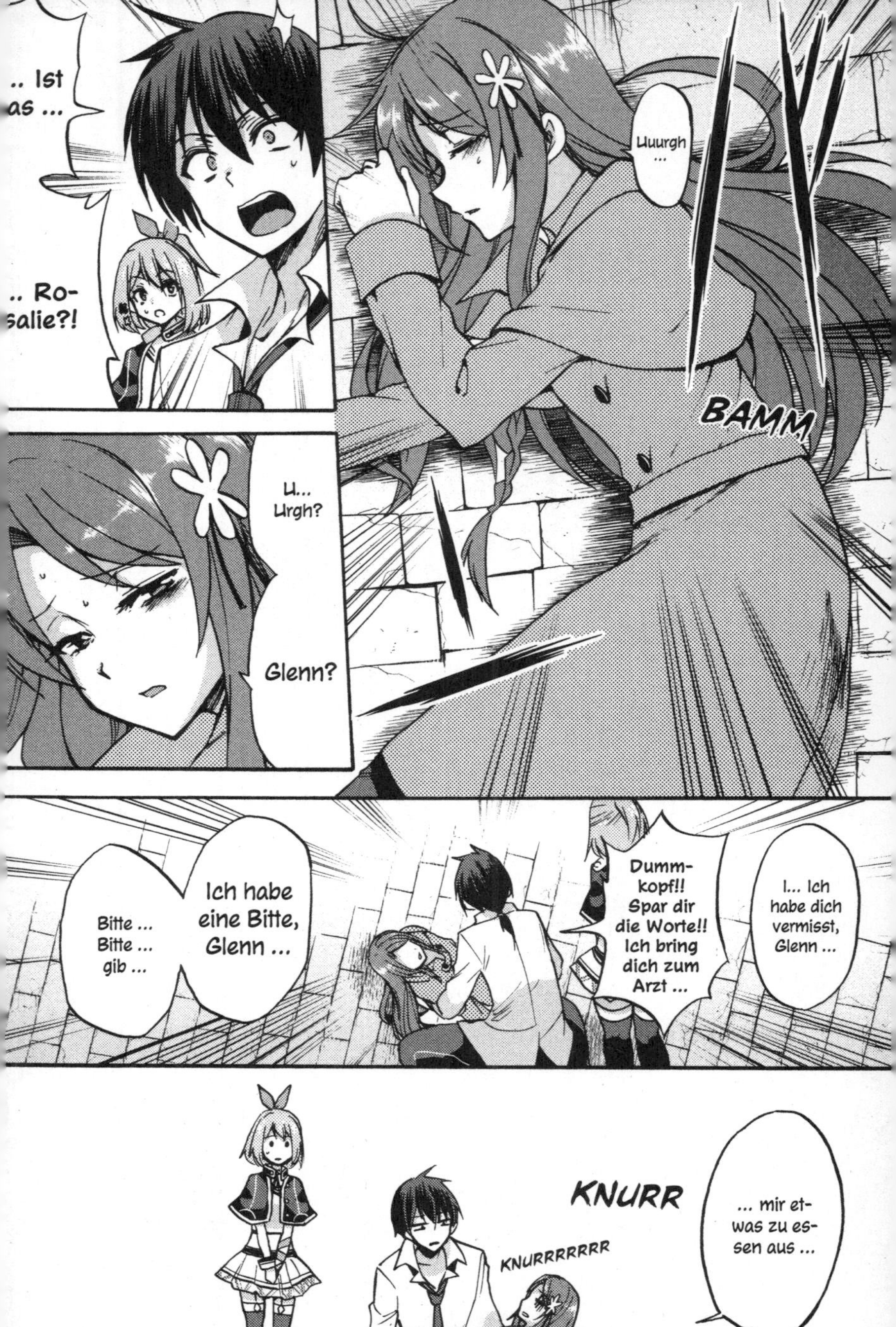

Uuurgh …
BAMM
.. Ist
as …
.. Ro-
salie?!
U… Urgh?
Glenn?
I… Ich habe dich vermisst, Glenn …
Dumm-kopf!! Spar dir die Worte!! Ich bring dich zum Arzt …
Ich habe eine Bitte, Glenn …
Bitte … Bitte … gib …
… mir et-was zu es-sen aus …
KNURR
KNURRRRRRR

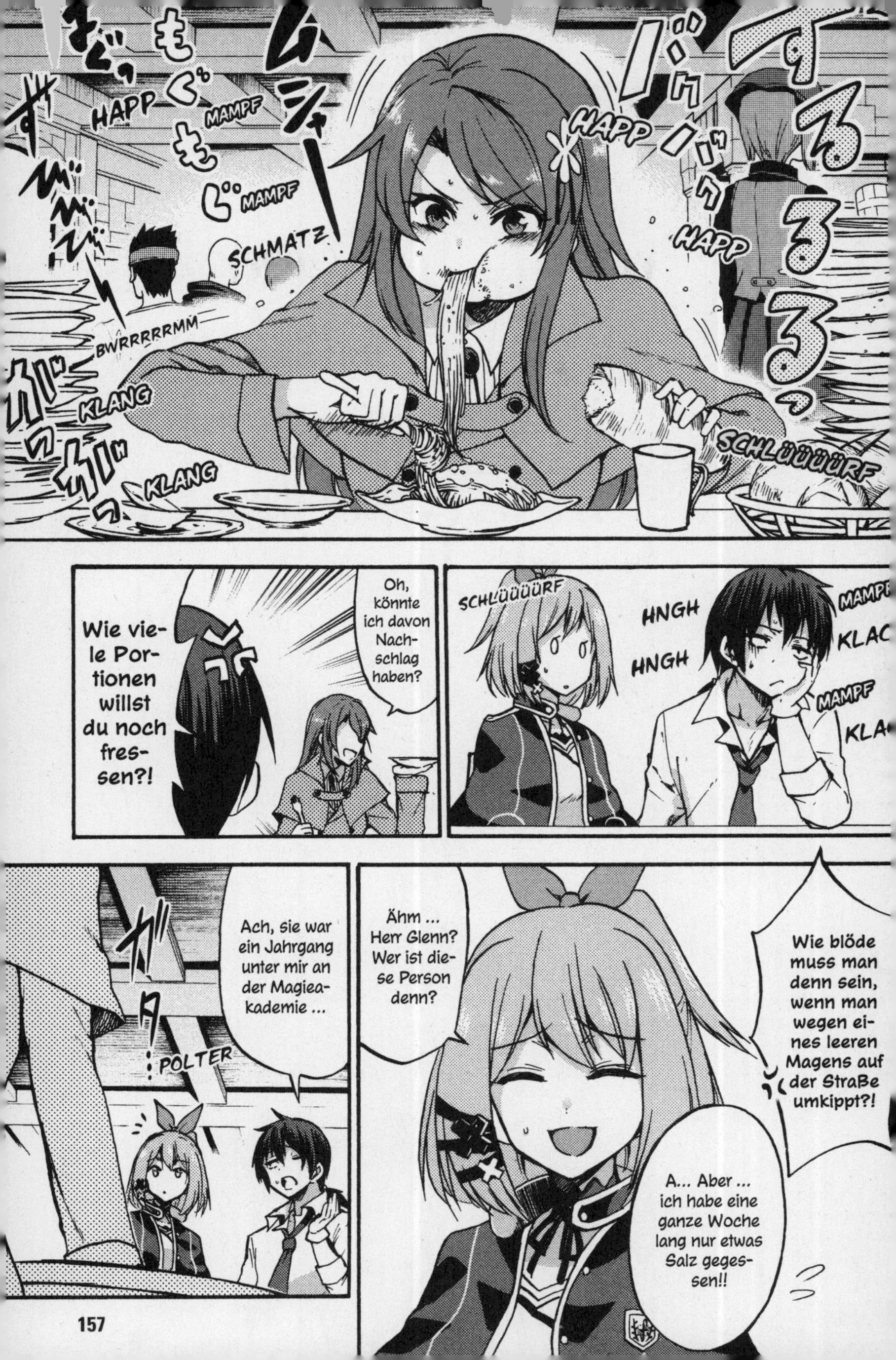

HAPP
HAPP
SCHLÜÜÜÜÜRF
HAPP
MAMPF
MAMPF
SCHMATZ
BWRRRRRMM
KLANG
KLANG

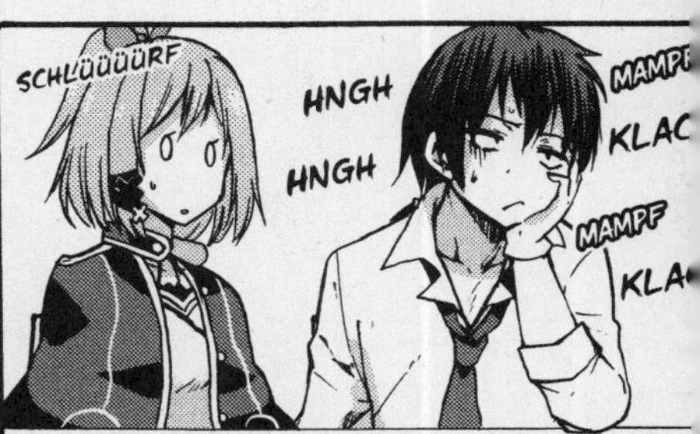

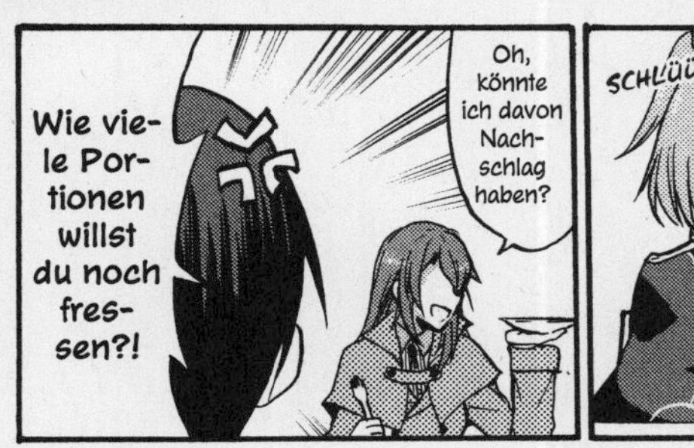

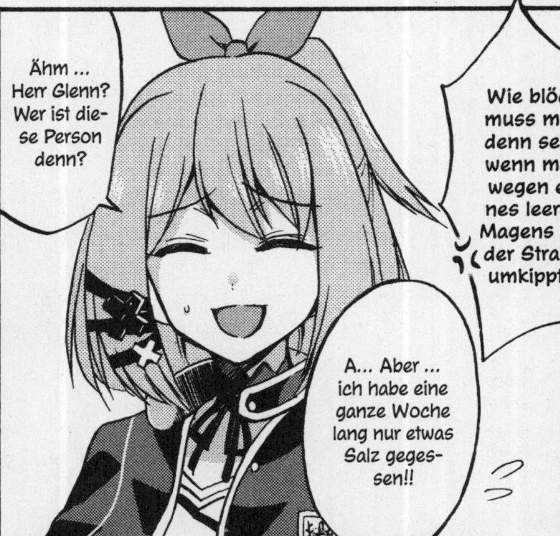

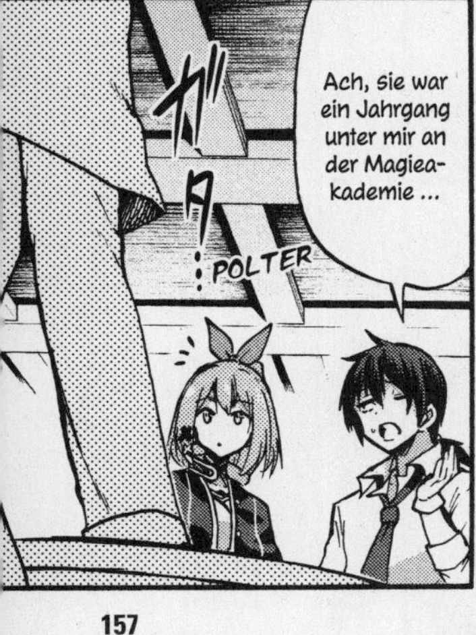

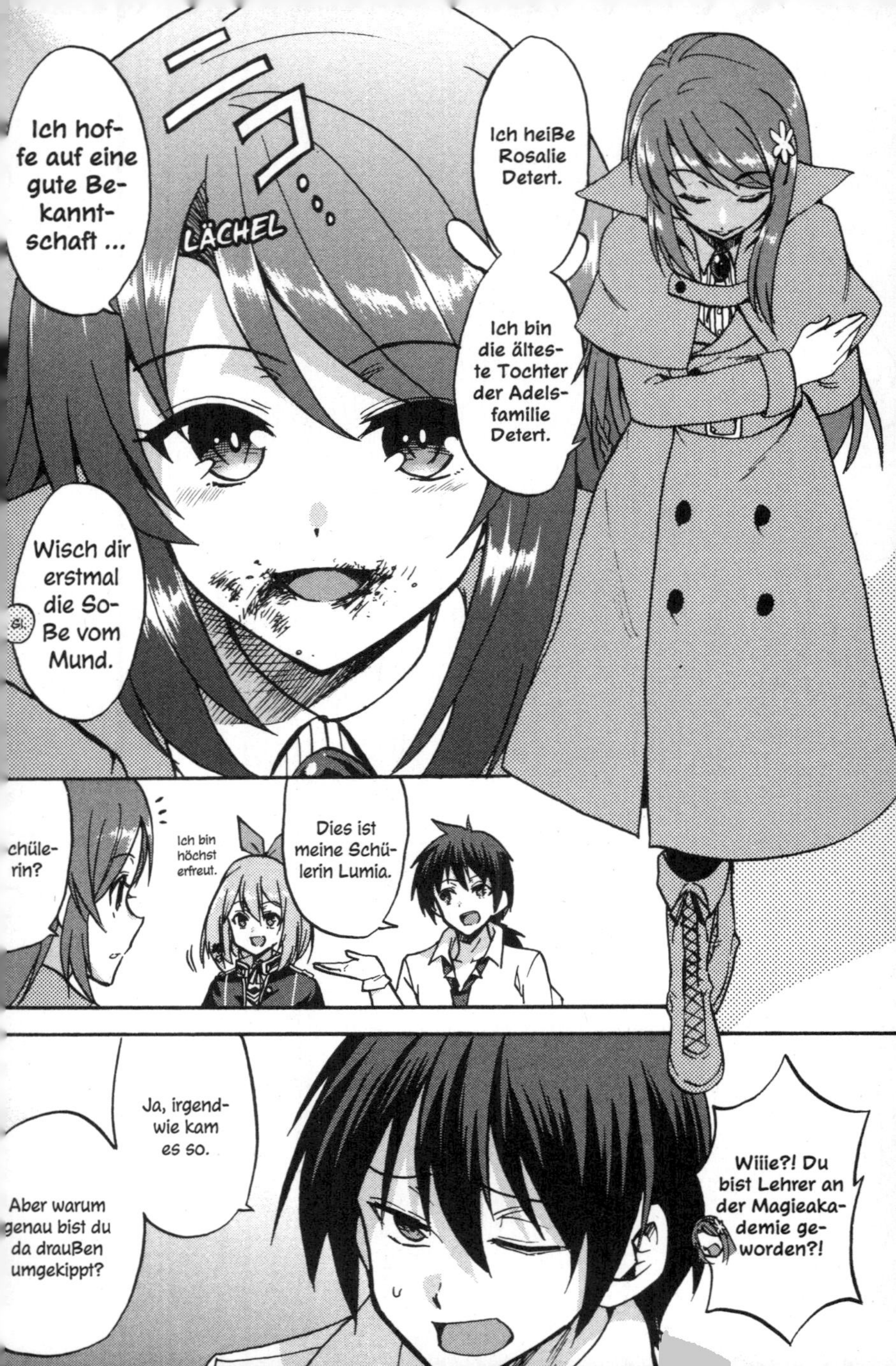
Ich heiße Rosalie Detert.
Ich bin die älteste Tochter der Adelsfamilie Detert.
Ich hoffe auf eine gute Bekanntschaft ...
LÄCHEL
Wisch dir erstmal die Soße vom Mund.
Dies ist meine Schülerin Lumia.
Ich bin höchst erfreut.
chülerin?
Wiiie?! Du bist Lehrer an der Magieakademie geworden?!
Ja, irgendwie kam es so.
Aber warum genau bist du da draußen umgekippt?

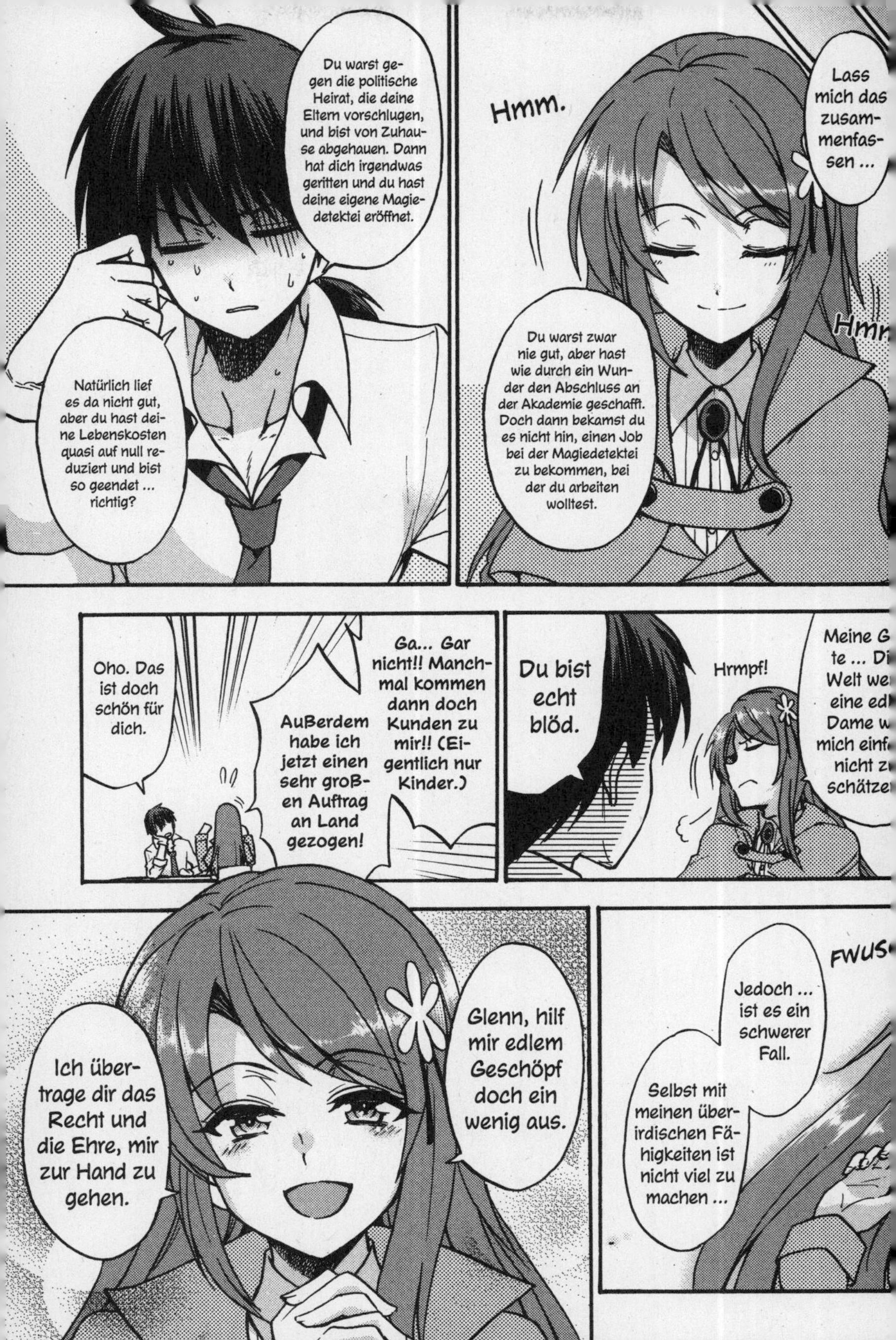

Lass mich das zusammenfassen ...
Hmm.
Du warst zwar nie gut, aber hast wie durch ein Wunder den Abschluss an der Akademie geschafft. Doch dann bekamst du es nicht hin, einen Job bei der Magiedetektei zu bekommen, bei der du arbeiten wolltest.
Du warst gegen die politische Heirat, die deine Eltern vorschlugen, und bist von Zuhause abgehauen. Dann hat dich irgendwas geritten und du hast deine eigene Magiedetektei eröffnet.
Natürlich lief es da nicht gut, aber du hast deine Lebenskosten quasi auf null reduziert und bist so geendet ... richtig?
Hrmpf!
Du bist echt blöd.
Ga... Gar nicht!! Manchmal kommen dann doch Kunden zu mir!! (Eigentlich nur Kinder.)
Außerdem habe ich jetzt einen sehr großen Auftrag an Land gezogen!
Oho. Das ist doch schön für dich.
Jedoch ... ist es ein schwerer Fall.
Selbst mit meinen überirdischen Fähigkeiten ist nicht viel zu machen ...
Glenn, hilf mir edlem Geschöpf doch ein wenig aus.
Ich übertrage dir das Recht und die Ehre, mir zur Hand zu gehen.

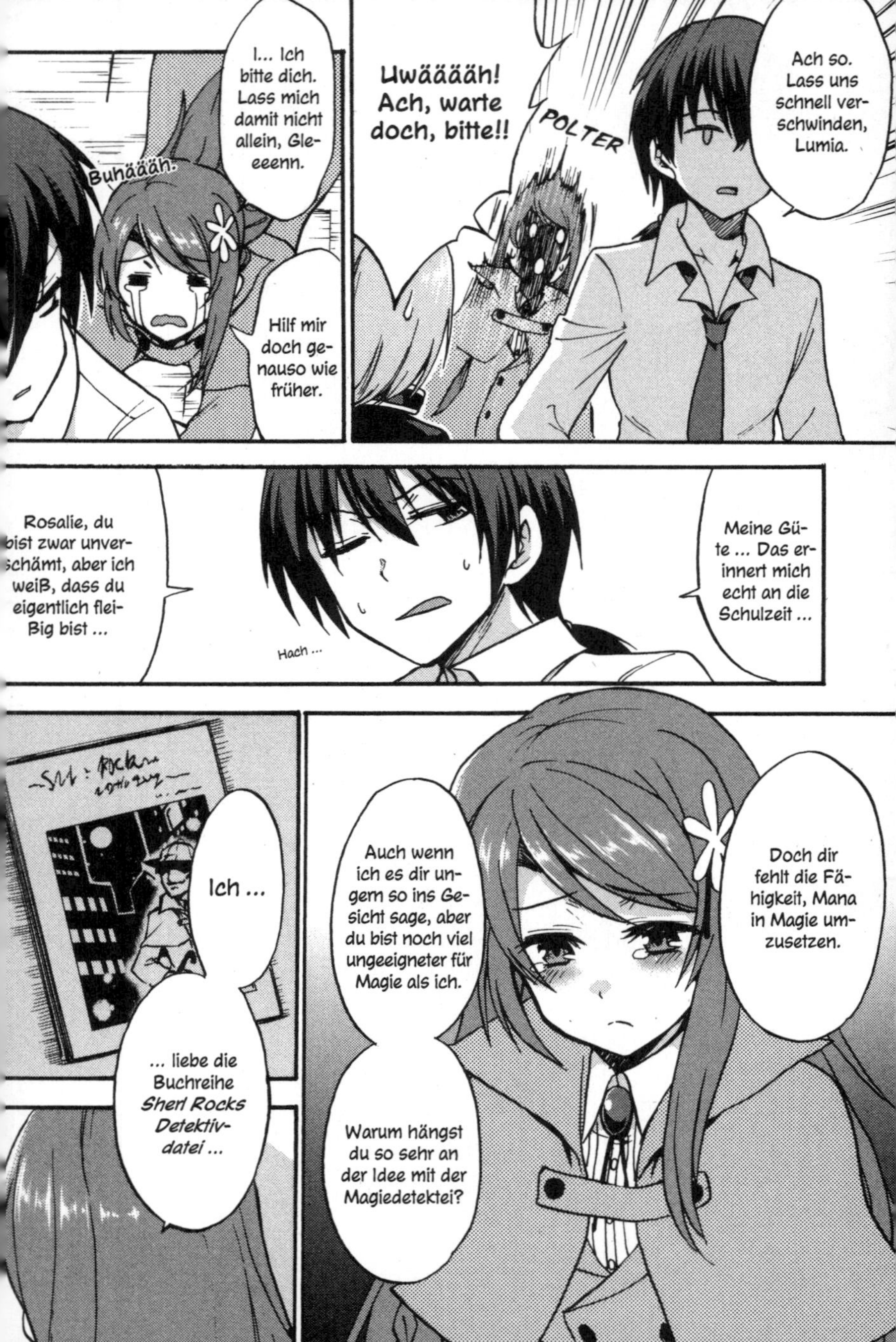

Ach so. Lass uns schnell verschwinden, Lumia.
POLTER
Uwääääh! Ach, warte doch, bitte!!
I... Ich bitte dich. Lass mich damit nicht allein, Gleeeenn.
Buhääääh.
Hilf mir doch genauso wie früher.
Meine Güte ... Das erinnert mich echt an die Schulzeit ...
Hach ...
Rosalie, du bist zwar unverschämt, aber ich weiß, dass du eigentlich fleißig bist ...
Doch dir fehlt die Fähigkeit, Mana in Magie umzusetzen.
Auch wenn ich es dir ungern so ins Gesicht sage, aber du bist noch viel ungeeigneter für Magie als ich.
Warum hängst du so sehr an der Idee mit der Magiedetektei?
Ich ...
... liebe die Buchreihe *Sherl Rocks Detektivdatei* ...

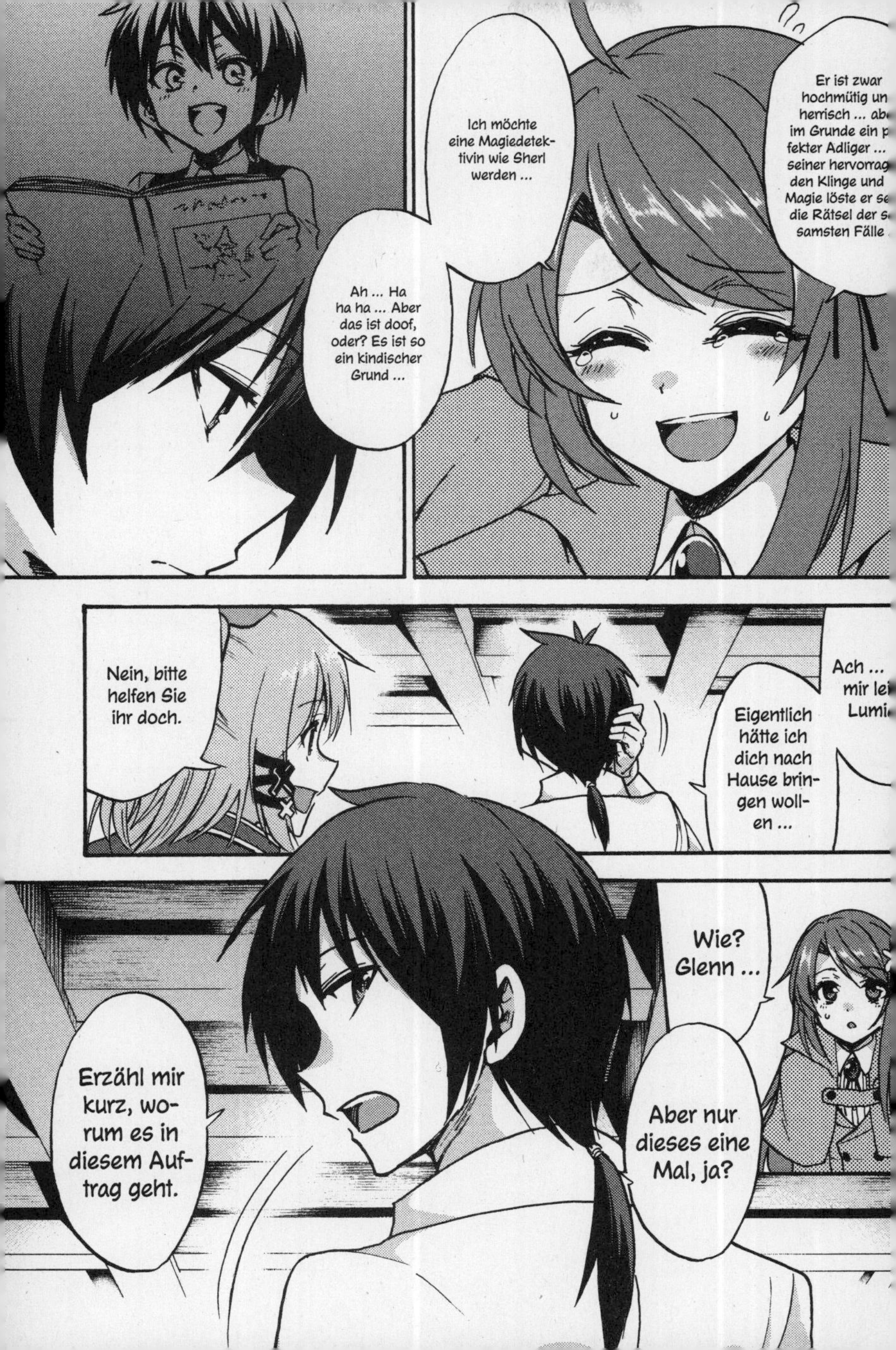
Er ist zwar hochmütig un herrisch ... abe im Grunde ein p fekter Adliger ... seiner hervorrag den Klinge und Magie löste er se die Rätsel der s samsten Fälle
Ich möchte eine Magiedetektivin wie Sherl werden ...
Ah ... Ha ha ha ... Aber das ist doof, oder? Es ist so ein kindischer Grund ...
Ach ... mir lei Lumi
Eigentlich hätte ich dich nach Hause bringen wollen ...
Nein, bitte helfen Sie ihr doch.
Wie? Glenn ...
Aber nur dieses eine Mal, ja?
Erzähl mir kurz, worum es in diesem Auftrag geht.

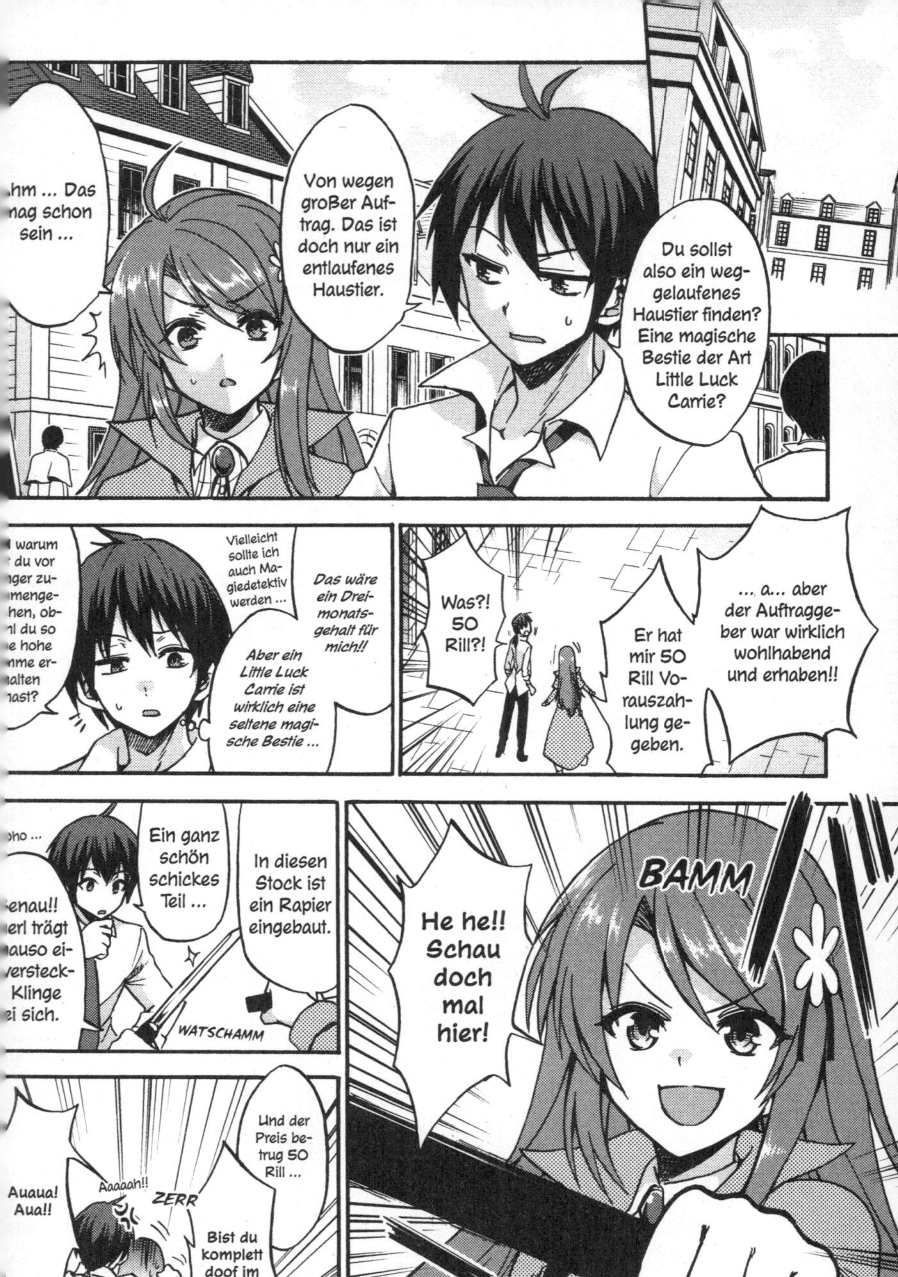

Du sollst also ein weggelaufenes Haustier finden? Eine magische Bestie der Art Little Luck Carrie?
Von wegen großer Auftrag. Das ist doch nur ein entlaufenes Haustier.
hm ... Das nag schon sein ...
... a... aber der Auftraggeber war wirklich wohlhabend und erhaben!!
Er hat mir 50 Rill Vorauszahlung gegeben.
Was?! 50 Rill?!
Das wäre ein Dreimonatsgehalt für mich!!
Vielleicht sollte ich auch Magiedetektiv werden ...
Aber ein Little Luck Carrie ist wirklich eine seltene magische Bestie ...
warum du vor nger zumengehen, obl du so e hohe nme erhalten hast?
BAMM
He he!! Schau doch mal hier!
In diesen Stock ist ein Rapier eingebaut.
Ein ganz schön schickes Teil ...
oho ...
enau!! erl trägt auso eiversteck-Klinge ei sich.
WATSCHAMM
Und der Preis betrug 50 Rill ...
Bist du komplett doof im Kopf?!
ZERR
Aaaaah!!
Auaua! Aua!!
RR

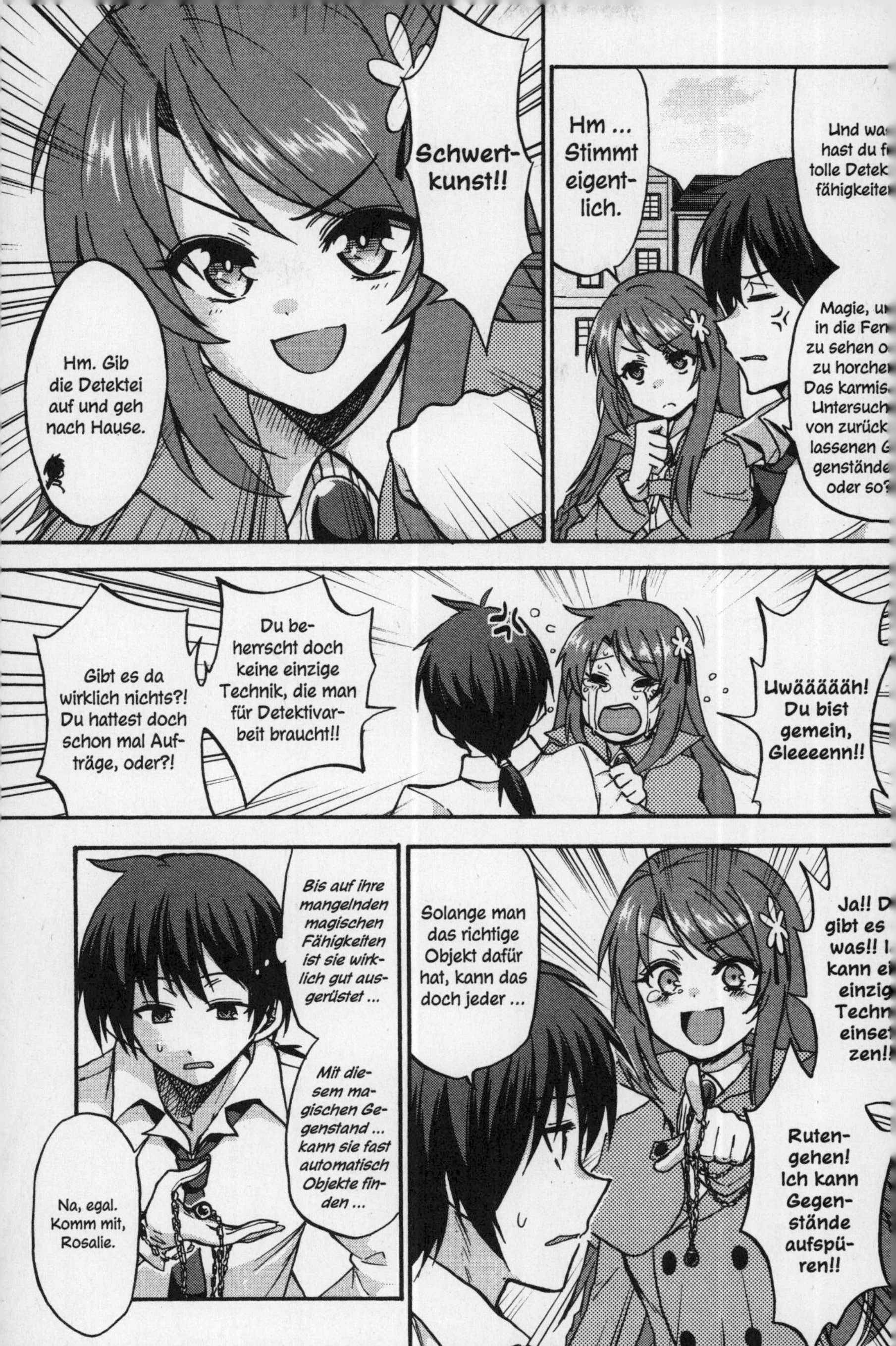

Und was hast du f tolle Detek fähigkeite
Hm ... Stimmt eigentlich.
Magie, u in die Fen zu sehen o zu horche Das karmis Untersuch von zurück lassenen G genstände oder so?
Schwertkunst!!
Hm. Gib die Detektei auf und geh nach Hause.
Uwäääääh! Du bist gemein, Gleeeenn!!
Du beherrscht doch keine einzige Technik, die man für Detektivarbeit braucht!!
Gibt es da wirklich nichts?! Du hattest doch schon mal Aufträge, oder?!
Ja!! D gibt es was!! I kann ei einzig Techn einsetzen!!
Solange man das richtige Objekt dafür hat, kann das doch jeder ...
Rutengehen! Ich kann Gegenstände aufspüren!!
Bis auf ihre mangelnden magischen Fähigkeiten ist sie wirklich gut ausgerüstet ...
Mit diesem magischen Gegenstand ... kann sie fast automatisch Objekte finden ...
Na, egal. Komm mit, Rosalie.

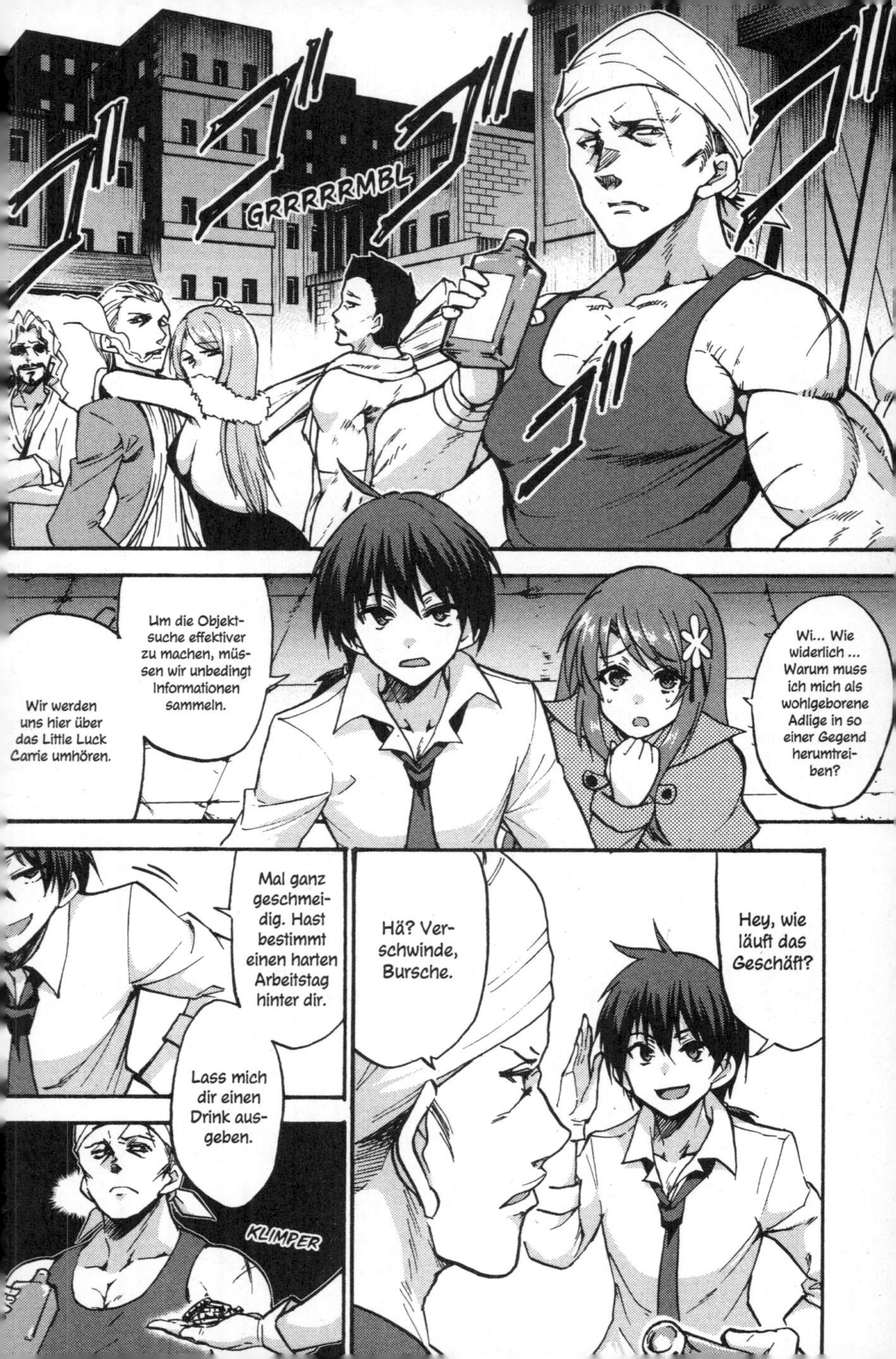

GRRRRRMBL
Wi... Wie widerlich ... Warum muss ich mich als wohlgeborene Adlige in so einer Gegend herumtreiben?
Um die Objektsuche effektiver zu machen, müssen wir unbedingt Informationen sammeln.
Wir werden uns hier über das Little Luck Carrie umhören.
Hey, wie läuft das Geschäft?
Hä? Verschwinde, Bursche.
Mal ganz geschmeidig. Hast bestimmt einen harten Arbeitstag hinter dir.
Lass mich dir einen Drink ausgeben.
KLIMPER

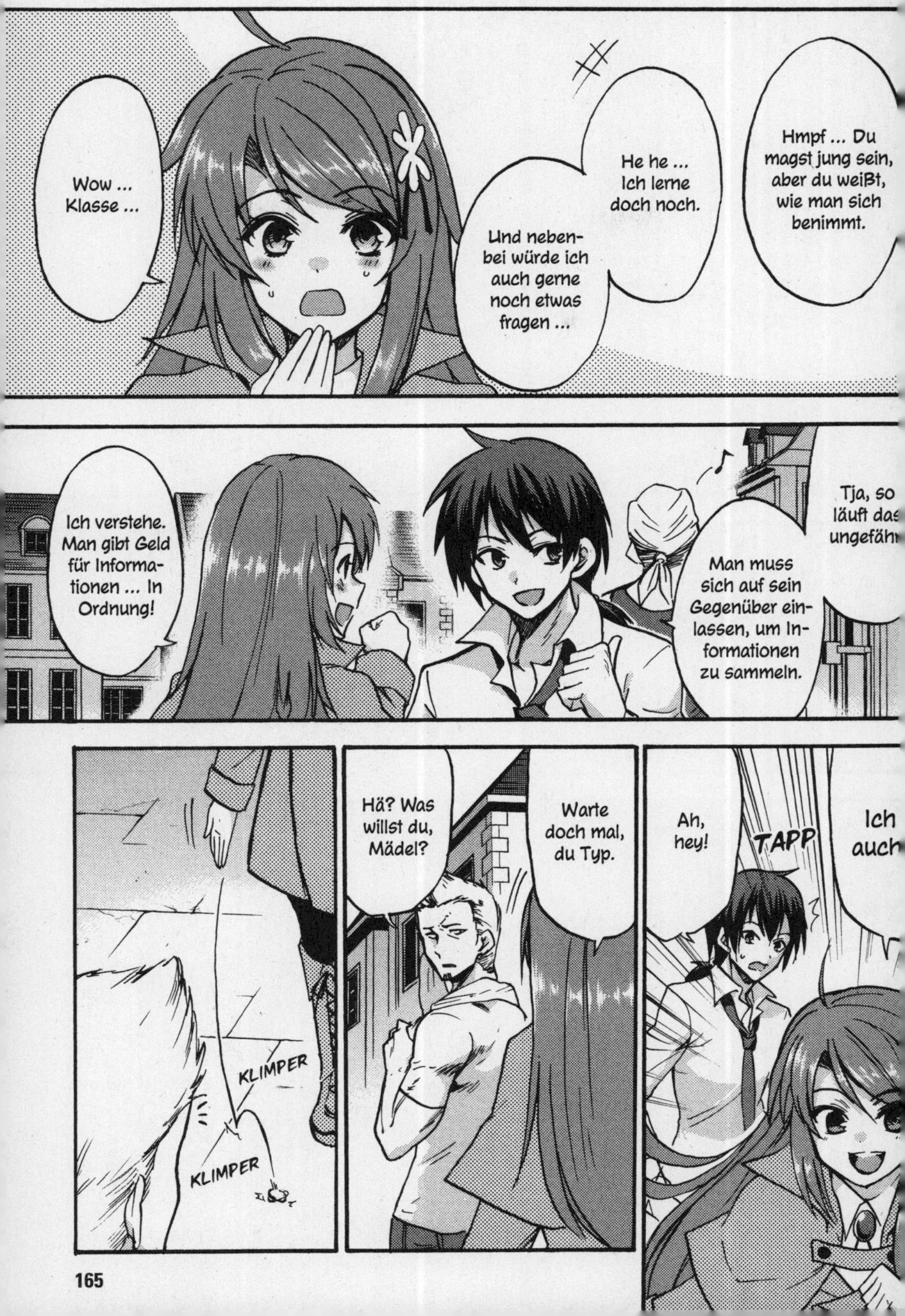

Hmpf ... Du magst jung sein, aber du weißt, wie man sich benimmt.

He he ... Ich lerne doch noch.

Und nebenbei würde ich auch gerne noch etwas fragen ...

Wow ... Klasse ...

Tja, so läuft das ungefähr

Man muss sich auf sein Gegenüber einlassen, um Informationen zu sammeln.

Ich verstehe. Man gibt Geld für Informationen ... In Ordnung!

Ich auch

TAPP

Ah, hey!

Warte doch mal, du Typ.

Hä? Was willst du, Mädel?

KLIMPER

KLIMPER

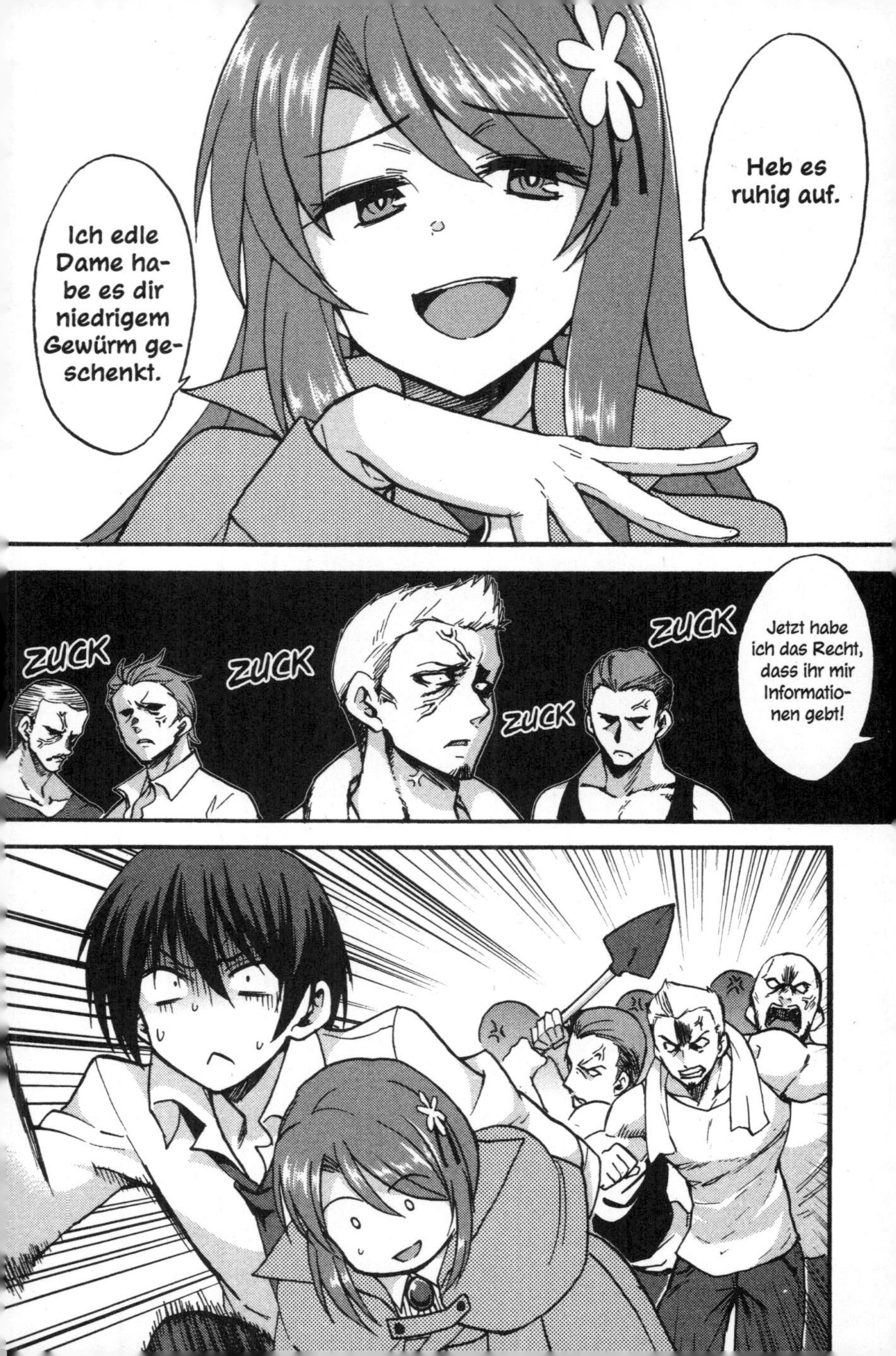

Heb es ruhig auf.

Ich edle Dame habe es dir niedrigem Gewürm geschenkt.

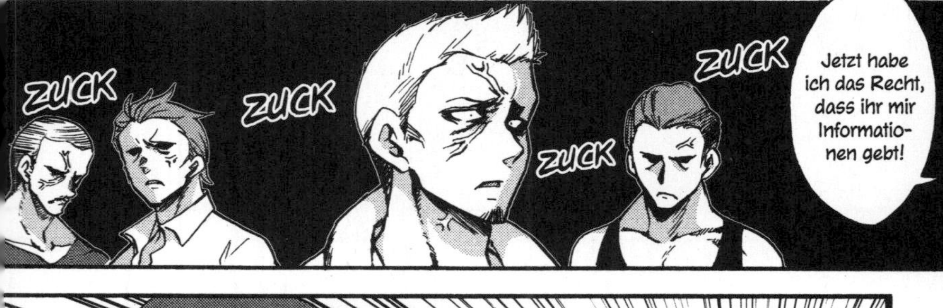

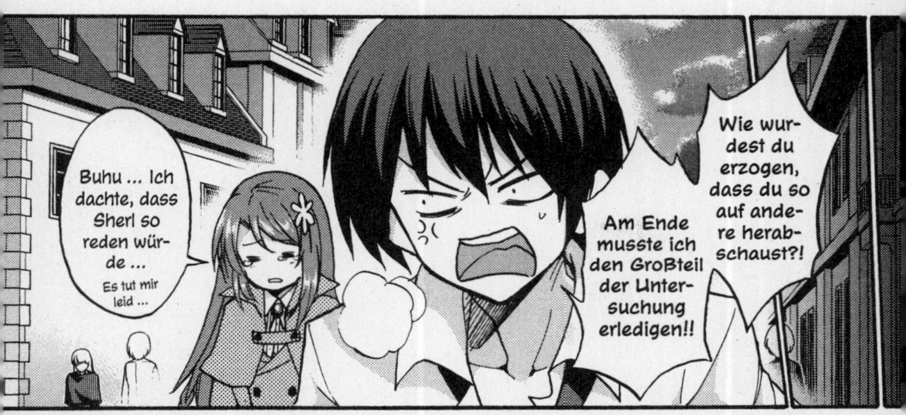
Wie wurdest du erzogen, dass du so auf andere herabschaust?!
Am Ende musste ich den Großteil der Untersuchung erledigen!!
Buhu ... Ich dachte, dass Sherl so reden würde ...
Es tut mir leid ...

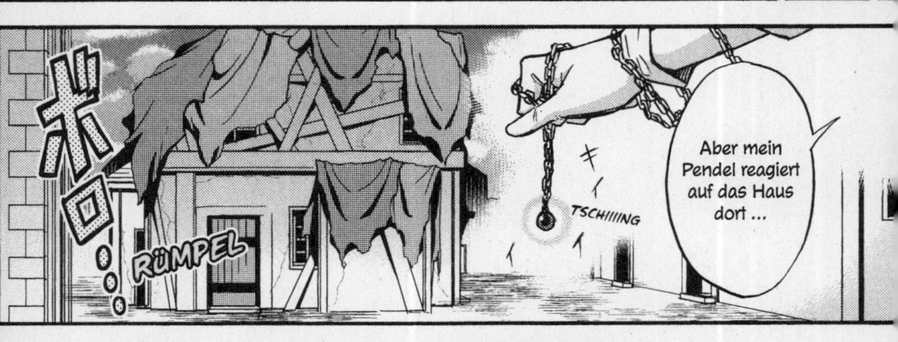
Aber mein Pendel reagiert auf das Haus dort ...
TSCHIIIING
RÜMPEL

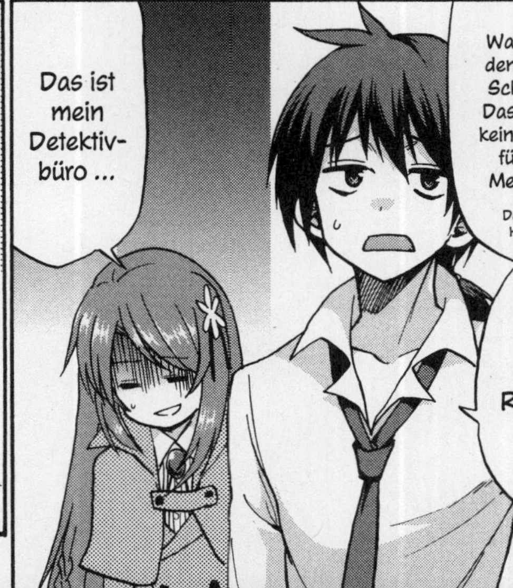
Was ist das denn für ein Schuppen? Das ist doch kein Zuhause für einen Menschen.
Das ist eher ein Hundeschuppen ...
Oder, Rosalie?
Das ist mein Detektivbüro ...

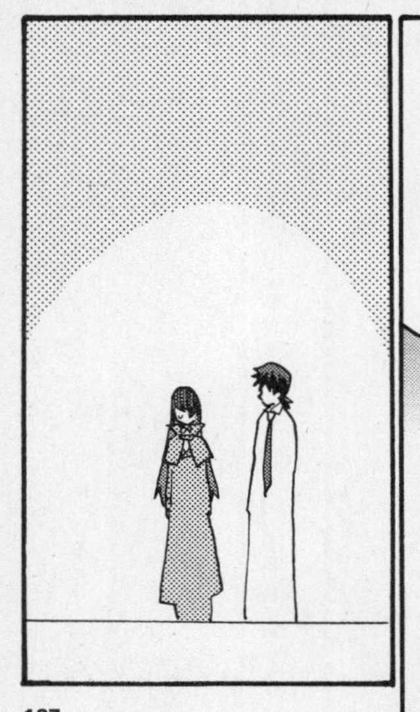

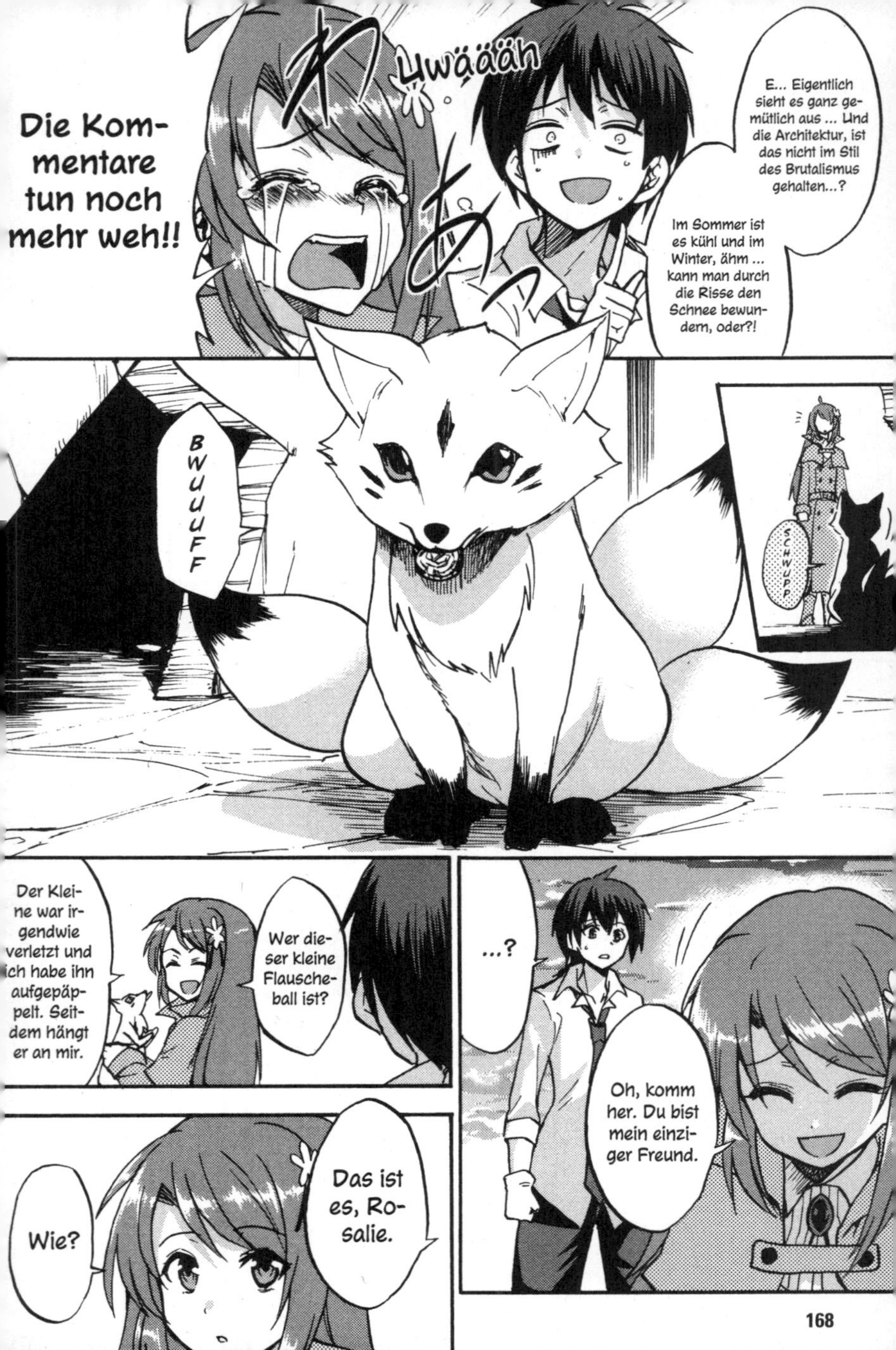
E... Eigentlich sieht es ganz gemütlich aus ... Und die Architektur, ist das nicht im Stil des Brutalismus gehalten...?
Im Sommer ist es kühl und im Winter, ähm ... kann man durch die Risse den Schnee bewundern, oder?!
Uwäääh
Die Kommentare tun noch mehr weh!!
SCHWUPP
BWUUUFF
...?
Oh, komm her. Du bist mein einziger Freund.
Wer dieser kleine Flauscheball ist?
Der Kleine war irgendwie verletzt und ich habe ihn aufgepäppelt. Seitdem hängt er an mir.
Das ist es, Rosalie.
Wie?

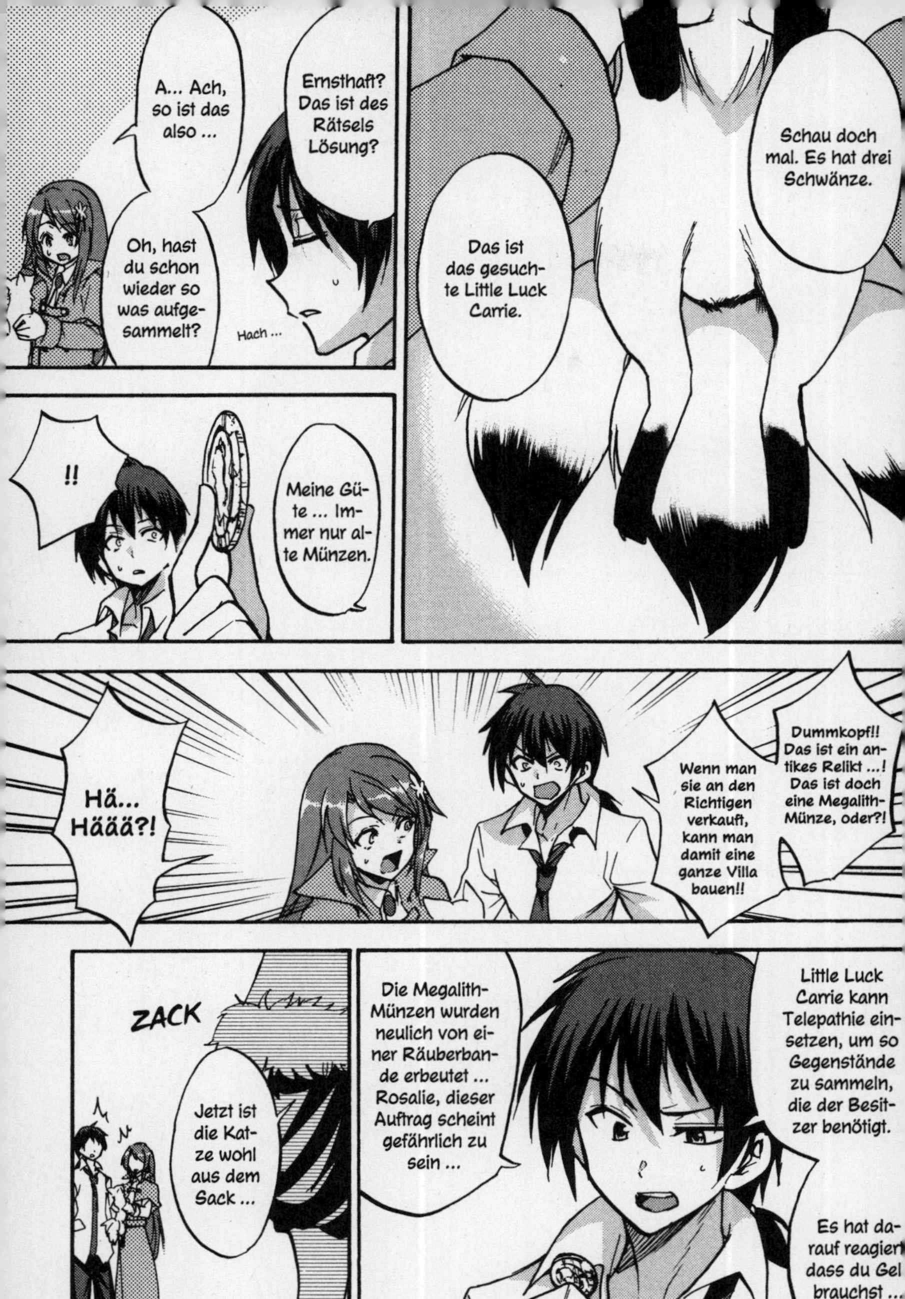

Schau doch mal. Es hat drei Schwänze.
Das ist das gesuchte Little Luck Carrie.
Ernsthaft? Das ist des Rätsels Lösung?
A... Ach, so ist das also ...
Oh, hast du schon wieder so was aufgesammelt?
Hach ...
Meine Güte ... Immer nur alte Münzen.
!!
Dummkopf!! Das ist ein antikes Relikt ...! Das ist doch eine Megalith-Münze, oder?!
Wenn man sie an den Richtigen verkauft, kann man damit eine ganze Villa bauen!!
Hä... Häää?!
Little Luck Carrie kann Telepathie einsetzen, um so Gegenstände zu sammeln, die der Besitzer benötigt.
Es hat darauf reagier dass du Gel brauchst ...
Die Megalith-Münzen wurden neulich von einer Räuberbande erbeutet ... Rosalie, dieser Auftrag scheint gefährlich zu sein ...
ZACK
Jetzt ist die Katze wohl aus dem Sack ...

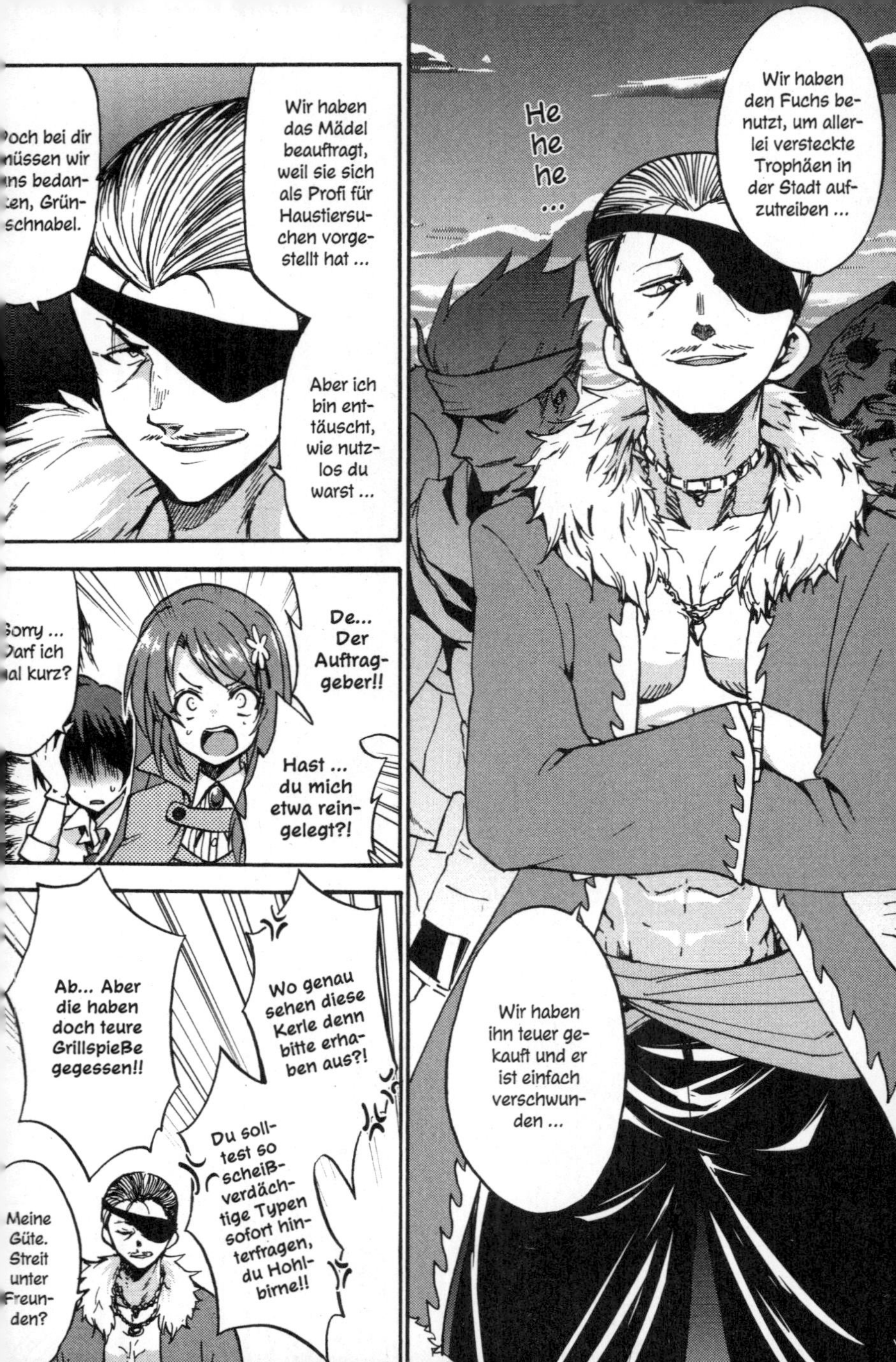

He he he ...
Wir haben den Fuchs benutzt, um allerlei versteckte Trophäen in der Stadt aufzutreiben ...
Wir haben ihn teuer gekauft und er ist einfach verschwunden ...
Wir haben das Mädel beauftragt, weil sie sich als Profi für Haustiersuchen vorgestellt hat ...
Aber ich bin enttäuscht, wie nutzlos du warst ...
och bei dir üssen wir ns bedan- en, Grünschnabel.
De... Der Auftraggeber!!
Hast ... du mich etwa reingelegt?!
orry ... arf ich al kurz?
Wo genau sehen diese Kerle denn bitte erhaben aus?!
Ab... Aber die haben doch teure Grillspieße gegessen!!
Du solltest so scheißverdächtige Typen hinsofort hinterfragen, du Hohlbirne!!
Meine Güte. Streit unter Freunden?

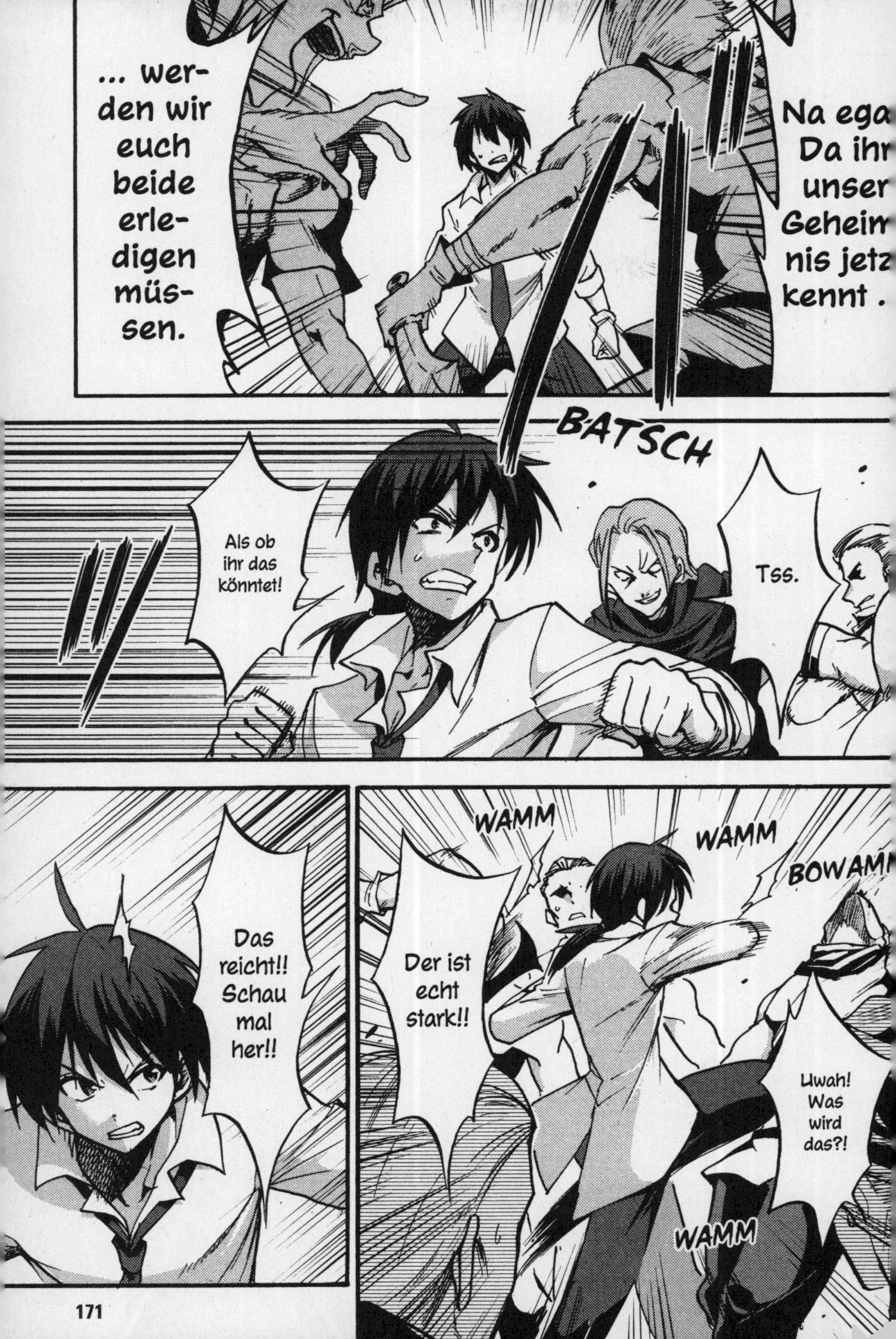
Na ega
Da ihr
unser
Geheim
nis jetz
kennt .
... wer-
den wir
euch
beide
erle-
digen
müs-
sen.
BATSCH
Tss.
Als ob ihr das könntet!
Das reicht!! Schau mal her!!
WAMM
WAMM
BOWAMM
Uwah! Was wird das?!
Der ist echt stark!!
WAMM

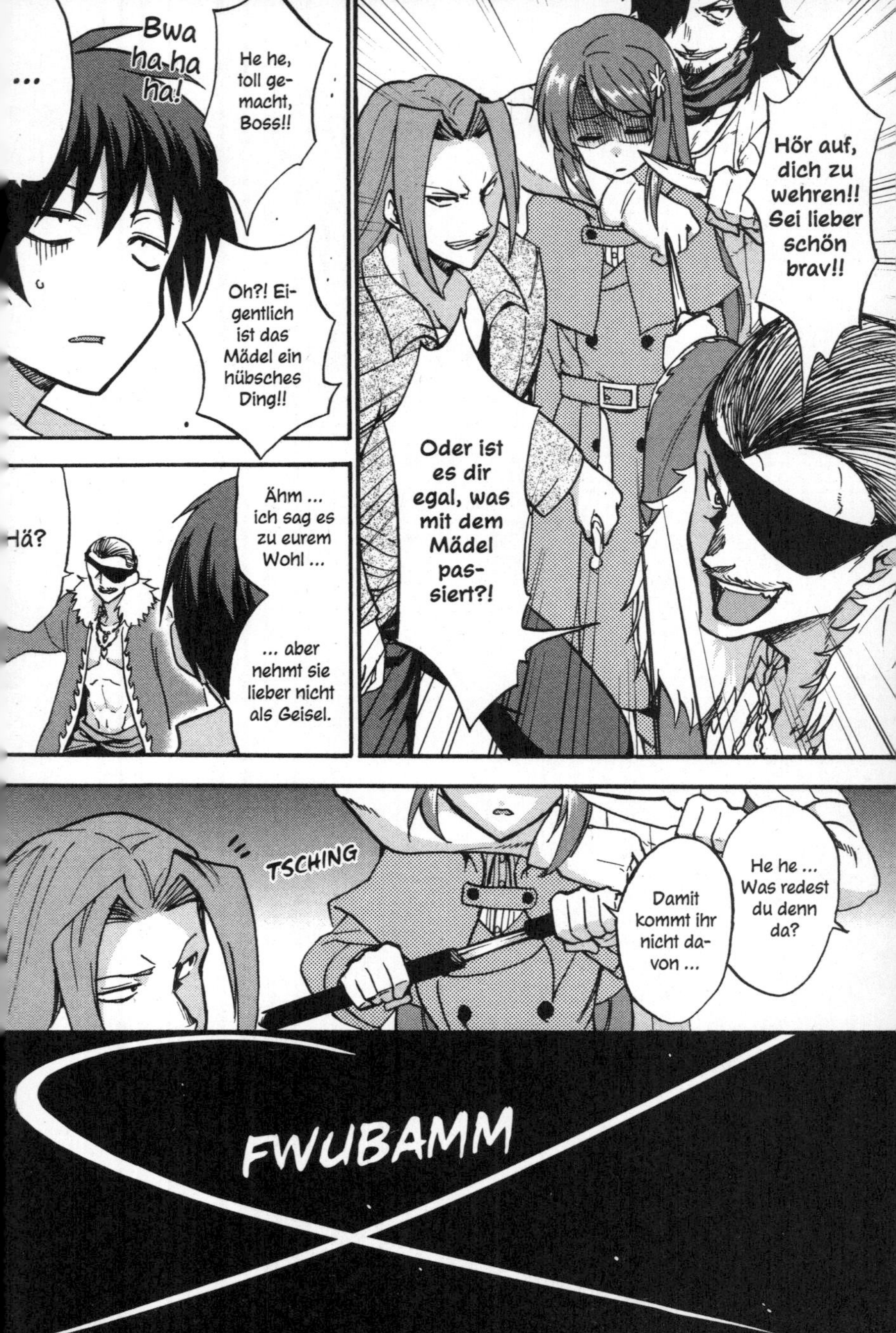
Hör auf, dich zu wehren!! Sei lieber schön brav!!
Oder ist es dir egal, was mit dem Mädel passiert?!
Bwa ha ha ha!
He he, toll gemacht, Boss!!
Oh?! Eigentlich ist das Mädel ein hübsches Ding!!
...
Ähm ... ich sag es zu eurem Wohl ...
... aber nehmt sie lieber nicht als Geisel.
Hä?
He he ... Was redest du denn da?
Damit kommt ihr nicht davon ...
TSCHING
FWUBAMM

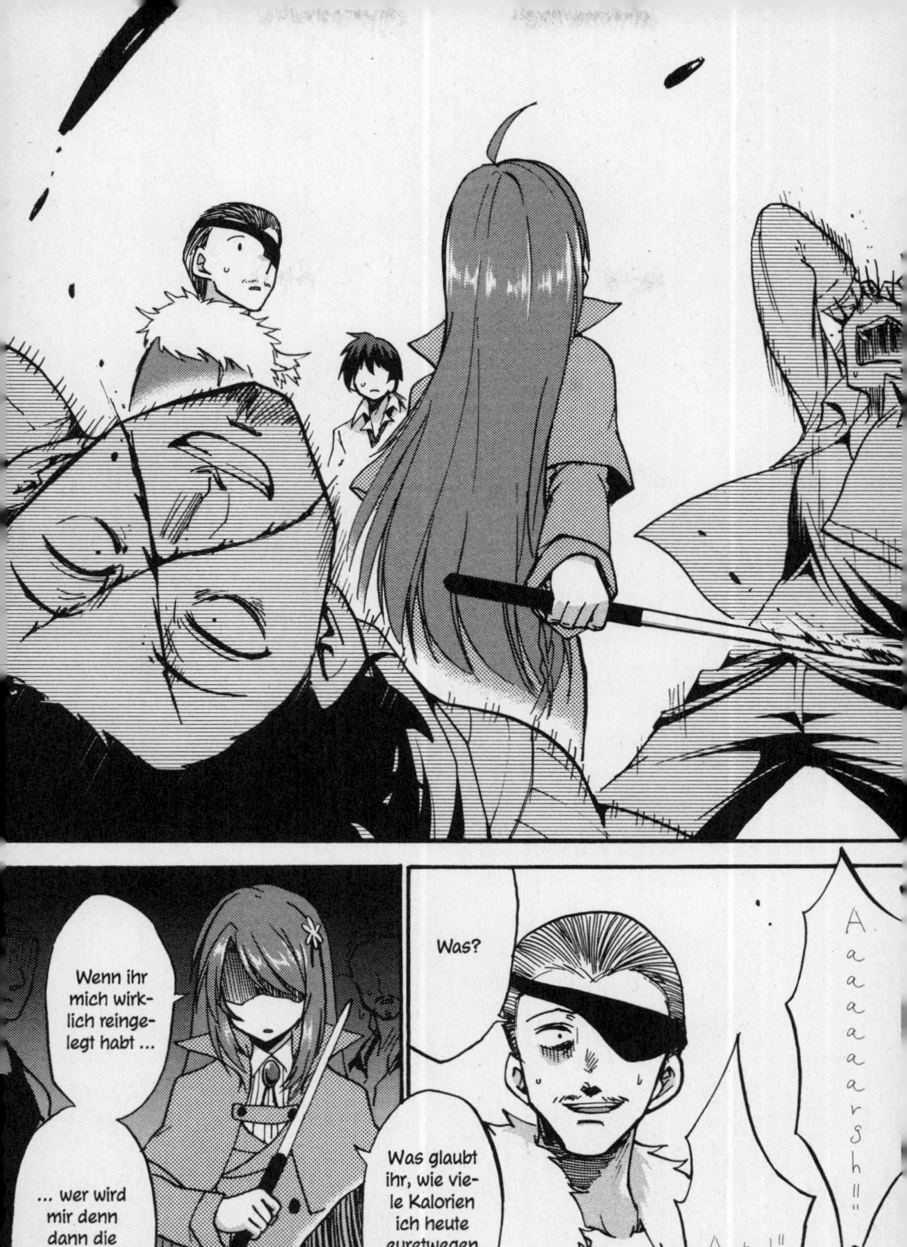
Aaaaaaaargh!!
Autsch!! Auuuuu!!
Mein Gesicht!!
Was?
Was glaubt ihr, wie viele Kalorien ich heute euretwegen verbraucht habe?
Wenn ihr mich wirklich reingelegt habt ...
... wer wird mir denn dann die Belohnung zahlen?

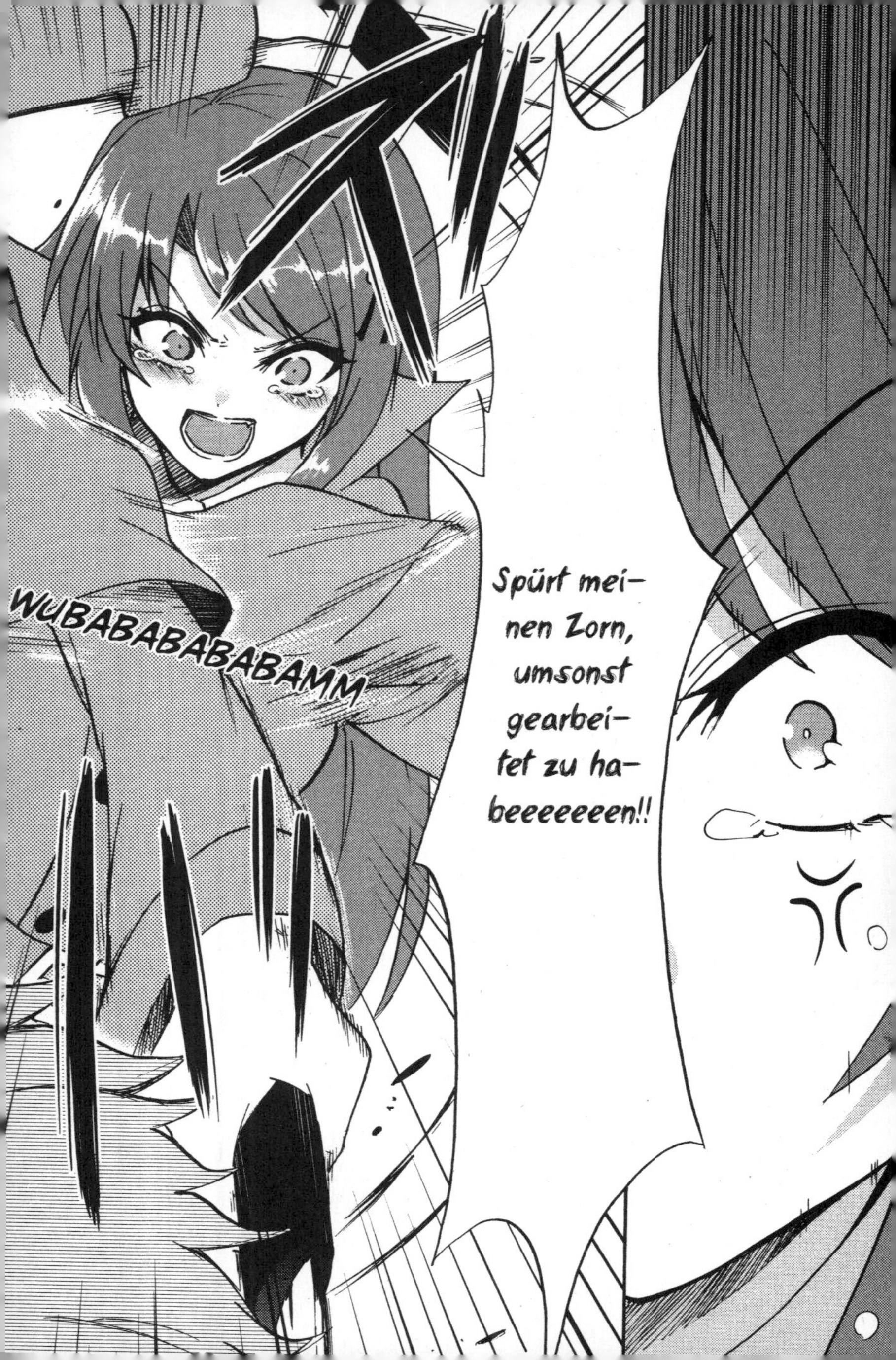
Spürt mei-
nen Zorn,
umsonst
gearbei-
tet zu ha-
beeeeeeen!!
WUBABABABABABAMM

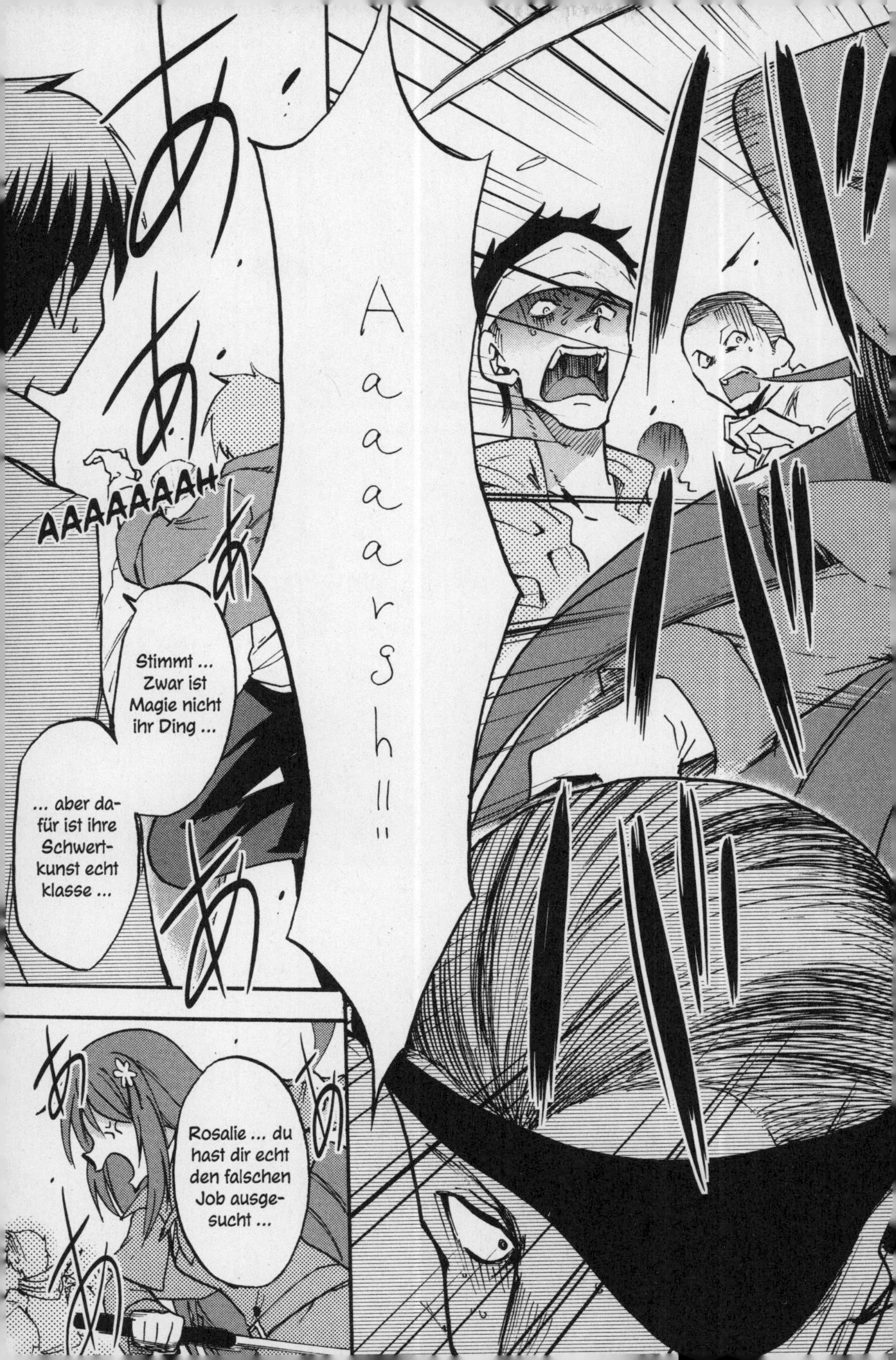
Aaaaargh!!
AAAAAAAH
Stimmt ... Zwar ist Magie nicht ihr Ding ...
... aber dafür ist ihre Schwertkunst echt klasse ...
Rosalie ... du hast dir echt den falschen Job ausgesucht ...

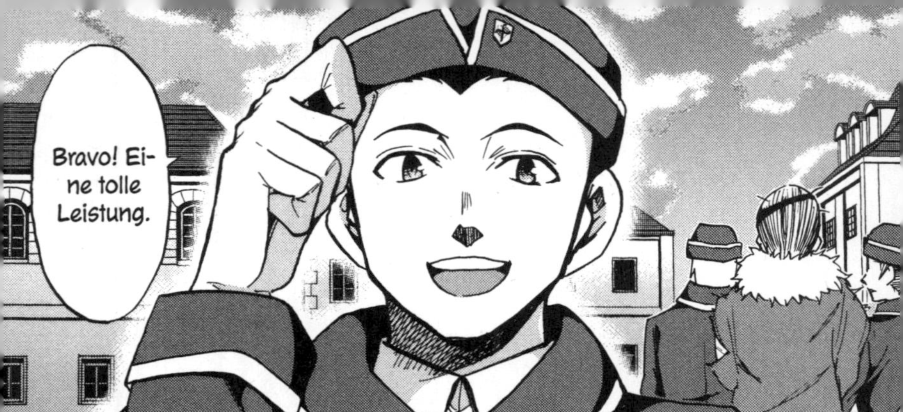
Bravo! Eine tolle Leistung.

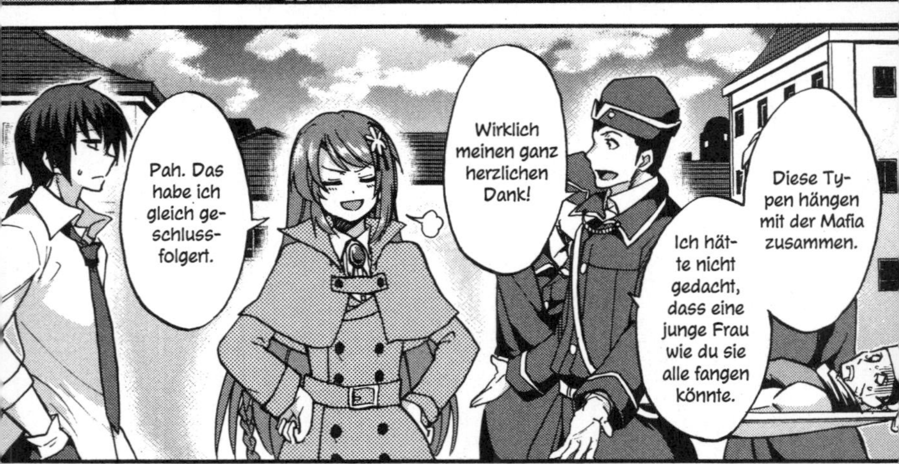
Diese Typen hängen mit der Mafia zusammen.
Ich hätte nicht gedacht, dass eine junge Frau wie du sie alle fangen könnte.
Wirklich meinen ganz herzlichen Dank!
Pah. Das habe ich gleich geschlussfolgert.

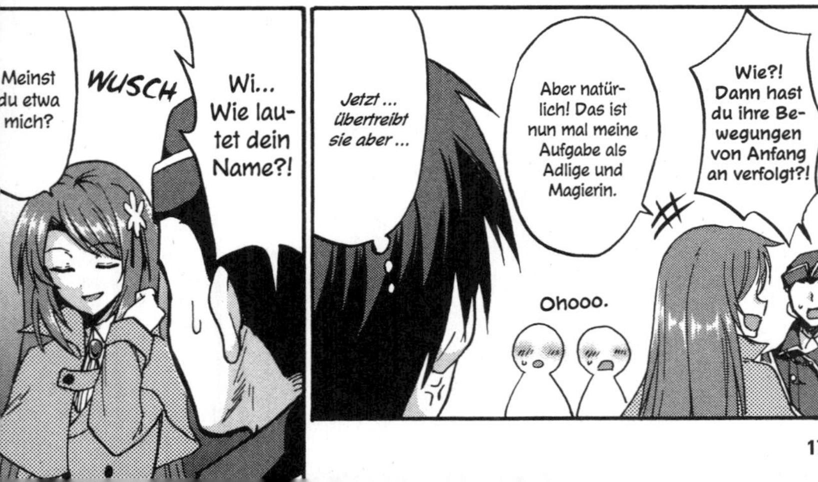
Wie?! Dann hast du ihre Bewegungen von Anfang an verfolgt?!
Aber natürlich! Das ist nun mal meine Aufgabe als Adlige und Magierin.
Ohooo.
Jetzt ... übertreibt sie aber ...
Wi... Wie lautet dein Name?!
WUSCH
Meinst du etwa mich?

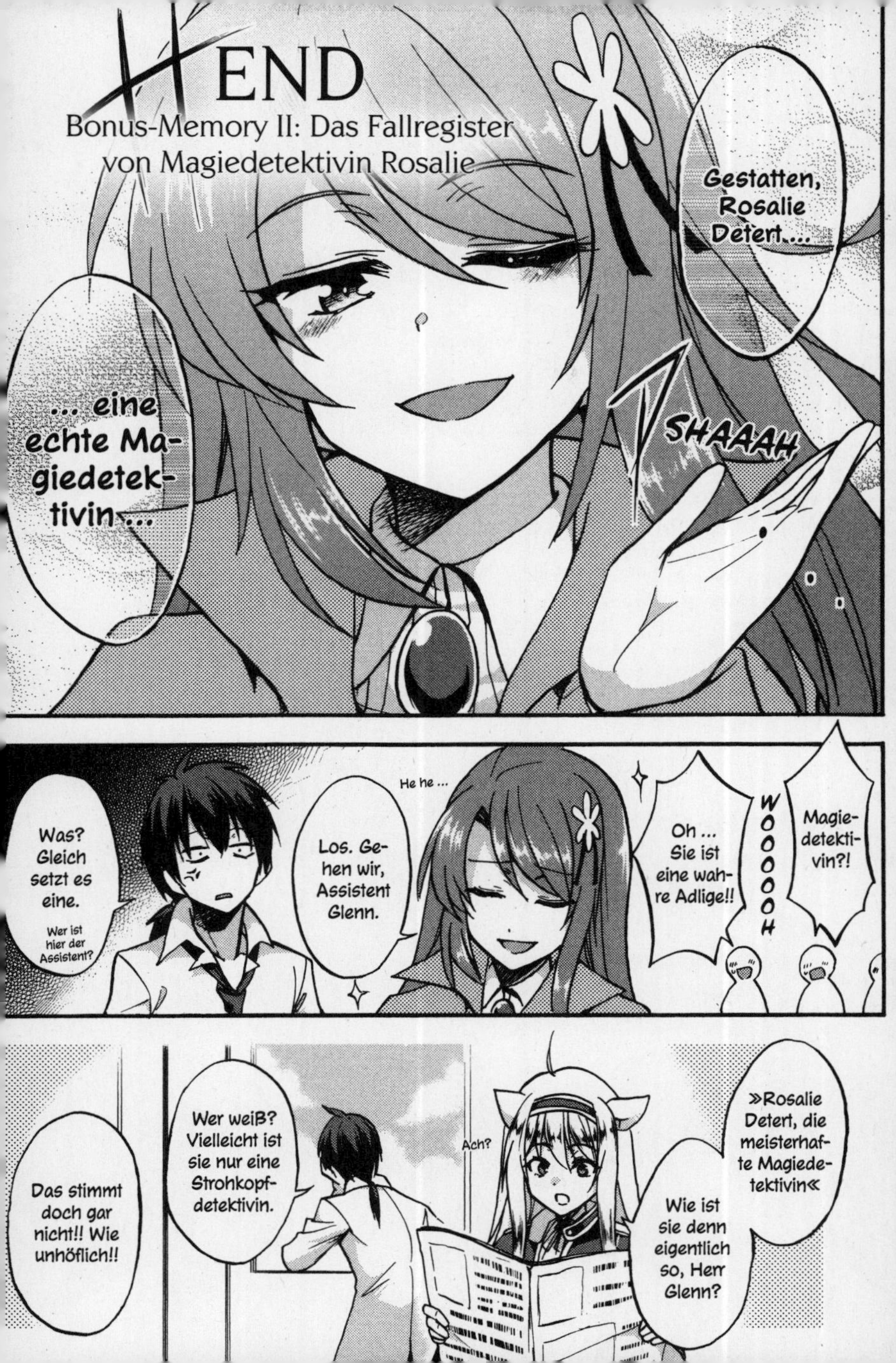
END
Bonus-Memory II: Das Fallregister von Magiedetektivin Rosalie
Gestatten, Rosalie Detert …
… eine echte Magiedetektivin …
SHAAAH
Magiedetektivin?!
WOOOOOOH
Oh … Sie ist eine wahre Adlige!!
He he …
Los. Gehen wir, Assistent Glenn.
Was? Gleich setzt es eine.
Wer ist hier der Assistent?
»Rosalie Detert, die meisterhafte Magiedetektivin«
Wie ist sie denn eigentlich so, Herr Glenn?
Ach?
Wer weiß? Vielleicht ist sie nur eine Strohkopfdetektivin.
Das stimmt doch gar nicht!! Wie unhöflich!!

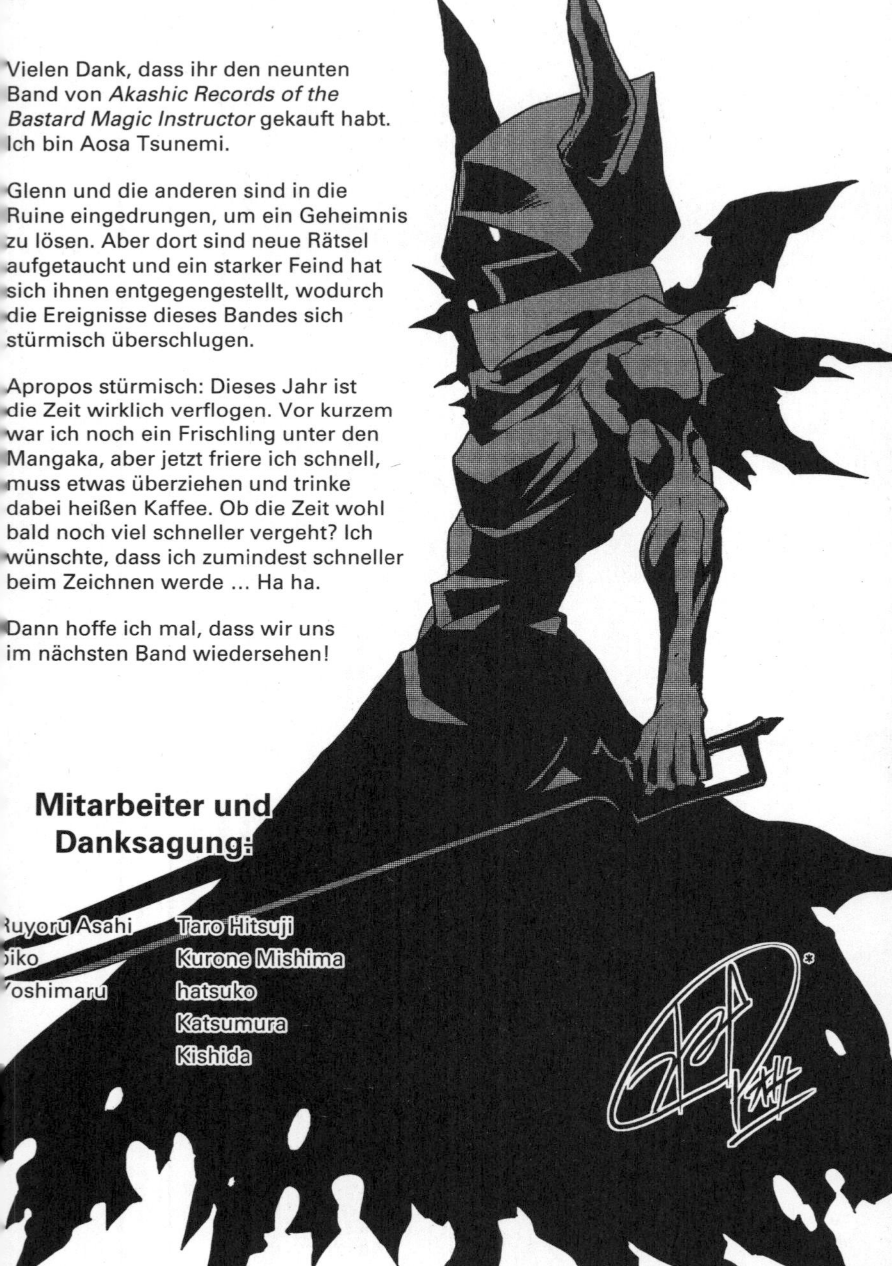

Vielen Dank, dass ihr den neunten Band von *Akashic Records of the Bastard Magic Instructor* gekauft habt. Ich bin Aosa Tsunemi.

Glenn und die anderen sind in die Ruine eingedrungen, um ein Geheimnis zu lösen. Aber dort sind neue Rätsel aufgetaucht und ein starker Feind hat sich ihnen entgegengestellt, wodurch die Ereignisse dieses Bandes sich stürmisch überschlugen.

Apropos stürmisch: Dieses Jahr ist die Zeit wirklich verflogen. Vor kurzem war ich noch ein Frischling unter den Mangaka, aber jetzt friere ich schnell, muss etwas überziehen und trinke dabei heißen Kaffee. Ob die Zeit wohl bald noch viel schneller vergeht? Ich wünschte, dass ich zumindest schneller beim Zeichnen werde … Ha ha.

Dann hoffe ich mal, dass wir uns im nächsten Band wiedersehen!

Mitarbeiter und Danksagung:

Ruyoru Asahi	Taro Hitsuji
iko	Kurone Mishima
Yoshimaru	hatsuko
	Katsumura
	Kishida

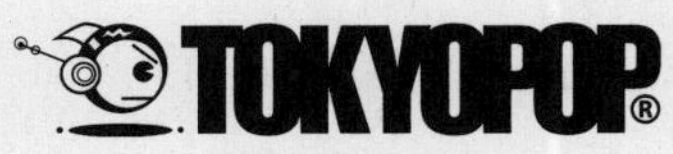

TOKYOPOP GmbH
Hamburg

TOKYOPOP
1. Auflage, 2021
Deutsche Ausgabe/German Edition

Aus dem Japanischen von Lasse Christian Christiansen

ROKUDENASHI MAJYUTU KOSHI TO AKASHIC RECORDS 9

First published in Japan in 2018
by KADOKAWA CORPORATION, Tokyo.
German translation rights arranged with
KADOKAWA CORPORATION, Tokyo
through TUTTLE-MORI AGENCY, INC., Tokyo.

Redaktion: Natalie Tonak
Lettering: Vibrant Publishing Studio
Herstellung: Annika Meyer-Wülfing, Nils Bornemann
Druck und buchbinderische Verarbeitung:
CPI – Clausen & Bosse GmbH, Leck
Printed in Germany

MIX Papier FSC® C083411 FSC

Wir achten auf die Umwelt.
Dieses Produkt besteht aus FSC®-zertifizierten und anderen kontrollierten Materialien.

ISBN 978-3-8420-6790-5

www.tokyopop.de

THE RISING OF THE SHIELD HERO

Kyu Aiya / Yusagi Aneko / Seira Minami

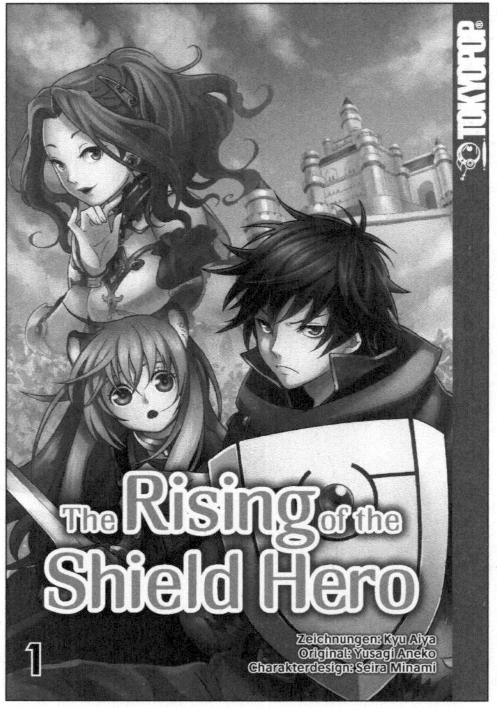

Held der Verteidigung

Der Nerd Naofumi soll die unbekannte Fantasy-Welt, in die er beschworen wurde, vor dem Untergang bewahren. Doch als unbeliebter, weil auf Verteidigung spezialisierter, »Held des Schildes« muss er seine Tauglichkeit erst einmal unter Beweis stellen und der Verachtung seiner Mitstreiter und Schutzbefohlenen mutig entgegentreten!

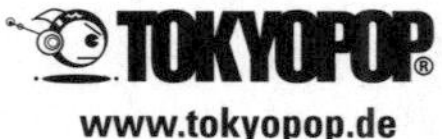

www.tokyopop.de

BLACK CLOVER

Yûki Tabata

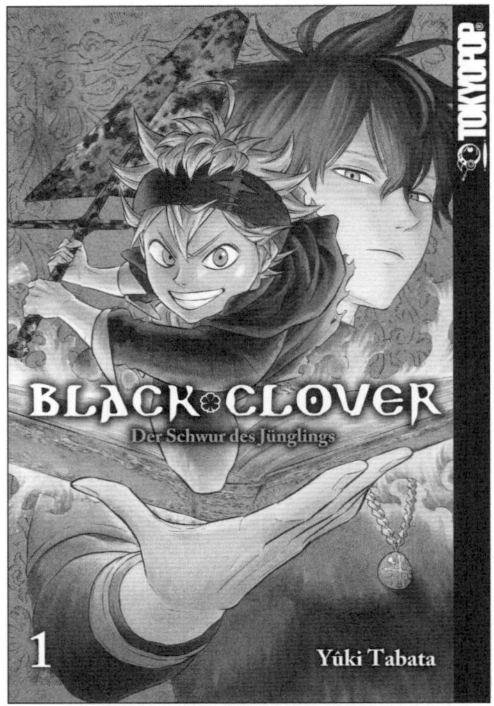

Rivalen der Magie

Asta und Yuno könnten unterschiedlicher nicht sein. Während Asta tollpatschig, laut und ohne magische Fähigkeiten ständig für Aufruhr sorgt, ist Yuno stets besonnen, ruhig und besitzt ein angeborenes Talent für Magie. Doch ein Versprechen verbindet sie, denn sie wollen beide König der Magier werden und geben alles dafür, ihr Ziel zu erreichen!

BLEACH EXTREME

Tite Kubo

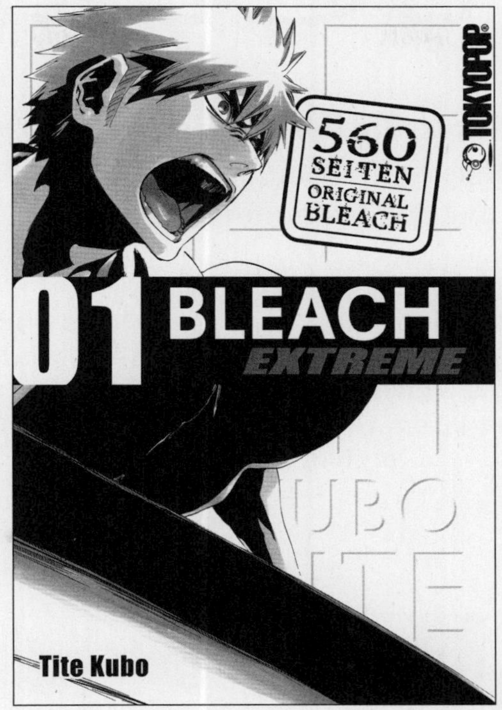

Nur zu kämpfen hat keinen Sinn!
Nur zu überleben hat keinen Sinn! Man muss siegen!

Geister und Dämonen existieren und Ichigo Kurosaki besitzt die Gabe, sie zu sehen. Eines Tages stolpert er in den Kampf der Totengöttin Rukia und einem »Hollow«. Dem Tode nahe überträgt die hübsche Shinigami dem nichts ahnenden Ichigo all ihre Kraft, damit er für sie gewinnt. Neben der Highschool macht Ichigo nun Rukias Job und dringt in eine immer gefährlichere Gegenwelt ein.

STOPP!

Dies ist die letzte Seite des Buches!
Du willst dir doch nicht den Spaß verderben und das Ende zuerst lesen, oder?

Um die Geschichte unverfälscht und originalgetreu mitverfolgen zu können, musst du es wie die Japaner machen und von rechts nach links lesen. Deshalb schnell das Buch umdrehen und loslegen!

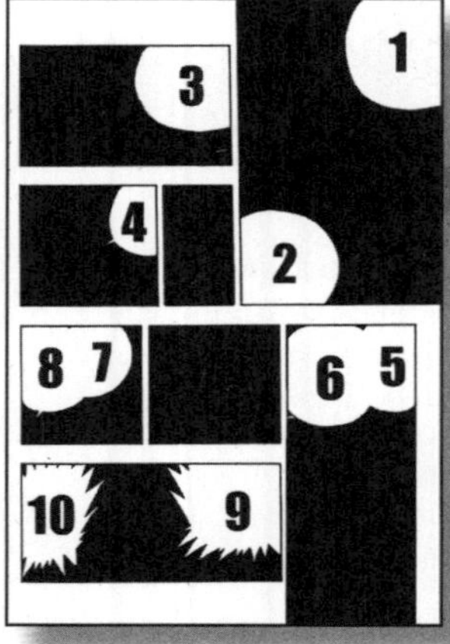

So geht's:

Wenn dies das erste Mal sein sollte, dass du einen Manga in den Händen hältst, kann dir die Grafik helfen, dich zurechtzufinden: Fang einfach oben rechts an zu lesen und arbeite dich nach unten links vor. Viel Spaß dabei wünscht dir TOKYOPOP®!